THRILLER

DRI3

TED DEKKER

© Uitgeverij Kok – Kampen, 2003
Postbus 5018, 8260 GA Kampen
E-mail uitgeverijkok@kok.nl

Oorspronkelijk verschenen als *Thr3e* bij W Publishing Group, a division of Thomas Nelson, Inc. P.O. Box 141000, Nashville TN 37214-1000, USA.
© Ted Dekker, 2003

Vertaling Roelof Posthuma
Omslagontwerp Douglas Design BNO
ISBN 90 435 0845 4
NUR 332

Alle rechten voorbehouden. Niets uit deze uitgave mag worden verveelvoudigd, opgeslagen in een geautomatiseerd gegevensbestand, of openbaar gemaakt, in enige vorm of op enige wijze, hetzij elektronisch, mechanisch, door fotokopieën, opnamen, of op enige andere manier, zonder voorafgaande schriftelijke toestemming van de uitgever.

All rights reserved. No part of this publication may be reproduced, stored in a retrieval system, or transmitted, in any form or by any means, electronic, mechanical, photocopying, recording, or otherwise, without the prior written permission of the publisher.

1

Vrijdagmiddag

Het kantoor had geen ramen, alleen elektrische lampen om de honderden ruggen in de kersenhouten boekenkasten te verlichten. Een enkele advocatenlamp liet zijn gele schijnsel over het met leer beklede bureaublad vallen. De kamer rook naar lijnzaadolie en muffe bladzijden, maar voor dr. John Francis was het de geur van kennis.

'Het kwaad ligt buiten niemands bereik.'

'Maar kan een mens zich aan het bereik van het kwaad onttrekken?' vroeg Kevin.

De decaan voor academische aangelegenheden, dr. John Francis, staarde over zijn leesbril naar de man die tegenover hem zat en liet zijn lippen tot een vage glimlach opkrullen. Die blauwe ogen verborgen een diep mysterie, een geheim dat hem steeds ontgaan was sinds hun eerste ontmoeting drie maanden eerder, toen Kevin Parson hem benaderde na een filosofie-college. Er had zich een unieke vriendschap ontwikkeld, waarin talloze discussies als deze plaatsvonden.

Kevin zat onbeweeglijk met zijn voeten plat op de grond, zijn handen op zijn knieën, priemende ogen en een wilde haardos, ondanks zijn dwangmatige gewoonte om zijn vingers door de bruine krullen te laten glijden. Of misschien juist daarom. Het haar was een wonderlijke afwijking bij deze man die er overigens perfect verzorgd uitzag. Hij was glad geschoren, modieus gekleed en rook aangenaam – Old Spice, als de professor het goed had. Kevins wilde haar was als een bohémienachtige hang naar onderscheiding. Anderen friemelden met pennen, draaiden met hun vingers of gingen steeds verzitten; Kevin haalde zijn vingers door zijn haar en tikte met zijn rechtervoet. Niet zo nu en dan of tijdens pauzes in het gesprek, maar voortdurend, alsof hij de maat sloeg op een verborgen trommel achter zijn blauwe ogen. Anderen zouden die afwijkingen wellicht ergerlijk vinden, maar dr. Francis zag ze als de raadselachtige sleutels tot Kevins aard. De waarheid – zelden duidelijk en bijna altijd verborgen in subtiliteiten, in het tikken van voeten, draaien van vingers of bewegen van ogen.

Dr. Francis duwde zijn lederen stoel van het bureau af, stond langzaam op en liep naar een boekenkast met de werken van de oude geleerden. In veel opzichten voelde hij zich even verwant aan deze schrijvers als aan de moderne mens. Met een toga aan zou hij een bebaarde Socrates lijken, had Kevin hem ooit gezegd. Hij liet zijn vinger over een gebonden uitgave van de Dode-Zeerollen glijden.

'Goede vraag,' zei hij, 'kan de mens zich aan het kwaad onttrekken? Ik geloof het niet. Niet tijdens dit leven.'

'Dan zijn dus alle mensen veroordeeld tot een leven vol kwaad,' constateerde Kevin.

Dr. Francis draaide zich naar hem om en Kevin keek hem bewegingloos aan, op zijn rechtervoet na. Zijn ronde, blauwe ogen keken rustig, met de onschuld van een kind: onderzoekend, magnetisch, onverhuld. Deze ogen ontlokten lange, starende blikken aan de zelfverzekerden en dwongen de minder zekeren weg te kijken. Kevin was achtentwintig, maar hij bezat een vreemde mengeling van briljantheid en naïviteit die dr. Francis niet kon vatten. De volwassen man had de dorst naar kennis van een vijfjarige. Het had iets te maken met een unieke opvoeding in een tamelijk bizar gezin, maar Kevin had er nooit veel over losgelaten.

'Tot een leven van *strijd tegen* het kwaad, niet van kwaad,' corrigeerde de professor.

'En kiest de mens eenvoudig voor het kwaad, of schept hij het?' vroeg Kevin, die in gedachten zijn eerste vraag al ver voorbij was. 'Is het kwaad een kracht die de mens in het bloed zit en die worstelt om in het hart te komen, of is het een kracht van buiten die zich wil manifesteren?'

'Ik zou zeggen dat de mens het kwaad eerder kiest dan dat hij het schept. De menselijke natuur is doordrenkt met het kwaad door de zondeval. Wij zijn allen zondig.'

'En we zijn allemaal goed,' zei Kevin, met zijn voet tikkend. 'De goeden, de kwaden en de schonen.'

Dr. Francis knikte bij de uitspraak die hij zelf geformuleerd had en die verwees naar de mens, geschapen naar Gods beeld, de schone mens, worstelend tussen goed en kwaad. 'De goede, de kwade en de schone. Precies.' Hij liep naar de deur. 'Loop even mee, Kevin.'

De jongeman haalde zijn beide handen door zijn haar en stond op. De decaan leidde hem uit het kantoor via een trap naar de bovenwereld, zoals Kevin het graag noemde.

'Hoe gaat het met je scriptie over de geaardheden?' vroeg dr. Francis.

'Die zal u zeker de wenkbrauwen laten optrekken.' Ze liepen de lege hal in. 'Ik gebruik een verhaal om mijn conclusies te illustreren. Niet erg conventioneel, dat weet ik, maar aangezien Christus graag verhalen gebruikte om de waarheid te communiceren, meende ik dat u er geen bezwaar tegen zou hebben dat ik Zijn voorbeeld volgde.'

'Zolang de strekking maar duidelijk wordt. Ik kijk ernaar uit om het te lezen.'

Kevin liep met dr. John Francis door de hal en bedacht dat hij de man naast zich graag mocht. Het geluid van hun schoenen op de hardhouten vloer echode door de ruimte die doordrenkt was van traditie. De oudere man liep nonchalant, met een stille glimlach die een glimp verried van een wijsheid die zijn woorden ver te boven ging. Kevin keek op naar de portretten van de stichters van de theologische faculteit, aan de muur rechts van hem. Dappere, vriendelijke reuzen noemde dr. Francis hen.

'Over kwaad gesproken, alle mensen zijn in staat tot roddelen, denkt u niet?' vroeg hij.

'Ongetwijfeld.'
'Zelfs de bisschop is daartoe in staat.'
'Natuurlijk.'
'Denkt u dat de bisschop roddelt? Soms?'

Het antwoord van de decaan kwam drie stappen later. 'We zijn allemaal menselijk.'

Ze kwamen bij de grote deur die toegang gaf tot de centrale campus en dr. Francis duwde hem open. Ondanks de oceaanwind kon Long Beach niet ontsnappen aan perioden van benauwende hitte. Kevin stapte het felle zonlicht van de middag in en een ogenblik lang leken hun filosofische overwegingen in het niets te vallen bij de wereld die voor hen lag. Een tiental studenten liep over het goed onderhouden gras, de hoofden nadenkend gebogen of glimlachend achterover gehouden. Twee rijen populieren flankeerden een wandelpad over de uitgestrekte grasvlakte. De spits van de kapel torende boven de bomen aan de overzijde van het park uit. Aan zijn rechterhand lag de Augustinus Bibliotheek in de zon te schitteren. De Pacific Theologische Faculteit Zuid was op het eerste gezicht statiger en moderner dan de moederschool, de episcopale universiteit in Berkeley.

Hier was de echte wereld, bevolkt door normale mensen met gewone levensverhalen uit doorsnee gezinnen, die een eerbiedwaardig ambt nastreefden. Hij daarentegen was een achtentwintigjarige bekeerling die eigenlijk helemaal niets te zoeken had op een theologische faculteit, en later nog minder bij een gemeente om die te leiden. Dat had niet te maken met een gebrek aan goede bedoelingen, maar met wie hij *was*. Met het feit dat hij Kevin Parson was, die zijn geestelijke kant pas drie jaar geleden voor het eerst ontdekt had. Hoewel hij de kerk met beide armen omhelsd had, voelde hij zich nog niets vromer – en misschien zelfs minder – dan de eerste de beste dronken zwerver op straat. Zelfs de decaan kende zijn hele verhaal niet, en Kevin was er niet zo zeker van dat hij hem zou steunen als dat wel het geval was.

'Je hebt een scherp verstand, Kevin,' zei de decaan, terwijl hij over het terrein uitkeek. 'Ik heb veel mensen zien komen en gaan en slechts weinige van hen hebben dezelfde taaie drang naar waarheid als jij. Maar geloof me, de diepste vragen kunnen een mens tot waanzin drijven. En het probleem van het kwaad is één van die vragen. Je doet er goed aan die vraag met beleid tegemoet te treden.'

Kevin keek de grijzende man aan en even zei geen van beiden iets. De decaan knipoogde en Kevin glimlachte. Hij hield van deze man zoals hij van een vader zou kunnen houden.

'U bent een wijs man, dr. Francis. Dank u. Ik zie u volgende week in de collegezaal.'

'Vergeet je scriptie niet.'

'Nooit.'

De decaan hield zijn hoofd schuin.

Kevin deed een stap in de richting van de betonnen trap en draaide zich om. 'Nog een laatste gedachte. In absolute zin genomen is er niet zoveel verschil tussen roddel en moord, nietwaar?'

'Uiteindelijk niet, nee.'

'Dan is de bisschop uiteindelijk dus in staat tot moord.'

De professor trok een wenkbrauw op. 'Dat is wel wat vergezocht.'

Kevin glimlachte. 'Niet echt. Het ene is niet kwader dan het andere.'

'Je hebt je punt gemaakt, Kevin. Ik zal de bisschop waarschuwen voor plotselinge moordneigingen tegenover zijn naasten.'

Kevin grinnikte, draaide zich om en liep de trap af. Achter hem sloeg de deur met een zachte plof dicht. Hij draaide zich weer om en de trap was leeg.

Hij was alleen. Een vreemdeling in een vreemde wereld. Hoeveel volwassen mannen zouden naar een trap staren die net door een professor in de filosofie was verlaten en zich volkomen alleen voelen? Hij krabde op zijn hoofd en liet zijn hand door zijn haar glijden.

Hij liep naar de parkeerplaats en het gevoel van eenzaamheid verliet hem voordat hij bij zijn auto was. Dat was goed. Hij was aan het veranderen, of niet? Die hoop op verandering was de eerste drijfveer geweest waarom hij voor het predikantschap gekozen had. Hij was aan de spoken van zijn verleden ontsnapt en een nieuw leven begonnen als nieuw schepsel. Hij had zijn oude zelf begraven en was, ondanks de blijvende herinneringen, tot leven gekomen, als een esp in de lente. Zoveel veranderingen in zo weinig tijd. Als God het wilde, zou zijn verleden begraven blijven.

Kevin draaide zijn roomkleurige Sable van de parkeerplaats af en ging op in de gestage verkeersstroom op Long Beach Boulevard. Kwaad. Het probleem van het kwaad. Als het verkeer – eindeloos.

Aan de andere kant was er ook bepaald geen gebrek aan genade en liefde, toch? Hij had meer om dankbaar voor te zijn dan hij ooit voor mogelijk had gehouden. Genade, om mee te beginnen. Een goede school met goede docenten. Zijn eigen huis. Hij had misschien geen hele rij vrienden waar hij een beroep op kon doen, maar toch wel een paar. Tenminste één. Dr. John Francis mocht hem graag.

Hij mompelde even. Goed, op sociaal gebied moest er dus nog het een en ander gebeuren. Maar Samantha had hem gebeld. Ze hadden de laatste twee weken tweemaal met elkaar gesproken. En Sam was geen slappeling. Als je het nu over een vriendin had, dan was zij er één, misschien zelfs meer dan een...

De mobiele telefoon ging luid af in de bekerhouder. Hij had het ding een week eerder aangeschaft en één keer gebruikt om zijn eigen huis te bellen en te kijken of hij werkte. Hij deed het, maar pas nadat hij de voicemail had geactiveerd, en daarvoor had hij de winkel moeten bellen.

De telefoon rinkelde weer en Kevin nam op. Het ding was zo klein dat je hem zou kunnen inslikken als je hongerig genoeg was. Hij drukte op het rode knopje en wist onmiddellijk dat hij een fout maakte. Let niet op "zenden" boven de groene knop. Groen is beginnen en rood is stoppen, had de verkoper gezegd.

Hij hield het toestel aan zijn oor, hoorde niets en gooide het op de passagiersstoel. Hij voelde zich een dwaas. Het was waarschijnlijk de verkoper die hem opbelde om te horen of hij van zijn telefoon genoot. Maar waarom zou een verkoper die moeite nemen bij een aankoop van negentien dollar?

De telefoon ging weer over. Achter Kevin klonk een claxon en een blauwe Mercedes kroop haast op zijn bumper. Hij drukte het gas in en nam de telefoon weer op. Op alle drie de rijbanen voor hem lichtten rode remlichten op. Hij remde weer af, de Mercedes moest zijn ziel in lijdzaamheid bezitten. Hij drukte op het groene knopje.

'Hallo?'

'Hallo, Kevin.'

Mannelijke stem, laag en hijgerig, langgerekt om iedere lettergreep nadruk te geven.

'Hallo?'

'Hoe gaat het met je, mijn oude vriend? Tamelijk goed naar wat ik hoor. Wat prettig.'

De wereld om Kevin heen vervaagde. Hij bracht zijn auto tot stilstand achter de zee van remlichten en voelde de druk van de remmen als een onwezenlijke kracht. Zijn geest concentreerde zich volledig op de stem aan de telefoon.

'Het... het spijt me, ik geloof niet dat...'

'Het maakt niet uit of je mij kent.' Stilte. 'Ik ken jou. Sterker, als jij echt denkt dat je geschikt bent voor die theologische nonsens, dan moet ik zeggen dat ik je beter ken dan jij jezelf.'

'Ik weet niet wie jij denkt dat je bent, maar ik heb geen flauw idee waar je het over hebt en...'

'Doe niet zo stom!' schreeuwde de stem in zijn oor. De man ademde diep en schraperig. Hij sprak weer rustig. 'Neem me niet kwalijk, ik wil niet schreeuwen, maar jij luistert niet naar mij. De tijd om spelletjes te spelen is over, Kevin. Jij denkt dat je de hele wereld voor de gek kunt houden, maar met mij lukt je dat niet. Het is tijd om de zaak uit de doeken te doen. En ik ga je helpen dat te doen.'

Kevin kon nauwelijks bevatten wat hij hoorde. Was dit echt? Het moest wel een grap zijn. Peter? Kende Peter van Introductie in de Psychologie hem goed genoeg om zo'n stunt uit te halen?

'Met wie... met wie spreek ik?'

'Jij houdt toch van spelletjes, Kevin?'

Peter kon onmogelijk zo neerbuigend klinken.

'Goed,' zei Kevin. 'Genoeg. Ik weet niet wat dit...'

'Genoeg? Genoeg? Dat dacht ik niet. Het spelletje begint pas. Maar dit is een ander spel dan jij met alle anderen speelt, Kevin. Dit is menens. Wil de ware Kevin Parson nu opstaan? Ik heb erover gedacht je te vermoorden, maar ik heb besloten dat dit veel beter is.' De man zweeg en maakte een zacht geluid dat op een kreun leek. 'Dit... dit zal je vernietigen.'

Kevin staarde verpletterd voor zich uit.

'Je mag me Richard Slater noemen. Gaat er nu een belletje rinkelen? Ik geef eigenlijk de voorkeur aan Slater, en dit is het spelletje dat Slater wil spelen. Ik geef je precies drie minuten om de krant te bellen en je zonde op te biechten, of ik laat die armzalige Sable van je in de lucht vliegen.'

'Zonde? Waar heb je het over?'

'Dat is de vraag, nietwaar. Ik wist wel dat je het zou vergeten, ellendeling.' Weer een pauze. 'Houd je van raadsels? Hier is er een om je hersens op te breken: *Wat valt maar breekt nooit? Wat breekt maar valt nooit?*'

'Wat? Wat is...?'

'Drie minuten, Kevin. Vanaf... nu. Laat de spelen beginnen.'

De verbinding werd verbroken.

Een ogenblik staarde Kevin voor zich uit, de telefoon nog steeds aan zijn oor. Er klonk weer een claxon.

De wagens voor hem reden verder en de Mercedes werd weer ongeduldig. Kevin gaf gas en de Sable schoot vooruit. Hij legde de telefoon op de passagiersstoel en slikte met een droge keel. Een blik op de klok: 12:03.

Goed, nadenken. Rustig blijven en nadenken. Is dit net echt gebeurd? Natuurlijk is het gebeurd! Een of andere gek die zichzelf Slater noemt heeft mij zojuist gebeld en gedreigd mijn auto op te blazen. Kevin greep de mobiele telefoon en keek naar het schermpje: *Niet beschikbaar, 00:39.*

Maar was de dreiging echt? Wie zou er een auto midden op een drukke weg opblazen vanwege een raadseltje? Iemand probeerde hem om een of andere maniakale reden doodsbang te maken. Of een zieke geest had hem als zijn volgende willekeurige slachtoffer gekozen, iemand die een hekel had aan theologiestudenten en echt van plan was hem te doden.

Zijn gedachten maalden. Wat voor zonde? Natuurlijk had hij zonden begaan, maar geen die direct in het oog sprong. *Wat valt maar breekt nooit? Wat breekt maar valt nooit?*

Het hart klopte hem in de oren. Misschien zou hij van de weg af moeten. Natuurlijk moest hij van de weg af! Als er ook maar een minimale mogelijkheid was dat Slater zijn dreiging waar zou maken...

Kevin stelde zich voor dat zijn auto in een vuurzee veranderde. De paniek gaf hem rillingen over zijn rug. Hij moest eruit, hij moest de politie bellen!

Nu niet. Nu moest hij eruit. Eruit!

Kevin rukte zijn voet van het gas en ramde hem op de rem. De banden van de Sable piepten. Een claxon loeide. De Mercedes.

Kevin draaide zich om en keek door de achterruit. Teveel auto's. Hij moest een lege plek vinden waar rondvliegend schroot de minste schade zou aanrichten. Hij gaf weer gas en schoot vooruit. 12:05. Maar hoeveel seconden. Hij moest ervan uitgaan dat de drie minuten eindigden op 12:06.

Tientallen gedachten schoten door zijn hoofd: aan een plotselinge explosie, de stem aan de telefoon, de reacties van de auto's om hem heen op de stuntende Sable. *Wat valt maar breekt nooit? Wat breekt maar valt nooit?*

Kevin keek paniekerig om zich heen. Hij moest de auto kwijtraken zonder de omgeving op te blazen. *Hij gaat helemaal niet ontploffen, Kevin. Rem af en denk na.* Hij liet zijn hand een paar maal snel door zijn haar glijden en slingerde naar de rechter rijbaan zonder acht te slaan op een tweede claxon. Aan de rechterkant doemde een tankstation op. Geen goede keus. Achter het tankstation een drukke afhaalchinees. Nauwelijks beter. Er waren geen parkeerplaatsen langs dit deel van de weg; langs alle zijstraten stonden woonhuizen. Verderop zaten hele menigten te lunchen bij wegrestaurants. De klok stond nog steeds op 12:05, het was al veel te lang 12:05.

Een echte paniek begon zijn gedachten te versluieren. *Stel dat hij echt ontploft! Dat gaat toch gebeuren, of niet? God, help mij! Ik moet uit dit ding zien te komen!*

Met een trillende hand greep hij naar zijn gordel, maakte hem los en legde beide handen weer op het stuur.

Aan de linkerkant lag een grote supermarkt ongeveer honderd meter van de weg. De enorme parkeerplaats ervoor was maar voor de helft vol. Een brede groenstrook liep om het hele complex heen. In het midden was het wat lager, als een natuurlijke greppel. Kevin nam een cruciale beslissing: de supermarkt of niets!

Hij drukte zijn claxon in, zwalkte weer naar links en keek terloops in zijn spiegel. Een metalig gekras deed hem in elkaar duiken. Hij had een auto geraakt. Hij was nu door het dolle.

'Uit de weg! Uit de weg!'

Hij gebaarde wild met zijn linkerhand maar sloeg alleen met zijn knokkels tegen het raam. Hij kreunde en zwaaide naar de uiterste linkerbaan. Met een daverende klap nam hij de dertig centimeter hoge middenberm en stortte zich in het tegemoetkomende verkeer. Even realiseerde hij zich dat een frontale aanrijding misschien even fataal was als een ontploffing, maar hij bevond zich nu al in de baan van tientallen naderende auto's.

Banden piepten en claxons blèrden. De Sable liep slechts één klap op het rechter achterspatbord op voordat hij aan de andere kant uit het verkeer schoot. Een of ander onderdeel van zijn auto sleepte over het asfalt. Kevin sneed een pick-up de weg af, die de parkeerplaats wilde verlaten.

'Kijk uit! Uit de weg!'

Hij denderde de parkeerplaats op en wierp een blik op de klok. Ergens was het ding overgesprongen naar 12:06.

Rechts van hem was het verkeer op Long Beach Boulevard piepend en gierend tot stilstand gekomen. Het gebeurde niet iedere dag dat een auto als een bowlingbal door het tegemoetkomende verkeer raasde.

Kevin schoot een paar gapende toeschouwers voorbij en richtte zich op de groenstrook om de parkeerplaats. Pas toen hij die bereikte, zag hij de stoeprand eromheen. De Sable sloeg een band kapot en Kevin stootte zijn hoofd aan het plafond. Een doffe pijn verspreidde zich door zijn nek.

Eruit! Eruit! Eruit!

De auto vloog de greppel in en Kevin drukte de rem haast door de bodem. Even vreesde hij over de kop te slaan, maar de wagen kwam tot stilstand met zijn neus fors in de overzijde van de greppel geboord.

Hij greep de deurhendel, rukte het portier open en dook rollend op het gras, om overeind te krabbelen en de helling naar de parkeerplaats op te rennen. Minstens een dozijn toeschouwers was op weg naar zijn wagen.

'Terug! Terug!' Kevin zwaaide met zijn armen. 'Er zit een bom in de auto. Terug!'

Ze keken hem even verbijsterd aan. Op drie na renden ze allemaal in paniek terug om zijn waarschuwing door te geven. Kevin zwaaide woedend naar de achterblijvers: 'Terug, stelletje dwazen! Er ligt daar een bom!'

Ze renden weg. In de verte was een sirene te horen. Iemand had de politie al gewaarschuwd.

Kevin had een goede vijftig meter gelopen voordat hij zich realiseerde dat de bom niet was afgegaan. *Stel dat er toch geen bom is?* Hij bleef staan en draaide zich hijgend en trillend om. De drie minuten waren zeker al voorbij.

Niets.

Was het dan toch een grap? Maar wie de beller ook was, hij had met de dreiging alleen al bijna evenveel schade aangericht als een echte bom had kunnen veroorzaken.

Hij keek om zich heen. Op veilige afstand had zich een verblufte menigte gevormd. Het verkeer was vastgelopen en de files reikten zover als hij kon zien. Er ontsnapte stoom uit een blauwe Honda, waarschijnlijk de auto die zijn achterspatbord geraakt had. Er stonden wel een paar honderd mensen te kijken naar de dwaas die zijn auto in de greppel had geboord. Op het aanzwellende geluid van sirenes na was het akelig stil geworden. Kevin deed een stap in de richting van zijn auto.

Er was in ieder geval geen bom. Een paar boze automobilisten en een gedeukt spatbord, nou en? Hij had het enige gedaan wat hij kon doen en er kon nog altijd wel een bom zijn. Hij zou die vaststelling aan de politie overlaten als hij zijn verhaal eenmaal had gedaan. Zij zouden hem zeker geloven. Hij bleef staan. De auto stak in de aarde, met zijn linker achterwiel van de grond geheven. Vanaf dit punt zag het er tamelijk zot uit.

'Een bom, zei je?' riep iemand.

Kevin keek naar de man van middelbare leeftijd met wit haar en een baseballpetje op zijn hoofd. De man staarde hem aan. 'Zei je dat er een bom was?'

Kevin keek weer naar de auto en voelde zich plotseling een dwaas. 'Ik dacht dat er...'

Een oorverdovende dreun liet de aarde schudden. Kevin dook instinctief in elkaar en hief zijn armen om zijn gezicht te beschermen.

Boven de auto hing een felle vuurbal en kokende, zwarte rook steeg naar de hemel. De rode vlam stortte met een zachte *woeshh* in, terwijl er rook opwolkte uit het metalen geraamte dat een ogenblik eerder nog zijn Sable was geweest.

Kevin liet zich op een knie vallen en keek met grote, verbijsterde ogen toe.

2

Binnen dertig minuten was de plaats van het misdrijf afgezet en draaide het onderzoek op volle toeren, geleid door één enkele rechercheur, Paul Milton. De man was goed gebouwd en liep als een revolverheld rond, een Schwarzenegger-type met een permanente frons en blonde lokken op zijn voorhoofd. Kevin vond anderen zelden intimiderend, maar Milton deed niets om zijn toch al geschokte zenuwen tot rust te brengen.

Iemand had hem zojuist geprobeerd te vermoorden. Iemand die Slater heette en die kennelijk heel wat van hem afwist. Een kwaadaardige gek die de moeite nam om een bom te plaatsen en dan van afstand tot ontploffing te brengen omdat zijn eisen niet werden ingewilligd. Het schouwspel scheen Kevin een abstract schilderij toe dat tot leven was gekomen.

Gele tape markeerde een gebied van veertig meter doorsnee, waarbinnen een aantal geüniformeerde agenten stukjes schroot verzamelden, van labels voorzagen en netjes in hoopjes in de laadbak van een vrachtwagen legden om afgevoerd te worden naar de stad. De menigte was aangegroeid tot honderden mensen. Sommige gezichten waren verbijsterd, andere toeschouwers gaven met wilde gebaren hun versie van het gebeuren. De enige bekende verwonding was een kleine schram op de arm van een tiener. Het bleek dat een van de auto's die Kevin tijdens zijn wilde tocht had beschadigd de ongeduldige Mercedes was. Toen de chauffeur echter hoorde dat hij achter een autobom had gereden, verbeterde zijn houding aanzienlijk. Het verkeer op de Long Beach Boulevard had nog last van kijkers, maar alle puin was inmiddels geruimd.

Op de parkeerplaats stonden drie busjes van radio- en televisiezenders.

Als Kevin het goed begreep, werden de beelden van zijn gezicht en de resten van zijn auto live uitgezonden in de hele regio rond Los Angeles. Boven de plek van het onheil cirkelde een nieuwshelikopter.

Een forensisch deskundige onderzocht nauwkeurig de verbogen restanten van de kofferbak, waar de bom kennelijk bevestigd was geweest. Een andere rechercheur bepoederde de geblakerde portieren, op zoek naar vingerafdrukken.

Kevin had zijn verhaal aan Milton verteld en wachtte nu tot hij meegenomen zou worden naar het bureau. Oordelend naar de manier waarop Milton hem aankeek, was hij er zeker van dat de man hem voor een verdachte hield. Een eenvoudig onderzoek van het bewijsmateriaal zou hem vrijpleiten, maar één ondergeschikt feit bleef Kevin dwarszitten. Slaters eis dat hij een zonde moest bekennen had hij uit zijn verhaal weggelaten.

Wat voor zonde? Het laatste wat hij kon gebruiken, was dat de politie in zijn verleden ging spitten om een of andere zonde op te sporen. Die zonde was niet waar het om ging. Slater had hem een raadsel opgegeven en hem gezegd dat hij de krant moest bellen met de oplossing, om te voorkomen dat zijn auto opgeblazen zou worden. Dat was wat Kevin Milton verteld had.

Aan de andere kant, bewust informatie verzwijgen in een onderzoek was op zich al een misdrijf.

Iemand heeft mijn auto opgeblazen! Dat feit beheerste als een absurd brok informatie Kevins geest. Zenuwachtig streek hij zijn haar glad.

Hij zat op een stoel die een van de agenten gebracht had en tikte met zijn rechtervoet in het gras. Milton bleef blikken in zijn richting werpen terwijl hij de andere politiemensen instrueerde en getuigenverklaringen opnam. Kevin keek weer naar de auto, waar het forensische team aan werkte. Het ontging hem wat zij wijzer zouden kunnen worden van het wrak. Hij stond wankelend op, haalde diep adem en liep de helling af naar de auto.

Degene die de kofferbak onderzocht was een vrouw. Zwart en klein, misschien een Jamaicaanse. Ze keek op en trok een wenkbrauw omhoog. Aardige glimlach, maar haar lach veranderde het toneel daarachter niet.

Het was nauwelijks te geloven dat die hoop verwrongen staal en gesmolten plastic ooit zijn auto was geweest.

'Wie dit gedaan heeft, moet wel een behoorlijke wrok hebben gekoesterd,' zei ze. Een naamplaatje op haar overhemd vermeldde de naam Nancy Sterling. Ze keek weer naar de resten van de kofferbak en bepoederde de binnenzijde.

Kevin schraapte zijn keel. 'Kunt u me zeggen wat voor soort bom het was?'

'Weet u iets van bommen?'

'Nee. Ik weet dat er dynamiet bestaat en C-4. Dat is het wel zo'n beetje.'

'In het laboratorium weten we het pas zeker, maar het lijkt op dynamiet. Dat laat geen chemische kenmerken na waardoor het met een specifieke partij in verband kan worden gebracht als het eenmaal ontploft is.'

'Weet u hoe hij het heeft laten ontploffen?'

'Nog niet. Afstandsbediening, tijdklok, of beide. Er is niet veel over om conclusies uit te trekken. Uiteindelijk komen we er wel achter. Altijd. Wees maar blij dat u eruit kon komen.'

'Dat mag u wel zeggen.'

Hij keek hoe ze een stukje tape over een bepoederde vingerafdruk plaatste, weer loshaalde en de afdruk op een kaartje verzegelde. Ze maakte een paar aantekeningen op het kaartje en ging weer verder aan het werk met haar zaklantaarn.

'De enige afdrukken die we tot nu toe gevonden hebben, zaten op plaatsen waar we konden verwachten uw afdrukken te vinden.' Ze haalde haar schouders op. 'Zo'n vent is niet zo dom dat hij geen handschoenen gebruikt, maar je kunt nooit weten. Zelfs de slimsten maken uiteindelijk fouten.'

'Ik hoop van harte dat hij er een gemaakt heeft. Dit hele geval is absurd.'

'Dat zijn ze meestal.' Ze glimlachte vriendelijk. 'Gaat het goed met u?'

'Ik leef nog. En hopelijk hoor ik nooit meer van hem.' Zijn stem trilde.

Nancy kwam overeind en keek hem aan. 'Als het u kan troosten, wil ik wel zeggen dat ik alleen nog maar op de stoep zou zitten huilen als het mij was overkomen. We krijgen hem wel te pakken. Zoals ik al zei, we pakken ze altijd. Als hij u echt had willen vermoorden, dan was u nu dood geweest. Deze vent is nauwgezet en berekenend. Hij wil je levend. Dat is mijn mening, voor wat het waard is.'

Ze keek naar rechercheur Milton die in gesprek was met een verslaggever. 'En laat u niet door Milton intimideren. Hij is een goede politieman. Misschien een beetje vol van zichzelf. Met een zaak als deze gaat hij uit zijn dak.'

'Waarom?'

'Publiciteit. Laten we maar zeggen dat hij ambitieus is.' Ze glimlachte. 'Maak u geen zorgen. Zoals ik al zei, hij is een goede rechercheur.'

Alsof het afgesproken was, draaide Milton van de camera weg en liep rechtstreeks naar hen toe.

'We gaan, jongeman. Hoe lang heb jij hier nog werk, Nancy?'

'Ik heb alles wat ik nodig heb.'

'Eerste resultaten?'

'Heb ik over een half uur voor je.'

'Ik heb ze nu nodig. Ik neem meneer Parson mee voor een paar vragen.'

'Ik ben nog niet zo ver. Over een half uur op je bureau.'

Ze staarden elkaar aan.

Milton knipte met zijn vingers naar Kevin. 'We gaan.' Daarop liep hij naar een nieuw model Buick op de straat.

De airconditioning in het bureau moest gerepareerd worden. Na twee uur in een benauwde vergaderruimte begonnen Kevins zenuwen eindelijk tot rust te komen. Het trillen werd minder.

Een agent had zijn vingerafdrukken genomen voor vergelijking met de afdrukken op de Sable, daarna had Milton hem een half uur ondervraagd over zijn verhaal, om vervolgens plotseling te verdwijnen. De twintig minuten van eenzaamheid die erop volgden, gaven Kevin ruim de tijd om Slaters telefoontje nog eens te overdenken terwijl hij naar een bruine vlek op de muur staarde. Uiteindelijk kon hij er echter niet meer van maken dan op het moment dat hij het telefoontje ontving, en dat maakte de hele zaak alleen maar nog verontrustender.

Hij verschoof op zijn stoel en tikte met zijn voet op de vloer. Hij had zijn hele leven in onwetendheid doorgebracht, maar deze kwetsbaarheid was op een of andere manier anders. Een man die Slater heette had hem voor iemand anders aangezien en hem bijna vermoord. Had hij nog niet genoeg geleden in zijn leven? En nu overkwam hem dit, wat het dan ook zijn mocht. Hij werd door de politie onder de loep gelegd. Zij zouden in zijn verleden gaan graven, proberen het te begrijpen. Maar Kevin zelf begreep zijn verleden al niet en hij voelde er niets voor hen een poging te laten doen.

De deur knalde open en Milton kwam binnen.

Kevin schraapte zijn keel. 'Nieuws?'

Milton greep een stoel, gooide een dossier op de tafel en keek Kevin doordringend aan. 'Vertel jij het maar.'

'Wat bedoelt u?'

Milton knipperde tweemaal met zijn ogen en negeerde de vraag. 'De FBI gaat iemand op deze zaak zetten. De antiterrorisme-eenheid wil het bekijken, de federale recherche, de staatspolitie – allemaal. Maar zoals ik het zie, is dit nog altijd mijn gebied. Dat terroristen een voorkeur hebben voor bommen wil nog niet zeggen dat iedere bom die afgaat ook het werk van terroristen is.'

'Denken ze dat het een terrorist is?'

'Dat heb ik niet gezegd. Maar Washington ziet op dit ogenblik achter iedere boom terroristen, en dus gaan ze zeker op jacht. Het zou me niet verbazen als de CIA door de dossiers komt snuffelen.' Milton staarde hem lang aan zonder te knipperen, om daarna drie keer snel achter elkaar zijn ogen open en dicht te doen. 'We hebben hier met een grote mafkees te maken. Wat mij niet duidelijk wordt, is waarom hij jou uitkoos. Dat is onverklaarbaar.'

'Deze hele zaak is onverklaarbaar.'

Milton sloeg het dossier open. 'Het duurt nog wel een paar dagen voordat het laboratorium het weinige dat we gevonden hebben heeft onderzocht, maar er zijn een paar eerste resultaten, waarvan de belangrijkste *niets* is.'

'Wat bedoelt u met niets? Ik ben bijna door een bom de lucht ingegaan!'

'Geen bewijsmateriaal van waarde voor het onderzoek. Ik zet het voor je op een rij, misschien maakt het iets los in die hersenen van jou.' Hij keek Kevin weer aan.

'We hebben een man met een lage, hijgerige stem die zichzelf Richard Slater noemt en die jou goed genoeg kent om je tot zijn doelwit te maken. Jij hebt echter geen idee wie de man mogelijk zou kunnen zijn.' Milton stopte om zijn woorden kracht bij te zetten. 'Hij zet een bom in elkaar met dynamiet en elektronische onderdelen die in iedere elektrozaak te koop zijn zodat niet te achterhalen valt waar de bom vandaan komt. Vervolgens zet hij de bom in de kofferbak van jouw auto. Hij belt je op, wetend dat jij in de auto zit, en dreigt de wagen binnen drie minuten op te blazen als jij een raadsel niet kunt oplossen. *Wat valt maar breekt nooit? Wat breekt maar valt nooit?* Correct tot nu toe?'

'Klinkt correct.'

'Dankzij snel denkwerk en enig stuntwerk op de weg weet je de auto naar een relatief veilige plek te krijgen en kun je ontsnappen. Zoals aangekondigd, wordt de auto opgeblazen als je het raadsel niet kunt oplossen en doorbellen naar de krant.'

'Klopt.'

'De voorlopige resultaten laten zien dat degene die de bom plantte, geen vingerafdrukken heeft achtergelaten. Dat is geen wonder, deze kerel is niet direct een onbenul. De ontploffing had aanzienlijke schade in de omgeving kunnen aanrichten. Als jij op de weg was geweest op het moment van de ontploffing, hadden we nu een aantal lichamen in het mortuarium gehad. Dat is voldoende om aan te nemen dat de dader behoorlijk woedend is, of stapelgek, en waarschijnlijk allebei. We hebben dus te maken met een slimme, woedende vent. Mee eens?'

'Klinkt waarschijnlijk.'

'Wat we echter missen, is de duidelijkste aanwijzing in gevallen als dit, namelijk het motief. Zonder motief tasten we in het duister. Jij hebt geen enkel idee waarom iemand jou op wat voor manier ook zou willen raken? Heb je geen vijanden uit het verleden, geen recente bedreigingen, geen enkele reden om te vermoeden dat iemand op deze aarde je iets zou willen aandoen?'

'Hij probeerde me niet iets aan te doen. Als hij me had willen doden, had hij de bom gewoon kunnen laten ontploffen.'

'Precies. We hebben dus niet alleen geen idee waarom iemand die Slater heet jouw auto zou *willen* opblazen, we weten zelfs niet waarom hij het ook *deed*. Wat heeft hij ermee bereikt?'

'Hij heeft mij bang gemaakt.'

'Je maakt iemand niet bang door hun omgeving op te blazen. Maar goed, stel dat hij je alleen bang wilde maken, dan weten we nog steeds niet waarom. Wat is het motief? Wie zou jou bang willen maken? Waarom? Maar jij hebt daar geen idee van, nietwaar? Niets dat je ooit gedaan hebt zou iemand reden kunnen geven om wrok tegen je te koesteren.'

'Ik... niet dat ik weet. Moet ik soms iets verzinnen? Ik heb u gezegd dat ik echt geen idee heb.'

'Met jou komen we geen stap verder, Kevin. Geen stap.'

'En dat telefoontje dan? Is er geen manier om uit te zoeken waar het vandaan kwam?'

'Nee. We kunnen een telefoongesprek alleen traceren op het moment zelf. Van jouw mobieltje is trouwens niet meer over dan een klomp gesmolten plastic in een bewijszak. Als we geluk hebben, kunnen we het de volgende keer proberen.' Hij deed het dossier dicht. 'Je weet toch dat er een volgende keer zal komen, hè?'

'Niet noodzakelijk.' De gedachte achtervolgde hem al maar hij weigerde er serieus over na te denken. Dit soort krankzinnige dingen overkwam mensen nu en dan; dat kon hij accepteren. Maar een weloverwogen, tevoren beraamd complot tegen hem was niet te bevatten.

'Die komt er,' zei Milton. 'Die vent heeft heel wat overhoop gehaald om deze stunt te leveren. Hij wil iets, en we moeten aannemen dat hij het niet gekregen heeft. Als dit geen willekeurige daad was, of een enorme blunder, zal hij het weer doen.'

'Misschien zag hij mij voor iemand anders aan.'

'Uitgesloten. Daar is hij te precies voor. Hij heeft je opgewacht, je auto van een bom voorzien, hij kende je bewegingen en blies de wagen met geplande nauwkeurigheid op.'

Het was maar al te waar. Slater wist zelfs meer dan de politie. 'Hij heeft me bang gemaakt. Misschien was dat alles wat hij wilde.'

'Misschien. Wat dat betreft sta ik open voor alle suggesties.' Milton zweeg even. 'Weet je zeker dat er niets anders is dat je me wilt vertellen? We hebben niet veel over jou. Nooit getrouwd geweest, geen dossier, geen diploma, onlangs een studie begonnen aan de theologische universiteit. Niet het soort figuur dat je bij een dergelijke aanslag zou verwachten.'

Slaters eis schoot hem door het hoofd.

'Als mij nog iets te binnen schiet, kunt u ervan op aan dat u de eerste bent die het hoort,' antwoordde Kevin.

'Dan kun je nu gaan. Ik heb opdracht gegeven om je telefoons af te tappen zodra we daar groen licht voor krijgen – de jongens komen waarschijnlijk morgenochtend. Ik kan ook een patrouillewagen voor je huis in Signal Hill zetten, maar ik betwijfel of we hier te maken hebben met iemand die naar je huis zou komen.'

'Mijn telefoons worden afgetapt?' Ze gingen dus toch aan het graven. Maar waar zou hij bang voor moeten zijn zolang ze niet in zijn verleden gingen wroeten?

'Met jouw toestemming natuurlijk. Heb je nog meer mobiele telefoons?'

'Nee.'

'Als die man op een andere manier contact legt, wil ik het direct weten, begrepen?'

'Natuurlijk.'

'En vergeef me mijn ongevoeligheid, maar het gaat hier niet meer alleen om jou.' Zijn ogen schitterden. 'Overal lopen verslaggevers rond en die willen een verklaring horen. Je zou wat media-aandacht kunnen krijgen. Praat niet met hen. Kijk zelfs niet naar hen. Houd je hoofd bij de zaak, gesnapt?'

'Ik ben hier toch het slachtoffer, of niet? Waarom krijg ik het gevoel dat ik degene ben die onderzocht wordt?'

Milton legde zijn handen plat op tafel. De airconditioning boven hem sloeg weer aan. 'Omdat jij onderzocht wordt. Er loopt daarbuiten een monster rond en dat monster heeft jou uitgekozen. Wij moeten weten waarom en dat betekent weer dat we meer van jou moeten weten. We moeten een motief zien te vinden. Zo werkt dat nu eenmaal.'

Kevin knikte. Eigenlijk was het volkomen logisch.

'Je kunt gaan.' De rechercheur gaf hem een visitekaartje. 'Bel me. Gebruik het mobiele nummer op de achterkant.'

'Bedankt.'

'Bedank me nog maar niet. Kijk jij altijd naar de grond als je met mensen praat, of heb je iets te verbergen?'

Kevin aarzelde. 'Is het u ooit opgevallen dat u de neiging hebt uw getuigen angst aan te jagen, rechercheur?'

De man begon weer met een van zijn oogknippersessies – vier op een rij deze keer. Paul Milton had misschien politieke aspiraties, maar als de mensen niet van plan waren het bestuur in handen van vampiers te leggen, gaf Kevin hem weinig kans.

Milton stond op en liep de deur uit.

3

Vrijdagmiddag

Een vriendelijke agent die Steve heette, begeleidde Kevin aan de achterzijde naar buiten en nam hem mee naar een autoverhuurbedrijf. Twintig minuten later hield hij de sleutels van een Ford Taurus in zijn handen, een wagen die bijna identiek was aan zijn verwoeste Sable.

'Weet u zeker dat u kunt rijden?' vroeg Steve.

'Ik kan wel rijden.'

'Goed. Ik volg u naar uw huis.'

'Bedankt.'

Kevins woning was een oud huis met twee verdiepingen, dat hij vijf jaar eerder gekocht had toen hij drieëntwintig was. Het geld was afkomstig van een spaarrekening die zijn ouders hadden geopend, vóór het ongeval. Een dronken bestuurder had zich in de auto van Ruth en Mark Little geboord toen Kevin drie was – zij waren op slag dood geweest volgens de rapporten. Hun enige zoon, Kevin, was bij een oppas. De verzekeringsmaatschappij wendde zich tot Ruths zuster, Balinda Parson, die de volledige zeggenschap over Kevin kreeg en hem vervolgens adopteerde. Met een paar pennenstreken van de rechter hield Kevin op een Little te zijn en werd hij een Parson. Hij had geen herinneringen aan zijn echte ouders, geen broers of zusters, en voor zover hij wist geen bezittingen, op de spaarrekening na die tot zijn achttiende jaar door niemand aangeraakt kon worden – tot grote ergernis van tante Balinda.

Uiteindelijk bleek hij het geld niet nodig te hebben tot hij drieëntwintig was, en tegen die tijd was het uitgegroeid tot een som van meer dan 300.000 dollar – een klein geschenk om hem te helpen een nieuw leven op te bouwen toen hij eenmaal ontdekt had dat hij dat moest doen. Tot die tijd had hij Balinda moeder genoemd. Nu noemde hij haar zijn tante. Dat was alles wat zij was, gelukkig. Tante Balinda.

Kevin reed de garage binnen en stapte uit de Ford. Hij zwaaide toen de agent voorbijreed en deed de garagedeur dicht. Het licht doofde langzaam. In de wasruimte wierp hij een blik op de volle wasmand en nam zich voor de was weg te werken voordat hij naar bed zou gaan. Als hij ergens het land aan had, dan was het chaos. Chaos was de vijand van het inzicht en hij had lang genoeg zonder inzicht geleefd. Hoe nauwgezet en georganiseerd moest een chemicus zijn om het DNA te begrijpen? Hoe georganiseerd was NASA geweest om naar de maan te reiken en die te doorgronden? Eén vergissing en *boem!*

Bergen ongewassen kleren duidden op wanorde en chaos.

Kevin liep de keuken in en legde de sleutels op het aanrecht. *Iemand heeft net je auto opgeblazen en jij denkt aan de was.* Tja, maar wat moest hij dan? In de hoek kruipen om zich te verstoppen? Hij was zojuist aan de dood ontsnapt – hij zou eigenlijk een groot feest moeten geven. *We drinken op het leven, vrienden. We hebben de vijand in de ogen gekeken en de bomaanslag bij de supermarkt overleefd.*

Alsjeblieft, kom tot jezelf. Je brabbelt als een dwaas. In het licht van de voorafgaande uren was het niettemin een zegen om nog in leven te zijn en dankbaarheid was op zijn plaats. *Groot is Uw trouw. Zeker, welk een zegen hebben wij ontvangen. Lang leve Kevin.*

Hij staarde langs de ontbijthoek met de ronde, eiken tafel door het grote raam dat uitkeek op de voortuin. Op een zandheuvel aan de overzijde van de straat stond een oliepomp te dromen. Dat was zijn uitzicht. Dat was wat je tegenwoordig voor 200.000 duizend dollar kon krijgen.

De heuvel. Kevin knipperde met zijn ogen. Met een verrekijker kon iedereen die dat zou willen zich aan de voet van de oliepomp installeren om in complete anonimiteit te kijken hoe Kevin Parson zijn was organiseerde.

Het trillen was plotseling terug. Kevin rende naar het raam en liet snel de luxaflex zakken. Daarna draaide hij zich met een ruk om en speurde de benedenverdieping af. Naast de keuken en de wasruimte waren er de woonkamer, de badkamer en de schuifpui van glas die toegang gaf tot een klein grasveldje met een wit spijlenhek eromheen. De slaapkamers waren boven. Vanuit deze hoek kon hij door de woonkamer tot in de achtertuin kijken. Wie weet had Slater hem al maanden geobserveerd!

Nee. Dat was onzin. Slater wist van hem af, misschien iets uit zijn verleden. Een doorgedraaide automobilist die hij kwaad had gemaakt op de snelweg. Misschien zelfs...

Nee, dat kon het niet zijn. Hij was toen nog maar een kind.

Kevin veegde zijn voorhoofd af met zijn arm en liep de woonkamer in. Een grote leren bank en een gemakkelijke stoel stonden tegenover een groot formaat televisie. Stel dat Slater hier *binnen* was geweest...

Hij inspecteerde de kamer. Alles stond op zijn plaats, de salontafel was afgestoft, het vloerkleed gestofzuigd, de tijdschriften lagen in hun bak naast de gemakkelijke stoel. Orde. Zijn *Inleiding in de Filosofie* lag op de ontbijttafel naast hem. Grote reisposters van zestig bij negentig bedekten de muren. Het waren er zestien in totaal, die van boven meegerekend. Istanbul, Parijs, Rio de Janeiro, het Caraïbisch gebied en een dozijn andere. Iemand die niet beter wist zou denken dat hij een reisbureau had, maar voor Kevin waren de afbeeldingen niet meer dan poorten naar de echte wereld, plaatsen die hij ooit zou bezoeken om zijn horizon te verbreden.

Om zijn begrip te vergroten.

Zelfs als Slater hier geweest was, zou dat niet te constateren zijn zonder naar vingerafdrukken te zoeken. Milton moest misschien een ploeg sturen.

Rustig aan, jongen. Dit is een incident, geen complete invasie. Het is nog niet nodig je huis overhoop te halen.

Kevin liep naar de bank en terug. Hij pakte de afstandsbediening en zette de televisie aan. Liever dan langdurig naar één zender te kijken, liet hij de kanalen in snel tempo over het grote beeldscherm flitsen. De televisie was weer een ander venster op het leven – een schitterende montage van de wereld in al zijn schoonheid en lelijkheid. Het maakte niet uit; het was echt.

Hij zapte langs de kanalen en wisselde haast om de seconde. Rugby, een kookprogramma, een vrouw in een bruine jurk die liet zien hoe je geraniums moet planten, reclame, Bugs Bunny. Hij bleef bij Bugs Bunny hangen. *What's up, doc?* Het stripfiguurtje had meer waarheid over het leven te zeggen dan de mensen op televisie. 'Als je te lang in dat gat blijft, wordt het je graf.' Dat was nu eens een waarheid. Dat was Balinda's probleem: zij zat nog steeds in het gat. Hij zapte weer. Het nieuws...

Het nieuws. Hij staarde naar de luchtopnamen, geboeid door de surrealistische beelden van de smeulende auto. Zijn auto. 'Wauw,' mompelde hij. 'Dat ben ik.' Ongelovig schudde hij zijn hoofd en haalde zijn hand door zijn haar. 'Dat ben ik echt. Ik heb het overleefd.'

Wat valt maar breekt nooit? Wat breekt maar valt nooit? Hij zal weer opbellen. Dat weet je toch, nietwaar?

Kevin deed het toestel uit. Een psychobabbelaar had hem ooit verteld dat hij een ongewoon verstand had. Uit een IQ test bleek dat hij tot de toplaag van één procent behoorde, daar lagen dus geen problemen. Sterker, als er al problemen waren – en dr. Swanlist de psychobabbelaar meende dat daar in het geheel geen sprake van was – dan moest het zijn dat zijn verstand de informatie nog steeds verwerkte met de snelheid die bij anderen slechts in hun kindertijd te vinden was. Met het ouder worden vertraagde het proces normaal gesproken, hetgeen ook verklaarde waarom ouderen bijvoorbeeld een regelrecht gevaar konden worden achter het stuur. Kevin bezag de wereld door de ogen van een volwassene, met de onschuld van een kind. Psychogebabbel zonder enige praktische waarde, ongeacht hoe opgetogen dr. Swanlist er ook over was.

Hij keek naar de trap. *Stel dat Slater naar boven is gegaan.*

Kevin stond op en nam de trap met twee treden tegelijk. Een grote slaapkamer links, een logeerkamer die hij als kantoor gebruikte rechts, en een badkamer ertussenin. Hij liep naar de logeerkamer, deed het licht aan en stak zijn hoofd naar binnen. Een bureau met computer, een stoel en een paar boekenkasten gevuld met een dozijn studieboeken en verder zwaar van meer dan tweehonderd romans. Hij had in zijn vroege tienertijd het wonder van het verhaal ontdekt en uiteindelijk hadden de verhalen hem bevrijd. Er was geen betere manier om het leven te begrijpen dan door het te beleven, zo niet door je eigen leven, dan via dat van anderen. *Er was eens een man die een veld bezat. Briljant, briljant, briljant.* Niet lezen betekende dat je de inzichtvolste breinen de rug toekeerde.

Hij liet zijn ogen langs de titels glijden. Koontz, King, Shakespeare, Card, Stevenson, Powers... een uitgelezen verzameling. Hij had de boeken gretig gelezen tijdens zijn recente wedergeboorte. Zeggen dat tante Balinda romans afkeurde, was net zoiets als opmerken dat de oceaan nat was. En zijn filosofische en theologische studieboeken zouden haar evenmin kunnen bekoren.

De reisposters in deze kamer toonden Ethiopië, Egypte, Zuid-Afrika en Marokko. Bruin, bruin, groen, bruin. Dat was het.

Hij deed de deur weer dicht en liep naar de badkamer. Niets. De man in de spiegel had bruin haar en blauwe ogen. Grijze ogen bij slecht licht. Niet onaantrekkelijk voor zover hij erover kon oordelen, maar in het geheel genomen toch doorsnee. *Niet het soort persoon dat door een psychopaat belaagd zou worden.* Hij gromde binnensmonds en haastte zich naar zijn slaapkamer.

Het bed was opgemaakt, de laden van het dressoir waren dicht en de luiken stonden open. Alles in orde. *Zie je wel, je ziet spoken.*

Kevin zuchtte en trok zijn overhemd en nette broek uit. Dertig seconden later droeg hij een vaalblauw T-shirt en een spijkerbroek. Hij moest proberen weer een schijn van normaliteit te bereiken. Het overhemd verdween in de wasmand en nadat hij zijn broek had opgehangen liep hij naar de deur.

Vanuit een ooghoek zag hij iets kleurigs op het nachtkastje. Roze. Er stak een roze lint achter de lamp uit.

Kevins hart reageerde nog sneller dan zijn verstand en begon hevig te bonken. Hij liep naar het nachtkastje en staarde naar het smalle, roze haarlint. Hij had het eerder gezien, daar was hij absoluut zeker van. Lang geleden. Samantha had hem ooit exact zo'n haarlintje gegeven, maar hij was het jaren geleden kwijtgeraakt.

Hij draaide zich met een ruk om. Had Sam over het incident gehoord en was zij uit Sacramento hierheen gekomen? Ze had hem onlangs nog opgebeld, maar had niets gezegd over plannen om hem op te zoeken. De laatste keer dat hij zijn jeugdvriendin gezien had was toen zij als achttienjarige naar de universiteit vertrok, tien jaar eerder. Ze had de laatste paar jaar in New York bij de politie gewerkt en was onlangs naar Sacramento verhuisd om voor het Californian Bureau of Investigation te gaan werken, zeg maar de FBI op staatsniveau.

Maar dit haarlint was van haar!

'Samantha?' Zijn stem echode zacht door de kamer.

Stilte. Natuurlijk, hij had de kamer al geïnspecteerd. Behalve...

Hij greep het lint, rende naar de trap en was in drie stappen beneden. 'Samantha!'

Het kostte hem welgeteld twintig seconden om het huis te doorzoeken en de mogelijkheid uit te sluiten dat zijn oude vriendin hem een bezoek bracht en zich verstopt had, zoals zij in hun kindertijd gedaan hadden. Was zij gekomen om het lint achter te laten, en weer vertrokken met de bedoeling hem later te bellen? Zou zij zoiets doen? Onder elke andere omstandigheid zou het een heerlijke verrassing zijn.

Kevin stond radeloos in de keuken. Als zij het lintje had neergelegd, zou ze zeker een boodschap hebben achtergelaten, een briefje, een telefoontje, wat dan ook.

Maar er lag geen briefje en het antwoordapparaat van zijn zwarte telefoon op het aanrecht liet een dikke, rode 0 zien. Geen berichten.

En als Slater het haarlint hier had achtergelaten? Hij zou Milton moeten bellen. Kevin haalde een hand door zijn haar. Milton zou het verhaal over het haarlint willen horen, hetgeen betekende dat hij over Samantha zou moeten vertellen en zijn verleden zou moeten blootleggen. Dat kon hij niet – niet nadat hij er zo lang voor was weggevlucht.

De stilte was drukkend. Hij keek naar het roze lint in zijn trillende hand en ging langzaam aan zijn ontbijttafel zitten. Het verleden. Zo lang geleden. Kevin sloot zijn ogen.

Hij was tien jaar toen hij het mooie meisje van verderop uit de straat voor het eerst zag. Dat was een jaar voordat zij de jongen ontmoetten die hen wilde vermoorden.

De ontmoeting met Sam, twee dagen na zijn verjaardag, was zijn mooiste cadeau geweest. Het mooiste ooit. Zijn broer Bob, eigenlijk zijn neef, had hem een jojo gegeven die hij heel leuk vond, maar minder leuk dan de kennismaking met Samantha. Het was zijn geheim. Bob was dan misschien acht jaar ouder dan hij, maar hij was een beetje traag: hij kon het nooit bijhouden.

Het was die avond volle maan en Kevin lag al om zeven uur in bed. Hij ging altijd vroeg naar bed, soms al voor het late avondeten. Maar die avond had hij naar zijn gevoel al een uur onder de dekens gelegen zonder de slaap te kunnen vatten. Hij dacht dat het misschien te licht was met het heldere maanlicht door de kieren van het witte rolgordijn. Hij wilde het graag donker hebben als hij sliep, aardedonker, zodat hij zelfs zijn hand op een centimeter voor zijn neus nog niet kon zien.

Misschien dat het donker genoeg zou zijn als hij kranten of zijn deken voor het raam hing.

Hij klom uit zijn bed, trok de grijze, wollen deken los en hield die omhoog om hem over de gordijnroede te slaan. Wauw, het was echt licht daarbuiten. Hij keek om naar zijn slaapkamerdeur. Moeder lag in bed.

Het rolgordijn, een vlekkerige witte lap canvas, bedekte het kleine raam het grootste deel van de tijd. Door het raam was toch niets meer te zien dan de achtertuin. Kevin liet de deken zakken en tilde het rolgordijn aan de onderkant op.

Over de rommel in de achtertuin lag een zachte gloed. Hij kon het hondenhok links zien alsof het dag was. Zelfs alle planken van het oude hek om de tuin waren zichtbaar. Kevin keek naar de lucht. Een maan zo helder als een lamp glimlachte naar hem en hij glimlachte terug. *Wauw!*

Hij liet het rolgordijn weer zakken toen iets zijn aandacht trok. Hij knipperde met zijn ogen en keek nog eens. *Nee, geen zwerver! Een...*

Hij liet het rolgordijn los. Daarbuiten was iemand die naar hem staarde!

Hij kroop van zijn bed af en ging met zijn rug tegen de muur staan. Wie kon er midden in de nacht naar hem staan te staren? Wie zou er sowieso naar hem staren? Het was een kind, toch? Een van de jongens of meisjes uit de buurt.

Misschien dacht hij alleen maar dat hij iemand zag. Hij wachtte een paar minuten, lang genoeg voor die ander om weg te gaan, en verzamelde daarna alle moed om nog een keer te kijken.

Deze keer tilde hij het rolgordijn nauwelijks op, net ver genoeg om over de vensterbank te kunnen gluren. Zij was er nog steeds! Kevin had het gevoel dat zijn hart zou ontploffen van schrik, maar hij bleef kijken. Zij kon hem nu niet zien omdat het rolgordijn te laag hing. Het was een meisje, zoveel kon hij wel uitmaken. Een jong meisje, misschien van zijn leeftijd, met lang, blond haar en een gezicht dat wel mooi moest zijn, dacht hij, hoewel hij geen details kon zien.

Plotseling verdween zij uit het zicht.

Kevin kon nauwelijks slapen. De volgende avond kon hij de verleiding niet weerstaan om weer te kijken, maar het meisje was verdwenen. Voorgoed verdwenen. Dacht hij.

Drie dagen later lag hij weer in bed, en deze keer wist hij zeker dat hij al een uur wakker lag. Moeder had hem die middag heel lang laten slapen en hij was gewoon niet moe. De maan was die nacht niet zo helder, maar hij had toch iets voor zijn raam gehangen om het donkerder te maken. Na lange tijd besloot hij dat het misschien toch beter was wat meer licht te hebben. Misschien kon hij zijn hersenen wijs maken dat het al de volgende morgen was, zodat zij moe zouden zijn na een slapeloze nacht.

Hij stond op, trok de wollen deken weg en trok het rolgordijn met een ruk aan het koordje omhoog.

Een klein, rond gezicht drukte met de neus tegen het vensterglas.

Kevin sprong achteruit en viel van schrik uit zijn bed. Hij krabbelde overeind. Zij was er! Hier! Voor zijn raam! Het meisje van die nacht was hier en bespioneerde hem.

Hij zette het bijna op een gillen. Het meisje glimlachte en zwaaide met haar hand, alsof ze hem had herkend en even langskwam om hallo te zeggen.

Hij keek naar de deur. Hopelijk had moeder niets gehoord. Hij ging terug naar het meisje voor het raam, dat geluidloos iets tegen hem zei en gebaarde dat hij iets moest doen. Maar hij kon alleen maar als versteend naar haar staan staren.

Ze gebaarde dat hij het raam omhoog moest schuiven! *Geen denken aan!* En hij kon het toch niet, want het raam was dichtgeschroefd.

Ze zag er niet echt angstwekkend uit. Eigenlijk zag ze er heel aardig uit. Ze had een mooi gezicht en lang haar. Waarom was hij zo bang voor haar? Misschien hoefde dat helemaal niet. Haar gezicht was zo... vriendelijk.

Kevin keek weer naar de deur en liet zich op het voeteneinde van zijn bed glijden. Zij zwaaide weer en deze keer zwaaide hij terug. Ze wees naar het raamkozijn en gebaarde weer. Hij volgde haar handen en begreep plotseling wat ze bedoelde. Ze wilde dat hij het raam zou losschroeven! Hij keek naar de enkele schroef die het handvat op zijn plaats hield en realiseerde zich voor het eerst dat hij die eruit kon halen. Hij hoefde alleen maar iets te vinden om de schroef mee los te draaien. Een muntje bijvoorbeeld. Daar had hij er een paar van.

Plotseling opgewonden door het idee greep Kevin een van de muntjes uit een oud blikje op de vloer en paste het in de schroefkop. De schroef bewoog en hij draaide verder tot hij los was.

Het meisje sprong op en neer en gebaarde dat hij het raam omhoog moest schuiven. Kevin wierp een laatste blik op zijn slaapkamerdeur en gaf een ruk aan het raam, dat geluidloos openschoof. Hij knielde op zijn bed en zat oog in oog met het meisje.

'Hallo,' fluisterde zij, met een glimlach van oor tot oor.

'Ha... hallo.'

'Kom je mee naar buiten om te spelen?'

Spelen? De opwinding maakte plaats voor angst. Het huis achter hem was stil. 'Ik kan niet naar buiten komen.'

'Natuurlijk wel. Gewoon uit het raam kruipen. Heel makkelijk.'

'Ik denk niet dat ik dat mag. Ik...'

'Maak je geen zorgen, je moeder merkt het niet eens. Later klim je gewoon weer naar binnen en schroef je het raam weer vast. Ze slapen allemaal toch?'

'Ken jij mijn moeder?'

'Iedereen heeft een moeder.'

Ze kende moeder dus niet. Ze zei alleen maar dat moeders niet wilden dat hun kinderen stiekem naar buiten gingen. Alsof alle moeders waren zoals zijn moeder.

'Klopt toch?'

'Klopt.'

En als hij nu eens ging? Wat voor kwaad zou het kunnen? Moeder had hem nooit echt gezegd dat hij 's nachts niet uit het raam mocht klimmen, althans niet met zoveel woorden.

'Ik weet het niet. Nee, ik kan echt niet.'

'Natuurlijk kun je het. Ik ben een meisje en jij bent een jongen. Meisjes en jongens spelen samen. Wist je dat niet?'

Hij wist niet wat hij moest zeggen. In ieder geval had hij nog nooit eerder met een meisje gespeeld.

'Spring maar gewoon naar beneden.'

'Weet... weet je zeker dat het veilig is?'

Ze stak hem een hand toe. 'Hier, ik help je wel.'

Hij wist niet precies waarom hij het deed; zijn hand leek op eigen houtje de hare te zoeken. Zijn vingers raakten de hare en zij voelden warm aan. Hij had nog nooit de hand van een meisje aangeraakt en de vreemde ervaring vervulde hem met een ongekend aangenaam gevoel. Vlinders.

Tien seconden later was Kevin buiten en stond hij in het heldere maanlicht trillend naast een meisje van ongeveer zijn eigen lengte.

'Kom mee,' zei ze. Ze liep naar het hek, duwde een losse plank opzij, stapte naar buiten en gebaarde hem haar te volgen. Met een laatste bezorgde blik op zijn raam volgde Kevin haar.

Eenmaal buiten het hek stond hij te trillen in de duisternis, maar nu meer van opwinding dan uit angst.

'Ik heet Samantha, maar je mag me Sam noemen. Hoe heet jij?'

'Kevin.'

Sam stak haar hand uit. 'Leuk je te leren kennen, Kevin.' Hij gaf haar een hand, maar zij liet niet meer los en trok hem van het huis weg.

'Wij zijn ongeveer een maand geleden hierheen verhuisd vanuit San Francisco. Ik wist niet dat er kinderen in dit huis woonden, totdat ik mijn ouders er toevallig een week geleden over hoorde praten. Jouw ouders zijn nogal op zichzelf, hè?'

'Tja, dat zal wel.'

'Mijn ouders laten mij naar het park aan het einde van de straat gaan, waar veel kinderen komen. Het is er verlicht. Wil je daarheen?'

'Nu?'

'Ja, waarom niet? Het is veilig. Mijn vader is bij de politie. Als het niet veilig was, zou hij dat echt wel weten.'

'Nee. Ik... ik kan niet. Ik wil er niet heen.'

Ze haalde haar schouders op. 'Doe wat je wilt. Ik was op weg naar het park toen ik die avond over jullie hek keek en jou zag. Het was een beetje gluren, denk ik. Vind je dat erg?'

'Nee.'

'Gelukkig, want ik vind je wel leuk.'

Kevin wist niet wat hij moest zeggen.

'Vind je mij mooi?' Ze sprong bij hem weg en draaide rond als een ballerina. Ze had een roze jurk aan en droeg bijpassende linten in haar haar.

'Ja, ik vind je mooi,' antwoordde hij.

Ze hield op met haar rondedans, keek hem even aan en giechelde. 'Ik weet nu al dat wij geweldige vrienden gaan worden. Zou je dat leuk vinden?'

'Ja.'

Ze sprong op hem af, greep zijn hand en sleurde hem mee. Kevin lachte. Hij vond haar echt leuk. Heel erg leuk; leuker dan wie dan ook die hij zich kon herinneren.

'Waar gaan we naartoe?'

'Maak je geen zorgen, niemand komt het te weten. Niemand zal ons zelfs zien, dat beloof ik je.'

Het volgende uur vertelde Sam hem honderduit over haar gezin en hun huis, drie huizen vanaf dat van Kevin. Ze ging naar een privé-school en kwam 's avonds niet voor zes uur thuis, zei ze. Haar vader kon dat niet betalen van zijn inkomen, maar haar grootmoeder had een spaarrekening voor haar nagelaten. Ze konden alleen aan het geld komen als het gebruikt werd om er een privé-school mee te betalen. De kinderen daar waren niet echt haar type, net zo min als de meeste buurkinderen. Later zou zij ook bij de politie gaan, net als haar vader. Daarom vond ze het waarschijnlijk leuk om rond te sluipen en te spioneren, want dat deden agenten ook om boeven te vangen. Ze vroeg Kevin een paar dingen, maar liet hem verder met rust toen ze merkte dat hij verlegen was.

Sam mocht hem, dat merkte hij. Het was voor het eerst dat Kevin zo'n soort vriendschap van iemand voelde.

Omstreeks acht uur vertelde Samantha hem dat ze naar huis moest, omdat haar ouders anders ongerust werden. Ze slopen weer door het hek en zij hielp hem door zijn raam te klimmen.

'Dit is ons geheim, hè? Niemand mag het weten. Als je mij rond zeven uur op je raam hoort kloppen, weet je dat ik kan spelen als jij wilt. Afgesproken?'

'Bedoel je dat we dit nog eens kunnen doen?'

'Waarom niet? Zo lang je maar niet betrapt wordt.'

'Betrapt?' Kevin keek naar zijn raam en voelde zich plotseling misselijk worden. Hij wist niet precies waarom; hij wist alleen dat zijn moeder niet blij zou zijn als zij het ontdekte, en alles werd heel vervelend als moeder niet blij was. Hoe had hij dit kunnen doen? Hij deed nooit iets zonder het te vragen. Nooit.

Sam legde een hand op zijn schouder. 'Niet bang zijn, Kevin. Niemand komt het te weten. Ik vind je leuk en ik wil vrienden zijn met jou. Wil jij dat ook?'

'Ja.'

Sam giechelde en knipperde met haar helder blauwe ogen. 'Ik wil je iets geven.'

Ze haalde een van de roze linten uit haar haar en gaf die aan hem. 'Zorg ervoor dat je moeder hem niet vindt.'

'Is die voor mij?'

'Dan vergeet je me niet.'

Hij zou haar niet vergeten. Nooit.

Sam stak haar hand op. 'Tot de volgende keer, vriend. Geef me de huid.'

Hij keek haar verward aan.

'Dat zegt mijn vader altijd. Iets van de straat. Kijk, zo.' Ze nam zijn hand en legde haar palm tegen de zijne. 'Tot ziens. Vergeet niet je raam weer vast te schroeven.'

Daarop was Sam verdwenen.

Twee avonden daarna was ze er weer. Met nog meer vlinders in zijn buik en alarmbellen in zijn hoofd stapte Kevin uit zijn raam.

Moeder zou erachter komen. Sam pakte zijn hand en dat gaf hem een warm gevoel, maar moeder zou het ontdekken. De alarmbellen in zijn hoofd waren niet te stoppen.

Kevin ontwaakte uit zijn herinneringen. Er klonk een schrille bel en het geluid deed hem overeind schieten. Het duurde even voordat hij het verleden van zich had afgeschud.

De zwarte telefoon in de keuken ging over. Het was een modern toestel met een ouderwetse bel die klonk als een oud kantoortoestel. Kevin staarde naar het ding, plotseling onzeker of hij wel wilde opnemen. Hij kreeg bijna nooit telefoon; er waren maar weinig mensen die reden hadden om hem te bellen. Meestal waren het verkopers.

Hij had het antwoordapparaat ingesteld op de zesde beltoon. Maar als het Samantha was? Of Milton?

De telefoon ging weer over. *Neem op, Kevin. Gewoon opnemen.*

Hij liep naar het aanrecht en pakte de hoorn van het toestel. 'Hallo?'

'Hallo, Kevin. Heb je mijn kleine cadeautje gevonden?'

Kevin verstomde. Het was Slater.

'Dat zal ik maar als een bevestiging zien. Het is een enerverende dag geweest, nietwaar? Eerst een telefoontje, toen een ontploffinkje en nu een cadeautje. En dat allemaal binnen vier uur. Dat maakt het de moeite van het wachten waard, vind je niet?'

'Wie ben jij?' vroeg Kevin dwingend. 'Waar ken je mij van?'

'Wie ik ben? Ik ben jouw grootste nachtmerrie. Geloof me, dat zul je binnenkort roerend met mij eens zijn. Waar ik je van ken. Foei, foei, foei. Het feit alleen al dat je dat moet vragen, rechtvaardigt alles wat ik van plan ben.'

Het moest de jongen zijn! *O God, red mij!* Kevin liet zich langzaam op de vloer zakken. Dit kon niet waar zijn. 'O nee...'

'Niks nee, Kevin. Ik wil dat je heel goed luistert want ik ga je in korte tijd een heleboel informatie geven, en elk klein stukje daarvan is essentieel als jij ons kleine spelletje wilt overleven. Begrepen?'

Kevins gedachten vlogen door het verleden, op zoek naar iemand die wellicht geklonken had als deze man, iemand die enige reden kon hebben om zo met hem te praten. Iemand anders dan de jongen.

'Geef antwoord, onderkruipsel!'

'Ja.'

'Ja wat?'

'Ja, ik begrijp het.'

'Ja, je begrijpt wat?'

'Dat ik heel goed moet luisteren,' antwoordde Kevin gedwee.

'Mooi. Vanaf nu geef je antwoord als ik je iets vraag en je praat alleen wanneer ik zeg dat je mag praten. Begrepen?'

'Ja.'

'Goed zo. Er zijn maar drie regels bij ons spel. Onthoud ze alledrie.

Eén, jij zegt niets over mijn raadsels of mijn telefoontjes tegen de politie tot de tijd verstreken is. Daarna mag je ze alles vertellen wat je wilt. Dit is iets persoonlijks en het is onnodig om de hele stad in rep en roer te brengen over een bom die misschien zal ontploffen. Is dat duidelijk?'

'Ja.'

'Twee, jij doet precies wat ik zeg, of je zult ervoor boeten, dat beloof ik je. Helder?'

'Waarom doe je...'

'Geef antwoord!'

'Ja!'

'Drie, de raadsels blijven doorgaan tot je je zonde bekent. Zodra je dat doet, ben ik weg. Zo simpel is het. Eén, twee, drie. Prent dat in die dikke kop van je en alles gaat goed. Begrepen?'

'Alsjeblieft, als je mij gewoon vertelt wat ik moet bekennen, dan zal ik het doen. Waarom gebruik je raadsels? Kan ik ook bekennen zonder raadsels op te lossen?'

Slater bleef even zwijgen. 'De antwoorden op de raadsels en het bekennen zijn hetzelfde. Dat is de eerste en de laatste aanwijzing. De volgende keer dat je iets van mij los probeert te peuteren, kom ik bij je binnen en snij je een oor af, of een ander interessant lichaamsdeel. Wat is er aan de hand, Kevin? Jij bent toch de briljante theologiestudent, de slimme, kleine filosoof? Ben je bang voor een raadseltje?'

De raadsels en het bekennen zijn hetzelfde. Dan was het misschien toch niet de jongen.

'Dit is niet eerlijk...'

'Heb ik je gevraagd iets te zeggen?'

'Je stelde me een vraag.'

'En daar moet een antwoord op komen, geen les. Daarvoor zul je een kleine extra prijs moeten betalen. Ik heb besloten om te doden om je te helpen meer begrip te krijgen.'

Kevin werd misselijk. 'Jij... jij hebt net besloten...'

'Misschien twee moorden.'

'Nee, het spijt me. Ik zal niets zeggen.'

'Beter. En om de zaak even duidelijk te stellen: jij bent wel de laatste die over eerlijkheid moet beginnen. Misschien dat je die oude dwaas van de theologische universiteit voor het lapje kunt houden, en alle oude dametjes in de kerk kunt laten denken dat je zo'n aardige jongeman bent, maar ik ken je, kereltje. Ik weet hoe je brein werkt en waartoe je in staat bent. Weet je? Ik sta op het punt om de slang uit de put te laten ontsnappen. Voordat wij klaar zijn, zal de hele wereld de complete, smerige waarheid weten, jochie. Trek de lade voor je open.'

De lade? Kevin stond op en keek naar de keukenlade onder het aanrecht. 'De lade?'

'Trek hem open en haal de mobiele telefoon eruit.'

Kevin trok de lade voorzichtig open. In een bestekvakje lag een kleine, zilverkleurige telefoon. Hij pakte het apparaat.

'Vanaf nu houd je die telefoon altijd en overal bij je. Hij staat op trilalarm. Het is niet nodig de buren iedere keer wakker te maken als ik bel. Helaas kan ik je niet meer thuis bellen als de politie je telefoon gaat aftappen. Begrepen?'

'Ja.'

Het was niet langer een vraag of Slater in Kevins huis was geweest. Wat wist hij verder nog?

'Er is een klein dingetje dat onze aandacht nodig heeft voordat we verdergaan. Ik heb goed nieuws voor je, Kevin.' Slaters stem werd zwaarder en hijgeriger. 'Je staat niet alleen in dit spel. Ik ben van plan nog iemand samen met jou aan te pakken. Ze heet Samantha.' Stilte. 'Jij herinnert je Samantha toch, nietwaar? Dat moet wel; ze heeft je onlangs gebeld.'

'Ja.'

'Jij mag haar, nietwaar?'

'Ze is een vriendin.'

'Jij hebt niet veel vrienden.'

'Nee.'

'Beschouw Samantha maar als mijn verzekering. Als jij mij laat zakken, sterft zij.'

'Dat kun je niet doen!'

'Houd je mond, leugenachtige miezer! Luister goed. *In het leven is hij je vriend, maar de dood is het eind.* Dat is je bonusraadseltje omdat je zo stom bent. Je hebt precies dertig minuten om het op te lossen of je beste vriend gaat de lucht in.'

'Wat voor vriend? Ik dacht dat het om mij ging! En hoe weet je eigenlijk of ik het raadsel heb opgelost?'

'Bel Samantha. Vraag haar om hulp. Jullie kunnen je stinkende koppen bij elkaar steken om het op te lossen.'

'Ik weet niet eens of ik Samantha wel kan bereiken. Hoe weet jij wat ik haar vertel?'

Slaters donkere gegrinnik klonk door de hoorn. 'Je doet niet wat ik doe zonder de kneepjes van het vak geleerd te hebben, jochie. Ik heb overal ogen en oren. Wist je wel dat je iemand met de juiste apparatuur op meer dan een kilometer afstand in zijn eigen huis kunt verstaan? En zien is zelfs nog eenvoudiger. De klok loopt. Je hebt nog negenentwintig minuten en dertig seconden. Ik zou me maar haasten als ik jou was.'

De verbinding werd verbroken.

'Slater?'

Niets. Kevin legde de hoorn op de haak en keek op zijn horloge. 4:15 uur. Over een half uur zou er weer een ontploffing zijn, deze keer bij zijn beste vriend, wat onzin was, want hij had geen beste vriend. *In het leven is hij je vriend, maar de dood is het eind.* Geen politie.

4

Speciaal agente Jennifer Peters van de FBI haastte zich door de gang. Haar hart bonkte met een spanning die zij in geen drie maanden gevoeld had. Het rapport over de bom in Long Beach was al uren eerder binnengekomen, maar zij was niet op de hoogte gesteld. Waarom? Ze nam de laatste bocht en zwaaide de deur van de chef van het kantoor in Los Angeles open.

Frank Longman zat aan zijn bureau, met de telefoon tegen zijn oor gedrukt. Hij nam niet de moeite om naar haar op te kijken. Hij wist het natuurlijk wel! De gladjanus had het bewust achtergehouden.

'Sir?'

Frank stak zijn hand op en Jennifer sloeg haar armen over elkaar terwijl haar chef verder praatte. Pas op dat moment merkte ze de twee andere agenten op die aan de kleine vergadertafel links van haar zaten. Ze kende hen niet. *Waarschijnlijk van die stijve harken van de oostkust.* Hun blikken bleven even op elkaar gefixeerd, daarna wendde Jennifer haar blik af en bracht haar ademhaling onder controle.

Haar blauwe mantelpak had slechts een minuscule split op haar linkerbeen, maar ze kon zich niet aan de stellige indruk onttrekken dat de zeer fatsoenlijke, in haar ogen zelfs conservatieve, kleding toch nog vaak de blikken van mannen trok. Ze had donker haar tot op haar schouders en lichtbruine ogen. Ze had het soort gezicht dat anderen hun leven lang probeerden te bereiken: symmetrisch, met een zachte huid en vol van kleur. Haar schoonheid kon niet verborgen blijven. *Schoonheid is een geschenk*, zei haar vader altijd. *Verspeel het niet.* Een geschenk. Voor Jennifer was het even vaak een handicap geweest. Veel mensen van beide geslachten hadden er moeite mee om schoonheid en uitnemendheid bij één en dezelfde persoon te accepteren.

Ter compensatie probeerde ze haar uiterlijk zo veel mogelijk te negeren en zich te concentreren op uitnemendheid. *Verstand is ook een geschenk*, zei haar vader altijd. En God was zeer vrijgevig geweest. Op haar dertigste werd Jennifer Peters beschouwd als een van de beste forensische psychologen van de westkust.

Maar uiteindelijk had het niets uitgemaakt. Haar uitnemendheid had haar broer niet kunnen redden. Wat was zij dus? Een mooie vrouw die veel liever slim dan mooi wilde zijn, maar uiteindelijk niet zo slim bleek. Een niets. Een niets, wier falen haar broer het leven kostte. En nu was zij een niets die door haar chef genegeerd werd.

Fank legde zijn telefoon neer en draaide zich om naar de twee mannen aan de tafel. 'Een ogenblikje, heren.'

De twee agenten keken elkaar aan, stonden op en verlieten de kamer. Jennifer wachtte tot de deur in het slot viel voordat ze iets zei.

'Waarom heb ik er niets van gehoord?'

Frank spreidde zijn handen op zijn bureau. 'Kennelijk heb je het wel gehoord.'

Ze keek hem woedend aan. 'Vijf uur later! Ik had allang in Long Beach moeten zijn!'

'Ik heb de politiechef van Long Beach net aan de telefoon gehad. We zijn er morgenochtend vroeg.'

Wij? Hij speelde een spelletje. Ze liep naar zijn bureau, haar handen op haar heupen. 'Goed, en nu zonder suggestieve opmerkingen. Wat is er aan de hand?'

Frank glimlachte. 'Alsjeblieft, Jennifer, ga zitten. Kom op adem.'

De toon van zijn stem stond haar niet aan. *Rustig, meisje. Jouw lot ligt in de handen van deze man.*

'Hij is het, nietwaar?'

'We weten nog niet genoeg. Ga zitten.' Ze staarden elkaar aan. Ze ging in een van de grote stoelen voor het bureau zitten en sloeg haar benen over elkaar.

Frank tikte afwezig met zijn vingers op het schrijfblad. 'Ik dacht erover om Craig het onderzoek ter plaatse te laten doen en jou hier een coördinerende rol te geven.'

Jennifer voelde het bloed naar haar hoofd stijgen. 'Dit is mijn zaak! Je kunt me er niet zomaar vanaf halen!'

'Zei ik dat je er vanaf moest? Dat kan ik me niet herinneren. En als je dat in de zes jaar dat je hier nu werkt nog niet gemerkt hebt, we verplaatsen agenten nogal eens om een hele reeks van redenen.'

'Niemand kent deze zaak zo goed als ik,' zei ze. Dat kon haar chef toch niet doen. Zij was veel te waardevol voor dit geval!

'Een van die redenen is de relatie tussen de agent en belangrijke partijen, inclusief de slachtoffers.'

'Ik heb een jaar achter die vent aangezeten,' protesteerde Jennifer. Ze liet de wanhoop in haar stem doorklinken. 'Alsjeblieft, Frank. Dit kun je me niet aandoen.'

'Hij heeft je broer vermoord, Jennifer.'

Ze staarde hem aan. 'En dat wordt nu plotseling relevant? Zoals ik het zie, geeft het feit dat hij Roy vermoordde mij het recht op hem te jagen.'

'Alsjeblieft, ik weet dat het moeilijk is, maar je moet proberen de zaak objectief te bekijken. Roy was het laatste slachtoffer van de moordenaar. We hebben sindsdien in geen drie maanden iets van hem gehoord. Heb jij je ooit afgevraagd waarom hij Roy eruit pikte?'

'Bij gelegenheid,' antwoordde ze. Natuurlijk had zij erover nagedacht. Het antwoord was overduidelijk, maar onuitgesproken.

'Hij vermoordde vier anderen in en om Sacramento voordat jij hem op de hielen kwam. Het scheelde niets of je had hem gearresteerd. Hij neemt je dat kwalijk en kiest iemand die dichtbij je staat. Roy. Hij speelt zijn spelletje van raadsels en vermoordt Roy als jij tekortschiet.'

Jennifer staarde hem zwijgend aan.

De chef hief een hand. 'Nee, dat kwam er anders uit dan ik wilde...'

'Jij wilt zeggen dat de raadselmoordenaar mijn broer vermoordde vanwege mij? Jij hebt het lef om daar rustig te zitten en mij ervan te beschuldigen dat ik een rol speelde in de executie van mijn eigen broer?'

'Ik zei dat dat niet is wat ik bedoelde. Maar het is waarschijnlijk dat hij Roy koos vanwege jouw betrokkenheid bij de zaak.'

'En heeft dat feit mijn prestaties beïnvloed?'

Hij aarzelde.

Jennifer deed haar ogen dicht en haalde voorzichtig adem.

'Jij legt mij woorden in de mond,' zei Frank. 'Luister, het spijt me, werkelijk. Ik kan me alleen maar voorstellen hoe het voor jou was en ik kan me niemand voorstellen die beter in aanmerking komt om achter die gek aan te gaan, maar de situatie veranderde op het moment dat hij jouw broer vermoordde. Hij heeft het op jou gemunt. Jij bent een partij geworden, en eerlijk gezegd loopt je leven gevaar.'

Ze deed haar ogen weer open. 'Kom me niet met die vaderlijke gevarenonzin aanzetten, Frank. We hebben ervoor getekend gevaar te lopen. Begrijp je niet dat dit precies is wat de moordenaar wil? Hij weet dat ik zijn grootste bedreiging ben. En hij weet dat jij mij wellicht van de zaak zult halen om alle redenen die je net opnoemde. Hij *wil* mij van die zaak hebben.'

Ze zei het met een vaste stem, maar alleen omdat ze lang geleden al geleerd had alle emotie weg te drukken. Voor het grootste deel althans. Zo ging het op het bureau. Haar andere deel wilde tegen Frank schreeuwen en hem vertellen wat hij met zijn bezwaren kon doen.

Hij zuchtte. 'We weten niet eens of het om dezelfde moordenaar gaat. Het zou een na-aper kunnen zijn; of een ander zonder enig verband met deze zaak. We hebben iemand nodig die de zaken hier nauwkeurig op een rij zet.'

De raadselmoordenaar was bijna een jaar eerder met zijn spelletjes begonnen. Hij koos zijn slachtoffers om verschillende redenen uit en observeerde ze dan tot hij hun gewoonten van buiten kende. Het raadsel kwam over het algemeen uit de lucht vallen. Hij gaf zijn slachtoffers een bepaalde tijd om het raadsel op te lossen, onder bedreiging met de dood. Inventief en koelbloedig.

Haar broer, Roy Peters, was een advocaat van drieëndertig jaar geweest die net een baan had gekregen bij Bradshaw en Bixx in Sacramento. Een briljante man met een fantastische vrouw, Sandy, die voor het Rode Kruis werkte. Belangrijker nog was dat Roy en Jennifer onafscheidelijk waren geweest tot op de universiteit, waar zij beiden rechten studeerden. Roy had de eerste fiets voor Jennifer gekocht, niet omdat haar vader het niet kon, maar omdat hij het zelf wilde. Roy had haar leren rijden en hij had iedere jongen met wie zij ooit uitging nagetrokken, vaak zeer tot haar gespeelde ergernis. Haar broer was haar zielsverwant geweest, de maatstaf waaraan geen enkele andere man kon voldoen.

Jennifer had de gebeurtenissen die tot zijn dood hadden geleid wel duizend maal de revue laten passeren, en realiseerde zich iedere keer dat zij het had kunnen voorkomen. Als zij het raadsel maar twintig minuten eerder had doorgrond. Als zij maar niet op de zaak was gezet.

Tot dit moment had niemand op iets van schuld bij haar geduid, dat zou onder het niveau van het Bureau zijn. Maar haar eigen schuldgevoel had haar deze drie maanden murw gemaakt. Het feit lag er dat Roy nog geleefd zou hebben als zij niet op deze zaak had gezeten. Niets zou dat ooit kunnen veranderen. Op een of andere manier *was* zij inderdaad persoonlijk verantwoordelijk voor de dood van haar broer.

Haar levensmissie was nu pijnlijk eenvoudig. Ze zou zich door niets of niemand laten weerhouden om de raadselmoordenaar van de aardbodem weg te vagen.

Als Frank zich de ernst van haar obsessie had gerealiseerd, had hij haar waarschijnlijk al lang geleden van de zaak gehaald. Haar overleven was afhankelijk van haar vermogen om rustig en redelijk te blijven.

'Frank, ik smeek het je. Je moet me dit onderzoek laten leiden. Hij heeft nog niemand vermoord. Hij wordt brutaal, maar als hij het idee krijgt dat hij de FBI naar zijn hand kan zetten, wordt hij nog brutaler. Mij van de zaak halen zou een verkeerd signaal zijn.'

De gedachte viel haar in op het moment dat ze het zei. Aan Franks gezicht kon zij zien dat hij het nog niet van die kant bekeken had.

Ze drukte door. 'Ik heb drie maanden de tijd gehad om te rouwen, Frank. De laatste keer dat ik bij mijzelf te rade ging, was ik helder. Je bent het aan het publiek verplicht om mij te laten gaan. Niemand maakt meer kans om hem te stoppen voordat hij weer een moord begaat.'

Frank keek haar zwijgend aan.

'Je weet dat ik gelijk heb.'

'Je bent een taaie, dat moet ik je nageven. Beloof me dat je geen neiging hebt om er een persoonlijke vendetta op na te houden.'

'Ik wil hem uit de maatschappij hebben. Als dat een persoonlijke motivatie heet, dan zij dat zo.'

'Dat is niet wat ik bedoel.'

'Denk je dat ik het recht zou schaden met een snelle revolveractie?' zei ze op sarcastische toon. 'Of dat ik informatie voor andere bureaus zou achterhouden om zelf met de eer te strijken? Heb je zo'n lage dunk van mij?'

'Niemand van ons is ongevoelig voor sterke emotionele drijfveren. Als het mijn broer was geweest, zou ik niet zeker zijn of ik mijn penning niet zou inleveren om persoonlijk en buiten de wet om achter hem aan te gaan.'

Ze wist niet zeker wat zij moest zeggen. Het was een gedachte die haar tientallen keren door het hoofd was gegaan. Niets zou haar meer bevrediging schenken dan zelf de trekker over te halen als het zover zou komen.

'Ik ben jij niet,' zei ze ten slotte, maar ze was er niet zo zeker van.

Hij knikte. 'Het soort liefde dat jij met je broer deelde, zie je tegenwoordig niet zoveel meer, weet je? Ik heb je er altijd om gerespecteerd.'

'Dank je. Roy was een ongelooflijk mens. Niemand zal hem ooit kunnen vervangen.'

'Nee, dat zal wel niet. Goed, Jennifer, jij wint. Je zult er een half dozijn andere diensten zien rondkruipen. Ik wil dat je met hen samenwerkt. Ik wil niet zeggen dat je ze de hele dag naar de ogen moet zien, maar respecteer ze in ieder geval in zoverre dat je ze op de hoogte houdt.'

Jennifer stond op. 'Natuurlijk.'

'Rechercheur Paul Milton verwacht je morgenochtend vroeg. Hij is geen man met schietvrees, als je begrijpt wat ik bedoel. Wees aardig.'

'Het is mij onmogelijk iets anders te zijn.'

5

Kevin nam de eerste vier treden met één stap. Hij struikelde over de hoogste trede en landde op zijn buik op de overloop. 'Schiet op!' Hij kreunde en krabbelde overeind. Het telefoonnummer van Samantha lag op zijn bureau; laat het alsjeblieft nog op het bureau liggen. Hij stormde de deur door. Zijn beste vriend. Wie kon dat in vredesnaam zijn?

Hij rommelde tussen de papieren en stootte een leerboek hermeneutiek van het bureau. Het nummer lag helemaal bovenop; hij wist het absoluut zeker. Misschien moest hij gewoon Milton opbellen. Waar was dat nummer?

Rustig, Kevin. Houd je hoofd koel. Dit is een denkspelletje, geen hardloopwedstrijd. Nee, geen race, een denkwedstrijd.

Hij haalde diep adem en zette zijn hand aan zijn kin. *Ik kan de politie niet bellen, omdat Slater het zal horen. Hij heeft afluisterapparatuur verstopt of zoiets. Goed. Hij wil dat ik Samantha bel. Het gaat ook om haar. Ik heb Samantha nodig. Er zijn nog maar twee minuten voorbij. Achtentwintig te gaan. Tijd genoeg. Allereerst Sams nummer vinden. Denk na. Je hebt het op een wit stuk papier geschreven. Je hebt het afgelopen week gebruikt om haar op te bellen en je hebt het op een veilige plaats opgeborgen omdat het belangrijk voor je is.*

Onder de telefoon.

Hij tilde de telefoon van het bureau en zag het witte papiertje. *Gelukkig!* Hij greep de hoorn van de haak en toetste het nummer met een bevende hand in. Het toestel ging over. En nog een keer.

'Alsjeblieft, alsjeblieft, neem op...'

'Hallo?'

'Hallo, Sam?'

'Wie is daar?'

'Ik ben het.'

'Kevin? Wat is er aan de hand? Je klinkt...'

'Ik heb een probleem, Sam. Een enorm probleem! Heb je gehoord over die bom die hier vandaag ontploft is?'

'Een bom? Je maakt een grapje zeker? Nee, ik heb er niet over gehoord. Ik heb een week vrij om uit te pakken na de verhuizing. Wat is er gebeurd?'

'Iemand die zichzelf Slater noemt heeft mijn auto opgeblazen.'

Stilte.

'Sam?' Kevins stem trilde. Plotseling had hij het gevoel dat hij zou gaan huilen; zijn blik werd troebel. 'Sam, alsjeblieft, ik heb je hulp nodig.'

'Iemand die Slater heet, heeft je auto opgeblazen,' herhaalde zij. 'Vertel verder.'

'Hij belde me op mijn mobiele telefoon en gaf me drie minuten om een zonde op te biechten, die ik volgens hem via een raadsel kon achterhalen. *Walt valt maar breekt nooit? Wat breekt maar valt nooit?* Ik wist de auto bij een supermarkt in een greppel te zetten, waar hij ontplofte.'

'Alle... Meen je dat? Zijn er gewonden?'

'Nee. Ik heb...'

'Onderzoekt de FBI het geval? Alle mensen, je hebt gelijk. Ik zet net de televisie aan. Het is hier uitgebreid op het nieuws.'

'Samantha, luister! Ik ben zojuist weer gebeld door die vent. Hij zegt dat ik dertig minuten de tijd heb om een ander raadsel op te lossen, of hij laat een volgende bom ontploffen.'

Sam leek onmiddellijk in een andere versnelling over te gaan. 'Raadsels. Dat meen je toch niet. Hoe lang geleden was dat?'

Hij keek op zijn horloge. 'Vijf minuten.'

'Heb je het al doorgegeven aan de politie?'

'Nee. Hij zei dat ik het niet aan de politie kan vertellen.'

'Onzin! Bel onmiddellijk de rechercheur op die de leiding heeft. Leg neer en bel ze op, hoor je, Kevin? Je kunt die vent zijn spelletjes niet laten spelen, je moet het hem afpakken.'

'Hij zei dat deze bom mijn beste vriend zou doden, Sam. En ik weet dat hij mij kan horen. Die vent lijkt alles te weten. Misschien zit hij nu wel toe te kijken!'

'Goed, rustig aan. Kalmeer.' Ze zweeg even en dacht na. 'Goed, bel de politie niet. Over wie heeft Slater het? Wie zijn je vrienden daar?'

'Ik... dat is het probleem. Ik heb hier eigenlijk geen echte vrienden.'

'Natuurlijk wel. Geef me de namen van drie mensen die je als je vrienden beschouwd en ik licht de plaatselijke politie in. Kom op.'

'Nou ja, misschien de decaan van de theologische universiteit, dr. John Francis. En de predikant van mijn gemeente, Bill Strong.' Hij dacht diep na, maar er kwamen geen andere namen. Hij had veel kennissen, maar eigenlijk niemand die hij een echte vriend zou noemen, laat staan een beste vriend.

'Goed. Genoeg. Blijf even hangen.'

Ze legde de telefoon neer.

Kevin greep zijn T-shirt om het zweet van zijn gezicht te vegen. 4:24. Hij had nog tot 4:45. *Schiet op, Samantha!* Hij stond op en begon heen en weer te lopen. *In het leven is hij je vriend, maar de dood is het einde. Wat...*

'Kevin?'

'Ja?'

'Ik heb de politie van Long Beach anoniem gebeld met de waarschuwing dat Francis en Strong in onmiddellijk gevaar zouden kunnen verkeren. Dat is genoeg om ze weg te halen van waar zij zich ook bevinden. Dat is alles wat we kunnen doen.'

'Heb je Milton gesproken?'

'Heeft hij de leiding? Nee, maar ik ben er zeker van dat hij de boodschap wel doorkrijgt. Hoe zeker weet je dat die man doordraait als je de politie inschakelt?'

'Hij is al doorgedraaid! Hij zei dat ik alleen iets mocht zeggen als het mij gevraagd werd en dat hij dit doet omdat ik toch iets gezegd had.'

'Juist. Je krijgt waarschijnlijk binnen een paar minuten een telefoontje van de politie, om de bedreiging die ik net heb doorgegeven te controleren. Heb je een antwoordapparaat?'

'Ja.'

'Negeer het telefoontje. Als je direct met de politie praat, weet Slater dat. Wat is het raadsel?'

'Er is nog iets, Sam. Slater kent jou. Hij stelde zelfs voor dat ik jou moest opbellen. Ik... ik denk dat het iemand is die we allebei kennen.'

De telefoon klonk een paar ademteugen lang hol.

'Hij kent mij. Wat is die zonde die hij je wil laten opbiechten?'

'Dat weet ik niet!'

'Goed, daar kunnen we het later over hebben. De tijd verstrijkt. Wat is het raadsel?'

'In het leven is hij je vriend, maar de dood is het einde.'

'Tegenstellingen.'

'Tegenstellingen?'

'Wat breekt maar valt nooit? Wat valt maar breekt nooit? Antwoord: dag en nacht. Wat in het leven je vriend is, maar eindigt bij de dood, weet ik niet, maar het zijn beide tegenstellingen. Enig idee?'

'Nee. Ik heb geen flauw benul.' *De nacht valt en de dag breekt aan of door. Slim.* 'Dit is *krankzinnig!*' Hij perste het laatste woord tussen zijn tanden door.

Samantha zweeg even. 'Als we die zonde wisten, zouden we het raadsel kunnen omdraaien. Welke zonde verberg jij, Kevin?'

Hij stopte midden onder zijn lopen. 'Geen één. Talloze! Wat wil je dat ik doe, mijn hele leven van zonde voor de wereld blootleggen? Dat is kennelijk wat hij wil.'

'Maar er moet iets zijn dat jij gedaan hebt om deze man buiten zinnen te brengen. Denk daaraan en denk aan het raadsel. Zie je enig verband?'

Kevin dacht aan de jongen, maar er was geen verband tussen de raadsels en de jongen. Hij kon het niet zijn. Er wilde hem niets anders te binnen schieten.

'Nee.'

'Dan gaan we terug naar die beste vriend.'

'Jij bent mijn beste vriend, Samantha.'

'Lief van je. Maar die man wilde dat je mij zou bellen, nietwaar? Hij weet dat ik gewaarschuwd ben, en als hij mij kent, weet hij ook dat ik in staat ben aan de dreiging te ontsnappen. Ik denk dat ik op dit moment veilig ben. Er is een andere beste vriend die je over het hoofd ziet. Iets meer voor de hand liggends.'

'Wacht! Als het nu eens geen persoon is!' Dat was het! Hij keek op zijn horloge. Nog vijftien minuten, nauwelijks genoeg tijd om er te komen. Het piepje van een tweede gesprek klonk in zijn oor. Dat zou de politie zijn.

'Negeren,' zei Sam. 'Zoals...'

'Ik bel je terug, Sam. Ik heb geen tijd om het uit te leggen.'

'Ik kom naar je toe. Ik ben er over vijf uur.'

'Je... je komt hierheen?'

'Ik heb vrij, weet je nog?'

Kevin voelde een rilling van dankbaarheid. 'Ik moet ervandoor.'

Hij hing op. De zenuwen gierden door zijn keel en zijn maag kromp samen tot een steen. Als hij gelijk had, betekende het dat hij terug moest naar het huis. Hij haatte het idee terug te moeten naar het huis van zijn tante. Met gebalde vuisten stond hij in zijn kantoor, maar hij moest wel terug. Slater had de auto opgeblazen en nu zou hij nog ergere dingen doen als Kevin hem niet tegenhield.

Slater dwong hem terug te gaan naar het huis, terug naar het verleden. Terug naar het huis en terug naar de jongen.

Kevins horloge gaf 4:39 uur aan toen hij langs het park aan het einde van Bakerstreet reed en de auto in de richting van het witte huis stuurde. Het vage geluid van kinderen die op de schommels speelden vervloog, gevolgd door stilte, op het gebrom van de Ford Taurus na. Hij knipperde met zijn ogen.

Een rij van twintig olmen markeerde de linkerkant van de doodlopende straat, één voor ieder huis. De hele straat lag in de donkere schaduw van de bomen. Achter de huizen langs liep een smal zandpad naar het park dat hij zojuist gepasseerd was. Aan zijn rechterhand stonden loodsen langs de spoorbaan. De straat was van een nieuw plaveisel voorzien, de gazons waren keurig bijgehouden en de bescheiden huizen toonden netjes. Het was in alle opzichten de modelstraat voor iedere buitenwijk van een stad.

Hij was hier in geen jaar geweest, en zelfs die laatste keer had hij geweigerd het huis binnen te gaan. Hij had Balinda's handtekening nodig voor de aanmelding bij de theologische universiteit. Na vier vruchteloze pogingen om die via de post te bemachtigen, had hij zich ten slotte naar de voordeur van het huis gesleept en aangebeld. Zij verscheen na een paar minuten en hij vertelde haar zonder oogcontact te maken dat hij in zijn oude slaapkamer nog bewijsmateriaal had dat de politie zeer zou interesseren en dat zijn volgende stop het bureau zou zijn als zij weigerde te tekenen. Het was uiteraard een leugen. Ze trok haar neus op en krabbelde iets onder aan het papier.

De laatste keer dat hij het huis van binnen had gezien, was vijf jaar eerder, op de dag dat hij eindelijk voldoende moed had verzameld om te vertrekken.

De straat inrijden onder het gewelf van de olmen had veel weg van een tunnel inrijden. Een tunnel naar een verleden dat hij niet wenste te bezoeken.

Hij reed langzaam langs de huizen – een groene gevel, een gele, weer een groene en een in beige – allemaal oud en allemaal uniek op hun eigen manier, ondanks de duidelijke overeenkomsten vanwege de bouw door dezelfde aannemer. Zelfde goten, zelfde ramen, zelfde dakbedekking. Kevin richtte zijn ogen op het witte huis, het vijftiende in de rij van twintig in Baker Street.

Hier wonen Balinda en Eugene Parson met hun achterlijke zoon Bob. Dit is het huis waar Kevin Parson, geadopteerde zoon, zijn jeugd doorbracht, voorheen bekend als Kevin Little, tot zijn mama en papa omkwamen.

Vijf minuten. *Kevin, de tijd raakt op.*

Hij parkeerde de auto aan de overzijde van de straat. Een hekje van zestig centimeter hoog omgaf de voortuin en werd verderop één meter tachtig hoog, waar het om de achtertuin liep. Van buiten was het hek helder wit geschilderd, maar als je eenmaal door de poort rechts was gestapt, kwam je geen verf meer tegen, alleen nog vegen van zwarte as. Een bloemperk lag over de hele lengte langs de veranda. Met nepbloemen: mooi en onderhoudsvrij. Balinda verving ze ieder jaar, het was haar manier van tuinieren.

Rechts van de olm van de Parsons stond een grijs stenen beeld van een of andere Griekse godin. De voortuin was onberispelijk, de netste van de hele straat. Altijd al geweest. Zelfs de oude Plymouth op de oprijlaan was onlangs gepoetst en gaf een vervormd spiegelbeeld van de olm op het glanzende achterspatbord. De wagen was in geen jaren van zijn plaats gekomen. Als de Parsons reden hadden het huis te verlaten, gaven zij de voorkeur aan de oude, blauwe Datsun die in de garage stond.

De rolgordijnen waren neergelaten en de deur had geen venster, zodat het onmogelijk was om naar binnen te kijken. Kevin kende het interieur echter beter dan zijn eigen huis. Drie deuren verder stond het kleinere, bruine huis dat ooit in bezit was geweest van een politieman die Rick Sheer heette en een dochter had met de naam Samantha. Haar familie was weer naar San Francisco verhuisd toen Samantha naar de universiteit ging.

Kevin veegde zijn handpalmen af aan zijn spijkerbroek en stapte uit. Het geluid van zijn dichtslaande portier was ongepast luid in de stille straat. Het rolgordijn voor het voorraam ging even opzij en viel weer terug. *Mooi zo. Kom maar naar buiten, tantetje.*

Plotseling kwam zijn hele bezoek hem voor als een absurditeit. Slater kende zijn feiten overduidelijk, maar hoe zou hij van Bobs hond kunnen weten? Of van het feit dat die hond inderdaad Kevins beste vriend was geweest totdat Samantha kwam? Misschien had hij het op dr. Francis of de dominee gemunt. Maar dat had Sam geregeld. *Slim.*

Kevin bleef even op het trottoir staan en keek naar het huis. *Wat nu?* Gewoon naar de deur lopen en Balinda vertellen dat iemand van plan was de hond op te blazen? Hij sloot zijn ogen. *God, geef me kracht. U weet hoe ik dit haat.* Misschien moest hij gewoon weggaan. Als Balinda een telefoon had gehad, zou hij hebben opgebeld. Misschien kon hij de buren bellen en...

De deur ging open en Bob kwam naar buiten, met een grijns van oor tot oor. 'Hallo, Kevin.'

Hij droeg een asymmetrisch kort kapsel dat duidelijk door Balinda zelf werd bijgehouden. Zijn beige broek eindigde een goede twintig centimeter boven zijn glanzende, zwarte schoenen en zijn vuilwitte overhemd had de lange boordpunten die in de jaren zeventig nog mode waren.

Kevin glimlachte. 'Hallo, Bob. Mag ik Damon zien?'

Bob begon te stralen. 'Damon wil jou zien, Kevin. Hij heeft erop gewacht om jou te zien.'

'Is dat zo? Leuk. Laten we...'

'Bobby, jongen!' Balinda's schelle stem klonk uit de voordeur. 'Kom direct weer binnen!' Ze stapte uit de schaduw, op rode pumps en een witte panty waarop rode strepen van verse nagellak prijkten. Haar witte jurk was afgebiesd met van ouderdom gevlekt kantwerk waarin willekeurig een paar dozijn nepparels waren verwerkt: de restanten van wat ooit honderden waren geweest. Een grote zonnehoed verborg het grootste deel van haar ravenzwarte haar dat recent geverfd moest zijn. Om haar hals een ketting met namaakjuwelen. Maar vooral de combinatie van witte make-up en felrode lippenstift die Balinda op haar verwelkende gezicht aanbracht, verwees haar onmiddellijk naar de categorie van levende lijken.

Ze staarde boos langs haar overschaduwde wimpers, nam Kevin even op en trok haar neus op.

'Heb ik gezegd dat je naar buiten mocht? Naar binnen. Nu! Nu!'

'Het is Kevin, mama.'

'Ook al was het de president, liefje.' Ze pakte zijn kraag en trok die recht. 'Je weet heel goed hoe snel je kou vat, lieverd.'

Ze duwde Bob naar de deur.

'Hij wil Damon...'

'Wees lief voor de Prinses. Naar binnen.' Ze gaf hem een zacht duwtje.

Tot haar voordeel moest Kevin erkennen dat Balinda werkelijk het beste voor had met die jongen. Ze was misschien misleid en dwaas, maar ze hield van Bob.

Kevin slikte en keek op zijn horloge. Twee minuten. Hij zette het op een lopen naar de poort, terwijl zij nog met haar rug naar hem toe stond.

'En waar denkt de vreemdeling heen te gaan?'

'Ik wil alleen even bij de hond kijken. Ik ben weg voordat je het weet.'

Hij greep de klink van de poort en rukte hem open.

'Weg! Jij hebt wegrennen tot een nieuwe kunstvorm verheven, nietwaar, meneer de student?'

'Niet nu, Balinda,' zei hij rustig. Zijn ademhaling werd sneller. Ze kwam naast hem lopen terwijl hij langs het huis naar achteren liep.

'Toon in ieder geval een beetje respect als je op mijn grondgebied bent.'

Hij hield zichzelf in, sloot zijn ogen en opende ze weer. 'Alstublieft, niet nu, Prinses.'

'Dat is beter. Met de hond is alles goed. Dat is meer dan ik van jou kan zeggen.'

Kevin kwam om de hoek in de bekende achtertuin, die nog niets veranderd was. Zwart. Balinda noemde het een tuin, maar eigenlijk was het niets meer dan één grote ashoop, zij het een tamelijk nette, die een meter dik was in het midden en tot zestig centimeter afliep tegen het hek. Een groot metalen vat stond middenin de tuin te smeulen; ze verbrandden nog steeds alles. Verbranden, verbranden, verbranden, iedere dag. Hoeveel kranten en boeken waren er door de jaren heen in het vuur verdwenen? Genoeg voor tonnen as.

Het hondenhok stond waar het altijd gestaan had, in de verste linkerhoek. Een ongebruikt tuinhuisje dat schreeuwde om een likje verf stond in de andere hoek. De as was tot tegen de deur opgehoopt.

Kevin stapte op de harde as en rende naar het hondenhok. Minder dan een minuut. Hij liet zich op één knie vallen, keek in het hok en werd begroet met een grom.

'Rustig, Damon. Ik ben het, Kevin.' De oude, zwarte labrador was seniel en prikkelbaar geworden, maar hij herkende Kevins stem onmiddellijk. Na een kreun kwam hij naar buiten strompelen. Er zat een ketting aan zijn halsband.

'Wat denk je dat je aan het doen bent?' vroeg Balinda op bevelende toon.

'Braaf zo.' Kevin stak zijn hoofd in het oude hondenhok en tuurde in de duisternis. Hij kon geen bom ontdekken. Daarna stond hij op en liep om het kleine hok heen. Niets.

'Wat doet hij, Prinses?'

Kevin draaide zich om naar het huis toen hij de stem van zijn oom hoorde. Eugene stond op de veranda en staarde naar hem. Hij droeg zijn gebruikelijke Engelse laarzen en paardrijbroek, compleet met bretels en pet. De magere man had naar Kevins idee meer weg van een jockey, maar voor Balinda was hij een prins. Hij droeg al minstens tien jaar dezelfde kleding. Voor die tijd was het een Hendrik-V-kostuum, dat zot en onhandig stond bij zo'n kleine man.

Balinda stond bij de hoek van het huis en keek met zorgelijke ogen naar Kevin. Het rolgordijn in het raam links van haar ging omhoog: Kevins oude kamer. Bob gluurde naar buiten. Het verleden staarde hem door drie paar ogen aan.

Hij keek weer op zijn horloge. De dertig minuten waren al voorbij. Kevin streelde de oude hond. 'Braaf.' Hij maakte de ketting los, gooide de halsband opzij en liep met het dier terug naar de poort.

'Wat denk jij met mijn bezit te gaan doen?' vroeg Balinda.

'Ik heb het idee dat hij wel wat beweging kan gebruiken.'

'Jij bent helemaal hier gekomen om dat oude beest van de ketting te halen? Wie denk je dat je voor je hebt? Een krankzinnige?' Ze schreeuwde tegen de hond die Kevin volgde. 'Damon! Terug in je hok! Terug!'

De hond bleef staan.

'Sta daar niet zo, Eugene! Doe iets met dat beest!'

Eugene schoot onmiddellijk overeind. Hij deed twee stappen in de richting van de hond en zwaaide met zijn dunne arm. 'Damon! Stoute hond! Ga terug. Ga onmiddellijk terug!'

Het dier staarde hem alleen maar aan.

'Probeer het met je paardentrainers-accent,' zei Balinda. 'En leg een beetje gezag in je stem.'

Kevin staarde hen aan. Het was lang geleden dat hij hen zo bezig had gezien. Ze waren geruisloos weer in hun rollenspel vervallen. Op dit moment bestond hij niet eens voor hen. Hij kon zich nauwelijks voorstellen dat hij bij deze twee zonderlingen was opgegroeid.

Eugene maakte zich zo groot als zijn kleine gestalte toeliet en zette zijn borst op. 'Welaan, hond! Spoed u naar de kennel of de zweep is uw deel! Verzwind! Verzwind *tèèrstooond*!'

'Blijf daar niet zo staan; ga achter hem aan, alsof je het meent!' snauwde Balinda. 'En ik geloof werkelijk niet dat het passend is "u" te zeggen tegen een dier. Grom of zoiets.'

Eugene hurkte en deed een paar grote stappen in de richting van Damon, grommend als een beer.

'Niet als een beest, dwaas die je bent!' protesteerde Balinda. 'Je ziet er belachelijk uit! Dat is een dier; jij bent de meester. Gedraag je ook zo. Grom als een man! Als een heerser!'

Eugene kwam weer overeind, stak zijn arm met geweld uit en snauwde als een misdadiger. 'Terug in je hok, jij smerig hondsvot!' riep hij hees.

Damon jankte en rende terug naar het hok.

'Ha!' riep Eugene triomfantelijk uit. Balinda klapte in haar handen en giechelde vergenoegd.

'Zie je nu wel? Ik zei het je toch. Prinses weet altijd...'

Een doffe explosie tilde het hondenhok plotseling een halve meter van de grond, waarop het met een dreun terugviel.

Vol ongeloof stond Balinda bij de hoek van het huis, Eugene bij de veranda, Bob voor het raam en Kevin middenin de tuin naar het smeulende hok te kijken.

Kevin stond aan de grond genageld. *Damon?*

Balinda deed een stap naar voren en bleef weer staan. 'Wat... wat was dat?'

'Damon?' Kevin rende naar het hondenhok. 'Damon!'

Nog voor hij bij het hok kwam, wist hij dat de hond dood was. De as bij de ingang werd snel donkergekleurd door bloed. Hij keek naar binnen en trok zich direct weer terug. De gal steeg hem naar de keel.

Hoe was dit mogelijk? Tranen sprongen in zijn ogen.

Een hoge gil sneed door de lucht. Hij keek om en zag hoe Balinda met gestrekte armen en een vertrokken gezicht naar haar hondenhok rende. Kevin sprong achteruit om uit haar baan te komen. Eugene liep onsamenhangend te mompelen op de veranda en Bob drukte zijn gezicht met wijdopen ogen plat tegen de ruit.

Balinda wierp één blik in Damons rokende hok en wankelde daarna achteruit. Eugene bleef staan en keek naar haar. Kevins gedachten maalden, maar het was nu niet Damon meer die hem duizelig maakte. Het was Prinses. Niet Prinses – moeder!

Nee! Nee, niet Prinses, niet moeder, zelfs niet tante! *Balinda*. De arme, zieke dwaas die het leven uit hem had gezogen.

Ze draaide zich naar Kevin om, met ogen die zwart waren van haat. 'Jij!' schreeuwde ze. 'Jij hebt dit gedaan!'

'Nee, moeder!' *Ze is je moeder niet! Niet moeder!* 'Ik...'

'Houd je leugenachtige mond! Wij haten jou!' Ze liet haar arm in de richting van de poort schieten. 'Eruit!'

'Jij meent niet wat je...' *Stop, Kevin! Wat maakt het jou uit of zij je haat? Vertrek.*

Balinda balde beide handen tot vuisten, liet ze naast haar lichaam hangen en wierp haar hoofd in de nek. 'Verdwijn! Verdwijn! Verdwijn!' schreeuwde ze met haar ogen stijf dichtgedrukt.

Eugene viel haar bij met zijn falsetstem en deed haar houding na: 'Verdwijn, verdwijn, verdwijn!'

Kevin verdween. Zonder het te wagen om te kijken wat Bob mogelijk deed, rende hij om het huis heen en vluchtte naar zijn auto.

6

De lucht is benauwd, te heet voor zo'n mooie dag. Richard Slater, zoals hij besloten heeft zich deze keer te noemen, trekt zijn kleding uit en hangt die in de ene kast naast het bureau. Op blote voeten loopt hij door de donkere kelder, trekt de oude vrieskast open en neemt er twee ijsklontjes uit. Geen echte klontjes, het zijn bevroren balletjes in plaats van rechthoeken. Hij vond de afwijkende vriesvorm ooit in de koelkast van een vreemde en besloot hem mee te nemen. De ijsballetjes zijn prachtig.

Slater loopt naar het midden van de ruimte en gaat op de betonnen vloer zitten. Aan de muur tikt een grote, witte klok. Het is 4:47 uur. Over drie minuten zal hij Kevin bellen, behalve wanneer Kevin zelf belt. In dat geval zal hij de verbinding op afstand verbreken om Kevin vervolgens terug te bellen. Afgezien daarvan wil hij Kevin een beetje tijd geven om de gebeurtenissen tot zich te laten doordringen. Dat is het plan.

Hij gaat plat op zijn rug op het beton liggen en legt een ijsklontje op zijn beide oogkassen. Hij heeft in de loop van de jaren veel dingen gedaan, sommige vreselijk, andere heel uitnemend. Hoe noem je het als je een serveerster een dollar meer fooi geeft dan zij verdient? En hoe noem je het als je een honkbal teruggooit naar een kind dat de bal per ongeluk over een hek gooide? Uitnemend, uitnemend.

De vreselijke dingen zijn te vanzelfsprekend om erbij stil te staan.

Maar zijn hele leven is in werkelijkheid een training geweest voor dit speciale spel. Dat zegt hij natuurlijk altijd. Deelnemen aan een strijd met hoge inzet heeft iets bijzonders; het laat je bloed sneller stromen. Niets dat ertegenop kan. Moorden is niet meer dan moorden als er niet een spel van wordt gemaakt, als er niet zoiets is als een eindspel dat culmineert in een ultieme overwinning. Straffen betekent iemand laten lijden, en de dood beëindigt dat lijden, doet de ware pijn van het lijden teniet. Althans aan deze kant van de hel. Slater huivert van opwinding over dit alles. Een rilling van puur genot. Het ijs doet nu pijn, is als vuur in zijn ogen. Opmerkelijk hoe tegendelen op elkaar kunnen lijken. IJs en vuur.

Hij telt de seconden af, niet bewust, maar in zijn achterhoofd, zonder dat het zijn gedachten verstoort. Zij hebben een paar slimme breinen aan hun kant, maar geen dat zo scherp is als het zijne. Kevin is geen stommeling. Hij zal moeten afwachten welke FBI-agent ze sturen. En de hoofdprijs overtreft natuurlijk iedere uitnemendheid: Samantha.

Slater opent zijn mond en spreekt de naam langzaam uit: 'Samantha.'

Hij heeft dit speciale spel al drie jaar voorbereid, niet omdat hij zoveel tijd nodig had, maar omdat hij op het juiste moment heeft gewacht. Anderzijds heeft het uitstel hem de gelegenheid gegeven veel meer te weten te komen dan hij nodig heeft. Hij kent al Kevins bewegingen, zijn drijfveren en verlangens, zijn kracht en zwakheid. De waarheid achter dat heerlijke gezinnetje van hem.

Elektronische bewaking – opmerkelijk hoe de technologie zich zelfs in de laatste drie jaar verder ontwikkeld heeft. Hij kan vanaf grote afstand een laserstraal op een raam richten en alle stemmen in de kamer waarnemen. Ze zullen zijn verborgen microfoontjes vinden, maar alleen omdat hij dat wil. Hij kan op ieder moment van de dag met Kevin praten via zijn eigen telefoon, zonder dat een derde partij hem kan traceren. En als de politie zo ver komt dat zij de zender ontdekken die hij met de telefoonlijn buiten Kevins huis verbonden heeft, zal hij alternatieven inzetten. Er zijn grenzen natuurlijk, maar die zullen niet bereikt worden voordat het spel ten einde is.

Er zijn twee minuten voorbijgegaan en zijn ogen zijn verstijfd van het ijs. Water lekt over zijn wangen en hij probeert het met zijn tong te bereiken. Lukt niet. Nog een minuut.

Het punt is dat hij aan alles gedacht heeft. Niet op de misdadigersmanier van 'laten we een bank overvallen en aan alles denken zodat zij ons niet pakken'. Op een veel fundamentelere manier. Exacte zetten en tegenzetten. Als een schaakspel dat gespeeld wordt in reactie op de zetten van de ander. Die methode is veel opwindender dan een knuppel pakken om de stukken van de ander kapot te slaan en jezelf tot winnaar uit te roepen.

Over een paar dagen is Kevin een schim van zichzelf, en Samantha...
Hij grinnikt.
Ze kunnen op geen enkele manier winnen.
De tijd is verstreken.

Slater gaat rechtop zitten, vangt de resten van de ijsklonten op in zijn hand en gooit ze in zijn mond. Hij staat op, het is 4:50 uur. Hij loopt door de ruimte naar een oud, metalen bureau dat door een enkele lamp zonder kap verlicht wordt. Dertig watt. Op het bureau ligt een politiepet. Hij houdt zichzelf voor dat hij die in de kast moet leggen.

De zwarte telefoon is verbonden met een apparaat dat traceren onmogelijk moet maken. Een tweede apparaat is verbonden met de aansluiting van het huis. De politiemannen mogen traceren wat ze willen, hij is onzichtbaar.

'Zijn we zover, Kevin?'

Slater pakt de telefoon op, zet een schakelaar van de coderingsmachine om en kiest het nummer van het mobiele toestel dat Kevin van hem bij zich moet houden.

Kevin rende naar zijn auto en startte hem voordat hij zich realiseerde dat hij nergens heen kon. Als hij Samantha's mobiele nummer had gehad, zou hij haar gebeld hebben. Hij belde Milton bijna op, maar kon de gedachte niet verdragen dat de politie dit huis als plaats van de misdaad op zijn kop zou zetten. Maar het was onvermijdelijk: hij moest de bom rapporteren. Dat hij Slaters ware eis voor Milton verzwegen had, was één ding, maar een tweede bom verzwijgen was iets geheel anders. Hij dacht erover na om terug te gaan en de dood van de hond aan Balinda uit te leggen, maar hij had de moed niet om de confrontatie aan te gaan en nog minder om een verklaring te geven die ergens op zou slaan.

De explosie was gedempt door het hondenhok, geen van de buren had het kennelijk gehoord. En als ze het al gehoord hadden, liepen ze in ieder geval niet rond om het door te vertellen.

Kevin zat in zijn auto en liet zijn vingers door zijn haar glijden. Plotseling verspreidde zich een tinteling door zijn benen. De telefoon in zijn zak trilde hard en Kevin schoot rechtop.

Slater!

Het toestel trilde weer. Hij haalde de telefoon met moeite tevoorschijn en klapte hem open.

'Hallo?'

'Hallo.'

'Dit... dit had je niet hoeven te doen,' zei Kevin met een trillende stem. Hij aarzelde even en vervolgde toen snel: 'Ben jij de jongen? Jij bent de jongen, hè? Luister, ik ben hier. Vertel me gewoon...'

'Houd je mond! Welke jongen? Heb ik je gevraagd mij de les te lezen? Heb ik gezegd: Ik ben deze keer erg aan een lesje toe, student Kevin? Doe dat nooit weer! Je hebt de regel van alleen-praten-als-het-mij-gevraagd-wordt nu al een paar keer overtreden, studiebol! De volgende keer vermoord ik iets dat op twee benen loopt. Beschouw dat maar als een negatieve aanmoediging. Begrepen?'

'Ja.'

'Dat is beter. En ik denk dat het beter is om de politie niet op de hoogte te stellen van dit geval. Ik weet dat ik gezegd heb dat je dat naderhand mocht doen, maar deze bonus had ik alleen maar gepland voor het geval je niet goed kon luisteren, hetgeen je onmiddellijk bevestigde. Zwijgen is hier dus het parool. Duidelijk?'

Niet aan de politie vertellen? Hoe kon hij...

'Geef antwoord!'

'Dui... duidelijk.'

'Zeg tegen Balinda dat zij haar waffel ook moet houden. Ik weet zeker dat ze het daarmee eens is. Zij zou de politie niet graag haar huis laten doorzoeken, of wel soms?'

'Nee.' Dus Slater wist van Balinda.

'Het spel is in gang. Ik ben de knuppel, jij de bal. Ik blijf slaan tot je het opbiecht. Laad je pistool maar.'

Kevin wilde hem wanhopig vragen wat hij met dat woord opbiechten bedoelde, maar hij kon het niet. Hij hoorde Slater aan de andere kant van de lijn zwaar ademen.

'Samantha komt naar je toe,' zei Slater zacht. 'Dat is mooi. Ik weet niet aan wie ik een grotere hekel heb, aan jou of aan haar.' De verbinding werd verbroken en Slater was verdwenen. Kevin zat als versteend in zijn auto. Wie die man ook was, hij leek alles te weten. Over Balinda, de hond, het huis. Samantha. Hij ademde uit en kneep zijn vingers tot vuisten samen om het trillen tegen te gaan.

Dit gebeurt echt, Kevin. Iemand die alles weet gaat de beerput opentrekken. Wat valt maar breekt nooit? Wat breekt maar valt nooit? Nacht en dag. *In het leven is hij je vriend, maar de dood is het einde.* Tijdens het leven was de hond een vriend, maar de dood betekende zijn einde. Maar er was meer. Slater wilde hem iets laten opbiechten dat dag en nacht was, leven en dood. Maar wat?

Hij sloeg met zijn vuist op het stuur. Wat was het, *wat*?

'Welke jongen,' had Slater gezegd. Welke jongen? Was hij dan toch de jongen niet?

O God... o God... Hij kon niet eens helder genoeg denken om te bidden. Kevin liet zijn hoofd achterover zakken en ademde een paar keer diep in om zichzelf te kalmeren. 'Samantha. Samantha.' Zij zou wel weten wat ze moesten doen. Hij deed zijn ogen dicht.

Kevin was elf jaar toen hij de jongen die hem wilde vermoorden voor het eerst zag.

Hij en Samantha waren de allerbeste vrienden geworden. Wat hun vriendschap zo bijzonder maakte, was dat hun nachtelijke tochten een geheim bleven. Hij zag soms andere kinderen, maar praatte nooit met hen. Dat wilde moeder niet. Maar zover hij wist, ontdekte ze zijn kleine geheim met het raam nooit. Om de paar nachten spraken ze met elkaar af, of Samantha klopte plotseling zomaar op zijn raam – en een paar keer sloop Kevin zelf naar buiten om op haar raam te kloppen.

Hij vertelde Sam niet wat er in huis allemaal gebeurde. Hij wilde het natuurlijk wel, maar het ergste kon hij haar niet vertellen, hoewel hij zich afvroeg of zij het niet al geraden had. De ontmoetingen met Sam waren zo speciaal omdat zij het enige stukje van zijn leven waren waarin het *niet* om het huis ging. Dat wilde hij zo houden.

De privé-school die Samantha bezocht ging het hele jaar door en dus was zij altijd weg overdag, maar Kevin wist dat hij overdag toch niet weg kon sluipen. Moeder zou het ontdekken.

'Waarom wil je nooit in het park spelen?' vroeg Sam hem op een avond toen zij over het zandpad liepen. 'Je zou heel goed kunnen opschieten met Tommy en Linda.'

Hij haalde zijn schouders op. 'Ik wil het gewoon niet. Zij zouden het kunnen verklappen.'

'We kunnen ze laten beloven dat niet te doen. Ze mogen mij; ze zouden beslist beloven het niet te vertellen. Zij zouden lid kunnen worden van onze club.'

'We hebben toch samen plezier, zonder hen? Waar hebben we ze voor nodig?'

'Je moet ook eens andere mensen ontmoeten, Kevin. Je wordt ook ouder. Ik begrijp gewoon niet dat je moeder je niet buiten wil laten spelen. Dat is een beetje gemeen...'

'Praat niet op die manier over haar!'

'Maar het is toch zo?'

Kevin liet zijn hoofd hangen en voelde zich plotseling verstikt. Ze bleven zwijgend staan.

Sam legde haar hand op zijn schouder. 'Het spijt me.'

De manier waarop ze het zei, maakte dat de tranen over zijn wangen liepen. Zij was zo bijzonder.

'Het spijt me,' zei ze nogmaals. 'Dat ze anders is, wil nog niet zeggen dat ze gemeen is, denk ik. Ieder vogeltje zingt zoals het gebekt is, nietwaar?'

Hij keek haar onzeker aan.

'Het is een uitdrukking.' Ze veegde een traan weg die uit zijn rechteroog was gelopen. 'In ieder geval is je moeder niet een van die ouders die hun kinderen mishandelen. Ik heb mijn vader over een paar dingen horen vertellen.' Ze huiverde. 'Sommige mensen zijn afschuwelijk.'

'Mijn moeder is een prinses,' zei Kevin zacht.

Sam grinnikte vriendelijk en knikte. 'Ze heeft je nooit geslagen, hè Kevin?'

'Geslagen? Waarom zou ze moeten slaan?'

'Heeft ze dat ooit gedaan?'

'Nooit! Ze stuurt me naar mijn kamer en wil dat ik mijn boeken lees. Dat is alles. Waarom zou iemand een ander slaan?'

'Niet iedereen is zo lief als jij, Kevin.' Sam pakte zijn hand en ze liepen verder. 'Ik denk dat mijn vader het misschien weet van ons.'

Kevin bleef staan. 'Wat?'

'Hij vroeg het een en ander. Mijn moeder en vader praten zo nu en dan over jouw gezin. Hij is tenslotte politieman.'

'Heb je... heb je hem iets verteld?'

'Natuurlijk niet. Maak je geen zorgen, jouw geheim is veilig bij mij.'

Ze liepen een paar minuten hand in hand verder.

'Vind jij Tommy aardig?' vroeg Kevin.

'Tommy? Ja hoor.'

'Ik bedoel, is hij jouw... je weet wel...'

'Mijn vriendje? Maak het nou even!'

Kevin bloosde en giechelde. Ze kwamen bij een grote boom achter haar huis en Sam bleef staan. Ze keek Kevin aan en nam zijn handen in de hare. 'Ik heb geen andere vriendjes dan jij, Kevin. Ik mag jou heel graag.'

Hij keek in haar grote, blauwe ogen. Een licht briesje tilde haar blonde haar op zodat het om haar heen leek te zweven, glanzend in het maanlicht. Zij was het mooiste dat Kevin ooit gezien had en ze nam hem zo in beslag dat hij nauwelijks kon praten.

'Ik... ik mag jou ook, Sam.'

'We zijn net geheime minnaars,' zei ze zacht. Haar gezicht werd week.

'Ik heb nog nooit een jongen gezoend. Mag ik je een zoen geven?'

'Een zoen geven?' Hij slikte.

'Ja.'

Kevins keel was plotseling droger dan gort. 'Ja.'

Ze boog voorover en liet haar lippen even de zijne raken. Toen ze zich terugtrok, keken ze elkaar met grote ogen aan. Kevins hart sloeg in zijn keel. Hij moest iets doen! Voordat hij de controle over zichzelf verloor, boog hij ook naar voren en beantwoordde de zoen.

De nacht om hem heen leek te verdwijnen en hij dreef op een wolk. Ze keken elkaar weer aan, plotseling verlegen.

'Ik moet gaan,' zei ze.

'Goed.'

Ze draaide zich om en rende naar haar huis. Kevin deed hetzelfde, maar hij was er niet zeker van of zijn voeten de grond wel raakten. Hij mocht Samantha. Hij mocht haar heel erg graag. Misschien nog meer dan zijn moeder, wat bijna onmogelijk was.

De volgende dagen gingen als in een droom voorbij. Hij zag Samantha twee avonden later en ze hadden het niet meer over de kus. Dat hoefde ook niet. Ze speelden weer met elkaar alsof er niets tussen hen veranderd was. Ze kusten elkaar niet meer en Kevin wist niet zeker of hij het zelfs nog wel wilde. Op een of andere manier zou het de magie van die eerste kus kunnen verstoren.

Sam kwam drie avonden op rij niet naar buiten om op zijn raam te kloppen en Kevin besloot naar haar huis te gaan. Hij liep lichtvoetig over het zandpad achter de twee tussenliggende huizen langs en zorgde ervoor dat hij geen geluid maakte. Je kon nooit weten wie er in de nacht buiten liep. Ze hadden zich al wel honderd keer verborgen voor het geluid van stemmen of naderende voetstappen.

Een halvemaan hing in de donkere lucht en gluurde om de traag drijvende wolken heen. Krekels sjirpten. Sams huis kwam in het zicht en Kevins hart begon iets sneller te slaan. Hij klom tegen het hek op en keek eroverheen. Haar kamer lag op de benedenverdieping, hij kon de vage lichtgloed door de boom voor haar raam heen zien. *Alsjeblieft, wees er, Sam.*

Hij keek om zich heen, zag niemand en duwde de planken opzij die Sam al lang geleden los had gemaakt. Haar vader was dan misschien politieman, maar dit had hij toch nooit ontdekt. Dat kwam doordat Sam ook slim was. Hij klom door het hek en veegde zijn handen af. *Wees alsjeblieft thuis, Sam.*

Kevin deed een stap naar voren. De boom voor Sams kamer bewoog. Hij bleef stokstijf staan. *Sam?* Langzaam kwamen een donker hoofd en schouders in het zicht. Iemand gluurde in Sams kamer!

In paniek sprong Kevin achteruit. Het silhouet kwam meer omhoog, op zoek naar een betere hoek om te kijken. Het was een jongen! Een grote jongen met een scherpe neus. En hij gluurde in Sams kamer!

Allerlei gedachten tuimelden door Kevins hoofd. Wie was het? Wat deed die jongen daar? Hij moest wegrennen! Nee, hij moest schreeuwen. Was het Tommy? Nee, Tommy had langer haar.

De jongen draaide zich met een ruk om, keek Kevin recht aan en kwam toen van achter de boom vandaan. Hij maakte zich groot in het maanlicht en er lag een akelige grijns op zijn gezicht. Hij deed een stap in Kevins richting.

Kevin maalde niet om de losse planken: hij was sneller over het hek dan hij ooit voor mogelijk had gehouden en rende naar een grote boom aan de rand van het zandpad. Hijgend dook hij erachter weg.

Er gebeurde niets. Geen geluid van rennende voeten of gehijg, behalve van hemzelf. Hij had naar huis willen rennen, maar was bang dat de jongen bij het hek op het eerste het beste teken van leven wachtte. Het kostte hem vijf volle minuten om genoeg moed te verzamelen om uiterst voorzichtig om de stam van de boom te gluren.

Niets.

Nog vijf minuten en hij keek weer over het hek. Niets. Wie de jongen ook was, hij was nu verdwenen.

Eindelijk vond Kevin de moed om op Sams raam te tikken. Ze klom naar buiten, een en al glimlach. Ze had op hem gewacht, zei ze. Ze had gewacht op de hartveroverende jongen die bij het raam van zijn geliefde verscheen. Zo ging dat in de film ook.

Hij vertelde haar over de jongen, maar zij vond het grappig. Een van de jongens uit de buurt was verliefd op haar en haar ridder op het witte paard had hem verjaagd! Toen hij het zichzelf hoorde vertellen, vond hij het verhaal ook grappig. Ze hadden veel plezier die nacht, maar het kostte Kevin moeite om het beeld van die akelige grijns kwijt te raken.

Er gingen drie nachten voorbij voordat Kevin de jongen weer zag, deze keer op het zandpad toen hij op weg was naar huis. Eerst dacht hij dat er een hond of een of ander dier achter de bomen rende, maar nadat hij in zijn bed was gestapt, begon hij zich af te vragen of het de jongen was geweest. Zou hij Sam misschien weer gaan begluren? Hij lag een half uur te draaien en te woelen voordat hij het besluit nam om terug te gaan om Sams raam te controleren. Hij zou nooit inslapen voordat hij dat gedaan had.

Voor het eerst sinds een jaar ging hij een tweede keer op pad in dezelfde nacht – de prins op het paard die zijn jonkvrouwe in nood te hulp schoot. Hij verwachtte niet echt iets te ontdekken.

Kevin stak zijn hoofd over het hek om Sams tuin en versteende. De jongen! Hij was er weer en keek door Sams raam! Hij had gewacht tot Kevin naar huis was gegaan en was daarna naar het raam geslopen om haar te bespioneren!

Kevin dook weg en probeerde zijn ademhaling onder controle te krijgen. Hij moest iets doen! Maar wat? Als hij schreeuwde en er dan vandoor ging, zou de jongen hem niet kunnen pakken. Misschien dat hij de jongen zo kon afschrikken. Hij kon ook een steen gooien. Nee. Stel dat hij Sams raam zou ingooien.

Langzaam klom hij weer naar boven om nog een keer te kijken. De jongen deed iets. Hij drukte zijn gezicht tegen het raam en... bewoog zijn hoofd in cirkels. Wat deed hij? Kevin knipperde met zijn ogen. Er ging een rilling over zijn rug. De jongen likte Sams raam in cirkels!

Er ontplofte iets in Kevins hoofd. Of het woede was of pure wanhoop, wist hij niet, maar hij vond plotseling de kracht om te spreken.

'Hey!'

De jongen draaide zich met een ruk om. Een ogenblik lang keken zij elkaar verstard aan. De jongen stapte naar voren en Kevin vluchtte. Hij rende over het zandpad en bewoog zijn dunne armen en benen zo snel ze maar wilden zonder los te schieten. Hij dook door het hek bij zijn huis, vloog zijn slaapkamer in en sloot het raam – en maakte beslist genoeg lawaai om iedereen wakker te maken.

Tien minuten later sliep de nacht in alle stilte, maar Kevin niet. Hij voelde zich gevangen in zijn kleine kamer. Wat deed de jongen? Kwam hij iedere nacht naar Sams raam? Waarschijnlijk. Kevin had hem maar tweemaal betrapt, maar het was niet te zeggen hoe lang hij Sam al begluurde.

Er ging een uur voorbij. Kevin kon zijn ogen nauwelijks dicht houden, laat staan dat hij kon slapen. Op dat moment hoorde hij het tikken op zijn raam. Hij sprong overeind. *Sam!* Op zijn knieën kroop hij over het bed en tilde het rolgordijn op.

Bij het zwarte hek stond de jongen, met zijn hoofd en schouders direct in het zicht. Hij staarde Kevin recht aan en speelde met iets in zijn hand. Het was een mes.

Kevin liet het rolgordijn los en trok zijn dekens over zijn hoofd. Hij lag twee uur lang te trillen voordat hij weer durfde te kijken, haast zonder het rolgordijn te bewegen. De jongen was verdwenen.

De volgende drie dagen gingen als een vertraagde nachtmerrie voorbij. Iedere nacht keek hij wel honderd keer uit zijn raam. En iedere nacht bleef de achtertuin leeg, op het hondenhok en het tuinhuis na. Iedere nacht wenste hij wanhopig dat Sam hem zou komen opzoeken. Ze had verteld dat ze naar een schoolkamp ging, maar hij wist niet meer precies wanneer. Was het deze week?

Tijdens de vierde nacht hield Kevin het niet meer uit. Hij liep een uur lang in zijn kamer op en neer, keek om de paar minuten door zijn raam en besloot dat hij eindelijk Sams huis moest controleren, voordat hij zou sterven van bezorgdheid.

Het kostte hem een half uur om via het pad bij haar huis te komen. Hij gebruikte de grote bomen als dekking. Het was een stille nacht. Toen hij eindelijk zijn hoofd voorzichtig over het hek stak, was het licht in haar kamer uit. Hij inspecteerde de tuin. Geen jongen. Sam was weg en de jongen ook.

Onderaan het hek zakte hij van pure opluchting in elkaar. Ze was natuurlijk naar dat schoolkamp. Misschien was de jongen haar daarheen gevolgd. Nee, dat was onzin. Hoe kon een jongen een meisje helemaal naar een schoolkamp volgen?

Kevin zocht de dekking van de bomen weer op en ging op weg naar huis. Voor het eerst sinds een week voelde hij zich gerust. Misschien was de jongen verhuisd. Misschien had hij iets anders gevonden om zijn zieke geest mee te amuseren.

Misschien was hij Sams kamer binnengeslopen en had hij haar vermoord.

Kevin bleef staan. Nee. Dan zou hij daarover gehoord hebben. Haar vader was een politieman en...

Een bot voorwerp sloeg tegen Kevins slaap en hij wankelde. Er kwam een kreun uit zijn keel. Er sloot iets om zijn keel en hij werd overeind getrokken.

'Luister, etterbakje, ik weet wie je bent en ik heb een hekel aan jou!' siste een stem in zijn oor. De arm om zijn nek gaf hem een ruk en duwde hem met zijn rug tegen een boom. Kevin hing te spartelen op een armlengte afstand van zijn belager. De jongen.

Als zijn hoofd niet zo gebonkt had, was hij misschien in paniek geraakt. In plaats daarvan staarde hij nu alleen maar en probeerde hij zijn knieën in bedwang te houden.

De jongen snoof. Van dichtbij deed zijn gezicht aan een everzwijn denken. Hij was ouder dan Kevin, een kop groter, maar nog erg jong, met puisten op zijn neus en kin en een tatoeage van een mes op zijn voorhoofd. Hij stonk naar vieze sokken.

De jongen bracht zijn gezicht tot op centimeters voor Kevins ogen. 'Ik geef je één waarschuwing, jochie, en dat is meteen de laatste. Die griet is van mij, niet van jou. Als ik ooit zie dat je ook maar naar haar kijkt, maak ik haar af. En als ik je erop betrap dat je het huis uitsluipt om haar te zien, maak ik jullie allebei misschien wel af. Hoor je me?'

Kevin was als verdoofd.

De jongen gaf hem een klap op zijn wang. 'Hoor je mij?'

Kevin knikte.

De jongen deed een stap achteruit en keek hem ziedend aan. Een scheve, wrede glimlach verscheen op zijn gezicht. 'Jij denkt dat je verliefd bent op dat grietje, hè? Jij bent te stom en te jong om te weten wat liefde is. Net als zij. Ik ga haar leren wat liefde is, jochie, en ik heb geen ettertjes zoals jij nodig om onze kleine romance te verstoren.' Hij deed nog een stap naar achteren.

Nu pas zag Kevin het mes in de hand van de jongen. Zijn bewustzijn keerde terug. De jongen zag hem naar het mes kijken en tilde het langzaam omhoog.

'Heb je enig idee wat een mes van twintig centimeter met een ettertje zoals jij kan doen?' Hij liet het mes in zijn hand op en neer wippen. 'En weet je hoe overtuigend een mooi glanzend mes kan zijn voor een jong meisje?'

Kevin had het gevoel dat hij moest overgeven.

'Ga terug naar je kamertje, ettertje, voordat ik je in stukken snijd omdat je zo stom kijkt.'

Kevin vluchtte weg.

7

Vrijdagavond

Kevin zat in zijn gemakkelijke stoel de verschillende kanalen met alle varianten van de autobom te bekijken terwijl hij ongeduldig op Samantha wachtte. Hij hield een warm geworden glas frisdrank in zijn linkerhand en keek naar de klok aan de muur. Negen uur. Er waren bijna vijf uren verlopen sinds zij uit Sacramento was vertrokken.

'Kom op, Samantha,' mompelde hij zacht. 'Waar blijf je?' Ze had hem halverwege de reis nog gebeld. Hij had haar over de hond verteld en gevraagd op te schieten. Ze reed al harder dan ze mocht, antwoordde ze.

Terug naar de televisie. Ze kenden Kevins identiteit en een aantal verslaggevers had zijn nummer weten te vinden. Hij had hun telefoontjes genegeerd, zoals Milton hem gezegd had. Trouwens, hij had toch niets toe te voegen: hun verklaringen waren even goed als die van hem. De suggestie van een van de zenders dat de bomaanslag het werk kon zijn van een bekende misdadiger die de raadselmoordenaar werd genoemd, intrigeerde hem nog het meest. De moordenaar had vijf mensen omgebracht in Sacramento en was drie maanden geleden verdwenen. Verder geen details, maar de suggestie was genoeg om Kevin de keel dicht te snoeren. De beelden van het smeulende wrak vanuit de lucht waren verbijsterend. Of angstaanjagend, afhankelijk van hoe hij ernaar keek. Als hij ook maar in de buurt van dat ding was geweest toen het ontplofte, was hij dood geweest, net als de hond.

Na Slaters telefoontje had hij zichzelf gedwongen terug te gaan naar de achtertuin om de situatie aan Balinda uit te leggen, maar zij zag hem niet eens staan. Ze had de zaak inmiddels al per decreet afgedaan voor alle inwoners van het huis. De arme Bob zou er op een of andere manier van overtuigd worden dat Damon nog leefde, maar gewoon was weggegaan. Balinda zou natuurlijk een verklaring moeten geven voor haar geschreeuw en wilde race door de tuin, maar zij was een expert in het verklaren van het onverklaarbare. De enige keer dat ze reageerde op Kevins woorden was toen hij voorstelde de politie er niet bij te halen.

'Natuurlijk niet. We hebben de politie niets te vertellen. Met de hond is alles goed. Zie jij hier een dode hond?"

Nee, die zag hij niet. Eugene had het dier al in de metalen drum gegooid en in brand gestoken. Verdwenen. Wat betekende een beetje meer of minder as?

Zijn gedachten dwaalden af naar het gesprek met Slater. *Welke jongen?* Slater wist kennelijk niet van de jongen. *Welke jongen?* De sleutel tot zijn zonde lag in de raadsels. Zover hij kon zien, hadden die niets met de jongen te maken. Gelukkig niet. Sommige geheimen konden het best maar voor altijd begraven blijven.

De deurbel ging. Kevin zette zijn frisdrank weg en klom uit zijn stoel. Hij bleef even voor de spiegel in de hal staan voor een snelle inspectie. Een verlopen gezicht, een vlekkerig overhemd. Hij krabde zich op zijn hoofd. De bel ging weer.

'Kom eraan!'

Hij liep snel naar het spionnetje, keek, herkende Samantha en deed de deur van het slot. Het was tien jaar geleden dat hij haar op haar wang had gekust en haar alle succes had gewenst bij het veroveren van de wrede buitenwereld. Haar haar was lang en blond geweest, haar blauwe ogen fonkelden als sterren. Zij had een van die gezichten die er altijd perfect uitzagen, zelfs zonder een spoor van make-up. Gladde, ronde wangen en zachte, iets gekrulde lippen, sierlijk gebogen wenkbrauwen en een lichte wipneus. Het mooiste meisje dat hij ooit gezien had, maar natuurlijk zag hij in die tijd niet veel meisjes.

Kevin draaide aan de deurknop en de deur zwaaide open. Samantha stond onder de lamp van het portiek, in spijkerpak en met een warme glimlach. Hij had duizenden keren aan haar gedacht sinds zij vertrokken was, maar zijn geestesoog had hem nooit kunnen voorbereiden op dit weerzien in levenden lijve. De laatste vijf jaar had hij wel veel meisjes gezien, maar Sam was nog steeds de mooiste ooit. Niemand kon eraan tippen.

'Mag ik misschien binnenkomen, vreemdeling?'

'Ja, natuurlijk. Kom verder, kom verder.'

Ze liep langs hem heen, zette haar tas neer en draaide zich naar hem om terwijl hij de deur weer afsloot.

'Tjonge, je bent groot geworden,' merkte ze op. 'En een stuk gespierder.'

Hij grinnikte en haalde een hand door zijn haar. 'Dat zal wel, ja.'

Het viel hem moeilijk niet in haar ogen te staren. Zij waren van het soort blauw dat alles leek te verzwelgen waar zij zich op richtten: schitterend, diep en intrigerend. Ze weerkaatsten het licht niet zozeer, maar leken zelf te schijnen, alsof ze door een innerlijke bron verlicht werden. Geen man of vrouw kon Samantha aankijken zonder te denken dat er inderdaad een hemel moest bestaan. Ze kwam tot aan zijn kin, was slank en sierlijk. Dit was Samantha, zijn beste vriendin. Zijn enige echte vriend. Nu hij haar aankeek, vroeg hij zich af hoe hij het die tien jaar zonder haar had volgehouden.

Ze stapte naar voren. 'Geef me eens een knuffel, mijn ridder.'

Hij grinnikte om haar verwijzing naar hun kinderjaren en nam haar stevig in zijn armen. 'Het is zo fijn je te zien, Samantha.'

Ze ging op haar tenen staan en kuste hem op zijn wang. Na die heerlijke kus toen ze elf jaar waren, was hun relatie platonisch gebleven. Zij wilden geen van beiden anders. Ze waren boezemvrienden, beste vrienden, bijna als broer en zus. Niet dat de gedachte nooit bij Kevin was opgekomen; maar hun vriendschap was altijd veel aantrekkelijker geweest. Zij was altijd de jonkvrouw in nood geweest en hij de prins op het witte paard, hoewel ze beiden wisten dat zij het was die hem als eerste gered had. Maar ondanks het feit dat zij het nu weer was die kwam om hem te helpen, vervielen ze als vanzelf in de rollen uit hun kindertijd.

Sam draaide zich om naar zijn woonkamer en zette haar handen op de heupen. 'Je houdt nogal van reisposters, zie ik.'

Hij liep met haar mee en grijnsde onhandig. *Stop met dat krabben op je hoofd; straks denkt ze nog dat je een hond bent.* Hij liet zijn handen zakken en tikte met zijn rechtervoet.

'Ik wil ooit nog naar al die plaatsen toe. Het zijn een soort vensters op de wereld die me eraan herinneren dat er meer is. Ik heb het nooit leuk gevonden opgesloten te zijn.'

'Ik vind het mooi! Je bent een heel eind gekomen. Ik wist wel dat het in je zat, of niet? Jij moest gewoon alleen weg bij die moeder van jou.'

'Tante,' corrigeerde hij. 'Zij is mijn moeder nooit geweest.'

'Tante. Laten we eerlijk zijn, die lieve tante Balinda heeft je meer kwaad dan goed gedaan. Wanneer ben je daar eindelijk weggegaan?'

Hij liep langs haar heen naar de keuken. 'Toen ik drieëntwintig was. Iets drinken?'

Ze liep achter hem aan. 'Graag. Dus je hebt nog vijf jaar in dat huis gezeten nadat ik weg was?'

'Ik vrees van wel. Je had me mee moeten nemen.'

'Je hebt het zelf gedaan, dat is beter. En kijk nu eens: je diploma gehaald en studeren aan de theologische universiteit. Indrukwekkend.'

'En jij bent cum laude afgestudeerd. Zeer indrukwekkend.' Hij pakte een blikje uit de koelkast, maakte het open en gaf het haar.

'Dank je. Voor het compliment.' Ze zwaaide even naar hem. 'En dit blikje is ook lekker. Hoe vaak ga je terug?'

'Waarheen? Naar het huis? Zo weinig mogelijk. Daar wil ik liever niet over praten.'

'Maar *dat* heeft misschien alles te maken met wat er nu gebeurt, denk je niet?'

'Misschien.'

Samantha zette het blikje op het aanrecht en keek hem plotseling zeer serieus aan. 'Iemand stalkt jou. En, zoals het zich laat aanhoren, mij ook. Een moordenaar die raadsels gebruikt en die ons heeft uitgekozen om zijn eigen redenen. Wraak, haat, de laagste drijfveren. We kunnen het verleden niet buitensluiten.'

'De spijker op zijn kop.'

'Vertel me alles.'

'Te beginnen bij...'

'Te beginnen bij het telefoontje in de auto.' Ze liep naar de voordeur.

Kevin liep achter haar aan. 'Wat ga je doen?'

'Wij. We gaan een stuk rijden. Hij luistert kennelijk naar alles wat we hierbinnen zeggen. We maken zijn leven een beetje interessanter. We nemen mijn auto, daar is hij hopelijk nog niet mee aan het knoeien geweest.'

Ze stapten in een beige Sedan en Samantha reed de duisternis in. 'Dat is beter. Hij gebruikt waarschijnlijk een laser.'

'Daar kon je weleens gelijk in hebben,' merkte Kevin op.

'Heeft hij je dat gezegd?'

'Iets in die geest.'

'Ieder detail, Kevin. Het maakt me niet uit hoe onbeduidend of wat je de politie verteld hebt. Het maakt me niet uit hoe stom, gênant of krankzinnig het klinkt, ik wil alles horen.'

Kevin deed wat zij vroeg, gretig, met overgave, alsof het zijn eerste echte biecht was. Sam reed willekeurig rond en onderbrak hem veelvuldig om vragen te stellen.

'Wanneer heb je je auto voor het laatst onafgesloten laten staan?'

'Nooit, voor zover ik mij kan herinneren.'

'Doe je je auto op slot als hij in de garage staat?'

'Nee.'

Een knik. 'Heeft de politie een tijdmechanisme gevonden?'

'Niet dat ik weet.'

'Je hebt dat lint achter de lamp gevonden?'

'Ja.'

'Noemde Slater mij Sam of Samantha?'

'Samantha.'

Er ging een uur voorbij en ze bespraken alle denkbare details van de gebeurtenissen, inclusief de informatie die hij voor Milton had achtergehouden. Alles behalve zijn speculatie dat Slater de jongen zou kunnen zijn. Hij had Sam nooit de volle waarheid over de jongen verteld en hij was er niet happig op dat nu wel te doen.

'Hoe lang kun je blijven?' vroeg hij na een korte pauze.

Sam keek hem met een plagerig glimlachje aan. 'Heeft de grote jongen een meisje nodig aan het hof?'

Kevin grijnsde schaapachtig. Ze was geen spat veranderd. 'Het lijkt erop dat meisjes mij maken of breken.'

Ze trok haar wenkbrauwen op. 'Technisch gesproken heb ik een week vrij om mijn verhuizing af te ronden. Mijn hele keuken staat nog afgeladen met dozen. De zaak waar ik een paar maanden geleden op werd gezet na mijn aankomst, was tamelijk rustig, maar is nu in een stroomversnelling geraakt. Het zou me niets verbazen als ze me oproepen.'

'Californian Bureau of Investigation, nietwaar? Een hele verandering na New York.'

'Niet echt, afgezien van het feit dat ik er nieuw ben. Ik heb een paar dingen goed weten te doen en het hoofd van mijn afdeling is op dit moment onder gepaste indruk, maar ik moet mijn strepen nog verdienen, zoals je weet als je enig idee hebt hoe dat bij de overheid werkt. Zo was het bij de CIA ook voordat ik naar deze baan verhuisde.'

'CBI, CIA, het wordt wel verwarrend. Ben je blij met je overstap?'

Ze keek hem aan en grinnikte. 'Ik ben nu dichter bij jou in de buurt, toch?'

Hij knikte en keek weer schaapachtig. 'Je hebt geen idee hoeveel dit voor mij betekent. Echt.'

'Ik zou het voor geen goud willen missen.'

'Kun je niet her en der aan touwtjes trekken?' Hij keek haar aan. 'Hen overtuigen dat ze je hier moeten laten?'

'Omdat ik jou ken?'

'Omdat je er nu bij betrokken bent. Hij *kent* jou, begrijp je wel!'

'Zo werkt dat niet. Dat zou eerder een reden zijn om mij van de zaak weg te halen.' Ze staarde in gedachten verzonken voor zich uit. 'Maak je geen zorgen, ik ga nergens naartoe. Het CBI bestaat uit een dozijn afdelingen met in totaal ongeveer honderd agenten. Mijn eenheid is uniek en vrijwel onbekend bij de meeste agenten. Wij werken buiten het systeem om, zijn technisch onderdeel van het Bureau maar worden evenzeer aangestuurd door de officier van justitie. De hardere noten kraken. We hebben veel ruimte en een ruime marge van zelfbepaling en discretie.' Ze keek hem aan. 'En jij, mijn liefje, valt absoluut binnen de grenzen van die discretie. Meer dan je denkt.'

Kevin staarde uit het raam. Donker. Slater was ergens daarbuiten. Misschien dat hij nu naar hen keek. Er liep een rilling over zijn rug.

'Dus, wat denk je ervan?'

Sam zette de auto een blok voor Kevins woning langs de kant van de weg. 'Ik denk dat we geen andere keus hebben dan de eisen van Slater in te willigen. Tot nu toe hebben die eisen alleen betrekking op jou en op niemand anders. Dit is geen terroristische dreiging waarbij wij een gevangene moeten vrijlaten om te voorkomen dat zij een gebouw opblazen. Dit is: of jij bekent of hij blaast je auto op. Bekentenissen vormen niet bepaald een bedreiging voor de samenleving.' Ze knikte tegen zichzelf. 'Voor het moment laten we de politie erbuiten, zoals hij vroeg. Maar we nemen hem ook op zijn woord. Hij zei *politie*, we moeten de politie erbuiten houden. Daar valt de FBI niet onder. We vertellen alles aan de FBI.'

Ze deed haar raampje omlaag en keek naar de lucht. 'Ik denk ook dat Richard Slater iemand is die één van ons of die wij beiden kennen of kenden. Zijn motief is volgens mij wraak en hij wil die op een manier voltrekken die nooit vergeten zal worden.' Ze keek Kevin aan. 'Er moet zo iemand zijn, Kevin.'

Hij aarzelde en gaf haar vervolgens een deel van de waarheid. 'Niemand. De enige vijand die ik mij kan herinneren ooit gehad te hebben is die jongen.'

'Welke jongen?'

'Je weet wel. Herinner jij je die jongen die jou begluurde toen we kinderen waren? Die mij in elkaar heeft geslagen?'

Ze grinnikte. 'Die jongen van wie jij mij gered hebt?'

'Ik vroeg Slater of hij die jongen was,' zei Kevin.

'Is dat zo? Dat detail heb ik net gemist.'

'Het was niet belangrijk.'

'Ik heb gezegd *ieder* detail, Kevin. Het kan mij niet schelen of jij het belangrijk vindt of niet. Goed?'

'Goed.'

'Wat zei hij?'

'Hij zei: *Welke jongen?* Hij is het niet.'

Ze gaf geen antwoord.

Er kwam een auto voorbij, een ruimtewagen met felle achterlichten.

'Ooit gehoord van de raadselmoordenaar?' vroeg Sam.

Kevin ging rechtop zitten. 'Vanavond op het nieuws.'

'De raadselmoordenaar heeft die bijnaam gekregen vanwege een serie moorden in Sacramento in de laatste twaalf maanden. Drie maanden geleden maakte hij zijn laatste slachtoffer, de broer van een FBI-agente die hem op de hielen zat. Ik garandeer je dat de FBI deze zaak van haver tot gort zal onderzoeken. Zelfde methode. Iemand belt op met een raadsel en legt zijn dreiging ten uitvoer als het raadsel niet wordt opgelost. Lage, rasperige stem. Uitstekende observatie. Klinkt als dezelfde figuur.'

'Behalve...'

'Behalve dat hij jou gekozen heeft. En mij. Waarom?' vroeg Sam. 'Het kan een na-aper zijn.'

'Misschien probeert hij ons in de war te brengen. Die man heeft duidelijk iets met spelletjes, toch? Misschien maakt dit de spanning alleen maar groter voor hem.' Kevin liet zijn hoofd in zijn handen zakken en masseerde zijn slapen. 'Vanmorgen had ik net een discussie met dr. Francis over het menselijk vermogen tot kwaad. Waartoe is een gemiddeld persoon in staat? Je vraagt je dan ook af wat je zelf zou doen als je die vent zou tegenkomen.' Hij haalde diep adem. 'Het is moeilijk te geloven dat er echt zulke mensen rondlopen.'

'Hij krijgt zijn trekken nog thuis. Dat krijgen ze altijd.' Ze wreef hem over zijn schouder. 'Maak je geen zorgen, mijn beste ridder. Ik ben niet voor niets zo snel opgeklommen in het Bureau. Ik heb nog geen zaak onder handen gehad die ik niet heb opgelost.' Ze lachte met gespeelde trots. 'Ik heb je toch gezegd dat ik bij de politie ging. En ik bedoelde niet dat ik straatdiender zou worden.'

Kevin zuchtte en glimlachte. 'Je hebt er geen idee van hoe blij ik ben dat jij het bent.' Hij corrigeerde zichzelf. 'Niet dat ik blij ben dat hij achter...'

'Ik begrijp het.' Ze startte de auto weer. 'We komen hier wel overheen, Kevin. Ik ben niet van plan een of ander spook uit het verleden of een seriemoordenaar met ons te laten spelen. Wij zijn slimmer dan deze psychopaat. Dat zul je zien.'

'Wat gaan we nu doen?'

'Nu gaan we afluisterapparatuur opzoeken.'

Twintig minuten later hield Sam zes kleine microfoons in een gehandschoende hand, een uit de woonkamer, een uit beide badkamers en een uit de slaapkamers en de permanente zender in de telefoon. Haar ogen schitterden als die van een sportman die net een wedstrijd had gewonnen. Sam leek nooit geraakt te worden door moedeloosheid; haar optimisme was een van haar meest bewonderenswaardige trekken, die ze meedroeg als een parfum. Wat Kevin betrof had Sam alles wat zij nodig had om ooit de FBI, CBI of welke andere organisatie van haar keuze ook te leiden.

'Het zal hem niet veel vertragen, maar nu weet hij tenminste dat we de handschoen hebben opgepakt. Deze figuren worden vaak agressief als ze het idee hebben dat de tegenpartij verslapt.'

Ze liet de gootsteen vollopen en gooide de microfoons in het water voordat ze haar chirurgenhandschoenen uitdeed. 'Onder normale omstandigheden zou ik ze meenemen, maar als ik het goed heb, zwaait de FBI hier de scepter. Ze zouden moord en brand schreeuwen. Morgenochtend bel ik mijn kantoor om de situatie uit te leggen. Daarna stel ik Miltons kantoor op de hoogte van mijn betrokkenheid. Niet dat zij daar iets om zullen geven; ik garandeer je dat je morgen over de veiligheidsdiensten en politieorganisaties struikelt in de stad. En ik heb een betere kans als ik op mijzelf werk dan via hen.' Ze sprak evenzeer tegen zichzelf als tegen Kevin. 'Jij zei dat ze morgenochtend vroeg zouden komen om naar afluisterapparatuur te zoeken?'

'Ja.'

'Zeg hen dat je deze hebt gevonden. Ik zorg ervoor dat ze vingerafdrukken gaan zoeken. Op dit moment heb je Milton verder niets te zeggen. Laat hem zijn werk doen en blijf zoveel mogelijk uit zijn buurt. Als de FBI contact legt, werk dan mee. Ik heb nog een paar andere dingen die ik morgenochtend wil checken. Alles duidelijk?'

'En als hij belt?'

'Als ik er niet ben, bel je mij onmiddellijk op mijn mobiele. Dan starten we vanaf dat punt.' Ze liep naar de deur maar draaide zich om. 'Slater zal bellen, dat weet je toch?'

Hij knikte langzaam.

'Ga slapen. We pakken hem wel. Hij heeft zijn eerste fout al gemaakt.'

'Wat dan?'

'Hij heeft *mij* in zijn spelletje betrokken.' Ze grinnikte. 'Ik ben in de wieg gelegd voor zulke zaken.'

Kevin liep naar haar toe, pakte haar hand en kuste die. 'Dank je.'

'Ik denk dat het beter is dat ik in het Howard Johnson ga slapen. Niets persoonlijks, maar je hebt geen tweede bed en leren banken doen me aan palingen denken. Ik slaap niet graag met palingen.'

'Geen probleem.' Hij was alleen maar teleurgesteld omdat hij zich zo vol leven voelde bij haar in de buurt. Voor hem was zij in alle opzichten perfect, maar hij was natuurlijk geen Casanova die over zulke dingen echt kon oordelen.

'Ik bel je.'

Daarop was zij verdwenen.

Slater zit in een rode pick-up, één blok van Kevins huis vandaan en ziet Sam van de oprijlaan komen en naar het zuiden rijden. 'Daar ga je; daar ga je.' Hij klakt driemaal langzaam met zijn tong, zodat hij het geluid ten volle kan horen. Er zijn eigenlijk twee geluiden: een diep plopgeluid als de tong van het verhemelte losraakt en de klik van de tong als die op het speekselbed onder in de mond valt. Details. Het soort details waar de meeste mensen van hun leven niet bij stil staan, omdat mensen meestal slordig zijn en geen idee hebben waar het in het leven eigenlijk om gaat.

In het leven gaat het erom met je tong te klakken en van het geluid te genieten.

Ze hadden de microfoons gevonden. Slater glimlacht. Zij is gekomen en hij is zo blij dat zij zo snel is gekomen om met haar kleine, slanke lichaam door zijn hele huis te fladderen en hem te verleiden met haar verdorven tong.

'Samantha,' fluistert hij. 'Het is zo leuk je weer te zien. Geef me een kus, liefje.'

Het interieur van de oude Chevrolet is vlekkeloos. Hij heeft het zwarte, kunststof dashboard vervangen door een op maat gemaakt exemplaar van mahonie, dat glanst in het maanlicht. Een zwarte koffer naast hem bevat de elektronica die hij nodig heeft voor zijn observatie, grotendeels extra's. Samantha vond de zes microfoons die hij door de politie wilde laten vinden, maar er zijn er nog drie, die zelfs de FBI niet zal vinden.

'Het is hier donker, Kevin. Heel erg donker.'

Slater wacht een uur. Twee uur. Drie. Het is in het holst van de nacht als hij uit de auto stapt en naar Kevins huis loopt.

8

Zaterdagmorgen

Jennifer sloeg haar benen over elkaar en staarde over de vergadertafel naar Paul Milton. Ze had de avond tevoren de reis naar Long Beach gemaakt en de plaats bezocht waar de Sable van Kevin Parson was ontploft. Na een dozijn telefoontjes had ze zich vervolgens ingeschreven in een hotel aan Long Beach Boulevard.

De hele nacht had ze liggen draaien en woelen en beleefde ze de dag weer dat Roy drie maanden eerder vermoord werd door de raadselmoordenaar. De moordenaar gebruikte geen naam, nooit. Alleen een raadsel. Hij had zijn eerste vier slachtoffers door verstikking om het leven gebracht en sloeg ongeveer één keer per zes weken toe. Bij Roy had hij een bom gebruikt. Zij had zijn lichaam in stukken gereten teruggevonden, vijf minuten nadat de bom ontploft was. Niets kon dat beeld uit haar hoofd verdrijven.

Na uiteindelijk nog een paar uurtjes slaap was zij naar het bureau gegaan, waar ze een uur op de komst van de anderen moest wachten.

Met Roy's dood waren de fundamenten van het leven verbijsterend duidelijk geworden, terwijl tegelijk vrijwel al haar ambities met hem gestorven waren. Ze had haar verstandhouding met hem als vanzelfsprekend gezien en sinds hij plotseling was weggevaagd, waren alle andere dingen die zij als vanzelfsprekend had aanvaard van levensbelang geworden. De heerlijke geur van de lucht, een hete douche op een koude morgen, slapen, de aanraking door een ander mens. De eenvoudige dingen van het leven hielden haar overeind. Het leven was niet wat het leek, dat had zij wel geleerd, maar ze was er nog niet zeker van wat leven dan wel was. Feestjes en promoties leken nu zo onwezenlijk. Mensen die rondrenden, denkbeeldige ladders van succes beklommen en vochten om opgemerkt te worden.

Zoals Milton. De man was een lopende reclamezuil, tot op het bot, compleet met zijn beige regenjas die nu in de hoek hing. Toen zij het bureau voor het eerst binnenstapte, hield hij een persconferentie, net na zonsopgang nota bene.

Er was geen nieuws en iedereen wist dat. Zijn bewering dat de media er recht op hadden om in ieder geval dat feit te horen, was niet meer dan loze praat. Hij wilde voor de camera's, punt uit. Niet bepaald haar type man.

Het was geen zeer professionele opstelling van haar, wist ze. Hij was een overheidsdienaar die uiteindelijk hetzelfde doel nastreefde als zij. Ze zaten met zijn tweeën in hetzelfde bootje, ongeacht hun eventuele persoonlijke verschillen. Maar het viel Jennifer nu moeilijker alle onzin terzijde te schuiven dan voor Roy's dood. Dat was ook de reden dat het Bureau agenten in haar situatie van de directe frontlinie wilde weghalen, zoals Frank had geprobeerd.

Het maakte niet uit, zij zou boven dat alles staan.

Links van haar zat Nancy Sterling, de meest ervaren forensische onderzoeker van Long Beach. Naast haar zaten Gary Swanson van de federale politie en Mike Bowen van de Antiterreur Eenheid. Cliff Bransford van het Californian Bureau of Investigation maakte het gezelschap compleet. Ze had met Cliff gewerkt en vond hem buitengewoon saai, maar hij was slim. Bij hem ging alles volgens het boekje. Ze kon maar beter zoveel mogelijk uit zijn buurt blijven, behalve wanneer hij haar benaderde.

'Ik weet dat jullie allemaal verschillende belangen bij deze zaak hebben, maar de leiding is duidelijk in handen van de FBI – deze vent is ook in voor ontvoering,' zei Jennifer.

Milton knipperde nog niet eens met zijn ogen. 'Jij hebt misschien jurisdictie hier, maar ik heb een stad...'

'Maak je geen zorgen, ik ben hier om met jou samen te werken. Ik stel voor dat we jouw kantoor als centrale uitvalspost gebruiken. Daardoor heb je alle informatie direct beschikbaar. We coördineren alles van hieruit. Ik weet niet wat de CBI en ATE op dit gebied voor ogen staat, maar ik wil graag vanuit dit kantoor werken. Akkoord?'

Milton gaf geen antwoord.

'Klinkt prima,' zei Bransford. 'Wij kunnen heel goed buiten onze kantoren werken, en wat mij betreft is dit jouw zaak.'

Bransford wist van Roy en gaf haar zijn steun. Ze knikte hem rechtstreeks toe.

'Wij blijven voorlopig aan de zijlijn staan,' zei de ATE-agent. 'Maar als er weer explosies komen, eisen we een grotere rol op.'

'Geen probleem,' antwoordde Jennifer. Ze keek Milton aan. 'Sir?'

Hij loerde hooghartig naar haar en zij wist op dat moment dat haar oordeel over hem niet zou wijzigen. Zelfs als hij deze zaak in verband zou brengen met de raadselmoordenaar, hetgeen waarschijnlijk was gezien de aard van de moorden in Sacramento, betwijfelde Jennifer of hij op de hoogte was van haar persoonlijke betrokkenheid. De identiteit van Roy was nooit vrijgegeven. Maar hoe dan ook, zijn arrogantie stond haar niet aan.

'Wat is jouw specialisme, agent?' vroeg Milton.

'Forensische psychologie, rechercheur.'

'Profielschetser.'

'Psychologische profielen gebaseerd op forensisch onderzoek,' corrigeerde zij. Bijna sprak ze de gedachte ook uit die zij erbij had: *Daarom hebben ze het woord forensisch erin gezet, voor degenen die in de bush bush groot zijn geworden.*

'Oké. Maar ik wil niet dat je met de media praat.'

'Ik zou er niet aan denken jou je kostbare zendtijd af te pakken.'

'Dan hebben we dus een afspraak?'

'Best. Ik heb een uur geleden je rapporten gezien.' Jennifer wendde zich tot Nancy. 'Je werkt snel.'

'We doen ons best,' zei Nancy. 'Maar je kunt er beter nog eens naar kijken. We hebben een tijdmechanisme gevonden.'

'Van tevoren ingesteld?'

'Nee. De timer werd via een ontvanger geactiveerd, maar zover ik gezien heb was er geen mogelijkheid om de klok weer stil te zetten als die eenmaal liep.'

Jennifer keek naar Milton. 'Dus wie dit gedaan heeft, had nooit de bedoeling om de ontploffing tegen te houden, ongeacht zijn bedreiging.'

'Daar lijkt het op.'

'Nog meer?'

Milton stond op en draaide zich om naar de ramen achter zijn stoel. Hij liep van hen weg en keek naar de straat. 'En wat heeft je kristallen bol over dat alles te zeggen, agent Peters?'

'Daar is het nog wat vroeg voor.'

'Doe je best.'

Ze dachten ongetwijfeld aan de raadselmoordenaar, maar zij koos ervoor een terughoudende analyse te geven.

'Mijn beste gok is dat we met een blanke man te doen hebben die extreem woedend is, maar niet woedend genoeg om zijn precisie en methodiek eraan te geven. Hij is slim, en dat weet hij. Hij wist wat voor bom hij moest bouwen, hoe hij die moest plaatsen en hoe hij die tot ontploffing kon brengen zonder traceerbaar te zijn. Sterker, hij wist dat de heer Parson zou ontsnappen en dat zijn raadsel niet opgelost zou worden. Daarom heeft hij niet de moeite genomen een extra voorziening te treffen om de bom uit te schakelen.'

'Willekeurig slachtoffer?' vroeg Nancy.

'Niets is willekeurig bij deze man. Als het slachtoffer geen oude kennis was, dan is hij om speciale redenen gekozen. Om zijn beroep, zijn gewoonten of de manier waarop hij zijn haar kamt.'

'En daarom klopt Parsons verklaring niet dat hij niemand zou kennen die een wrok tegen hem koestert,' merkte Milton op.

'Hoeft niet. Jij bent een politieman die zo honderd namen kan noemen van mensen die je graag een kopje kleiner zouden maken als zij de kans kregen. De gemiddelde burger heeft dergelijke vijanden niet. We hebben hier te maken met iemand die waarschijnlijk krankzinnig is: een zijdelingse blik in een volle trein zou je als het volgende slachtoffer kunnen aanwijzen.' Ze zweeg even. 'Dat is wat ik zou zeggen, louter gebaseerd op wat jullie mij hebben laten zien. Maar er is meer.'

'Raadselmoordenaar,' merkte Nancy op.

Jennifer keek haar aan en vroeg zich af of zij van Roy wist. 'Inderdaad. Zelfde manier van werken. De laatste moord die we aan hem toeschreven was drie maanden geleden in Sacramento, maar alles lijkt erop te wijzen dat we hier met dezelfde man te doen hebben.'

'Hij gebruikt raadsels, maar heeft hij ooit een slachtoffer *niet* gedood?' vroeg Milton.

'Je hebt gelijk. Dit geval wijkt af. Alle vijf de slachtoffers kregen één raadsel op en werden vermoord als zij het niet konden oplossen. Dat betekent dat hij nog niet klaar is met Kevin Parson. Hij heeft die auto niet zomaar voor de lol opgeblazen zonder iemand te raken. Hij gaat een stapje verder. Hij verveelt zich en wil een nieuwe uitdaging. Een reeks van meer raadsels maken is een logisch vervolg, maar vergt ook meer tijd. Hij moet zijn doelwit goed genoeg bestuderen om diverse bedreigingen te kunnen verwezenlijken. Dat betekent veel observeren, dagenlang. Een stunt uithalen is één ding, maar deze man wil het nog eens herhalen. De planning daarvoor neemt tijd. Dat zou kunnen verklaren waarom de raadselmoordenaar drie maanden lang zo rustig is geweest.'

'Deze vent gaf een naam op,' zei Bransford. 'Slater. De raadselmoordenaar bleef altijd anoniem.'

'Ook dat kan naar mijn mening een ontwikkeling bij de moordenaar zijn.' Jennifer haalde een lijvig dossier uit haar koffertje en legde het op tafel. Er stonden twee dikke hoofdletters op: R.M.

'Laat je niet misleiden door de omvang; we weten niet zoveel als je misschien zou denken. Er zitten veel psychologische profielgegevens in dit dossier. Als het op bewijzen aankomt, is die vent echter zo schoon als maar zijn kan. Geen van de lichamen was op welke wijze dan ook mishandeld. De eerste vier kwamen door verstikking om; de laatste werd met een bom gedood. De verstikkingsgevallen werden door de moordenaar zelf bij de politie aangemeld en de lichamen werden op bankjes in parken achtergelaten. Ze waren volkomen schoon. Deze moordenaar put meer bevrediging uit het spel dan uit het moorden zelf. Het moorden is een noodzakelijk ingrediënt, iets dat de inzet zo hoog maakt dat het spel interessant wordt.'

Ze legde haar hand op het dossier. De groene randen waren door het vele gebruik, meest door haarzelf, wit versleten. Jennifer kon de inhoud bijna letterlijk opzeggen, alle 234 pagina's. Meer dan de helft van de tekst had zij zelf geschreven.

'Voor ieder van jullie wordt op dit moment een kopie van dit dossier gemaakt. Ik sta open om alle vragen te beantwoorden, als jullie gelegenheid hebben gehad het in te zien. Is er nog contact met het slachtoffer geweest?'

'Vandaag niet,' zei Milton. 'Er is een team onderweg om zijn huis te onderzoeken. Hij heeft een paar microfoons gevonden. Exacter gezegd, een vriendin van hem heeft er zes verspreid door het huis gevonden. Ene Samantha Sheer heeft ons vanmorgen opgebeld. Zij is verbonden aan het kantoor van de officier van justitie. Ze was toevallig gisteravond bij hem en heeft ons een gunst bewezen. Weet jij wat valt maar nooit breekt? Wat breekt, maar nooit valt?'

'Nee.'

Hij grijnsde boerenslim. 'Nacht en dag.'

'Heeft zij je dat gezegd?'

Hij knikte. 'Behoorlijk scherp. Maar aan de andere kant zitten er genoeg mensen met hun vingers in deze pot en het geval is nog maar een dag oud.'

'De zaak is al een jaar oud,' zei Jennifer. 'Heeft zij hem ontmoet zonder dat jij het wist? Houd je het huis niet in de gaten?'

Hij aarzelde. 'Nog niet. Zoals ik al zei...'

'Je hebt hem vannacht alleen gelaten?' Jennifer voelde hoe het bloed naar haar gezicht steeg van woede. *Rustig aan, meid.*

Miltons ogen werden iets kleiner.

'Met wie denk je dat je hier van doen hebt, een doorgedraaide padvinder? Weet je eigenlijk wel of Parson nog leeft?'

'Er is op dit moment geen sprake van een dreiging,' pareerde Milton. 'Er was geen directe aanwijzing dat het om de raadselmoordenaar ging. Kevin stond erop dat...'

'Slachtoffers kunnen niet voor zichzelf bepalen wat het beste voor ze is.' Jennifer sloeg haar benen van elkaar en stond op. 'Zodra ik terugkom, wil ik graag het bewijsmateriaal met eigen ogen zien, als het kan, Nancy.'

'Natuurlijk.'

'Waar ga je heen?' vroeg Milton.

'Naar Parson. Zover wij weten is hij het enige slachtoffer van de raadselmoordenaar die nog leeft. Het is onze eerste opgave om dat zo te houden. Ik wil hem graag een paar minuten spreken voordat jouw mensen zijn woning overhoop gaan halen. Een collega van mij, Bill Galager, zal hier ook komen. Behandel hem alsjeblieft met dezelfde hoffelijkheid die je mij getoond hebt.'

Jennifer verliet het bureau en haastte zich naar het huis van Kevin Parson, in het besef dat zij in de vergaderruimte gevaarlijk spel gespeeld had. Of misschien was ze al te zeer gefixeerd op haar samenwerking, vanwege de zorgen die haar chef zich maakte. Alles bij elkaar had Milton de zaak tot nu toe goed afgehandeld, op de vergissing na dat hij het slachtoffer niet liet bewaken. Maar één vergissing kon betekenen dat zij weer met een dode zaten. Zij was niet in staat dat te laten gebeuren. Deze keer niet.

Niet nadat zij de raadselmoordenaar naar Roy had geleid.

Waarom niet, Jennifer? Kevin Parson is een slachtoffer. Hij heeft evenveel recht op het leven, vrijheid en het najagen van geluk als ieder ander. Maar ook niet meer. Dat was de objectieve blik op haar situatie.

Maar welk masker ze ook op de zaak probeerde te zetten, haar chef had haar de pin op de neus gezet. Ze had iets aan objectiviteit ingeboet, of niet soms? Ongeacht hoe of wat Kevin Parson was, hij was nu bijzonder, misschien meer bijzonder voor Jennifer dan enige andere persoon in welke zaak ook, op haar broer na. Ook al was hij een volkomen dwaas die naakt over de autosnelweg ging rennen, het zou niet veel uitmaken.

Het feit lag daar dat Kevin Parson haar in zeker opzicht een kans op verzoening bood. Als Roy vanwege haar gestorven was, zou Kevin misschien door haar kunnen blijven leven.

Door haar. Zij moest hem persoonlijk redden, nietwaar? Oog om oog, leven om leven.

'Laat het alsjeblieft een fatsoenlijke man zijn,' mompelde ze.

Jennifer zette haar gedachten van zich af en reed kort na acht uur Kevins straat in. Oude huizen met twee verdiepingen, bescheiden, leuke woningen voor starters. Ze keek naar het dossier dat Milton haar gegeven had. Kevin Parson woonde in het blauwe huis, twee deuren verder. Ze parkeerde, schakelde de motor uit en keek om zich heen. Rustige buurt.

Goed, Kevin, we zullen eens zien wat voor man hij deze keer gekozen heeft.

Ze liet het dossier in de auto liggen en liep naar de voordeur. In het portiek lag een ochtendkrant met de autobom groot op de voorpagina. Ze raapte de krant op en belde aan.

De man die opendeed was groot, had wild, bruin haar en blauwe ogen die haar zonder terughouding aanstaarden. Een wit T-shirt met een Jamaica logo boven het borstzakje. Verschoten spijkerbroek. Hij rook naar aftershave, hoewel hij zich deze morgen duidelijk niet geschoren had. Het ruige uiterlijk stond hem. Hij zag er niet uit als iemand die naakt over de weg zou rennen. Meer een man die zij op foto's in de *Cosmopolitan* kon aantreffen, vooral met die ogen. *Oei!*

'Kevin Parson?' Ze sloeg haar portefeuille open om haar penning te laten zien. 'Ik ben agent Peters van de FBI. Kan ik u even spreken?'

'Natuurlijk, natuurlijk. Kom binnen.' Hij haalde zijn hand door zijn haar. 'Sam zei al dat jullie vanmorgen waarschijnlijk zouden komen.'

Ze gaf hem de krant aan en liep naar binnen. 'U hebt het nieuws gehaald, zo te zien. Sam? Is dat uw vriendin bij het kantoor van de officier van justitie?'

De muren hingen vol met reisposters. *Vreemd.*

'Ik geloof dat ze eigenlijk voor het CBI werkt. Maar ze is er nog maar net begonnen. Kent u haar?' Hij gooide de krant weer in het portiek en deed de deur dicht.

'Zij belde vanmorgen naar de politie over die microfoons. Mag ik ze zien?'

'Uiteraard. Hier zijn ze.' Hij leidde haar naar de keuken. Er stonden twee blikjes op het aanrecht; hij had vannacht iets gedronken, waarschijnlijk samen met Sam. De keuken was verder smetteloos.

'Hier.' Hij wees naar de gootsteen en gooide de blikjes in een kleine afvalbak. In de gootsteen lagen onder water vier kleine afluisterapparaatjes die op horlogebatterijen leken, een zendertje dat zij kennelijk uit de telefoon had gehaald en een ding dat op een gewone elektronische splitter leek.

'Had Sam handschoenen aan toen zij deze weghaalde?'

'Ja.'

'Mooi zo. Hoewel we waarschijnlijk niets zullen vinden. Ik betwijfel of onze vriend dom genoeg is om vingerafdrukken achter te laten.' Ze keek Kevin aan. 'Is er de laatste twaalf uur nog iets vreemds gebeurd? Telefoontjes, of dingen van hun plaats?'

Zijn ogen trokken even, nauwelijks waarneembaar. *Je gaat te snel, Jennifer. Die arme man is nog in shock en jij komt hem een kruisverhoor afnemen. Je hebt hem even hard nodig als hij jou.*

Ze hield haar hand omhoog en glimlachte. 'Het spijt me. Kom ik hier zomaar binnenvallen om een verhoor af te nemen. Laten we opnieuw beginnen. Je kunt mij Jennifer noemen.' Ze stak haar hand uit.

Hij keek in haar ogen en nam de hand aan. Als een kind dat probeerde vast te stellen of die vreemdeling te vertrouwen was. Eventjes voelde zij zich in die blik gezogen, kwetsbaar. Ze hielden elkaars handen zo lang vast dat Jennifer zich er ongemakkelijk bij ging voelen. Hij had iets onschuldigs over zich, dacht zij. Of nog iets anders. Iets naïefs.

'Er is inderdaad nog iets gebeurd.'

Ze liet zijn hand los. 'Ja? Iets meer dan je de politie hebt verteld?'

'Hij heeft weer gebeld.'

'Maar je hebt de politie niet gewaarschuwd?'

'Kon ik niet. Hij zei me dat hij iets zou doen als ik de politie zou bellen. Dan zou hij zijn volgende dreiging eerder uitvoeren.' Hij keek zenuwachtig om zich heen en verbrak voor het eerst het oogcontact. 'Het spijt me, ik ben een beetje onrustig. Ik heb niet zo best geslapen. Wil je niet gaan zitten?'

'Graag.'

Kevin trok een stoel naar voren en hielp haar te gaan zitten. Naïef en galant. Een eerstejaars theologie-student die zijn kandidaats met hoge cijfers had gehaald. Nu niet precies het soort figuur dat 's morgens wakker werd met de gedachte hoe hij het best vijanden kon maken. Hij ging tegenover haar zitten en haalde gedachteloos een hand door zijn haar.

'Wanneer heeft hij je gebeld?'

'Nadat ik gisteravond thuis was gekomen. Hij weet wanneer ik hier ben en hij weet wanneer ik weg ben. Hij kan alles horen wat ik zeg. Waarschijnlijk luistert hij op dit moment ook.'

'Dat zou heel goed kunnen. Binnen een uur komt hier een team. Tot die tijd kunnen we niet veel doen aan dat observeren. Wat we wel kunnen doen is proberen door te dringen in de geest van die man. Dat is mijn werk, Kevin; ik word betaald om te proberen mensen te doorgronden. Maar om dat te kunnen, moet jij me alles vertellen wat hij tegen je gezegd heeft. Jij bent mijn lijn naar hem. Tot we die man kunnen opsluiten, zullen jij en ik heel nauw moeten samenwerken. Geen geheimen. Het maakt mij niet uit wat jij volgens hem wel of niet mag doen: ik moet alles van je horen.'

'Hij zei dat ik de politie niets mocht vertellen. Hij zei ook dat de FBI erbij betrokken zou worden, maar dat leek hem niet te storen. Hij wil niet dat de stad iedere keer op zijn kop staat als hij mij belt.'

Jennifer had moeite haar professionele façade overeind te houden. De moordenaar verwachtte de FBI. Verwachtte hij haar ook? Het was echt weer opnieuw begonnen. Hij wist dat zij weer achter hem aan zou komen – en hij was er blij mee! Er kwam even een bittere smaak in haar mond. Ze slikte.

Kevin tikte met zijn voet en staarde haar aan zonder het oogcontact te verbreken. Zijn blik was niet borend of intimiderend. Ontwapenend misschien, maar niet op een manier die haar ongemakkelijk maakte; zijn ogen hadden iets dat zij niet exact wist te duiden. Onschuld misschien. Open, blauwe, vermoeide onschuld.

Niet zo veel anders als Roy, eigenlijk. Was er een verband?

Je staart terug, Jennifer. Plotseling voelde zij zich toch ongemakkelijk. Ze voelde een vreemd inlevingsvermogen voor hem. Hoe kon een man bij zijn volle verstand een zo onschuldig individu bedreigen? Antwoord: alleen iemand die niet bij zijn verstand was kon dat.

Ik ga jou in leven houden, Kevin Parson. Ik laat je niet door hem te grazen nemen.

'Stap voor stap,' zei ze. 'Ik wil dat je begint bij het telefoontje nadat je thuiskwam en mij precies vertelt wat hij zei.'

Hij vertelde tot in het kleinste detail over het telefoongesprek terwijl zij vragen stelde en aantekeningen maakte. Iedere denkbare invalshoek werd besproken: de woordkeus, de volgorde van gebeurtenissen, de toon die Slater gebruikte, de bijna onbegrensde manieren waarop Slater toegang tot zijn leven zou kunnen hebben.

'Jij denkt dus dat hij hier meer dan één keer binnen is geweest. Bij een van die gelegenheden vond hij Samantha's nummer. Hij denkt dat jij en Samantha geliefden zijn, maar dat zijn jullie niet.'

'Klopt.'

'Zijn jullie dat ooit geweest?'

'Nee, niet echt.' Kevin verschoof op zijn stoel. 'Hoewel ik er niet zeker van ben of dat geen fout was van mijn kant.'

Slater had duidelijk besloten dat Kevin en Samantha meer waren dan alleen vrienden. Wie zat ernaast, Slater of Kevin? Ze keek naar de man die voor haar zat. Hoe naïef was hij?

'Je zou met haar moeten praten,' zei Kevin. 'Misschien kan zij op een of andere manier helpen. Zij is geen politieagente.'

'Natuurlijk.' Jennifer wees de suggestie al van de hand terwijl ze nog antwoord gaf. Ze had geen behoefte om er in dit stadium een nieuwelinge bij te halen. Nog een cowboy of -girl erbij was wel het laatste dat ze kon gebruiken. 'Hoe lang ken je haar al?'

'Wij zijn samen opgegroeid hier in Long Beach.'

Ze maakte een aantekening en veranderde van onderwerp. 'Slater heeft je gisteren dus driemaal gebeld. Eén keer op je mobiele, één keer hier thuis en één keer op een mobiele die hij voor jou had achtergelaten. Het derde telefoontje was om te controleren of het toestel werkte.'

'Dat denk ik. Ja, drie keer.'

'We hebben dus drie minuten, drie telefoontjes, drie regels, een raadsel met drie delen, drie maanden. Denk je dat hij iets met drie heeft?'

'Drie maanden?'

Ze moest het hem wel vertellen. 'Heb je ooit van de raadselmoordenaar gehoord?'

'Die vent uit Sacramento.'

'Ja. We hebben reden om aan te nemen dat hij het is. Hij heeft zijn laatste slachtoffer drie maanden geleden vermoord.'

'Dat heb ik op het nieuws gehoord.' Kevins deed zijn ogen dicht. 'Denk je echt dat hij het is?'

'Ja, dat denk ik. Maar zover wij weten, heeft hij nooit eerder iemand laten leven. Ik probeer niet grof te zijn. We kunnen er gewoon op geen andere manier mee omgaan. We hebben nu een kans, een uitstekende kans, om hem te stoppen voordat hij verder gaat.'

Kevin opende zijn ogen weer. 'Hoe?'

'Hij wil een spelletje spelen. Het is niet het doden dat hem interesseert, maar het spel. Wij spelen met hem mee.'

'Spelen?' Hij staarde haar wanhopig aan en liet zijn hoofd zakken. Ze wilde wel een arm om hem heen slaan om hem te troosten, vast te houden en te vertellen dat alles goed zou komen. Maar dat zou zowel onwaar als onprofessioneel zijn.

'Schaak jij wel eens?'

'Soms.'

'Bekijk het als een schaakwedstrijd. Hij speelt met zwart, jij met wit. Hij heeft zijn eerste zet gedaan en jij ook. Je bent een pion kwijtgeraakt.

Zolang hij in het spel geïnteresseerd is, blijft hij spelen. Het is jouw taak hem lang genoeg te laten spelen om ons tijd te geven hem te pakken. Het is de enige manier om hem te verslaan.'

Kevin haalde zijn beide handen door zijn haar. 'En als hij op dit moment meeluistert?'

'We gaan er altijd vanuit dat hij luistert. Hij heeft ongetwijfeld de techniek om te horen wat hij wil horen. Maar hem klinkt wat ik jou net vertelde als muziek in zijn oren. Hij zit nu ergens in een hol en wrijft zich vol verwachting in zijn handen. Hoe langer hoe beter. Hij is misschien niet gezond, maar wel briljant. Waarschijnlijk een soort genie. Hij zal nooit een spel laten schieten en vluchten omdat er een of ander FBI-agentje achter hem aan zit.'

Ik hoop dat je luistert, aterling. Ze beet haar kaken op elkaar.

Kevin glimlachte bloedeloos. Hij begreep het kennelijk, maar was niet in een positie om veel enthousiasme op te brengen voor Slaters spel. 'De drieën zouden toeval kunnen zijn,' zei hij. 'Misschien.'

'Met deze man is niets toevallig. Zijn geest werkt op een heel ander niveau dan bij de meesten. Mag ik de mobiele telefoon zien die hij je gaf?'

Hij haalde het toestel tevoorschijn en gaf het haar. Ze sloeg het open en controleerde het activiteiten-logboek. Eén gesprek om 4:50 uur gistermiddag, zoals Kevin verteld had.

'Goed, houd die bij je. Geef hem niet aan de politie en zeg hun niet dat ik je dat gezegd heb.'

Het leverde haar een zachte grijns op en zij kon het niet helpen dat ze die beantwoordde. Ze zouden een poging doen om Slaters nummer te achterhalen en met peilingen uit te maken waar hij zat, maar ze zag er niet veel heil in. Er waren te veel manieren om het systeem te verslaan.

'We tappen de telefoon af.'

'Hij zei geen politie.'

'Ik bedoel de FBI. We gebruiken een aangepast apparaat dat aan het toestel bevestigd wordt. Een gewoon afluisterapparaat levert waarschijnlijk niets op: te makkelijk te coderen en te beperkt wat reikwijdte betreft. Het opnameapparaat zal te zien zijn als een klein doosje dat we op de achterzijde bevestigen.' Ze stak haar vinger door een klein vierkantje aan de achterkant van het zilverkleurige toestel. 'Er zit een kleine chip in die we eruit kunnen halen om later te analyseren. Niet direct permanente bewaking, maar misschien is het alles wat we de volgende keer hebben.'

Hij pakte het toestel weer aan. 'Dus ik doe wat hij zegt? Speel zijn spel?'

Ze knikte. 'Ik denk niet dat we veel keus hebben. We nemen hem op zijn woord. Hij belt jou en op het moment dat hij ophangt, bel je mij. Hij zal er waarschijnlijk van weten, en dan zullen we wel zien wat hij bedoelt met geen politie.'

Kevin stond op, liep naar het aanrecht en weer terug. 'Rechercheur Milton heeft mij doorgezaagd over het motief. Zonder motief heb je niets. Dat kan ik begrijpen. Ik denk dat ik wel een idee heb.'

'Zeg het maar.'

'Haat.'

'Haat. Dat is nogal breed.'

'Slater haat mij. Ik kan het in zijn stem horen. Pure minachting. Zoals ik het zie, zijn er nog maar een paar dingen puur op deze wereld. De haat in de stem van die man is er één van.'

Ze keek naar hem op. 'Jij neemt goed waar. Maar de vraag is waarom. Waarom haat Slater jou?'

'Misschien niet mij, maar mijn type,' antwoordde Kevin. 'Mensen reageren vaak meer in het algemeen dan in detail op anderen, toch? Hij is een minister, en dus haat ik hem. Zij is mooi, en dus vind ik haar aardig. Maar een maand later word je wakker en ontdek je dat je niets gemeen hebt met die vrouw.'

'Heb je eigen ervaring op dat gebied, of haal je dit uit je leerboek sociologie?'

Kevin knipperde met zijn ogen, even uit het veld geslagen. Als haar intuïtie haar niet bedroog, had hij heel weinig ervaring met vrouwen.

'Tja...' Hij haalde een hand door zijn haar. 'Beide, een beetje.'

'Dit is misschien nieuws voor je, Kevin, maar er zijn mannen die een vrouw op meer dan haar uiterlijk beoordelen.' Ze wist niet zeker waarom ze zich verplicht voelde zoveel te zeggen; zijn opmerking had ze niet als beledigend ervaren.

Hij bleef haar aankijken. 'Natuurlijk. Ik zie jou en jij bent mooi, maar je aantrekkingskracht is gebaseerd op je zorg. Ik merk dat je echt bezorgd om mij bent.' Hij verbrak het oogcontact weer. 'Ik bedoel, niet zoals het klinkt. Ik bedoel, je zorg voor jouw zaak. Niet voor mij als man...'

'Ik begrijp het. Dank je. Dat was heel aardig van je.'

De korte uitwisseling had iets absurds. Kevin ging weer zitten en even zeiden geen van beiden iets.

'Maar je hebt gelijk,' zei Jennifer ten slotte. 'De meeste seriedaders kiezen hun slachtoffers uit om wat zij representeren, niet uit persoonlijke motieven. Het is de nauwgezette voorbereiding die Slater in deze zaak heeft gestoken die bij mij de vraag oproept of we hier niet met een persoonlijke motivatie te doen hebben. Het heeft iets obsessiefs. Hij heeft wel een zeer persoonlijke interesse in jou ontwikkeld.'

Kevin keek een andere kant op. 'Misschien is hij gewoon een heel nauwgezet persoon.' Hij leek er erg op gespitst om het motief onpersoonlijk te maken.

'Jij bent een profielschetser. Wat is mijn profiel?' vroeg Kevin. 'Wat is er aan mij dat iemand zo zou kunnen laten reageren?'

'Ik heb niet genoeg informatie om...'

'Nee, maar gebaseerd op wat je nu weet?'

'Mijn eerste indruk? Goed. Je bent een student aan de theologische universiteit. Je neemt het leven serieus en bent intelligenter dan de meesten. Je bent zorgzaam, vriendelijk en zachtmoedig. Je woont alleen en hebt erg weinig vrienden. Je bent aantrekkelijk en hebt een zelfverzekerde houding, ondanks een paar nerveuze trekjes.' Terwijl ze de lijst doorging, viel het Jennifer op dat hij niet alleen onschuldig was, maar ook een ongewoon goede persoonlijkheid. 'Maar het is vooral je oprechte onschuld die opvalt. Als Slater geen persoonlijk motief tegen jou heeft, dan haat hij je om je onschuld.'

Er was meer over Kevin te zeggen dan zij op het eerste gezicht kon zien, veel meer. Hoe kon iemand Kevin Parson niet mogen, laat staan haten?

'Je doet me aan mijn broer denken,' zei ze en onmiddellijk wilde ze wel dat zij dat niet gezegd had.

Stel dat de raadselmoordenaar wilde dat Jennifer de overeenkomsten tussen Roy en Kevin zag? Stel dat hij Kevin had uitgekozen om haar nog een keer door een helse tijd te laten gaan?

Pure speculatie.

Jennifer stond op. 'Ik moet terug naar het laboratorium. De politie komt zo meteen. Als je iets nodig hebt, of als je nog iets bedenkt, bel me dan. Ik laat het huis door een van onze mensen bewaken. Beloof me dat je nooit alleen weggaat. Deze man vindt het leuk zijn bommetjes te laten vallen als je ze het minst verwacht.'

'Goed.' Hij keek verloren.

'Maak je geen zorgen, Kevin. We komen er wel doorheen.'

'In één stuk, hoop ik.' Hij grinnikte nerveus.

Ze legde haar hand op de zijne. 'Dat gebeurt ook. Vertrouw me maar.' Ooit zei ze dezelfde woorden tegen Roy om hem te kalmeren. Ze trok haar hand terug. Ze keken elkaar even aan. *Zeg iets, Jennifer.* 'Onthoud dat hij een spel wil. Wij zullen hem een spel geven.'

'Juist.'

Jennifer liet hem in de deuropening achter. Hij zag er allesbehalve gerustgesteld uit. *Vertrouw me.* Ze had erover nagedacht om te blijven tot het onderzoeksteam zou komen, maar ze moest terug naar het bewijsmateriaal. Ze had de raadselmoordenaar al een keer in de hoek gedreven, voordat hij achter Roy aanging, en dat was haar gelukt door zorgvuldige analyse van het bewijsmateriaal. Ze was op haar best als ze in de breinen van misdadigers wroette, niet bij het handje vasthouden met slachtoffers.

Maar Kevin was aan de andere kant geen gewoon slachtoffer.

Wie ben je, Kevin? Maar wie hij ook was, Jennifer had besloten dat zij hem mocht.

9

Kevin had zich bij vrouwen nooit helemaal op zijn gemak gevoeld – vanwege zijn moeder, zei Sam – maar Jennifer leek anders. Het was haar professionele taak om vertrouwen te wekken, wist hij, maar hij had in haar ogen meer gezien dan de professionele façade die hij kon verwachten. Hij had een echte vrouw gezien die hem nader kwam dan haar beroep van haar eiste. Hij wist niet zeker hoe zich dat vertaalde naar haar vermogens als onderzoekster, maar hij wist zeker dat hij haar oprechtheid kon vertrouwen.

Helaas maakte dat niet veel uit voor zijn gerustheid.

Hij liep naar de telefoon en koos Samantha's nummer. Ze nam op nadat het toestel vijf keer was overgegaan.

'Sam.'

'Hoi, Sam. De FBI is hier net geweest.'

'En?'

'Eigenlijk niets nieuws. Zij denkt dat het de raadselmoordenaar is.'

'Zij?'

'De agente. Jennifer Peters.'

'Ik heb van haar gehoord. Luister, er is een kans dat ik vandaag terug moet vliegen naar Sacramento. Ik heb mijn kantoor aan de andere lijn. Mag ik je zo terugbellen?'

'Alles in orde?'

'Geef me vijf minuten, dan leg ik het je uit, goed?'

Hij hing op en keek naar de klok. Acht uur zevenenveertig. Waar bleef de politie? Hij controleerde de vaatwasser. Halfvol. Hij gooide er een blokje in en zette hem aan. Het kostte hem een week om het ding vol te krijgen, maar tegen die tijd begon de machine zuur te stinken.

Slater zou zijn handen vol hebben; dat was in ieder geval goed. Met Sam, Jennifer en de politie van Long Beach aan zijn kant, zou hij toch zeker veilig zijn? Hij liep naar de koelkast.

Jennifer vindt me aardig. Het maakt me niet uit of ik aardig ben: ik wil leven. En ik zou het niet erg vinden als Slater dood was. Hoe aardig is dat? Als een man roddelt, is hij niet aardig? De bisschop roddelt, dus is hij niet aardig. Kevin zuchtte. *Hier loop ik weer te zeuren terwijl de wereld om mij heen in de lucht vliegt. Wat zou de psychobabbelaar daarvan zeggen?*

Ik weet niet waarom, dokter, maar ik denk de gekste dingen op de vreemdste momenten.

Dat doen alle mannen, Kevin, allemaal. Vrouwen natuurlijk niet. De vrouw is de meer intelligente, of althans stabielere van de twee seksen. Leg het lot van het land in hun handen, en je zult wakker worden om te ontdekken dat de gaten in je straat zijn opgevuld, zoals al jaren geleden had moeten gebeuren. Jij bent gewoon een man die zijn weg zoekt in een krankzinnige wereld die steeds krankzinniger wordt. Daar zullen we het tijdens de volgende sessie over hebben als je weer een cheque in dat betaalbusje daar hebt gestopt. Tweehonderd deze keer. Mijn kinderen hebben een nieuwe...

Kevin bevroor. Hij herinnerde zich niet dat hij de koelkast had opengedaan, maar nu hij voor de open deur stond, kwam het melkpak in het vizier. Iemand had er een grote 3 op gezet met een markeerstift. Erboven stonden de woorden:

Het is zo donker

Slater!

Kevin liet de deur los en deed een stap achteruit.

Wanneer? Wat was er donker? Was de koelkast donker? Was het een volgend raadsel? Hij moest het Jennifer vertellen! Nee, Samantha. Hij moest het Sam vertellen. De angst sloeg hem om het hart. *Waar is het zo donker? In de kelder. De jongen!* Hij stond daar, niet in staat adem te halen. De wereld begon te tollen. *Het is zo donker.*

Het was de jongen!

De deur viel uit zichzelf dicht. Kevin strompelde achteruit tot tegen de muur. Maar Slater had gezegd dat hij de jongen niet was! *Welke jongen?* had hij gezegd.

De gebeurtenissen van die avond zo lang geleden overvielen hem weer.

Een hele week na zijn ontmoeting met de grote jongen wachtte Kevin in doodsangst af. Er verschenen donkere kringen onder zijn ogen en hij werd verkouden. Hij verzon een smoes over uit bed vallen om de kneuzingen op zijn gezicht te verklaren. Zijn moeder had hem vroeg op de middag al in bed gestopt om de verkoudheid te bestrijden. Daar lag hij te zweten op de lakens. Zijn angst gold niet hemzelf maar Samantha. De jongen had beloofd haar iets te doen en Kevin was ziek van ongerustheid.

Zes dagen later klonk er eindelijk een tik op zijn raam. Hij had het rolgordijn langzaam omhoog gedaan en zijn adem ingehouden. Sams lachende gezicht staarde hem aan vanuit de tuin. Kevin sprong bijna tegen het plafond van vreugde. Het bleek dat Sam weg was geweest op schoolkamp. Ze vond zijn gehavende gezicht vreselijk en pas na veel overredingskracht wist ze hem naar buiten te krijgen om te vertellen wat er gebeurd was. Niemand zou hen zien; dat beloofde ze heilig. Hij liet haar de hele tuin afzoeken naar de jongen, om maar zeker te zijn. Toen hij uiteindelijk naar buiten ging, wilde hij niet verder dan net buiten zijn eigen hek; met arendsogen hield hij het zandpad in de gaten. Ze zaten verscholen in de schaduwen en hij vertelde Sam alles.

'Ik vertel het mijn vader,' zei ze. 'Denk je dat het nog te zien is dat hij mijn raam likte?'

Kevin huiverde. 'Misschien. Je moet het je vader vertellen, nu direct. Maar vertel hem niet dat ik naar buiten sloop om jou te ontmoeten. Zeg hem alleen maar dat ik voorbijliep en de jongen bij je raam zag, waarop hij achter mij aan kwam. Vertel hem zelfs niet... dat hij mij te pakken nam. Misschien vertelt je vader het aan mijn moeder.'

'Goed.'

'Kom daarna terug en zeg me wat hij ervan vindt.'
'Bedoel je vannacht nog?'
'Nu. Ga over de straat naar huis en kijk uit voor de jongen. Hij wil ons vermoorden.'

Sam was nu echt bang, ondanks haar aangeboren optimisme. 'Goed.' Ze stond op en veegde haar korte broek schoon. 'Mijn vader laat me misschien niet meer naar buiten. Het kan zelfs zijn dat hij mij langer thuishoudt als ik het hem vertel.'

Kevin dacht na. 'Dat geeft niet. Dan ben je in ieder geval veilig, dat is het belangrijkste. Maar kom alsjeblieft terug zodra je kunt.'

'Goed.' Ze stak haar hand uit en trok hem overeind. 'Vrienden voor het leven?'

'Vrienden voor het leven,' zei hij. Hij omhelsde haar en zij rende terug naar de straat.

Sam kwam die avond niet terug bij zijn raam. Of de volgende avond. Of de volgende drie weken. Het waren de eenzaamste weken uit Kevins leven. Hij probeerde zijn moeder over te halen hem naar buiten te laten, maar zij wilde er niet over horen. Twee keer probeerde hij overdag naar buiten te sluipen – niet door het raam natuurlijk; hij kon niet riskeren dat moeder de schroef en de losse planken zou ontdekken. Hij klom over het hek, maar kwam niet verder dan de eerste boom langs het zandpad voordat Bob begon te schreeuwen. Hij kon nog maar net op de asberg terugspringen voordat moeder in alle staten naar buiten kwam rennen. De andere keer was hij door de voordeur ontsnapt en had Sams huis bereikt, om te ontdekken, zoals hij al wist, dat zij naar school was. Zijn moeder wachtte hem op toen hij weer naar binnen wilde sluipen en de volgende twee dagen zat hij op zijn kamer.

Toen, op de tweeëntwintigste dag, kwam het tikje op de ruit. Hij keek heel voorzichtig naar buiten, doodsbang dat het de jongen zou kunnen zijn. Hij zou nooit de warmte kunnen beschrijven die hij in zijn hart voelde toen hij Sams gezicht in het maanlicht zag. Hij rommelde met de schroef en schoof het raam met een ruk open. Ze omarmden elkaar voordat hij naar buiten klom en zij samen door de tuin naar het hek renden.

'Wat is er gebeurd?' vroeg hij buiten adem.

'Mijn vader heeft hem gevonden! Hij is dertien jaar en woont aan de andere kant van de loodsen. Ik denk dat hij al eerder moeilijkheden veroorzaakt heeft; mijn vader kende hem toen ik hem beschreef. Je had mijn vader moeten zien, Kevin! Ik heb hem nog nooit zo kwaad gezien. Hij heeft de ouders van die jongen gezegd dat zij twee weken de tijd hadden om te verhuizen en dat hij anders hun zoon in de bak zou stoppen. En raad eens? Ze zijn verhuisd!'

'Hij is... hij is weg?'

'Weg.' Ze stak haar hand op en hij sloeg de zijne er afwezig tegenaan.

'Weet je het zeker?'

'Mijn vader laat me weer naar buiten, toch? Ja, ik weet het zeker. Kom mee!'

Het kostte Kevin niet meer dan twee uitstapjes met Sam om zijn angst voor de nacht weer kwijt te raken. De jongen was echt verdwenen.

Twee weken later besloot Kevin dat het tijd werd dat hij het initiatief nam voor een bezoekje aan Sam. Je kon niet oeverloos de prins op het witte paard spelen als je nooit in beweging kwam.

Voorzichtig sloop Kevin langs het zandpad en de bomen naar Sams huis. Het was de eerste keer in meer dan een maand dat hij alleen buiten was. Hij haalde het hek om haar huis eenvoudig en het licht uit haar raam was een welkom teken. Kevin boog en trok de losse plank opzij.

'Pssst.'

Hij versteende.

'Hallo, ettertje.'

Het vreselijke geluid van de stem van de jongen vervulde Kevin met beelden van een ziekelijk verwrongen glimlach. Hij werd op slag misselijk.

'Sta op,' zei de jongen.

Kevin kwam langzaam overeind en draaide zich om. Zijn spieren waren in water veranderd, op zijn hart na, dat tot in zijn keel bonkte. Daar, drie meter verder, stond de jongen wreed te grijnzen, met het mes in zijn rechterhand. Hij droeg een zweetband die zijn tatoeage bedekte.

'Ik heb iets besloten,' zei hij. 'We zijn met zijn drieën op die kleine totempaal hier. Maar ik sta onderaan en daar houd ik niet van. Ik ga de twee bovenste verwijderen. Wat zeg je daarvan?'

Kevin kon nergens meer helder over nadenken.

'Ik zal je zeggen wat ik ga doen,' ging de jongen verder. 'Eerst ga ik jou op een paar plaatsen snijden dat je het nooit meer zult vergeten. Ik wil dat jij je verbeeldingskracht voor mij gebruikt. Dan kom ik hier terug en klop op Samantha's raam, zoals jij altijd doet. Als ze het rolgordijn open doet, steek ik mijn mes recht door het glas.'

De jongen kauwde op zijn tong, zijn ogen schitterden van opwinding. Hij tilde het mes omhoog en raakte het lemmet met zijn linkerhand aan. Hij keek naar beneden en concentreerde zich op de scherpe snede. 'Ik ben al door dat glas en in haar keel voordat ze...'

Kevin zette het op een lopen, terwijl de jongen zijn ogen nog afgewend hield.

'Hé!'

Hij kwam achter hem aan. Kevin had ongeveer zes meter voorsprong, een vijfde van wat hij nodig had om de grotere jongen voor te blijven. Het eerste moment was het pure adrenaline die Kevin voortdreef, maar achter hem begon de jongen te grinniken en zijn stem kwam dichterbij. Nu was het paniek die Kevin overweldigde. Hij schreeuwde, maar er kwam geen geluid uit zijn dichtgeschroefde keel. De grond leek omhoog en vervolgens opzij te lopen, zodat hij alle gevoel van richting verloor.

Een hand raakte zijn kraag aan. Als de jongen hem te pakken kreeg, zou hij het mes gebruiken. En daarna zou hij achter Sam aangaan. Hij zou haar misschien niet doden, maar wel in haar gezicht snijden en misschien nog erger.

Hij wist niet meer waar zijn huis was, maar in ieder geval niet daar waar het had moeten zijn. Kevin deed het enige dat hij kon doen. Hij sloeg af naar links en rende over de straat.

Het grinniken stopte even. De jongen gromde en verdubbelde zijn inspanning; Kevin hoorde zijn voeten met nieuwe vastberadenheid naderen.

Het grinniken begon weer.

Kevins borstkas deed pijn en hij ademde met grote happen. Een vreselijk ogenblik lang overwoog hij zich te laten vallen en door de jongen aan stukken te laten snijden.

Een hand schampte over zijn hoofd. 'Blijven rennen, ettertje. Ik vind het vreselijk als ze daar zomaar liggen.'

Kevin was zijn gevoel voor richting volkomen kwijt. Ze naderden een van de oude loodsen in de wijk aan de overzijde van de straat. Hij zag een deur in het gebouw recht voor hem. Misschien... misschien, als hij door die deur kon komen.

Hij schoot naar rechts en zette plotseling koers naar het gebouw, ramde tegen de oude deur, rukte hem open en stortte zich in de duisternis erachter.

Het traphek anderhalve meter verder redde zijn leven, of althans een paar ledematen. Hij rolde van de trap af en schreeuwde van de pijn. Toen hij beneden bleef liggen, had hij het gevoel dat zijn hoofd van zijn romp gescheiden was. Kevin krabbelde overeind en strompelde terug naar de trap.

De jongen stond bovenaan, met het maanlicht in zijn rug en grinnikte. 'Het einde,' zei hij voordat hij de trap afliep.

Kevin draaide zich om en rende tegen een volgende deur, van staal. Hij greep de hendel en draaide, maar het gevaarte gaf geen krimp. Daarop zag hij de grendel, rukte hem los en knalde voorover in een aardedonkere ruimte, tot hij tegen een betonnen muur stootte.

De jongen greep Kevins haar.

Kevin schreeuwde en zijn stem echode krankzinnig om hem heen. Harder. Niemand zou hem horen; ze waren onder de grond.

'Houd je kop! Houd je kop!' De jongen sloeg hem op zijn mond.

Kevin verzamelde alle moed van de angst en sloeg blindelings in het duister. Zijn vuist raakte iets dat kraakte. De jongen gaf een schreeuw en liet Kevins haar los. Zijn slachtoffer zakte door de knieën.

Het schoot door Kevin heen dat wat de jongen aanvankelijk met hem van plan was geweest in geen verhouding zou staan tot wat hij nu zou doen. Hij rolde opzij en kwam weer op de been. De deur was rechts van hem, grijzig in het schaarse licht. De jongen stond recht voor hem, met een hand aan zijn neus en de andere stevig om het mes.

'Jij bent net twee ogen kwijtgeraakt, jochie.'

Kevin sprong zonder na te denken weg, door de open deur. Hij draaide zich vliegensvlug om, knalde de deur dicht en sloeg met zijn linkerhand de grendel vast. Hij was alleen, in de betonnen trapopgang en hijgde buiten adem. De stilte verzwolg hem.

Een heel zacht gegil bereikte hem van achter de stalen deur. Kevin hield zijn adem in en liep langzaam achteruit. Hij sprong naar de trap en was al halverwege voordat het geluid van de jongen hem weer bereikte, heel vaag. Hij schreeuwde, schold en bedreigde hem met woorden die Kevin nauwelijks kon verstaan.

Er was geen andere uitweg. Als hij wegging, zou de jongen daar kunnen sterven! Niemand zou zijn geschreeuw horen. Hij kon niet weggaan.

Kevin draaide zich om en liep langzaam de trap weer af. Als hij nu de grendel eens openmaakte en dan snel wegrende? Hij zou het misschien kunnen halen.

'Ik beloof je dat ik je afmaak...'

Kevin wist nu dat hij maar twee mogelijkheden had. De deur opendoen en gesneden of misschien wel gedood worden, of weglopen en de jongen laten sterven, of misschien leven.

'Ik haat je! Ik haat je!' De schreeuw was angstwekkend veraf, maar rauw en bitter.

Kevin draaide zich om en schoot de trap op. Hij had geen keus. Geen keus. Dit was wat de jongen verdiende, voor Samantha. Het was trouwens zijn eigen schuld.

Kevin deed de buitendeur achter zich dicht en rende de nacht in. Hij wist niet precies hoe of wanneer, maar op zeker moment toen het nog donker was, belandde hij weer in zijn bed.

Er ratelde iets. Kevin schoot overeind. Het tafelblad weerspiegelde de opkomende zon op ooghoogte. De mobiele telefoon trilde en bewoog langzaam naar de rand.

Kevin krabbelde overeind. *O God, geef me kracht.* Hij keek op de klok. Negen uur. Waar bleef de politie?

Aarzelend stak hij een hand uit naar de telefoon om het toestel vervolgens snel te grijpen. *Speel het spel*, had Jennifer gezegd. *Speel het spel.*

'Hallo?'

'En hoe gaat het deze morgen met onze schaker?' vroeg Slater.

Hij had dus inderdaad geluisterd. Kevin sloot zijn ogen en concentreerde zich. Zijn leven hing af van wat hij zei. *Wees slim. Denk beter dan hij.*

'Klaar om te spelen,' zei hij, maar zijn stem klonk niet erg gereed.

'Je zult het beter moeten doen dan dat. Kevin, Kevin, Kevin. Twee kleine uitdagingen, twee kleine knallen. Je begint me te vervelen. Heb je mijn cadeautje gezien?'

'Ja.'

'Hoeveel is drie keer drie?'

Drie keer drie. 'Negen.'

'Slimme jongen. Negen uur, tijd voor vertier, tijd voor de derde. *Wat neemt je mee, maar brengt je nergens?* Je hebt zestig minuten. En deze keer wordt het erger, Kevin.'

De telefoon op het aanrecht ging schel over. Hij moest Slater aan de lijn houden.

'Mag ik je een vraag stellen?'

'Nee. Maar je mag wel de andere telefoon opnemen. Misschien is het Sam. Zou dat niet gezellig zijn? Neem op.'

Langzaam pakte Kevin de telefoon van de haak.

'Kevin?' De vertrouwde stem van Sam klonk in zijn oor en ondanks de onmogelijke situatie voelde hij een enorme opluchting. Hij wist niet wat hij moest zeggen. Hij hield de mobiele tegen zijn linkeroor en het vaste toestel tegen zijn rechter.

'Doe haar de groeten van Slater,' zei Slater.

Kevin aarzelde. 'Slater laat je groeten.'

'Heeft hij gebeld?'

'Ik heb hem aan de andere lijn.'

'Jammer dat Jennifer zo vroeg wegging,' zei Slater. 'We hadden met zijn vieren een feestje kunnen bouwen. De tijd verstrijkt. Negenenvijftig minuten en eenenvijftig seconden. Jij bent aan zet.' De lijn werd verbroken.

Sam sprak weer. 'Kevin, luister! Is hij nog steeds aan de lijn?'

'Hij is weg.'

'Blijf waar je bent. Ik draai nu jouw straat in. Ik ben er over tien seconden.' Ze verbrak de verbinding.

Kevin bleef onbeweeglijk staan met in iedere hand een telefoon. *Speel het spel, speel het spel.* Het was de jongen; het moest de jongen wel zijn.

De deur vloog open. 'Kevin?' Sam rende naar binnen.

Hij draaide zich om. 'Ik heb zestig minuten.'

'Of anders?'

'Weer een bom?'

Ze liep naar hem toe en nam zijn polsen in haar handen. 'Goed. Luister naar mij, we moeten dit helder doordenken.' Ze pakte de telefoons uit zijn handen en greep hem bij zijn schouders. 'Luister naar mij...'

'We moeten de FBI bellen.'

'Doen we ook. Maar ik wil dat je het mij eerst vertelt. Zeg me precies wat hij zei.'

'Ik weet wie de raadselmoordenaar is.'

Ze keek hem verbluft aan. 'Wie?'

Kevin liet zich in een stoel vallen. 'De jongen.'

'Ik dacht dat hij je verteld had dat hij de jongen niet was.'

Kevins geest begon sneller te werken. 'Hij zei "Welke jongen?" Hij heeft niet gezegd dat hij de jongen niet was.' Hij rende naar de koelkast, trok de deur open, rukte het melkpak eruit en zette het met een klap op het aanrecht.

Ze staarde naar de dikke letters. Ze keek even naar hem en toen weer naar het melkpak. 'Wanneer...'

'Hij is hier gisteravond binnen geweest.'

'*Het is zo donker.* Wat is zo donker?'

Kevin liep op en neer en wreef over zijn hoofd.

'Vertel het me, Kevin. Vertel het me gewoon. We hebben haast geen tijd meer.'

'Jouw vader zorgde dat de jongen vertrok, maar hij kwam terug.'

'Wat bedoel je? We hebben hem nooit meer gezien!'

'Ik wel! Hij pakte me toen ik twee weken later op weg was naar jouw huis. Hij zei dat hij jou iets ging aandoen. En mij. Ik rende weg en op een of andere manier...' De emoties sloten zijn brein af. Hij keek op de klok. Negen uur twee. 'Op een of andere manier eindigden we in een opslagkelder in een van de oude loodsen. Ik weet niet eens meer welke precies. Ik sloot hem op en rende weg.'

Ze knipperde met haar ogen. 'Wat gebeurde er?'

'Ik moest het doen, Sam!' Hij klonk wanhopig nu. 'Hij wilde jou vermoorden! En mij!'

'Het is al goed, Kevin. We kunnen hier later over praten, ja? Nu...'

'Dat is de zonde die hij mij wil laten bekennen. Ik liet hem in het duister achter om te sterven.'

'Maar hij is niet gestorven, toch? Hij leeft kennelijk nog. Jij hebt niemand gedood.'

Hij zweeg even. Natuurlijk! De donkere nacht flitste door zijn hoofd. Behalve wanneer Slater de jongen niet was, maar iemand die van het incident wist; een psychopaat die op een of andere manier de waarheid had ontdekt en besloten had dat Kevin moest boeten.

'Hoe dan ook, ik sloot een jongen op in een kelder en liet hem achter om te sterven. Dat is opzettelijk, te vergelijken met moord.'

'Je weet helemaal niet of dit iets te maken heeft met de jongen. We moeten hierover nadenken, Kevin.'

'Daar hebben we geen tijd voor! Het is de enige logische verklaring. Als ik beken, houdt dit krankzinnige spel op.' Hij liep op en neer en wreef door zijn haar, terwijl hij een plotselinge drang om te huilen onderdrukte bij de gedachte aan een bekentenis na alles wat hij gedaan had om zijn verleden te vergeten. 'O, wat heb ik gedaan? Dit kan niet waar zijn. Niet na al het andere.'

Ze staarde hem aan terwijl ze de nieuwe informatie verwerkte; haar ogen rimpelden van medeleven. 'Beken het dan, Kevin. Het is al bijna twintig jaar geleden.'

'Kom nou, Sam!' Hij draaide zich woedend naar haar om. 'Dat komt groot in alle kranten. Iedere Amerikaan die naar het nieuws kijkt zal weten dat die student van de theologische universiteit een ander kind levend begroef om hem te laten sterven. Dat zal mij ruïneren.'

'Beter geruïneerd dan dood. Bovendien had je redenen om die jongen op te sluiten. Ik zal voor je getuigen.'

'Dat maakt allemaal niet uit. Als ik in staat ben tot een poging tot moord, ben ik tot alles in staat. Dat is de reputatie die mij zal blijven achtervolgen.' Hij knarste met zijn tanden. 'Dit is krankzinnig. We hebben nauwelijks tijd meer. Ik moet de kranten bellen en het vertellen. Dat is de enige manier om die maniak te laten stoppen voordat hij mij vermoordt.'

'Misschien, maar hij eist ook dat je het raadsel oplost. We hebben misschien te maken met dezelfde moordenaar als in Sacramento...'

'Weet ik. Jennifer heeft het me verteld. Maar de enige manier om hem te laten stoppen, is mijn bekentenis. Het raadsel moet mij duidelijk maken wat ik moet bekennen.' Kevin liep naar de telefoon. Hij moest de krant bellen. Slater luisterde mee, hij zou het weten. Dit was krankzinnig.

'Wat was het raadsel?'

Hij bleef staan. *'Wat neemt je mee maar brengt je nergens?* Hij zei dat het deze keer erger zou zijn.'

'Hoe is dat in verband te brengen met de jongen?' vroeg zij.

Die vraag was nog niet bij hem opgekomen. *Wat neemt je mee maar brengt je nergens?* 'Ik weet het niet.' Stel dat Sam gelijk had. Stel dat die bekentenis over de jongen niet was wat Slater wilde?

'Welk verband is er tussen de jongen en de drie raadsels die hij heeft opgegeven?' Ze pakte een blad papier. 'Zestig minuten. Gisteren was het drie minuten en daarna dertig. Nu zestig. Hoe laat belde hij?'

'Negen uur. Drie keer drie. Dat zei hij letterlijk.'
Ze bestudeerde de raadsels die ze had opgeschreven.
'Bel agent Peters. Vertel haar over Slaters telefoontje en de bekentenis. Vraag haar om de krant te bellen en zo snel mogelijk hierheen te komen. We moeten die raadsels oplossen.'

Kevin toetste het nummer in dat Jennifer had achtergelaten. Het was negen uur zeven volgens de klok. Ze hadden nog drieënvijftig minuten. Jennifer nam op.

'Hij heeft gebeld,' zei Kevin.

Stilte.

'Hij belde...'

'Weer een raadsel?'

'Ja. Maar ik denk dat ik misschien weet wie hij is en wat hij wil.'

'Vertel op!'

Kevin vertelde haar de rest met horten en stoten in een tijdsbestek van enkele minuten. Haar stem had een onverwacht dringende klank. Ze was ongeduldig en veeleisend, maar haar intensiteit stelde hem gerust.

'Dus jij denkt te weten wie hij is en je vergeet mij te vertellen over zijn eis dat jij iets moet opbiechten? Wat probeer je me aan te doen? We hebben hier met een moordenaar te maken!'

'Het spijt me. Ik was bang. Ik vertel het je nu.'

'Nog meer geheimen?'

'Nee. Alsjeblieft. Het spijt me.'

'Is Samantha daar?'

'Ja. Je moet die bekentenis doorspelen,' drong Kevin aan. 'Daar draait het hier allemaal om.'

'Dat weten we niet. Ik zie het verband tussen de raadsels en de jongen niet.'

'Hij was hier gisteravond en hij schreef iets op mijn melkpak,' zei Kevin. 'Hij moet het wel zijn! Jij wilde een motief, nu heb je het! Ik heb geprobeerd iemand om te brengen. Hij is kwaad. Wat vind je daarvan? Je moet die bekentenis in de openbaarheid brengen.'

Het bleef stil aan de lijn.

'Jennifer?'

'We hebben meer tijd nodig!' antwoordde ze met een zucht. 'Goed, ik zal die bekentenis laten uitgaan. Blijf waar je bent. Je zet geen voet buiten je huis, begrepen? Werk aan de raadsels.'

'Sam...'

Maar Jennifer had al opgehangen. Dat was nog eens een meid die van doorpakken wist. Een feit dat hem troost gaf.

Kevin hing op. 'Ze belt de krant.'

'Drie,' zei Samantha. 'Die vent heeft iets met drieën. Ontwikkeling. Drie, dertig, zestig. En tegenstellingen: dag en nacht, leven en dood. *Wat neemt je mee maar brengt je nergens?*' Ze staarde op haar blad met aantekeningen en cijfers.

'Ze was er niet bepaald opgetogen over dat jij hier was,' zei Kevin.

Sam keek op. 'Wat neemt je mee? Het voor de hand liggende antwoord is een transportmiddel. Zoals een auto. Maar een auto heeft hij al gedaan, dat doet hij niet nog eens. Hij wil ontwikkeling zien, groei.'

Kevins gedachten tolden. 'Een bus, trein, vliegtuig. Maar die brengen je ergens, nietwaar?'

'Hangt ervan af waar ergens is. Ik denk niet dat het iets uitmaakt – *meenemen* en *nergens brengen* zijn tegendelen. Ik denk dat hij een of ander openbaar vervoermiddel in de lucht wil laten vliegen!'

'Behalve wanneer de bekentenis...'

'We mogen niet aannemen dat hem dat zal stoppen.' Ze sprong overeind, greep de telefoon en drukte op de herhaaltoets.

'Agent Peters? Sam Sheer hier. Luister, ik denk...' Ze zweeg even en luisterde. 'Ja, ik weet wat jurisdictie inhoudt, en wat mij betreft is Kevin altijd binnen mijn jurisdictie geweest. Maar als je het hoog wilt spelen zorg ik voor toestemming van de officier...' Weer een pauze. Sam glimlachte nu. 'Precies mijn idee. Maar hoe lang gaat het duren om alle openbaar vervoer in Long Beach te evacueren?' Ze keek op haar horloge. 'Volgens mij hebben we nog tweeënveertig minuten.' Ze luisterde weer even. 'Dank je.'

Ze hing op. 'Scherpe meid. Doortastend. Jouw verhaal is al in het nieuws. Het komt nu al rechtstreeks op televisie.'

Kevin liep snel naar zijn televisie en zette hem aan.

'De volgende krant komt niet voor morgenochtend vroeg uit,' merkte Sam op. 'Slater heeft het deze keer niet over de krant gehad, toch?'

'Nee, ik ben er zeker van dat televisie ook goed is, voor hem althans,' kreunde hij.

Sam keek hem meelevend aan. 'Jennifer denkt niet dat hij er genoegen mee zal nemen. Het raadsel is het echte spel voor hem. Ik denk dat ze gelijk heeft.' Ze liep op en neer en legde haar beide handen op haar hoofd. 'Denk, Sam, denk!'

'Ze zijn het openbaar vervoer aan het evacueren.'

'Ze zullen ze nooit allemaal op tijd weg krijgen,' zei Sam. 'Het kost ze alleen al een half uur om de toestemming binnen te halen! Maar er is meer. Slater is heel precies. Hij heeft ons meer gegeven.'

Het programma op televisie veranderde plotseling. Het vertrouwde gezicht van nieuwslezer Tom Schilling vulde het beeld. Een rode band met laatste nieuws rolde onder in beeld van rechts naar links. Achter Tom Schilling waren Kevins uitgebrande auto en het woord *raadselmoordenaar?* in vette letters te zien. De nieuwslezer keek naar rechts van de camera weg en kwam daarop rechtstreeks in beeld.

Kevin staarde als versteend naar het beeld. Tom Schilling stond op het punt zijn leven te verpletteren. Hij kreeg kippenvel in zijn nek. Misschien was die bekentenis toch een vergissing.

'In de zaak van de autobom die gisteren op Long Beach Boulevard ontplofte, hebben zich nieuwe, schokkende ontwikkelingen voorgedaan. Kevin Parson, de bestuurder van de wagen, is met een verklaring gekomen die mogelijk nieuw licht op de zaak werpt.'

Toen Kevin zijn naam hoorde, vervaagde de kamer; het beeld werd wazig en de woorden klonken vervormd, alsof ze onder water werden uitgesproken. Zijn leven was voorbij. Tom Schilling dreunde verder.

'Kevin Parson is een student aan de theologische universiteit van...'

Je bent er geweest.

'...de geestelijke in spe heeft bekend...'

Daar komt het.
'...sloot de jongen op in een ondergrondse...'
Over en uit.

Hij vond het vreemd dat deze openbare bekendmaking voor zijn gevoel een nog grotere doodsdreiging was dan de dreigingen van Slater. Hij had meer dan vijf jaar nodig gehad om zich uit de poel van wanhoop van Baker Street los te rukken, en nu, in minder dan vierentwintig uur, was hij overboord geslagen en zonk hij weer hulpeloos weg. Iemand zou in de rest van zijn jeugd gaan wroeten en de waarheid omtrent Balinda en het huis oplepelen.

Daar sta ik. Kevin Parson, een lege huls van een man, in staat tot de meest verdorven zonde die de mens bedacht. Zie mij staan, zielige toneelspeler. Ik ben niet meer dan een klomp materie, een kogel die in menselijke gedaante een verwoestend spoor trekt door het leven. Als je alles hoort, zul je dat weten, en meer.

Dankjewel. Dankjewel, tante Balinda, dat je die wijsheid met mij deelde. Ik ben niets. Dank je, misselijk ziek vervormde tante, dat je me deze waarheid door de strot hebt gewrongen. Ik ben niets, niets, niets. Dank je, ellendige demon die mijn ogen uitsteekt en mij de grond in trapt en...

'...vin. Kevin!'

Hij draaide zich om. Sam zat aan de tafel met de afstandsbediening in haar hand naar hem te kijken. De televisie was uit. Hij merkte dat hij zat te trillen. Na een paar diepe ademteugen ontspande hij zijn gebalde vuisten en haalde zijn handen door zijn haar. *Rustig, Kevin. Houd jezelf in de hand.* Maar hij wilde zichzelf niet in de hand houden. Hij wilde huilen.

'Wat?'

'Het spijt me, Kevin. Het is niet zo erg als het klinkt. Ik sleep je hier doorheen, dat beloof ik.'

Het is niet zo erg als het klinkt omdat je het hele verhaal niet kent, Sam. Jij weet niet wat er echt gebeurde in dat huis in Baker Street. Hij draaide van haar weg. *God, help me. Alstublieft, help me.*

'Het komt wel goed,' zei hij en schraapte zijn keel. 'We moeten ons op het raadsel concentreren.'

Een losse gedachte viel Kevin in.

'Het zijn de getallen,' zei Sam. 'Openbaar vervoer is genummerd. Slater gaat een bus of trein opblazen die nummer drie heeft.'

Kevins gedachte nam klank aan. 'Hij zei geen politie!'

'Wat...'

'Geen politie!' schreeuwde Kevin. 'Wordt de politie ingezet bij de evacuatie?'

Zijn angst vond weerklank in haar ogen. 'O, nee!'

'Het maakt me niet uit of ze alle vluchten vanuit de staat moeten uitstellen!' zei Jennifer. 'We hebben hier te maken met een zeer geloofwaardige bomdreiging, meneer! Bel voor mijn part de gouverneur. Terrorist of niet, deze vent gaat iets opblazen!'

'Vijfendertig minuten...'

'Is genoeg om te beginnen.'

Haar chef aarzelde.

'Luister, Frank,' ging Jennifer verder. 'Je zult hier je nek samen met mij moeten uitsteken. De lokale politie heeft niet genoeg invloed om dit er snel door te drukken. Milton werkt aan de bussen, maar de bureaucratie is zo stroperig als maar zijn kan. Dit moet van bovenaf gedaan worden.'

'Ben je er absoluut zeker van?'

'Wat bedoel je? Dat ik te hard van stapel loop? We kunnen het risico niet nemen...'

'Akkoord. Maar als dit een misleiding blijkt te zijn...'

'Dat zal niet de eerste keer zijn.'

Ze hing op en haalde diep adem. Ze was zich ervan bewust dat ze al één van Slaters regels overtreden hadden. Geen politie. Maar er was geen alternatief. Ze had de lokale politie nodig.

Een jonge rechercheur, Randal Crenshaw, stormde naar binnen. 'Milton zegt dat ze de directeur van het lokale openbaar vervoer opzoeken. Hij moet over tien minuten antwoord hebben.'

'Hoe lang hebben ze nodig om de bussen te evacueren als ze eenmaal toestemming hebben?'

'Dat kan vrij vlot.' Hij haalde zijn schouders op. 'Misschien tien minuten.'

Ze stond op en liep langs de vergadertafel op en neer. Ze hadden nu voor het eerst een mogelijk spoor in deze zaak. De jongen. Als het de jongen was. Hoe oud moest hij nu zijn? Begin dertig? Nog belangrijker was dat iemand anders dan Kevin de moordenaar ook kende: Rick Sheer, de vader van Samantha, een politieman die de jongen betrapte toen hij gluurde.

'Ik wil dat je een agent opspoort die ongeveer twintig jaar geleden in Long Beach werkte,' zei ze tegen Crenshaw. 'Hij heet Rick Sheer. Zoek hem op, ik moet met hem praten. Zoek in al zijn logboekaantekeningen naar opmerkingen over een jongen die de kinderen in zijn buurt bedreigde.'

De rechercheur schreef de naam op een papiertje en verdween.

Ze miste iets. Ergens in de aantekeningen die zij die morgen had gemaakt was verstopt welke bus of trein, of wat dan ook, Slater wilde opblazen – als zij tenminste gelijk hadden dat het raadsel naar openbaar vervoer verwees.

Kevin was niet het doelwit, en die gedachte was een opluchting voor Jennifer. Op dit moment was het niet zijn leven dat gevaar liep. *Speel het spel, Kevin. Trek hem mee.* Ze greep de telefoon en toetste zijn nummer. Hij nam na de vijfde beltoon op.

'Enig idee?'

'Ik wilde je net bellen. Het zou een bus kunnen zijn of iets dat een nummer draagt waarin een drie voorkomt.'

Dat was het! Dat moest het zijn. 'Drie. Ik zal ze voorrang laten geven aan alle bussen en treinen die een drie in hun nummer hebben.'

'Hoe gaat het daar?'

'Ziet er goed uit. Over tien minuten moeten we iets weten.'

'Dat wordt wel erg krap, is het niet?'

'Sneller kunnen ze het niet doen.'

Sam klapte haar telefoon dicht en greep haar handtas. 'Dat is het, we gaan!' Ze rende naar de deur. 'Ik rijd.'

Kevin rende achter haar aan. 'Hoeveel zijn het er?'

'Long Beach zelf heeft vijfentwintig bussen die alle verschillende letters en cijfers dragen. Wij zoeken naar nummer drieëntwintig. Die rijdt naar Alamitos en dan terug naar Atlantic. Het is niet ver. Als we geluk hebben, komen we hem zo tegen.'

'En nummer drie en dertien dan?'

'Ze zijn de nummering bij vijf begonnen en hebben dertien overgeslagen.'

De banden van Sams auto piepten. Ze was er zeker van dat Slater een bus op het oog had. Vliegtuigen waren een veel minder voor de hand liggend doel om de simpele reden dat de beveiliging veel strenger was dan voorheen. Ze had ook de trams gecontroleerd: geen drie. Treinen waren ook een mogelijkheid, maar ook daar was de beveiliging strenger. Het moest een bus zijn en het feit dat er maar één was met een drie in zijn nummer, gaf tenminste een sprankje hoop.

Negenentwintig minuten.

Ze joegen door Willow naar Alamitos maar werden tegengehouden door een rood verkeerslicht bij Walnut. Sam keek links en rechts en reed door.

'Dit is nu een moment dat ik geen bezwaar zou hebben tegen een politiewagen achter mij,' zei ze. 'We zouden hun hulp goed kunnen gebruiken.'

'Geen politie,' merkte Kevin op.

Ze keek hem aan. Er gingen nog twee minuten voorbij voordat ze Alamitos bereikten.

'Als je een bus ziet, is het waarschijnlijk nummer drieëntwintig. Dan geef je een gil.'

Maar ze kwamen geen bussen tegen. Ze reden bij Third Street weer door rood, nog steeds geen bussen.

Ocean Boulevard, rechts; Atlantic naar het noorden; nog geen bus. Er klonken zo nu en dan claxons om hen heen.

'Tijd?' vroeg zij.

'Negen uur zevenendertig.'

'Kom op! Kom op!'

Sam stond op de rem. Toen zij Third Street weer naderden, stond het licht op rood en werd de kruising geblokkeerd door verkeer. Een bus met nummer 6453-17 denderde in westelijke richting voorbij op Third Street. Verkeerde bus. Het was benauwd in de auto, het zweet stond op hun voorhoofden. De kruising kwam weer vrij en Sam drukte het gaspedaal diep in. 'Kom op, waar zit je?'

Ze was de kruising ongeveer twintig meter over toen ze op de rem stond.

'Wat is er?'

Ze draaide haar hoofd met een ruk om en staarde terug naar Third Street. Daarop greep ze haar telefoon en drukte op de herhaaltoets.

'Hallo, kunt u mij zeggen welke bus er door Third Street komt?'

Kevin hoorde een zware mannenstem. 'De bus van Third Street. Dan moet u...'

'Ze noemen de bussen bij hun straatnamen, niet bij hun nummers!' zei Sam.

'Maar je weet niet of Slater...'

'We weten waar de bus van Third Street is. Laten we die eerst veiligstellen en dan de drieëntwintig zoeken.' Ze draaide met gierende banden weer Third Street op en reed achter de bus aan, die nog geen honderd meter verder was. Kennelijk had de chauffeur nog geen bericht doorgekregen.

Negentien minuten.

Sam reed voor de bus en ging op de rem staan. De chauffeur claxonneerde en liet de bus piepend tot stilstand komen.

'Zeg de chauffeur dat de bus leeg moet en dat ze er minstens een half uur uit de buurt moeten blijven. Laat ze de boodschap aan alle andere auto's op straat doorgeven. Zeg hen dat er een bom is, werkt altijd; ik bel Jennifer Peters.'

Kevin rende naar de bus en bonkte op de deur, maar de chauffeur, een oude man die minstens driemaal zijn streefgewicht woog, weigerde open te doen.

'Er is een bom in de bus!' schreeuwde Kevin, terwijl hij met zijn handen een explosie nabootste. 'Een bom!' Hij vroeg zich af of iemand in de bus hem van de televisie zou herkennen. *De kindermoordenaar is nu in de stad en sleept oude dametjes uit bussen.*

Een jongeman die veel weg had van Tom Hanks, stak zijn hoofd door een open raam. 'Een wat?'

'Een bom! Kom eruit! Uit de bus, maak de straat leeg.'

Een ogenblik lang gebeurde er niets. Daarna siste de deur open en kwam dezelfde jongeman naar buiten rennen. Hij schreeuwde terug in de bus.

'Laat ze eruit, malloot! Hij zegt dat er een bom in de bus zit!'

Een dozijn passagiers, ongeveer de helft van het aantal dat Kevin kon zien, sprong van de stoelen op. De chauffeur scheen nu ook gegrepen door angst. 'Goed, iedereen naar buiten! Kijk uit voor het afstapje! Voorzichtig, dames en heren, niet dringen alstublieft!'

Kevin greep het Tom Hanks-type bij zijn arm. 'Maak de straat vrij en houd die minstens dertig minuten vrij, begrepen? Maak de zaak vrij!'

'Wat is er aan de hand? Hoe weet u dat?'

Kevin rende al naar Sams auto. 'Geloof me maar. Zorg dat ze weggaan. De politie komt eraan.' De passagiers hadden geen extra aansporing nodig. Auto's stopten en reden vervolgens met grote snelheid langs de bus of gingen achteruit.

Hij stapte in de auto.

'Houd je vast,' zei Sam. Ze racete ervandoor, nam de eerste rechts en reed terug in de richting van Atlantic.

'Eén geklaard. Nog vijftien minuten.'

'Dit is krankzinnig,' zei Kevin. 'We weten niet eens of Slater...'

De mobiele telefoon in zijn zak begon op te spelen. Kevin verstarde en staarde naar zijn rechterdij.

'Wat is er?' vroeg Sam.

'Hij... hij belt.'

De telefoon trilde weer en Kevin nam op.

'Hallo?'

'Ik zei geen politie, Kevin,' zei Slaters zachte stem. 'Geen politie betekent geen politie.'

Kevins vingers begonnen te trillen. 'Bedoel je de FBI?'

'Politiemannen. Van nu af aan is het jij, Sam, Jennifer en ik en niemand anders.'

Einde gesprek.

Sam had flink afgeremd en keek hem met grote ogen aan.

'Wat zei hij?'

'Hij zei: geen politie.'

Plotseling schokte de grond. Er klonk een daverende explosie. Ze doken beiden instinctief weg.

'Omdraaien! Omdraaien!'

'Dat was de bus,' fluisterde Sam. Ze draaide de auto met een zwaai om en joeg terug.

Kevins ogen werden groot toen zij Third Street weer bereikten. Kolkende vlammen en zwarte rook omgaven een surrealistisch toneel. De drie naast de bus geparkeerde auto's waren zwartgeblakerd en smeulden. Het was niet duidelijk of er iemand gewond was geraakt, maar de directe omgeving van de bus leek leeg. Boeken lagen verspreid tussen het glas van de gesprongen etalage van een antiquariaat. Het bord met *Lees het nog eens!* bungelde gevaarlijk boven het trottoir. De eigenaar van de zaak kwam verbijsterd naar buiten strompelen.

Sam zette de auto stil en staarde naar het onwezenlijke beeld. Haar mobiele telefoon ging over en Kevin schrok. Ze pakte hem langzaam op.

'Sheer.'

Ze knipperde even met haar ogen. 'Hoe lang geleden?' Ze keek naar Kevin en vervolgens naar de bus. Er klonk een sirene. Een auto die Kevin onmiddellijk als die van Jennifer herkende kwam om de bocht gieren en reed op hen af.

'Kan Rodriguez hem ondervragen?' vroeg Sam aan de telefoon. 'Ik zit hier een beetje vast.' Ze draaide zich weg en liet haar stem zachter klinken. 'Hij heeft net een bus opgeblazen. Ik zit hier in een auto, op vijftig meter afstand. Ja, ik weet het tamelijk zeker.' Ze luisterde.

Jennifer stopte naast hen en stak haar hoofd uit het zijraam. 'Met jou alles in orde?'

'Ja,' antwoordde Kevin. Zijn vingers waren gevoelloos en zijn geest tolde, maar hij was in orde.

Samantha knikte naar Jennifer, draaide weer weg en dekte haar vrije oor af. 'Ja, meneer. Onmiddellijk. Ik begrijp het...' Ze keek op haar horloge. 'De vlucht van half elf?'

Kevin deed zijn portier open, maar Jennifer hield hem tegen. 'Nee, blijf zitten. Niet weggaan, ik kom zo terug.' Daarop reed ze naar de bus.

Sam beëindigde haar gesprek en klapte de telefoon dicht.

'Denk je dat er iemand gewond is geraakt?' vroeg Kevin.

Ze keek naar de bus en schudde haar hoofd. 'Ik weet het niet, maar we hebben geluk gehad dat we de bus gevonden hebben.'

Kevin kreunde en haalde beide handen door zijn haar.

'Ik moet gaan,' zei Sam. 'Dat was het telefoontje dat ik al verwachtte. Ze willen dat ik een getuige ondervraag, en zijn advocaat heeft hem vanmiddag al op vrije voeten. Dit kan ik helaas niet missen. Ik leg het wel uit als ik...'

'Ik kan niet geloven dat Slater dit gedaan heeft,' zei Kevin, die weer om zich heen keek. 'Hij zou meer dan twintig mensen vermoord hebben als wij deze bus niet toevallig gevonden hadden.'

Zij schudde haar hoofd. 'Het is een volkomen ander spel geworden. Luister, ik kom vanavond met de eerste vlucht terug, goed? Ik beloof het. Maar ik moet nu weg, als ik die vlucht moet halen.' Ze wreef hem over zijn schouder en keek in de richting van Jennifer. 'Zeg haar dat ik haar zal bellen en mijn informatie zal geven; zij zal voor je zorgen.' Drie politiewagens waren gearriveerd en stonden om de bus heen. 'We komen er wel door, mijn lieve ridder. Ik beloof je dat we erdoor komen.'

Kevin knikte. 'Dit is krankzinnig.'

10

Binnen vijf minuten na de explosie waren enkele tientallen mensen bezig de plaats van de aanslag af te zetten en te onderzoeken – de meesten van de plaatselijke politie, maar ook mensen van haar eigen dienst en van diverse andere organisaties. De bom was al snel gevonden. Op het eerste gezicht was het dezelfde uitvoering als in Kevins auto, maar dan groter.

Jennifer zette Kevin in een cafétje dat op vier deuren afstand van de bus lag en gaf hem strikte orders te blijven waar hij was. Ze zou binnen twintig minuten terugkomen.

De organisatie van het onderzoek was veranderd. Bill Galager van het kantoor van Los Angeles was gearriveerd met twee jonge rechercheurs, John Mathews en Brett Mickales. Zij zouden het bewijsmateriaal voor hun rekening nemen, zodat zij zich volledig op het psychologische aspect kon richten. Voor één conclusie was echter geen graad in de psychologie nodig: als Slater geen politie zei, dan bedoelde hij absoluut geen politie. En hij had de mogelijkheid om na te gaan of er politie bij de zaak betrokken was.

Volgens Kevin had Slater haar naam genoemd. Jennifer. De maniak was bezig haar weer in een val te lokken, of niet? Gezien de bus was hij naar een hogere klas gepromoveerd.

Geen politie. Geen CBI, behalve Samantha, die toevallig een band had met Kevin door hun jeugd en de jongen. Geen antiterrorisme-eenheid, geen sheriff of politie van de staat. Alleen FBI, en in het bijzonder, alleen Jennifer.

'Nog steeds zo gretig om achter hem aan te gaan?'

Jennifer draaide zich om naar Milton die achter haar was komen staan.
'Gretig?'
Er schitterde iets van uitdaging in zijn ogen, maar hij ging er niet verder op door.
'Waarom heeft hij hem te vroeg in de lucht laten vliegen?'
'Hij had gezegd geen politie. Kennelijk was hij erachter gekomen dat jouw afdeling op de hoogte was gebracht.'
'Ze zeggen altijd geen politie. Ben jij geen politievrouw?'
'Volgens Kevin heeft hij gezegd dat alleen FBI kon.'
Milton gromde en Jennifer fronste haar wenkbrauwen.
'Geen politie. Kennelijk betrekt hij de ervaringen die hij met ons heeft in zijn spel. Waar het om draait is dat hij een regel heeft gegeven en dat wij die overtreden hebben. Daarom blies hij de bus eerder op.'
'En als hij nu eens geen FBI zou zeggen? Zou jij je dan terugtrekken? Dat denk ik niet. Dit is mijn stad. Je hebt het recht niet om mij erbuiten te houden.'
'Ik houd je nergens buiten, Milton. Het krioelt hier van jouw mensen.'
'Ik heb het niet over het puinruimen. Hij zal weer gaan bellen en de hele stad weet dat. Ze hebben er recht op dat te weten.'
'De stad? Je bedoelt de pers. Nee, Milton. De pers heeft er recht op alles te weten wat de veiligheid van de stad ten goede zou kunnen komen. Nu is het een bus, de volgende keer zou het een gebouw kunnen zijn. Ben jij bereid dat risico te nemen vanwege het protocol? Als je me nu wilt excuseren, ik heb een zaak af te handelen.'
Miltons blik werd woest. 'Dit is mijn stad, niet de jouwe. Ik heb hier persoonlijke belangen, jij niet. Helaas lijkt het erop dat ik niets aan je jurisdictie kan doen, maar je chef heeft mij verzekerd dat je met mij zou samenwerken. Als Slater ook maar een kik geeft en jij het mij niet vertelt, zorg ik dat jouw vervanger hier binnen vijf minuten staat.'
Jennifer voelde de neiging om hem een klap in zijn gladde gezicht te geven. Ze zou Frank moeten bellen om het uit te leggen. Tot die tijd was Milton een doorn in haar vlees, waarmee ze moest leren leven.
'Ik mag jou ook niet, rechercheur. Jij bent naar mijn smaak te zeer geïn-

teresseerd in je eigen belangen, maar dat zal wel mijn persoonlijke opvatting zijn. Ik zal je via Galager op de hoogte houden en ik verwacht van jou alle medewerking die wij nodig hebben. We zijn niet zo stom om alle hulp die we kunnen krijgen te weigeren. Maar je doet niets zonder mijn toestemming. Als Slater denkt dat jij erbij betrokken bent, doet hij jouw stad misschien meer kwaad dan jij zou willen verantwoorden. Mee eens?'

Hij keek haar onderzoekend aan en ontspande. *Dat had je niet verwacht, hè, Colombo?* Ze was niet van plan om hem er echt bij te betrekken, realiseerde ze zich, en die gedachte verraste haar. Sterker, ze was in meer dan één opzicht blij met de beperkingen die Slater had gedicteerd. Het ging tussen haar, Slater en Kevin, ongeacht hoe persoonlijk Slater het wilde nemen.

'Ik wil zijn huis helemaal inpakken,' zei Milton. 'Complete elektronische bewaking, inclusief telefoontaps. Heb je daar geen opdracht voor gegeven?'

'Geen telefoontaps. Slater gebruikt de vaste lijn niet. De mobiele experts hebben de laatste veertig minuten de frequentie van de telefoon die hij Kevin gaf gecontroleerd – ik heb het verzoek daarvoor vanmorgen onmiddellijk ingediend nadat ik bij Kevin was geweest. Slater heeft Kevin dertig minuten geleden gebeld, net voordat hij de bom liet afgaan. De experts hebben niets opgevangen. Hij is niet dom genoeg om zonder codering te praten. Dit is niet de gemiddelde misdadiger. Ik heb order gegeven om een opnameapparaat aan de telefoon te bevestigen, maar bij dit gesprek zat dat er nog niet op.'

Milton keek woedend. 'Ik zal iemand bij het huis zetten.'

'Nee. Geen politie, of heb je dat stuk niet meegekregen?'

'Nu moet je eens luisteren, mens! Minder dan drie uur geleden spuugde je me uit omdat ik afgelopen nacht niemand bij zijn huis had laten staan!'

'Ik zet mijn eigen mensen bij het huis. Houd je mannen paraat. Als je het hard tegen hard wilt spelen, dan speel ik dat incident door naar de pers.' Ze aarzelde. 'Heb je nog iets over die agent naar wie ik gevraagd heb?'

Milton keek de andere kant op en antwoordde onwillig. 'Agent Rick Sheer. Hij is tien jaar geleden teruggegaan naar San Francisco. Vijf jaar geleden aan kanker gestorven. Er is geen enkel dossier te vinden met enige verwijzing naar de jongen die jij noemde. Maar dat verbaast me niet. Kwesties met buren worden door agenten buiten de officiële kanalen om geregeld. Jij zegt dat hij de vader van de jongen bedreigde, maar het incident is kennelijk overgewaaid. Geen officiële klachten, geen arrestaties.'

Jennifers hart zonk haar in de schoenen. Dan waren er alleen Kevin en Samantha. Hopelijk zou een van de twee zich iets herinneren dat een aanwijzing kon zijn voor de identiteit van de jongen. Op dit moment hadden ze niets anders dan Kevins beschrijving, die in praktisch opzicht waardeloos was.

'Kunnen ze nog eens kijken? Is er geen persoonlijk aantekenboek, of...'

'Zulke dingen hebben we niet.'

'Samenwerking, weet je nog? Laat ze nog een keer kijken.'

Hij knikte langzaam. 'Ik zal zien wat ik kan doen.'

'Dank je. Ik neem aan dat je agent Galager ontmoet hebt? Vanaf nu zul je voornamelijk met hem te maken hebben.'

'En jij dan?'

'Ik ga doen waarvoor ik ben opgeleid: proberen uit te zoeken wie Slater is. Tot ziens, Milton.'

Ze liep langs de bus en zag Galager. 'Wat heb je tot nu toe?'

'Zelfde vent die de auto opblies.' Bill Galager was een roodharige met te veel sproeten om te tellen. Hij keek naar Nancy, die zich over twee stukjes vervormd metaal boog.

'Zij is goed.'

Jennifer knikte. 'Verwerk het bewijsmateriaal samen met haar in haar laboratorium en stuur het door naar Quantico voor verdere analyse. Stel Milton ervan op de hoogte en doe alsjeblieft je best om hem bij mij uit de buurt te houden.'

'Geen probleem. En wat doen we met het bewijsmateriaal dat ze in het huis vinden?'

Twintig minuten eerder was er een team bij Kevins huis aangekomen dat de woning doorzocht op sporen die Slater mogelijk had achtergelaten. Jennifer betwijfelde of ze iets zouden vinden. De huizen van de slachtoffers in Sacramento hadden niets opgeleverd. Slater had misschien geen scrupules, maar hij had discipline in overvloed.

'Zelfde traject. We gaan zelf ook nog een keer het huis door. Als je iets vindt, meld je het mij. Ik kom over een paar uur bij je langs op kantoor.'

Hij knikte. 'Denk je dat hij het is?'

'Totdat ik bewijs voor het tegendeel vind.'

'Er zijn wel een paar verschillen. Het zou een na-aper kunnen zijn.'

'Zou kunnen, maar ik denk van niet.'

'En ik neem aan dat Kevin aan het slachtofferprofiel voldoet?'

Jennifer keek hem onderzoekend aan. Bill was een van de weinige agenten die Roy goed genoeg kende om hem een vriend te noemen.

'Hij had Roy kunnen zijn in een ander leven,' antwoordde ze. Daarop draaide ze zich om en liep naar het koffiehuis.

Achter de afzettingen stonden nu minstens vijfhonderd nieuwsgierigen te kijken. De nieuwswagens werden opgezet om rechtstreeks verslag uit te brengen. CNN en Fox News brachten ongetwijfeld extra uitzendingen. Hoe vaak hadden de Amerikanen al niet beelden van verwrongen bussen in Israël gezien? Maar dit was Californië. Hier kon je de incidenten van de laatste tien jaar op de vingers van één hand tellen.

Milton gaf de nieuwsgieren de laatste informatie. Goed voor hem.

11

Jennifers stem rukte Kevin uit zijn gedachten weg. 'Hé, cowboy, wil je een lift hiervandaan?'

Hij keek op achter zijn hoektafeltje en knipperde met zijn ogen. 'Natuurlijk.'

'Dan gaan we.'

Ze bracht hem niet naar huis, dat nog steeds door rechercheurs werd uitgeplozen op sporen van Slater. Dat zou nog een paar uur duren.

'Ze gaan mijn laden met ondergoed toch niet ondersteboven houden?'

Jennifer lachte. 'Alleen wanneer Slater zijn boxershort er heeft laten liggen.'

'Waarschijnlijk maar beter dat ik er niet bij ben.'

'Jij houdt van netheid, nietwaar?'

'Schoon en netjes, ja.'

'Dat is heel goed. Een man moet ook weten hoe hij de was moet doen.'

'Waar gaan we heen?'

'Heb je de telefoon bij je?'

Hij voelde automatisch in zijn zak. Wonderlijk hoe klein die dingen konden zijn. Hij haalde hem tevoorschijn en klapte hem open. Het toestel paste zelfs opengeklapt nog in zijn palm.

'Gewoon ter controle,' zei ze, terwijl ze naar Willow afsloeg.

'Denk je dat hij weer belt?' vroeg Kevin.

'Ja, de bekentenis was niet wat hij wilde horen.'

'Kennelijk niet.'

'Maar hij wil wel een bekentenis. Daar ben je zeker van, toch?'

'Dat zei hij. Als ik beken, gaat hij weg. Maar wat moet ik bekennen?'

'Dat is de hamvraag. Wat wil Slater jou laten bekennen? Heb je er echt geen idee van?'

'Ik heb net mijn carrière en wie weet wat nog meer verwoest door de wereld te bekennen dat ik probeerde een jongen te vermoorden; geloof me, als ik een alternatief voor die bekentenis had kunnen bedenken, dan had ik het niet gelaten.'

Ze knikte en fronste. 'De eis dat je iets bekent is het enige puzzelstukje dat niet bij de raadselmoordenaar past. Op een of andere manier heeft hij iets van jou achterhaald dat hij belangrijk vindt.'

'Zoals wat? Hoeveel zonden heb jij begaan, agent Peters? Weet jij ze allemaal nog?'

'Noem me alsjeblieft Jennifer. Nee, ik weet ze niet meer allemaal.'

'En wat vindt Slater dan belangrijk? Wil je soms dat ik op televisie een lijst voorlees van alle zonden die ik mij kan herinneren?'

'Nee.'

'Het enige logische verhaal is dat van die jongen,' besloot Kevin. 'Maar dan had er een reactie op de bekentenis moeten volgen, nietwaar?'

'Bij Slater wel, denk ik. Behalve als hij de jongen is natuurlijk, maar hij wil dat je nog iets bekent, naast je poging om hem te vermoorden.'

'Het was geen poging hem te vermoorden. Het was eerder zelfverdediging. Die jongen stond op het punt mij te doden!'

'Toegegeven. Waarom wilde hij jou vermoorden?'

De vraag bracht Kevin even van zijn stuk. 'Hij... hij zat achter Samantha aan.'

'Samantha. Die blijft steeds maar opduiken, hè?'

Jennifer keek door haar voorruit en een paar minuten lang bleef het stil in de auto.

Kevin was nog maar elf toen hij de jongen in de kelder opsloot en haast stierf van angst. Hij had de jongen achtergelaten om te sterven; hoezeer hij zichzelf ook iets anders probeerde voor te houden, hij wist dat hij de jongen in een graf had opgesloten.

Hij kon het Sam natuurlijk niet vertellen. Als zij het wist, zou ze het haar vader vertellen, die de jongen zou bevrijden en misschien naar de gevangenis zou sturen. Na een maand of wat zou hij dan weer vrij zijn en terugkomen om Sam te vermoorden. Hij zou het haar nooit kunnen vertellen.

Maar hij kon het haar ook niet *niet* vertellen. Zij was zijn boezemvriendin, zijn beste, beste vriend, van wie hij meer hield dan van zijn moeder. Misschien.

De derde nacht was hij van plan naar de loods te gaan om poolshoogte te nemen; om te kijken of het allemaal echt gebeurd was. Maar nadat hij een uur voor zijn raam heen en weer had gelopen, klom hij weer naar binnen.

'Je bent anders,' zei Sam hem de volgende avond. 'Je kijkt me niet aan zoals je anders altijd deed. Je kijkt steeds weg, naar de bomen. Wat is er?'

'Ik kijk niet weg. Ik geniet gewoon van de nacht.'

'Probeer me niets wijs te maken. Denk je soms dat ik geen vrouwelijke intuïtie heb? Ik ben bijna een tiener, hoor. Ik zie het wel als een jongen ergens mee zit.'

'Maar ik zit nergens mee, behalve met jouw koppige idee dat ik wel ergens mee zit.'

'Dus je zit wel ergens mee, zie je wel? Maar je zat al ergens mee voordat ik zei dat je ergens mee zat, dus ik denk dat er iets is dat je me niet vertelt.'

Hij werd plotseling kwaad. 'Dat is niet zo!'

Ze keek hem een paar tellen aan en richtte toen zelf haar blik op de bomen. 'Jij zit ergens mee, maar ik zie dat je het niet wilt vertellen omdat je denkt dat het mij pijn kan doen. Dat is lief, en dus zal ik doen alsof je nergens mee zit.' Ze pakte zijn arm.

Ze gaf hem een ontsnappingsmogelijkheid. Welke vriend zou dat ooit doen? Sam deed dat, omdat zij het liefste meisje ter wereld was, zonder uitzondering.

Het kostte Kevin vier maanden van doodsangst voordat hij de moed vond het lot van de jongen te gaan uitzoeken.

Een deel van hem wilde de jongen als een hoopje beenderen terugvinden, maar het grootste deel wilde hem helemaal niet vinden; wilde niet bevestigd zien dat het allemaal echt gebeurd was.

De eerste uitdaging was de loods terug te vinden. Gewapend met een zaklantaarn die hij zo dicht mogelijk tegen zich aan hield, controleerde hij een uur lang de loodsen en liep van deur naar deur. Hij begon zich al af te vragen of hij de plek ooit zou terugvinden. Maar toen deed hij een oude, houten deur open en daar, anderhalve meter verder, was de donkere trap.

Kevin sprong achteruit en zette het bijna op een lopen.

Maar het was niet meer dan een trap. Stel dat de jongen er niet meer was. Hij kon de grendel van de stalen deur zien in de schaduwen beneden. Het leek veilig. *Je moet dit doen, Kevin. Als je ook maar iets als een ridder of man bent, of zelfs maar een elfjarige jongen, dan moet je op zijn minst vaststellen of hij daar nog is.*

Kevin liet zijn zaklantaarn over de trap schijnen en dwong zijn voeten stap voor stap naar beneden.

Geen geluid. Natuurlijk niet, het was vier maanden geleden. De grendel van de deur zat nog dicht alsof hij hem de dag tevoren had dichtgeschoven. Hij bleef voor de deur staan en staarde ernaar, onwillig om hem open te maken. Visioenen van piraten en spelonken vol skeletten schoten door zijn hoofd.

Achter hem was het maanlicht vaal grijs. Hij zou altijd de trap op kunnen rennen wanneer er een skelet achter hem aan kwam, wat natuurlijk bespottelijk was. Wat zou Sam nu van hem denken?

'Hallo?' riep hij.

Niets.

Het geluid van zijn stem hielp. Hij liep naar voren en klopte op de deur. 'Hallo?' Nog steeds niets.

Langzaam, met zijn hart in zijn keel en het zweet in zijn handen, schoof hij de grendel opzij. De deur kraakte open.

Zwart, muf. Kevin hield zijn adem in en gaf de deur een zet. Hij zag de bloedvlekken onmiddellijk. Maar er was geen lichaam.

Zijn hele lichaam trilde, van zijn hoofd tot zijn tenen. Overal op de vloer lag bloed. Opgedroogd en donker, maar precies op de plaatsen waar hij zich herinnerde dat het moest liggen. Hij gaf de deur nog een zet, om er zeker van te zijn dat er niemand achter zat. Hij was alleen.

Kevin stapte de ruimte binnen. In een hoek lag een zweetband. Van de jongen. Hij had de jongen dus zeker in deze kamer opgesloten, en er was geen uitgang, zover hij kon zien. Dat betekende dat er één van twee dingen gebeurd konden zijn. Of de jongen was gestorven en iemand had hem hier gevonden, of hij was gevonden voordat hij overleed.

Zijn geest nam alle mogelijkheden door. Als hij levend gevonden was, zou dat in de eerste weken moeten zijn geweest. Dat zou betekenen dat hij meer dan drie maanden vrij was en niets tegen de politie had gezegd. Als hij dood gevonden was, had hij natuurlijk niets kunnen zeggen. Hoe dan ook, hij was waarschijnlijk voorgoed verdwenen. Misschien zelfs levend.

Kevin rende naar buiten, sloeg de deur dicht, schoof de grendel erop en rende de nacht in, vastbesloten om nooit, nooit meer aan de jongen te denken. Hij had Sam toch gered? Jazeker! En hij was niet gearresteerd of naar de elektrische stoel gebracht of zelfs maar beschuldigd. Omdat wat hij gedaan had goed was geweest!

Opgetogen en overweldigd door opluchting rende hij regelrecht naar Sams huis, hoewel het ver na haar bedtijd was. Het kostte hem vijftien minuten om haar te wekken en over te halen naar buiten te stappen.

'Wat is er? Mijn vader maakt ons af als hij ons hier ontdekt.'

Hij greep haar hand en rende naar het hek.

'Kevin Parson, ik loop in mijn pyjama! Wat betekent dit allemaal?'

Ja, wat betekent dit allemaal, Kevin? Je gedraagt je als een maniak!

Maar hij kon het niet helpen. Hij had zich van zijn leven nog niet zo geweldig gevoeld. Hij hield zoveel van Sam!

Hij stapte door het hek en zij volgde hem. 'Kevin, dit is...'

Kevin gooide zijn armen om haar heen en smoorde de rest van haar woorden in een stevige omhelzing. 'Ik houd van je Sam! Ik houd zoveel van je!'

Ze stond bewegingloos in zijn armen. Het maakte niet uit, hij was zo overgelukkig. 'Jij bent de beste vriend die een jongen ooit, ooit kan hebben,' zei hij.

Ze sloeg eindelijk haar armen om hem heen en klopte hem op zijn schouder. Het voelde een beetje beleefd afstandelijk aan, maar daar gaf Kevin niet om. Hij stapte achteruit en streek blonde haren uit haar gezicht. 'Ik sta niet toe dat iemand jou ooit pijn doet. Nooit. Ook al wordt het mijn dood. Dat weet je toch, hè?'

Ze lachte, meegetrokken door zijn aanhankelijkheidsbetuigingen. 'Wat is er in je gevaren? Natuurlijk weet ik dat.'

Hij keek weg en wilde dat zij even geestdriftig zou reageren. Het maakte niet uit; hij was nu een man.

Ze pakte zijn kin in haar hand en draaide hem weer in haar richting. 'Luister,' zei ze. 'Ik houd meer van je dan van wat dan ook. Jij bent echt mijn prins op het witte paard.' Ze glimlachte. 'En ik vind het ongelooflijk lief van je dat je mij in mijn pyjama hierheen sleurt om me ervan te verzekeren hoeveel je van me houdt.'

Kevin grijnsde breed en dwaas, maar het maakte niet uit. Bij Sam hoefde hij niet te doen alsof.

Ze omhelsden elkaar weer stevig, steviger dan ooit.

'Beloof me dat je me nooit verlaat,' zei Kevin.

'Ik beloof het,' antwoordde zij. 'En als je me ooit nodig hebt, hoef je maar op mijn raam te kloppen. Dan kom ik in mijn pyjama naar buiten vliegen.'

Kevin lachte. Sam lachte, en Kevin lachte weer om Sams lach. Het was misschien wel de mooiste nacht van Kevins leven.

'...Samantha aan?'

Kevin keek Jennifer aan. 'Pardon?'

Ze keek terug. 'Waarom zat die jongen achter Samantha aan?'

'Omdat hij een krankzinnig joch was dat er lol in had dieren aan stukken te snijden en de buurt te terroriseren. Ik had niet echt de tijd of de geestesgesteldheid om met hem aan tafel te gaan zitten om een psychologisch profiel op te stellen. Ik was doodsbang.'

Jennifer grinnikte. 'Raak. Maar toch jammer, eigenlijk. Nu is die nacht twintig jaar voorbij en sta ik voor de enorme taak het zelf te moeten proberen. En of je het leuk vindt of niet, jij bent waarschijnlijk mijn grootste hulp om hem te kunnen doorgronden. Aangenomen dat Slater en de jongen dezelfde persoon zijn, ben jij de enige die weet wie er ooit enig contact van belang met hem gehad heeft, toen of nu.'

Hoezeer de gedachte aan een terugkeer naar het verleden hem ook ziek maakte, Kevin wist dat ze gelijk had. Hij zuchtte. 'Ik zal doen wat ik kan.' Hij keek door het zijraam. 'Ik had me er toen van moeten verzekeren dat hij dood was.'

'Je zou de maatschappij er een dienst mee bewezen hebben. Uit zelfverdediging natuurlijk.'

'En als Slater een dezer dagen bij mij op de stoep staat? Heb ik het recht om hem te doden?'

'We hebben niet voor niets een overheid en wetten.' Ze zweeg even. 'Aan de andere kant, ik zou het misschien doen.'

'Wat doen?'

'Hem om zeep helpen. Als ik zeker wist dat het Slater was.'

'Tot welk kwaad is de mens in staat?' mompelde Kevin afwezig.

'Wat?'

'Niets.' Maar het was wel iets. Het trof Kevin voor het eerst dat hij niet alleen het vermogen had om Slater te doden, maar ook het verlangen, zelfverdediging of niet. Wat zou dr. John Francis daarvan zeggen?

'Dus die jongen was groter dan jij, ongeveer dertien, blond en lelijk,' somde Jennifer op. 'Verder niets?'

Kevin had het gevoel dat er nog iets was, maar hij kon het zich niet herinneren. 'Ik kan verder niets bedenken.'

Ze reden langs een winkel die Kevin herkende. 'Waar gaan we naartoe?'

Plotseling wist hij het. Zijn voet begon te tikken. Ze reden langs een verlaten park met olmen.

'Ik wilde je naar het huis van je tante brengen. Kijken of we nog herinneringen kunnen lospeuteren. Visuele associatie doet soms wonderen.'

Hij hoorde de rest niet meer. Er zoemde iets in zijn hoofd en hij voelde zich opgesloten in haar auto.

Jennifer keek naar hem maar zei niets. Hij zweette, dat kon ze duidelijk zien. Ze draaide Baker Street in en reed onder de olmen in de richting van zijn oude huis. Kon ze zijn bonkende hart ook horen?

'Dus hier is het allemaal gebeurd,' zei ze afwezig.

'Ik... ik wil niet naar het huis,' zei Kevin.

Ze keek weer naar hem. 'We gaan niet naar het huis. Alleen door de straat, goed?'

Hij kon geen nee zeggen – hij kon net zo goed een rode vlag voor haar gezicht laten wapperen. 'Goed. Het spijt me. Ik sta niet op beste voet met mijn tante. Mijn moeder stierf toen ze jong was en mijn tante heeft me opgevoed. We hebben nogal wat geschillen gehad, vooral over school.'

'Dat is niet ongebruikelijk.'

Maar zij zag meer in hem, nietwaar? Maar wat maakte dat uit? Waarom voelde hij zich zo gedwongen zijn opvoeding verborgen te houden? Het was een vreemde opvoeding, maar niet de beroerdste. Samantha zag dat anders, maar die was bevooroordeeld. Hij was geen slachtoffer van lichamelijke mishandeling of iets dergelijks.

Hij ademde langzaam en probeerde te ontspannen.

'Jij denkt dat de jongen jou naar een van die oude loodsen aan de overkant van het spoor joeg, toch?'

Hij keek naar rechts. De herinnering aan die nacht kwam in alle rauwheid voor zijn geest. 'Ja, maar ik was doodsbang en het was aardedonker. Ik weet niet meer welke het was.'

'Heb je ze ooit gecontroleerd, om bijvoorbeeld te zien of er wel een is met een kelder?'

Kevin vocht tegen een golf paniek. Hij kon haar niet in zijn verleden toelaten. Hij schudde zijn hoofd. 'Nee.'

'Waarom niet?'

'Het is al lang geleden.'

Ze knikte. 'Er zijn maar een paar mogelijkheden. Hopelijk is er niets veranderd. Je weet dat we daar moeten gaan zoeken.'

Hij knikte. 'En als je hem vindt?'

'Dan weten we zeker dat hij Slater niet is.'

'En wat betekent dat voor mij?'

'We weten dan dat jij hem gedood hebt. Uit zelfverdediging.'

Ze reden langs het witte huis. 'Hier woont je tante dus?'

'Ja.'

'En dat is het oude huis van Sheer?'

'Ja.'

'Niets van dit alles roept details of herinneringen in je op?'

'Nee.'

Ze bleef tot het eind van de straat zwijgen, draaide om en reed terug.

Kevin had het gevoel dat de wereld om hem heen verkruimelde. Hier alleen komen was al moeilijk genoeg, maar samen met Jennifer leek het op een of andere manier heiligschennis. Hij wilde haar vertellen wat Balinda echt had gedaan. Hij wilde dat zij hem zou troosten, het jongetje dat oud was geworden in zijn krankzinnige wereld. Golven van verdriet overspoelden hem en zijn ogen werden wazig.

'Het spijt me, Kevin,' zei Jennifer zacht. 'Ik weet niet wat er hier gebeurd is, maar ik kan zien dat het zijn sporen bij jou heeft achtergelaten. Geloof me, als we niet tegen de klok moesten vechten, zou ik je in je huidige toestand niet hierheen hebben gebracht.'

Ze gaf om hem. Ze gaf echt om hem. Er liep een traan uit zijn oog over zijn wang. De emotie werd hem plotseling te veel. Hij huilde en probeerde het onmiddellijk weg te slikken, waardoor het alleen maar erger werd. Hij verborg zijn gezicht in zijn linkerhand en begon te snikken, zich pijnlijk bewust van de dwaasheid van dit alles.

Ze reed de buurt uit en stopte. Hij keek op en zag door zijn tranen heen dat zij bij het park stonden. Jennifer zat hem stil en met zachte ogen aan te kijken.

'Het... het spijt me,' kreeg hij uit zijn dikke keel. 'Het is... mijn leven stort in en...'

'Sst, sst, sst. Het is in orde.' Haar hand raakte zijn schouder aan. 'Het is al goed, echt. Jij bent de laatste twee dagen door een hel gegaan. Ik had het recht niet.'

Kevin legde zijn handen op zijn gezicht en zuchtte diep. 'Tjonge. Dit is bespottelijk. Jezelf zo dwaas aan te stellen.'

Haar hand wreef over zijn arm. 'Kom op, Kevin. Denk je dat ik nog nooit eerder een volwassen man heb zien huilen? Ik kan je verhalen vertellen. Ik heb wel eens zwaar getatoeëerde gorilla's van meer dan honderdvijftig kilo een uur lang oncontroleerbaar zien snikken. Ik zou geen normale man kennen die zonder een goede huilbui door zou maken wat jij doormaakt.'

Hij glimlachte gegeneerd. 'Is dat zo?'

'Ja, dat is zo.'

Jennifers glimlach werd zachter en ze keek de andere kant op. 'Het laatste slachtoffer van de raadselmoordenaar was mijn broer. Hij heette Roy. Dat was drie maanden geleden. Hij werd uitgekozen omdat ik de moordenaar op de hielen zat.'

Kevin wist niet goed wat hij moest zeggen. 'Je broer?'

'Jij doet mij aan hem denken, weet je?' Ze keek hem weer aan. 'Ik laat jou niet vermoorden door die maniak, Kevin. Ik weet niet zeker of ik dat zou overleven.'

'Het spijt me. Daar wist ik niets van.'

'Nu wel. Zullen we een stukje lopen? We kunnen allebei wel wat frisse lucht gebruiken.'

'Goed.'

Ze liepen zij aan zij over een prachtig groen grasveld, langs een vijver met eenden en twee grote ganzen. Ze lachte en vertelde hem over een gans die haar eens had achtervolgd om de boterham die zij in haar hand hield. Na de angst en wanhoop die hem vijf minuten geleden hadden overvallen, voelde Kevin zich nu ongewoon vredig, alsof hij met zijn beschermengel sprak. Hij vroeg zich af wat Jennifers echte bedoelingen waren. Ze was een professionele agente, die haar werk deed. Alle agenten van de FBI praatten en lachten op deze manier; het was hun manier om iemand in zijn positie genoeg op zijn gemak te stellen om mee te werken.

De gedachte maakte dat hij zich plotseling ongemakkelijk voelde, onhandig. Als een gorilla van honderdvijftig kilo. Aan de ander kant was zij haar broer kwijtgeraakt.

Hij bleef staan.

Zij pakte zijn arm. 'Kevin, wat is er?'

'Zwaar getatoeëerde gorilla's van honderdvijftig kilo.'

'Dat is...'

'De jongen had een tatoeage,' gooide Kevin eruit.

'De jongen die je in de kelder opsloot? Waar?'

'Op zijn voorhoofd! Een tatoeage van een mes!'

'Weet je het zeker?'

'Ja! Hij had er die laatste nacht een zweetband overheen, maar ik heb hem de eerste nacht gezien.'

Ze keken elkaar aan. 'Hoeveel mannen hebben er tatoeages op hun voorhoofd? Niet veel.' Er krulde een glimlach om haar lippen. 'Dat is goed,' zei ze. 'Dat is heel goed.'

12

Zaterdagmiddag

Samantha was de laatste passagier die aan boord ging van de vlucht naar Sacramento. Anderhalf uur later liep ze een weinig bekende vergaderkamer binnen in het hoofdkantoor van de officier van justitie. Het was de kamer van de Alfa Divisie van het California Bureau of Investigation. Achter de tafel zat een beer van een man die Chris Barston heette en die was opgepakt op verdenking van hulp aan terroristen door het verspreiden van constructiemethoden voor bommen via het internet. Ze hadden hem de vorige avond binnengehaald. Zijn internetbezigheden waren niet haar aangelegenheid, maar de informatie die hij kon leveren kennelijk wel, want anders had haar baas, Roland, er niet op gestaan dat zij zou komen. Roland zat aan het hoofd van de tafel en leunde achterover in zijn stoel. Ze had de chef gemogen vanaf het moment dat zij elkaar ontmoetten en toen zij twee dagen na haar kennismakingsronde bij hem kwam en vroeg aan de zaak van de raadselmoordenaar te mogen werken, had hij daarmee ingestemd. De FBI en CBI waren beide actief in deze zaak, maar Samantha suggereerde dat de raadselmoordenaar mogelijk banden had binnen de organisatie en die mogelijkheid had Roland geïntrigeerd.

Het telefoontje van Kevin had haar verrast. Ze had nooit verwacht dat de raadselmoordenaar in Zuid-Californië zou opduiken. Ze was er ook niet volkomen van overtuigd dat de raadselmoordenaar en Slater dezelfde persoon waren. Als Slater het wel was, en als hij bovendien de jongen was, dan zou dat zijn banden met haar, Kevin en Jennifer verklaren. Maar bepaalde details van Slaters telefoontjes naar Kevin zaten haar niet lekker.

'Dank je voor je komst, Sam. Geniet je van je vakantie?'

'Ik was me er niet van bewust dat ik vakantie had.'

'Heb je ook niet. Jouw getuige.' Roland keek naar Chris, die langs hem heen keek.

Sam pakte een stoel en sloeg een blauw dossier open dat Rodriguez haar op het vliegveld gebracht had. Ze had de inhoud tijdens de vlucht doorgenomen.

'Hallo, meneer Barston. Mijn naam is Samantha Sheer.'

Hij negeerde haar en bleef in de richting van Roland kijken.

'Je mag deze kant opkijken, Chris. Ik ga hier de vragen stellen. Ben je ooit eerder door een vrouw ondervraagd?'

De man staarde haar aan. Roland grinnikte. 'Geef haar antwoord, Chris.'

'Ik heb gezegd dat ik jou zou vertellen wat ik over Salman weet. Daar heb ik dertig seconden voor nodig.'

'Geweldig,' zei Sam. 'Dan kunnen we het contact met elkaar beperken zodat we niet... je weet wel, besmet raken. Dertig seconden moeten we toch aankunnen, denk je niet?'

Het gezicht van de man betrok.

'Vertel maar over Salman.'

Hij schraapte zijn keel. 'Ik heb hem in Houston ontmoet, een maand geleden. Een Pakistaan. Je weet wel, India en zo. Spreekt met een accent.'

'Pakistani's wonen in Pakistan, niet in India. Daarom noemen ze het Pakistan. Ga verder.'

'Ga je me hier dertig seconden lang de gek aansteken?'

'Ik zal proberen mezelf te beheersen.'

Hij verschoof op zijn stoel. 'Hoe dan ook, Salman en ik hadden beide belangstelling voor... je weet wel, bommen. Hij is schoon, dat zweer ik. Hij had een tatoeage van een bom op zijn schouder. Ik heb er hier een van een mes.' Hij liet hun een klein, blauw mes op zijn rechter onderarm zien. 'Toen liet hij me er een op zijn rug zien, een enorme dolk. Hij zei dat hij hem wilde laten weghalen omdat de meiden in dat verweggistan het niet zagen zitten.'

'Pakistan.'

'Pakistan. Hij vertelde me dat hij een vent kende die een tatoeage van een mes op zijn voorhoofd had. Hij vertelde me verder niets over die vent, behalve dat hij Slater heette en iets met explosieven deed. Dat is het. Dat is alles wat ik weet.'

'En waarom denk je dat de naam Slater ons interesseert?'

'Het nieuws over Long Beach. Er werd gezegd dat het een man kon zijn die Slater heette.'

'Wanneer kende die vriend van jou die Slater?'

'Ik zei dat dit het was. Meer weet ik niet. Dat was de afspraak. Als ik meer wist, zou ik het vertellen. Ik heb al opgeschreven waar die Salman werkte, zover ik weet. Hij is schoon. Ga met hem praten.'

Sam keek Roland aan. Hij knikte.

'Goed, Chris. Je dertig seconden zijn om, geloof ik. Je kunt gaan.'

Chris stond op, keek haar nog een keer kwaad aan en vertrok.

'Wat denk je ervan?' vroeg Roland.

'Ik weet niet precies wat onze man helemaal in Houston zou moeten, maar ik denk dat ik naar Texas ga. Ik wil eerst contact leggen. Wie weet bestaat die Salman niet eens. Het kan wel een dag of twee duren voordat we hem hebben opgespoord. Tot die tijd wil ik terug naar Long Beach.'

'Prima. Maar houd je een beetje op de achtergrond daar. Als de raadselmoordenaar met iemand van binnen werkt, willen we niet dat hij plotseling bang wordt en vlucht.'

'Ik beperk het directe contact tot de FBI-agent die de leiding heeft. Jennifer Peters.'

'Kijk uit wat je zegt. Wie weet is die agent Peters Slater.'

'Onwaarschijnlijk.'

'Doe in ieder geval voorzichtig.'

De laatste vierentwintig uren hadden meer bewijsmateriaal opgeleverd dan het hele voorafgaande jaar, maar de gegevens wezen niet in de richting van snelle antwoorden. Nauwgezet laboratoriumonderzoek vroeg veel tijd, en Jennifer was er niet zeker van dat ze genoeg van dat schaarse goedje zou hebben. Slater zou weer toeslaan en vroeg of laat zouden zij met dodelijke slachtoffers te maken krijgen. Een auto, een bus: wat zou erop volgen?

De stad gonsde van de berichten over de bus. Milton had een halve dag gespendeerd aan het opstellen en uitdelen van verklaringen aan hongerige journalisten. Zo bleef hij in ieder geval bij haar uit de buurt.

Ze zat aan het bureau in de hoek dat Milton haar in zijn vrijgevigheid had toegewezen en staarde naar de losse papieren die voor haar uitgespreid lagen. Het was vier uur dertig en zij zat vast. Een verpakt broodje dat zij twee uur eerder had besteld lag nog op de hoek van het bureau en ze overwoog het uit te pakken.

Haar ogen vielen op het notitieblad onder haar vingers. Ze had het blad horizontaal verdeeld en vervolgens verticaal, zodat er vier kwadranten waren ontstaan. Het was een oude techniek die ze gebruikte om de gegevens visueel in te delen. Kevins huis, het onderzoek van de loods, de mes-tatoeage en forensische onderzoeksgegevens van de bus.

'Wie ben jij, Slater?' mompelde ze. 'Jij zit hier ergens achter deze woorden verscholen en staart me grijnzend aan.'

Eerste kwadrant. Ze hadden Kevins huis binnenstebuiten gekeerd en helemaal niets gevonden. Honderden vingerafdrukken natuurlijk, die tijd vergden om gecontroleerd te worden. Maar op de meest voor de hand liggende plaatsen – de telefoon, deurknoppen, raamvergrendelingen, het bureau en de stoelen bij de ontbijttafel – hadden ze alleen die van Jennifer en Kevin gevonden, en een aantal halve afdrukken die niet te identificeren waren. Waarschijnlijk van Sam. Zij was in het huis geweest, maar volgens Kevin niet lang en ze had niets anders aangeraakt dan de telefoon, waarop de halve afdrukken gevonden waren. Hoe dan ook, het idee dat Slater in het huis had rondgelopen en met onbedekte vingers gladde oppervlakken zou hebben aangeraakt, was vanaf het begin al absurd.

Er werd ook geen afluisterapparatuur meer gevonden, evenmin verbazingwekkend. Slater had de zes microfoons die ze gevonden hadden eerst gebruikt omdat ze op dat moment handig waren. Hij had andere middelen om af te luisteren, zoals laserzenders op afstand, die zij uiteindelijk wel zouden vinden, maar waarschijnlijk niet snel genoeg. Ze hadden sporen gevonden in de grond rondom de oliepomp op tweehonderd meter van Kevins huis en afgietsels gemaakt van vier verschillende schoenafdrukken. Het was weer materiaal dat tegen Slater gebruikt kon worden, maar dat zijn identiteit niet prijsgaf, althans niet snel genoeg. De tekst op het melkpak was voor analyse naar Quantico. Zelfde verhaal. Vergelijkingen zouden ooit gemaakt kunnen worden, maar niet voordat ze Slater werkelijk in het vizier hadden.

Ze hadden het opnameapparaat aan Slaters mobiele telefoon bevestigd en controleerden het huis met een infrarode laser.

Laat de spelen beginnen.

Jennifer had Kevin rond het middaguur in zijn huis achtergelaten en hem dringend gevraagd te gaan slapen. Ze zag hem als een zombie door zijn woonkamer dwalen. Hij was over zijn grenzen geduwd.

Je mag hem echt, nietwaar Jen?

Doe niet zo gek! Ik ken hem nauwelijks! Ik voel met hem mee. Ik schrijf hem Roy's goedheid toe.

Maar je mag hem. Hij is knap, zorgzaam en zo onschuldig als een vlinder. Hij heeft magische ogen en een glimlach die de ruimte verzwelgt. Hij is...

Naïef en beschadigd. Toegegeven, zijn reactie op de rit door zijn oude buurt was deels versterkt door de stress die Slaters dreigingen opriepen, maar er was meer geweest.

Hij leek in veel opzichten op Roy, maar hoe langer ze erover nadacht, hoe meer verschillen ze zag tussen deze zaak en de gevallen in Sacramento. Slater leek een bijzonder, persoonlijk motief te hebben. Kevin was geen willekeurig slachtoffer. En dat waren Jennifer en Samantha ook niet. Stel eens dat Kevin van het begin af aan het hoofddoel van de raadselmoordenaar was geweest. Waren de anderen niet meer dan een soort vingeroefeningen? Een opwarmingsronde?

Jennifer sloot haar ogen en strekte haar nek. Ze had voor de volgende morgen een afspraak gemaakt met de decaan van Kevins faculteit, dr. John Francis. Hij was lid van een van die enorme kerken die op zaterdagavond diensten hielden. Jennifer pakte haar broodje en pakte het uit.

Tweede kwadrant. De loods. Milton had haar chef er op een of andere manier toe gebracht om haar aan te spreken omtrent Miltons betrokkenheid. Hij begon een regelrechte stoorzender te worden. Ze had er met tegenzin in toegestemd dat hij het onderzoek naar de loods zou leiden. Het kwam erop neer dat zij de extra mankracht kon gebruiken en dat zij het gebied kenden. Ze had hem duidelijk gemaakt dat als hij ook maar één woord over zijn betrokkenheid aan de media doorspeelde, zij ervoor zou zorgen dat hij alle verantwoordelijkheid voor mogelijke negatieve gevolgen op zijn nek zou krijgen. Hij was met vier geüniformeerde agenten en een huiszoekingsbevel naar de loodsen getogen. Het was zeer onwaarschijnlijk dat Slater die buurt in de gaten hield. Hij was dan misschien een kei in observatie, maar hij kon niet overal tegelijk zijn.

Afgaand op Kevins verhaal kon hij die avond in elk van de paar dozijn loodsen terecht zijn gekomen. Miltons team onderzocht ze nu allemaal, op zoek naar loodsen die een ondergrondse opslag hadden, een olieput, een afvalput of iets dergelijks. De meeste loodsen werden tegenwoordig op betonnen platen gebouwd, maar sommige oudere gebouwen hadden ondergrondse ruimten die goedkoper koel waren te houden.

Ze kon begrijpen dat Kevin die voor hem traumatische plek onbewust had verdrongen. Het beeld was of onuitwisbaar in zijn hersenen gegrift, of verdwenen, en er was geen reden om aan te nemen dat hij op dit punt informatie zou achterhouden. Ontdekking van de loods zou een gelukstreffer zijn. Als Slater tenminste inderdaad de jongen was.

Derde kwadrant. De mes-tatoeage. Jennifer nam een hap van het broodje. Bij de eerste hap tomaat overviel haar de honger. Ze had het ontbijt overgeslagen. Het leek wel een week geleden.

Ze staarde naar het derde kwadrant. Weer aannemend dat Slater de jongen was, en aannemend dat hij de tatoeage niet had verwijderd, hadden ze hier hun eerst harde identificatiemiddel. Een tatoeage van een mes op het voorhoofd, dat zag je niet op iedere straathoek. Drieëntwintig FBI-agenten en politiemannen werkten in stilte aan de opsporing. Allereerst kwamen tatoeagezaken in aanmerking die twintig jaar eerder in de onmiddellijke omgeving actief waren geweest, maar het was vrijwel onmogelijk er een te vinden die iets van een administratie had bijgehouden. Ze werkten in concentrische cirkels. Het was waarschijnlijker dat zij een zaak zouden vinden waar iemand zich een man met een mes op het voorhoofd zou herinneren. Niet alle dragers van tatoeages kwamen er, maar iemand met Slaters profiel waarschijnlijk wel. Wie weet was hij nu helemaal bedekt met tatoeages. Hij had er echter maar één nodig: een mes, midden op zijn voorhoofd.

Vierde kwadrant. De bus. Volgende hap. Het broodje smaakte fantastisch.

Ongetwijfeld dezelfde dader. Zelfde soort bom: een koffer achter de brandstoftank, met genoeg dynamiet om een bus tot schroot te maken en een ontstekingsmechanisme dat met behulp van een eenvoudige reiswekker op batterijen werkte. Een servomechanisme kon de wekker uitschakelen en de ontploffing ofwel voorkomen of juist veroorzaken. De bom was al dagen, zoniet weken eerder geplaatst, gezien de hoeveelheid stof die zij van een van de bouten hadden gehaald. Als zij de restanten van het servomechaniek konden identificeren, was de herkomst wellicht vast te stellen. Onwaarschijnlijk.

Hoe lang had Slater dit al voorbereid?

De telefoon ging. Jennifer veegde haar mond af, nam snel een slok mineraalwater en nam op. 'Jennifer.'

'Ik denk dat we hem gevonden hebben.'

Het was Milton. Ze ging rechtop zitten. 'De loods?'

'We hebben hier bloedsporen gevonden.'

Ze gooide de rest van het broodje in de prullenbak en greep haar sleutels. 'Ik kom eraan.'

Kevin keek voor de vierde keer in twee uur tijd tussen de luxaflex door.

Ze hadden besloten een onopvallende wagen een blok verderop te zetten – van de FBI. Slater leek een beetje dubbelzinnig ten aanzien van de FBI. Hoe dan ook, de agent achter het stuur zou alleen maar kijken. Hij zou hem niet volgen als Kevin voor Slaters volgende opdracht het huis verliet. Alleen statische bewaking.

Kevin liet de lamellen los en liep terug naar de keuken. In het park was Jennifer hem nader gekomen en hij had het toegelaten. Hij vond haar felle karakter fascinerend. Het deed hem aan Samantha denken.

Waar was Samantha? Hij had haar tweemaal opgebeld en alleen haar antwoordapparaat gekregen. Hij wilde zielsgraag met haar praten over zijn bezoek aan Baker Street met Jennifer. Zij zou het begrijpen. Niet dat Jennifer het niet begreep, maar Sam zou hem misschien kunnen helpen deze nieuwe gevoelens op een rij te krijgen.

Hij liep naar de koelkast, deed hem open en haalde er een fles frisdrank uit. Gevoelens. Extremen. De haat die in hem begon te groeien tegen Slater was niet zo vreemd. Wat moest hij anders voelen voor iemand die niet alleen hem maar talloze anderen bijna vermoord had om onopgehelderde redenen? Als Slater eens ophield zo krankzinnig te doen en hem gewoon zou zeggen wat hij wilde, kon hij de zaak met de man afhandelen. Maar hij verborg zich achter idiote spelletjes en Kevin begon zijn geduld te verliezen. De vorige dag was hij te geschokt geweest om zijn woede op te bouwen. Een heel normale vorm van ontkenning, had Jennifer gezegd. Een shock roept ontkenning op, die op haar beurt de woede tempert. Maar nu begon de ontkenning plaats te maken voor bitterheid tegenover een vijand die weigerde zijn kaarten op tafel te leggen.

Kevin schonk een half glas in en dronk het met grote slokken leeg. Het lege glas zette hij met een klap op het aanrecht.

Hij haalde zijn hand door zijn haar, kreunde en liep naar de woonkamer. Hoe kon één man in één dag zoveel rampspoed veroorzaken? Slater was niets anders dan een terrorist. Als hij een pistool zou hebben en Slater de moed had om oog in oog met hem te gaan staan, twijfelde Kevin er niet aan dat hij hem zonder scrupules een paar kogels in zijn hoofd zou jagen. Zeker als het de jongen zou zijn. Kevin huiverde onwillekeurig. Hij had terug moeten gaan om zich ervan te verzekeren dat die stinkende rat dood was. Hij zou in zijn recht hebben gestaan, zoniet voor de wet, dan toch voor de ogen van God. Iemand de andere wang toekeren was niet van toepassing op ziekelijke rioolratten met messen in hun handen die de ramen van buurmeisjes aflikten.

Slater luisterde toch mee? Kevin keek de kamer rond en richtte zich tot het raam.

'Slater?' Zijn stem echode door de kamer.

'Hoor je mij, Slater? Luister, ziek stuk vreten, ik weet niet waarom je mij achtervolgt of waarom je te bang bent om je gezicht te laten zien, maar je bewijst maar één ding. Je bent rioolwater, een sukkel zonder de moed om je tegenstander op te zoeken. Kom maar op, jochie! Kom me maar pakken!'

'Kevin?'

Hij draaide zich met een ruk om. Sam stond in de glazen schuifpui aan de achterkant. Hij had de pui niet horen opengaan.

'Alles in orde?' fluisterde ze.

'Ja hoor. Sorry, maar ik was met onze vriend in gesprek, voor het geval hij meeluistert.'

Sam deed de schuifpui dicht en hief een vinger naar haar lippen. Ze liep naar het voorraam en trok de gordijnen dicht.

'Wat...'

Ze beduidde hem weer stil te zijn en nam hem mee naar de garage. 'Als we hier zacht praten, worden we niet gehoord.'

'Slater? Die auto verderop is van de FBI.'

'Weet ik. Daarom heb ik twee blokken verderop geparkeerd en ben ik achterom gekomen. Denk je niet dat Slater ze in de gaten heeft?'

'Hij heeft niet gezegd dat er geen FBI mocht zijn.'

'Misschien omdat hij zelf van de FBI is,' zei zij.

'Wat?'

'We sluiten het niet uit.'

'Wij? Wie zijn wij?'

Ze keek hem even aan. 'Gewoon een zinswending. Hebben ze hier nog iets gevonden?'

'Nee. Een paar schoenafdrukken bij de oliepomp op de heuvel. Ze namen een hele reeks vingerafdrukken en ze hebben het melkpak meegenomen. Jennifer dacht niet dat het veel zou opleveren.'

Sam knikte. 'Ze vertelde me over die tatoeage. Dat heb je mij nooit verteld.'

'Ik heb je na die nacht niets meer over hem verteld, weet je nog? Hij was weg. Einde verhaal.'

'Niet meer. Ze zullen de loods vinden en dan misschien nog meer... wie weet vinden ze de jongen zelfs.'

'Ik ben er zelf vier maanden later nog geweest.'

'Wat?'

'Hij was weg. Er lag bloed op de vloer en zijn zweetband was er nog, maar hij was weg. Ze zullen hem niet vinden.'

Sam keek hem een paar tellen aan. Hij wist niet zeker wat ze dacht, maar er was iets niet helemaal in orde.

'Je zei: wij sluiten het niet uit,' merkte hij op. 'Je bent altijd eerlijk geweest tegenover mij, Sam. Wie zijn wij?'

Ze keek hem aan en legde een hand op zijn wang. 'Het spijt me, Kevin, ik kan je niet alles vertellen; niet nu, nog niet. Binnenkort. Je hebt gelijk, ik ben altijd eerlijk tegen je geweest. Ik ben meer geweest dan een vriend. Ik heb van je gehouden als van een broer. Er is de laatste tien jaar geen dag voorbijgegaan dat ik niet minstens één keer aan je dacht. Jij bent een deel van mij. En nu moet je mij vertrouwen. Kun je dat?'

Haar uitspraak maakte hem draaierig in zijn hoofd. Zij was er op een of ander manier bij betrokken. Zij had al voor gisteren achter Slater aan gezeten. Daarom kende hij haar!

'Wat... wat is er gaande?'

Ze liet haar hand over zijn arm glijden en pakte zijn vingers. 'Er is niets veranderd. Slater is dezelfde persoon als gisteren, en ik ga mijn best doen om hem te pakken voordat hij iemand iets kan aandoen. Ik heb alleen niet de vrijheid om je te vertellen wat wij weten. Nog niet. Voor jou zou het trouwens niets uitmaken, geloof me. Vertrouw op mij, omwille van onze vriendschap.'

Hij knikte. Eigenlijk was het zo toch beter, niet? Het feit dat zij iets op het spoor was en niet blind om zich heen tastte in deze zaak was goed.

'Maar jij denkt dat de FBI erbij betrokken is?'

Ze legde haar vinger op zijn lippen om hem te laten zwijgen. 'Daar kan ik niet over praten. Vergeet dat ik het zei. Er is niets veranderd.' Ze reikte naar boven, kuste hem op zijn wang en liet zijn hand los.

'Kan ik Jennifer vertrouwen?'

Ze draaide zich om. 'Natuurlijk, vertrouw Jennifer. Maar vertrouw mij eerst.'

'Wat bedoel je met eerst?'

'Ik bedoel dat je mij moet kiezen als je een keuze moet maken tussen Jennifer en mij.'

Hij voelde zijn hart sneller slaan. *Wat zei ze? Kies mij?* Dacht zij dat hij Jennifer ooit voor haar zou kiezen? Hij wist niet eens zeker wat hij voor Jennifer voelde. Zij had hem aangeboden zijn pijn en verwarring te verzachten op een kwetsbaar moment, en hij had het haar toegestaan. Dat was alles.

'Ik zou jou altijd kiezen. Ik dank mijn leven aan jou.'

Ze glimlachte en even stelde hij zich voor dat zij weer kinderen waren die met de volle maan op hun gezichten onder een olm zaten te lachen om het nieuwsgierige kopje van een eekhoorn tussen de bladeren.

'Ik denk eerder dat het precies andersom is. Ik dank jou mijn leven,' antwoordde zij. 'Letterlijk. Jij hebt mij een keer van Slater gered, toch? Nu is het mijn beurt om jou dezelfde gunst te bewijzen.'

Op een vreemde manier was het allemaal volkomen logisch.

'Goed,' zei ze. 'Ik heb een plan. Ik wil die slang uit zijn hol lokken.' Ze knipoogde naar hem en keek op haar horloge. 'Hoe sneller we hier weg zijn, hoe beter het is. Pak je tandenborstel, een verschoning en deodorant, als je dat wilt. We gaan op reis.'

'Ja? Waarheen? We kunnen niet zomaar weggaan. Jennifer zei me dat ik hier moest blijven.'

'Tot wanneer? Heeft Slater gezegd dat je niet weg mocht?'
'Nee.'
'Laat mij de telefoon eens zien.'
Hij haalde de telefoon die Slater hem gegeven had tevoorschijn en gaf hem aan Sam.
'Heeft Slater gezegd dat je die aan moet laten staan?'
Kevin dacht over de vraag na. 'Hij zei dat ik hem altijd bij mij moest houden.'
Sam zette het apparaat uit. 'Dan nemen we hem mee.'
'Jennifer schrikt zich wezenloos. Dit was niet het plan.'
'De plannen zijn veranderd, mijn beste ridder. Het is tijd voor ons eigen kat en muis spelletje.'

13

De loods lag minder dan honderd meter van Kevins oude huis, twee rijen naar achteren vanaf de straat. Het was een oud, houten gebouw dat wit was geweest voordat de afbladderende verf de grijze onderbuik onthulde. Vanaf de zij-ingang was geen van de huizen aan Baker Street te zien.

'Dit is het?'

'Verlaten. Zo te zien al een hele tijd,' zei Milton.

'Laat eens zien.'

Twee agenten in uniform stonden bij de deur naar haar te kijken. Een van hen gaf haar een zaklantaarn. 'Die zult u nodig hebben.'

Ze nam hem aan en scheen ermee.

De loods rook naar een ongestoorde stoflaag van tien jaar oud. Achter de deur was een trap die de duisternis in leidde. De rest van de honderden vierkante meters betonvloer lag er leeg achter, vaag verlicht door tientallen spleten in de muren.

'Breken ze deze gevallen niet af?' vroeg ze.

'Vroeger lagen hier allerlei goederen, voordat de marine zich net ten zuiden van hier vestigde. De overheid heeft het land gekocht maar het nog niet heringericht. Dat zal er ooit wel eens van komen, neem ik aan.'

Aan de voet van de trap stond weer een agent, die met zijn zaklantaarn op de drempel scheen. 'De deur was van buitenaf afgesloten. Er was wat trek en duwwerk nodig om hem open te krijgen.'

Jennifer liep de trap af. Een stalen deur gaf toegang tot een lege, betonnen ruimte van drie bij drie meter. Ze liet haar zaklantaarn over de ruwe muren schijnen. Kale verbindingspennen droegen het plafond. Het grootste deel althans. Een klein stukje was doorgerot.

'Het bloed ligt hier,' zei Milton.

Jennifer richtte haar lantaarn op de plek waar hij naar keek en zag twee donkere vlekken op het beton. Ze ging op haar hurken zitten en bestudeerde de vlekken.

'De vorm en spreiding van de vlekken komen overeen met bloed.' De plaats van de vlekken kwam bovendien overeen met wat Kevin verteld had; zowel hij als de jongen hadden gebloed. 'Na zoveel jaar zullen we wel geen betrouwbare DNA-test kunnen doen, maar we kunnen op zijn minst vaststellen of het menselijk bloed is. Vanaf de eerste keer dat ik met hem sprak, wist ik dat Kevin iets verborgen hield.'

Ze keek Milton aan, verrast door zijn toon.

'En dit is niet het laatste. Ik verzeker je dat hij meer te verbergen heeft,' voegde hij eraantoe.

Milton was een eersteklas hufter. Ze kwam overeind en liep naar een klein, bijna onzichtbaar gat in het plafond. 'De uitweg van de jongen?'

'Zou kunnen.'

Stel dus dat dit allemaal feitelijk juist was, wat zou dat betekenen? Dat Kevin de jongen niet vermoord had? Dat ze gevochten hadden en dat Kevin de deur van buitenaf had afgesloten, maar dat de jongen door het rotte plafond weg had kunnen komen? Wie kon zeggen waarom hij tot nu toe niet was teruggekomen om Kevin te terroriseren?

Of het zou kunnen betekenen dat de jongen hier wel gestorven was en pas jaren later door toevallige passanten gevonden werd. Het lichaam werd daarop verwijderd... onwaarschijnlijk. Die zaak zou verder onderzocht zijn, behalve wanneer die passant reden zou hebben gehad om het lichaam te verbergen. Ze had al laten zoeken naar eventuele rapporten, maar die waren er niet.

'Goed, we moeten een analyse maken van de bloedsporenverdeling. Ik wil weten wat hier gebeurd is. Aangenomen dat het bloed is, heeft er iemand in gelegen? Zijn er ook bloedsporen aan de muren of rond het gat in het plafond? Ik wil een vaststelling of het menselijk bloed is, en, indien mogelijk, van de bloedgroep. Zend direct een monster naar het FBI-laboratorium. En zorg ervoor dat dit niet in de pers komt.'

Milton zei niets. Hij staarde naar een hoek en fronste. Er gleed een schaduw over zijn gezicht en Jennifer merkte dat zij deze man echt kon haten.

'Geen wilde ideeën, rechercheur. Alles loopt via mij.'

Hij keek haar even aan en liep de deur uit. 'Natuurlijk.'

Kevin reed over de Palos Verdes Drive naar het westen, in de richting van Palos Verdes. Slaters telefoon met opnameapparaat lag uitgeschakeld op het dashboard.

Sam staarde voor zich uit, met sprankelende ogen. 'Als Slater geen contact kan maken, hoe moet hij dan zijn spel spelen? Hij doet het om de raadsels, maar als wij zijn mogelijkheid om een raadsel door te geven afsnijden, dan is er geen raadsel, toch? Dan moet hij op zijn minst zijn strategie herzien.'

'Of een volgende bom laten afgaan,' zei Kevin.

'Technisch gezien overtreden we geen enkele van zijn regels. Als hij een bom laat afgaan is hij degene die de regels breekt. Ik denk niet dat hij dat zal doen.'

Kevin dacht na over het plan van Sam. Aan de ene kant was het een goed gevoel iets te doen, wat dan ook, behalve wachten. Oppervlakkig gezien leek het plan logisch. Aan de andere kant was hij er niet zeker van dat Slater zich aan zijn eigen regels zou houden. Sam kende hem misschien wel beter, maar het was zijn leven dat hier op het spel stond.

'Waarom zetten we de telefoon niet gewoon uit en blijven we waar we zijn?'

'Dan vindt hij wel een manier om te communiceren.'

'Nu misschien ook.'

'Misschien. Maar op deze manier krijgen we je daar ook weg. Tijd is wat we het hardst nodig hebben. Er zijn tientallen nieuwe aanwijzingen naar voren gekomen de laatste vierentwintig uur, maar we hebben tijd nodig.'

Daar was dat 'wij' weer.

'We moeten Jennifer toch minstens op de hoogte brengen, vind je niet?'

'Zie dit maar als een test. We snijden alle contact af en bouwen het daarna langzaam weer op. Als Slater ons op dit moment niet volgt, is hij verloren. Zijn tegenstander is plotseling verdwenen. Hij gaat misschien razen en tieren, maar hij zal het spel zonder jou niet spelen. We stellen steeds meer mensen op de hoogte en kijken dan of Slater plotseling meer weet dan hij zou moeten. Begrijp je?'

'En als hij afluisterapparaten in de auto heeft gezet?'

'Dan moet hij dat vandaag onder de ogen van de FBI gedaan hebben. Je auto is deze morgen gecontroleerd, weet je nog?'

Kevin knikte. Het idee begon hem meer aan te staan. 'We zijn dus gewoon zomaar verdwenen, hè?'

Ze grinnikte. 'Zomaar.'

'Alsof we 's nachts stiekem door het raam klommen.'

Ze hadden een half uur nodig om het opmerkelijke hotel te bereiken, een oud Victoriaans landhuis dat omgebouwd en uitgebreid was om veertig kamers te kunnen herbergen. Om tien over zes reden ze de parkeerplaats op. Een koele, zilte bries waaide vanaf de oceaan die een kilometer verderop, aan de voet van de groene heuvels, begon. Sam grinnikte en pakte haar overnachtingskoffer.

'Zijn er kamers beschikbaar?' vroeg Kevin.

'We hebben reserveringen. Een suite met twee slaapkamers.'

Hij keek op naar het hotel en daarna terug naar de oceaan. Honderd meter naar het noorden een benzinestation en vijftig meter naar het zuiden een steakhouse. Er reden auto's voorbij, een Lexus, een Mercedes. Het gekkenhuis van Long Beach leek ver weg.

'Kom mee,' zei Sam. 'We checken in en gaan iets eten.'

Een half uur later zaten ze tegenover elkaar in een gezellig café-restaurant op de begane grond van het hotel en keken naar een vervagende horizon. Ze hadden hun mobiele telefoons uitgeschakeld op de kamer laten liggen. Ze had nog wel de pieper van haar bureau bij zich, maar Slater kon hen op geen enkele manier bereiken. Sams plan leek zo gek nog niet.

'Wat zou er gebeuren als ik zomaar zou verdwijnen?' vroeg Kevin, terwijl hij zijn vlees aansneed.

Sam stak een stukje kip met gesmolten kaas in haar mond en depte haar lippen met haar servet. 'Gewoon wegwezen tot wij hem vinden?'

'Waarom niet?'

'Waarom niet. Laat hem gewoon zitten.' Ze nam een slok ijsthee en een volgend stukje kip. 'Je zou naar San Francisco kunnen gaan.'

'Hij heeft mijn leven hier toch al verwoest. Ik zie niet in hoe ik verder kan aan de theologische universiteit.'

'Ik betwijfel of je de eerste theologiestudent bent die zijn zonden wereldkundig gemaakt zag.'

'Moord is niet direct de doorsnee biechtzonde.'

'Zelfverdediging. En zover wij weten, heeft hij het overleefd.'

'Die bekentenis klonk behoorlijk dreigend. Ik denk dat het voor mij het einde is hier.'

'Is moord dan zoveel anders dan geroddel? Was dat niet jouw stelling bij de decaan? Jij bent niet meer in staat tot kwaad dan de bisschop, weet je nog? Moord, geroddel, wat is het verschil? Kwaad is kwaad.'

'Kwaad is kwaad zolang het binnen de schoolmuren blijft. Buiten, in de echte wereld, voelt geroddel niet eens als kwaad.'

'En daarom leert iedere goede rechercheur meer vertrouwen in feiten te stellen dan in gevoelens.' Ze richtte zich weer op haar eten. 'Hoe dan ook, ik denk niet dat je kunt vluchten. Hij zal je opsporen, zo werken lui zoals hij. Jij verhoogt de inzet en hij is in staat die weer te verdubbelen.'

Kevin keek uit het raam. De horizon was bijna door de duisternis opgeslokt. Jennifers woorden schoten hem weer te binnen. *Lok hem naar buiten*, had ze gezegd.

'Als een opgejaagd dier,' merkte hij op.

'Maar met dit verschil dat jij geen dier bent. Jij hebt dezelfde vermogens als hij.'

'Jennifer zei me dat ik hem uit de weg moest ruimen als ik de kans had.' De woede borrelde op in zijn borst. Hij was zover gekomen, had zo hard gewerkt, had zich uit de diepste wanhoop omhoog geworsteld. Om vervolgens gegijzeld te worden door een of ander spook uit het verleden.

Hij sloeg met zijn vuist op tafel, zodat de borden ervan rammelden. Een ouder echtpaar twee tafels verder keek hem aan.

'Het spijt me, Kevin,' zei Samantha. 'Ik weet dat het moeilijk is.'

'Wat houdt mij tegen om zelf de jager te worden?' vroeg hij. 'Hij wil een spel; ik zal hem een spel geven! Ik kan hem een uitdaging geven en dwingen op mij te reageren. Zou jij iets anders doen?'

'Terreur bestrijden met terreur.'

'Precies!'

'Nee,' zei ze.

'Wat bedoel je met nee? Misschien is het de enige manier om hem in de hoek te drijven: zijn eigen spel spelen.'

'Je bestrijdt geen kwaad met kwaad, dat leidt alleen maar tot anarchie. Anders dan Slater hebben wij regels en een moraal, Kevin. Wat wil je dan doen? Dreigen het congrescentrum op te blazen als hij zich niet aangeeft? Ik denk dat hij niets anders zou doen dan hartelijk lachen. Bovendien kunnen we op geen enkele manier contact met hem leggen.'

De ober liep van de rechterkant naar Kevin toe. 'Pardon meneer, is alles in orde?'

Iemand had geklaagd. 'Ja. Het spijt me. Ik zal proberen mezelf te beheersen.' Kevin glimlachte beschaamd naar hem en de man verliet hem met een hoofdknikje.

Hij haalde diep adem en pakte zijn vork weer op, maar de eetlust was plotseling verdwenen. Als hij erbij stilstond wat Slater hem aandeed, kon hij nauwelijks aan iets anders denken dan hem te vermoorden. Vernietig de vernietiger.

'Ik weet dat het een beetje hoogmoedig klinkt op dit moment, maar Slater maakt mij niet bang,' zei Sam, die met een sluw glimlachje de verte in staarde. 'Je zult het zien, Kevin. Zijn dagen zijn geteld.'

'En die van mij misschien ook.'

'Geen sprake van. Dat laat ik niet gebeuren.'

Hij deelde haar zelfvertrouwen niet, maar kon zich niet verzetten tegen haar aanstekelijke glimlach. Dit was zijn Samantha.

'Dus Jennifer heeft dat gezegd, uit de weg ruimen?'

'Om precies te zijn zei ze geloof ik uitschakelen. Ik begrijp dat wel.'

'Misschien.' Ze staarde hem over de brandende kaars op tafel aan. 'Jij mag haar graag, nietwaar?'

'Wie, Jennifer?' Hij haalde zijn schouders op. 'Ze lijkt me een goed mens.'

'Ik bedoel niet in een algemene zin als goed mens.'

'Kom op, Sam. Ik ken haar nauwelijks. Ik ben in geen jaren met iemand uitgeweest.' Hij glimlachte schaapachtig. 'Sterker, het laatste meisje dat ik kuste, was jij.'

'Is dat zo? Toen wij elf waren?'

'Hoe kun je dat vergeten?'

'Heb ik niet vergeten. Maar je vindt haar leuk. Ik kan het aan je ogen zien als je haar naam uitspreekt.'

Kevin voelde dat hij bloosde. 'Zij is een FBI-agente die mijn leven probeert te redden. Wat zou ik niet leuk aan haar moeten vinden?' Hij keek naar rechts en zag hoe het oudere echtpaar hem voortdurend zat aan te kijken. Ze sloegen hun ogen neer. 'Ze doet me aan jou denken.'

'Echt? Hoezo?'

'Aardig. Nuchter. Mooi...'

'Zoals ik al zei, je mag haar.'

'Alsjeblieft...'

'Het is goed, Kevin,' zei ze zacht. 'Ik wil dat je haar leuk vindt.'

'Meen je dat?'

'Ja. Ik vind het fijn.' Ze grinnikte en stopte het laatste stukje kip in haar mond. Zelfs de manier waarop ze haar eten kauwde was niets minder dan spectaculair, dacht hij. Haar kin en kaken bewogen zo soepel.

'En hoe zit het dan...' Hij verstomde, plotseling beschaamd.

'Tussen ons? Dat is erg lief van je, mijn ridder, maar ik weet niet of wij ooit een romance zouden kunnen aangaan. Begrijp me niet verkeerd. Ik houd zielsveel van je. Maar ik weet niet zeker of wij wat we hebben op het spel moeten zetten voor romantiek.'

'Grote dingen brengen altijd een groot risico met zich mee,' antwoordde hij.

Ze staarde hem aan met haar bedwelmende blik, even sprakeloos door zijn directheid.

'Is dat niet waar?' vroeg hij.

'Ja.'

'Zeg dan dus niet dat wij nooit een romance zouden kunnen hebben. Ik heb je één keer gekust en ik was in de zevende hemel. Heb jij ook zoiets gevoeld?'

'Toen jij me kuste?'

'Ja.'

'Ik heb een week lang gezweefd.'

'Dat heb je me nooit verteld.'

Ze grinnikte, en als hij zich niet vergiste, was zij het nu die zich schaamde. 'Misschien wilde ik dat jij de volgende stap zou zetten. Is dat niet wat ridders doen voor hun dames in nood?'

'Ik denk dat ik nooit een erg goede ridder was.'

'Maar je bent nu wel een tamelijk indrukwekkende geworden,' zei Sam met een glinstering in haar ogen. 'Volgens mij vindt zij jou ook leuk.'

'Jennifer? Heeft ze je dat gezegd?'

'Vrouwelijke intuïtie, weet je nog?'

Sam legde haar servet neer en stond langzaam op. 'Heb je zin om te dansen?'

Hij keek om zich heen. Verder danste er niemand, maar op de kleine dansvloer draaiden de gekleurde lichten uitnodigend. Uit de luidsprekers klonk trage muziek.

'Ik... ik weet niet of ik...'

'Natuurlijk kun je het. Net als toen we kinderen waren. Onder het maanlicht. Vertel me niet dat je sindsdien nooit meer gedanst hebt.'

'Nee, niet echt.'

Ze keek hem zacht aan. 'Dan moeten we zeker dansen. Kom je?'

Hij glimlachte en liet zijn hoofd hangen. 'Het is mij een genoegen.'

Ze hielden elkaar losjes vast en dansten een paar minuten, die erg lang

leken. Het was geen sensuele of romantische dans. Het was gewoon wat zij moesten doen nadat zij elkaar tien jaar niet meer gezien hadden.
 Slater belde die avond niet.

14

Zondagmorgen

De muur is donkerbruin, bijna zwart, en ruw. Een beetje vochtig op sommige plaatsen, met een muffe geur van meeldauw en iets anders dat hij nooit heeft kunnen benoemen. In de badkamer schijnt een enkel, kaal peertje dat in de hoofdkelder net genoeg licht verspreidt voor Slater om de donkere muren te onderscheiden.

Dit zijn de dingen waar hij van houdt: koude, duisternis, vochtigheid, meeldauw en chocolade-schuitjes met gelijke porties ijs en pudding. O ja, en hij houdt van fascinatie. Sterker, gefascineerd worden vindt hij mooier dan al het andere, en om goed gefascineerd te worden moet hij al het voorspelbare overboord zetten en komen met wat zij totaal niet verwachten. Daarom zetten verwarde tienerjongens piercings door hun oogleden of tatoeages op hun voorhoofd en scheren tienermeisjes die indruk op hen willen maken, hun hoofden kaal. Het zijn allemaal stumperige, hopeloze pogingen om fascinerend te zijn.

Het probleem met een zo botte actie als het piercen van oogleden is dat het je bedoelingen onmiddellijk blootlegt. *Hier sta ik, een armzalige tiener die je aandacht wil trekken. Kijk naar mij, zie je hoe ik op een bak hondenkots lijk? Wil je alsjeblieft je hand voor je mond slaan en volkomen gefascineerd zijn door mij?*

De zielige, eerste grepen van de duistere man.

Maar Slater weet wat zij niet weten. Hij weet dat de duistere man het fascinerendst is als hij in complete verborgenheid opereert. Verstopt. Onbekend. Daarom wordt hij de duistere man genoemd. Daarom is hij in het duister begonnen. Daarom brengt hij in de nacht zijn beste werk tot stand. Daarom houdt hij van deze kelder. Want Slater is de duistere man.

Een beroemd persoon zou een stripboek over hem moeten schrijven.

Slater staat op van zijn stoel. Hij heeft meer dan een uur bewegingloos naar de ruwe muur gekeken. Hij vindt het fascinerend. Duisternis is altijd fascinerend. Je weet nooit precies waar je naar kijkt, heel anders dan met een wit stuk papier dat pas fascinerend wordt als hij er een zwarte pen op zet.

Buiten is het licht, dat weet hij door de ene scheur in de hoek. Samantha heeft Kevin meegenomen om zich te verbergen. Dat betekent dat zij na al die maanden iets nieuws heeft geleerd.

Slater neuriet zachtjes en loopt naar een kleine toilettafel. Het geheim van de duistere man is er in het geheel niet als duistere man uit te zien. Daarom kijkt de wereld naar domme, kleine tieners met ringen in hun neuzen. Ze lopen de hele dag op school rond met hun bedoelingen op hun hele lijf geschreven. Alsjeblieft. Te duidelijk, te dom, te saai.

En dan de lichtende engel routine – degenen die het wit opstapelen om de duistere man te verbergen, zoals zondagsschoolleraren en geestelijken en dominees – geen slecht instinct eigenlijk. Maar tegenwoordig is een witte boord niet langer de beste vermomming.

De beste vermomming is eenvoudig duisternis.

Slater gaat zitten en draait de spiegel zo dat zij voldoende licht van het peertje vangt om zijn spiegelbeeld weer te geven. Zie je, dat is nu een niemand. Een grote man met blond haar en grijzige ogen. Een trouwring aan zijn linkerhand, een kast vol gestreken overhemden en dassen en een zilverkleurige Honda Accord aan de straat.

Hij zou naar iedere Truus in de winkelstraat kunnen lopen en zeggen: 'Pardon, lijk ik volgens u op de duistere man?'

'Waar hebt u het in vredesnaam over?' zou zij zeggen. Want zij zou hem niet in verband brengen met een naam als duistere man. Zij zou, samen met tienduizenden andere miezers, in de luren worden gelegd. Blind. Versluierd door duisternis.

Dat is zijn geheim. Hij kan onder hun ogen lopen zonder de minste verdenking op te roepen. Hij is vrijwel doorzichtig, om de simpele reden dat hij zoveel op hen lijkt. Ze zien hem elke dag en ze weten niet wie hij is.

Slater fronst naar zichzelf en schudt zijn hoofd spottend. 'Ik mag jou, Kevin. Ik houd van jou, Kevin.' Sam kan zo'n kruiper zijn. Hij had haar moeten doden toen hij de kans had, lang geleden.

Nu zit ze weer midden in het spel, en dat is goed want nu kan hij het werk afmaken, voor eens en altijd. Maar haar brutaliteit maakt hem misselijk.

'Laten we weglopen en verstoppertje spelen,' spot hij weer. 'Wie denk je wel dat ik ben?'

Feit is dat Sam meer van hem afweet dan de anderen. Hun kleine verdwijntruc zal niet veel opleveren, maar zij heeft in ieder geval een zet gedaan, en dat is meer dan hij van de anderen kan zeggen. Zij probeert hem naar buiten te lokken. Ze weet misschien zelfs dat hij de hele tijd onder hun neus heeft gelopen.

Maar zo dom is de duistere man niet. Ze kunnen zich niet blijven verstoppen. Kevin zal zijn slijmerige kop op zeker moment uit zijn hol steken, en dan zal Slater er zijn om het af te bijten.

Hij zet de spiegel tegen de muur en loopt naar de kamer die hij voor zijn gast heeft voorbereid. Hij is iets groter dan een kast en omgeven met beton. Een stalen deur. Op de grond liggen leren riemen om iemand vast te binden, maar hij betwijfelt of hij ze nodig zal hebben. Hier zal het spel eindigen, waar het voor ontworpen is te eindigen. De rest van dit kat en muis spelletje is niet meer dan een rookgordijn om ze in het duister te houden, waar alle goede spellen gespeeld worden. Als de kranten denken dat zij nu een groot verhaal hebben, moeten ze heropgevoed worden. De toevallige vernietiging van een auto of bus door een explosie is nauwelijks een verslagje waard. Wat hij van plan is, zal een heel boek kunnen vullen.

'Ik veracht je,' zegt hij zacht. 'Ik walg van de manier waarop je loopt en spreekt. Je bent laaghartig. Ik zal je doden.'

De woede was in de loop van de avond tot kooktemperatuur opgelopen. Kevin draaide en woelde bij zijn pogingen om in slaap te vallen. Sams optimisme was als een lichtpunt op zijn horizon, maar gedurende de avond werd het licht zwakker en zwakker tot het volkomen verdween, verdreven door de wrok tegen de man die ongevraagd zijn leven was binnengebroken.

Furieus was het juiste woord. Woede, verontwaardiging. Allemaal van toepassing. Hij beleefde die nacht van twintig jaar eerder honderd keer opnieuw. De jongen die hem snerend toesprak met het mes in zijn hand en dreigde het in Sams borst te zetten. De naam van die jongen was Slater, dat moest wel. Hoe hij had kunnen ontsnappen, begreep Kevin niet. Waarom hij zo lang gewacht had om achter hem aan te komen evenmin. Hij had Slater toen moeten doden.

Zijn kussen voelde aan als een natte spons en de lakens kleefden aan zijn benen als meeldauwbladeren. Hij kon zich geen tijd herinneren dat hij zo overstuur was, zo radeloos, sinds de jongen hem zoveel jaar geleden voor het eerst bedreigd had.

Sams plan was briljant, afgezien van het feit dat het het onvermijdelijke alleen maar uitstelde. Slater zou niet weggaan; hij zou in de duisternis daarbuiten zijn tijd afwachten terwijl Kevin langzaam uitdroogde. Dat kon hij niet. Hij kon niet gewoon afwachten en wegkwijnen terwijl Slater in zijn hol zat te grinniken.

Het idee kwam in hem op bij het eerste ochtendlicht. *Koop een pistool.* Zijn ogen sprongen open. Natuurlijk! Waarom niet? *Word zelf de jager.*

Doe niet zo dwaas. Hij deed zijn ogen weer dicht. *Jij bent geen moordenaar.* Die gesprekken met dr. Francis waren één ding – al dat gepraat over roddelen en moorden die hetzelfde waren. Maar als het erop aankwam, zou hij nooit een ander mens kunnen doden. Hij kon geen man op de korrel nemen en een kogel door zijn hoofd jagen. *PANG! Verrassing, ellendeling.*

Kevin deed zijn ogen langzaam open. Waar zou hij trouwens een pistool kunnen halen? Een pandjeszaak? Onder de huidige wetten niet meer. Niet legaal, althans. Aan de andere kant, voor de juiste prijs...

Vergeet het. Wat moest hij dan doen, de telefoon beschieten als Slater weer belde? De man was te goed om zich in het gevaar te begeven. Hoe kon hij Slater tot een confrontatie verleiden?

Kevin draaide zich om en probeerde de gedachte van zich af te zetten. Maar het idee begon nu te groeien, gevoed door zijn walging. Uiteindelijk zou Slater hem doden, iets anders viel niet te verwachten. Dus waarom het gevecht niet als eerste aangaan? Waarom zou hij geen ontmoeting eisen. *Oog in oog, slijmbal. Kom uit de schaduw en kijk me recht aan. Jij wilt een spel?*

Plotseling leek de gedachte aan iets anders heel zwak. Hij zou het ten minste moeten proberen.

Hij gooide zijn dekens af en stapte uit bed. Sam zou het er niet mee eens zijn. Hij zou het buiten haar om doen, nu, voordat ze wakker zou worden en hem kon tegenhouden. Snel trok hij zijn T-shirt en spijkerbroek aan. De details leken er op dat moment niet veel toe te doen – waar hij een pistool zou kunnen krijgen, hoe hij het moest verstoppen en gebruiken. Met genoeg geld...

Kevin greep zijn portefeuille van het nachtkastje en rommelde erin. Hij zou contant moeten betalen. Hij had zijn geld voor noodgevallen, de vierhonderd dollar, vanonder zijn matras in zijn portefeuille gedaan voordat hij het huis had verlaten. Het was er nog. Daarmee zou hij toch zeker een pistool kunnen kopen op de zwarte markt.

Kevin sloop zijn kamer uit, zag dat Sams deur nog dicht zat en bleef onderweg naar de deur staan. Hij moest op zijn minst een briefje achterlaten. *Kon niet slapen. Ben Slater overhoop gaan schieten. Zo terug.*

Hij vond een notitieblokje met het logo van het hotel erop en krabbelde een briefje. *Kon niet slapen. Ben een stukje gaan rijden. Zo terug.*

De morgenlucht voelde koel op zijn klamme huid. Zes uur. De onderwereld was ongetwijfeld nog klaarwakker. Hij moest weg zijn voordat Sam wakker werd, anders zou hij nergens komen. Ze zou zich zorgen maken als hij niet snel terugkwam. Zodra de nachtvogels zouden opduiken, zou hij er één aanklampen en de gevreesde vraag stellen: *waar kan ik een pistool kopen om de man die mij achternazit overhoop te schieten?*

Hij startte de auto en reed naar het zuiden.

En als die nachtvogel hem zou herkennen? Zijn gezicht was op alle tv-kanalen geweest. Het was een gedachte die Kevin deed huiveren. Zijn auto maakte een zwieper. Een witte sedan achter hem gaf lichtsignalen. Snel zette hij zijn auto aan de kant, alsof dat zijn bedoeling was geweest. De wagen spoot voorbij.

Misschien had hij een nylon kous moeten meenemen om over zijn hoofd te trekken. Als een scène uit een goedkope detective: een slechterik met een kous over zijn hoofd die een nachtvogel aanpakte. *Geef me je pistool, jochie.*

Twintig minuten later stapte hij uit een nachtmarkt bij een tankstation met een donkere zonnebril en een honkbalpet op zijn hoofd. Met een baard van een dag erbij leek hij nauwelijks meer op de man die hij gisteren op de televisie had gezien. Niettemin besloot hij voor de zekerheid door te rijden naar Inglewood. Waarschijnlijk kon hij daar ook makkelijker aan een pistool komen.

Een ongeval op de 405 rekte de rit van een uur op tot twee uur. Het was half negen toen hij de Western Avenue in Inglewood opreed. Hij had geen idee waar hij moest gaan zoeken. Sam zou inmiddels al zijn opgestaan.

Met zweterige handen aan het stuur reed hij doelloos rond en hield zichzelf voor dat het niets voor hem was om iemand naar een pistool te vragen, laat staan er een te kopen. Als hij via Hawthorn naar het zuiden terug zou rijden, zou hij binnen een uur terugzijn in Palos Verdes.

Maar Palos Verdes lag pal naast Long Beach, en daar wachtte Slater. Hij moest een pistool zien te vinden. Misschien zou een mes nog beter zijn – en in ieder geval makkelijker te vinden. Maar anderzijds had het moorden met een mes iets nog slechters dan met een pistool. En het zou nog moeilijker zijn, aangenomen dat hij überhaupt in staat was te moorden.

Wat zou Jennifer zeggen van deze gekte die hem overvallen had? *Ruim hem op. Nee, dat was figuurlijk gesproken, Kevin.* Hij slikte en besefte plotseling hoe dwaas hij was. Hij had niet eens een idee hoe hij de moord moest begaan! *God, help me.*

Voor iemand die op de theologische universiteit zat, had hij de laatste twee dagen bitter weinig gebeden. Hij was te druk geweest om zijn zonde op te biechten voor de wereld. Hij was er zelfs niet helemaal van overtuigd of God hem wel kon redden. Kon God echt ingrijpen om zijn mensen te redden? Hij stelde zich een enorme vinger voor die Slaters hoofd van diens schouders tikte. En dan, wat was er voor nodig om waarlijk tot Gods volk te behoren? Hoe kon de ziel echt vernieuwd worden? Door het gebed van de zondaar? *Neem mijn hart, neem mijn ziel, was mijn wezen wit als sneeuw. En als er iemand met een pistool achter mij aan komt, geef hem dan een plaats waar geen zon is – het liefst drie meter onder de grond in een betonnen graf.*

Zo had hij nog nooit gebeden. O, in de kerk bad hij genoeg. Hij had zichzelf overgegeven aan zijn roeping en dienstbaarheid. Hij had gezegd wat hij moest zeggen om te worden wie hij wilde worden, en hij deed wat hij moest doen om anderen te helpen net zo te worden zoals hij. Maar hij was er niet langer zeker van wat hij geworden was. Hij had gebroken met zijn verleden en was opnieuw begonnen.

Of niet?

Natuurlijk wel. Weg met het oude, leve het nieuwe, hiep-hiep-hoera. *Ben jij vernieuwd, Kevin? Ben je verlost? Ben jij waardig met de anderen van de kudde uit dezelfde trog te eten? Ben jij in staat de schapen te hoeden die op Gods groene weiden grazen?*

Drie dagen geleden wel. Tenminste, dat dacht ik. In ieder geval kon ik met succes voorwenden dat ik dat dacht.

Het bidden tot een hemelse Vader vulde zijn geest met beelden van Eugene, die in zijn ruiterstenue bevelen gaf met een gemaakt Engels accent. Vaders waren dwaze mannen die alle moeite deden om belangrijk te lijken.

Kevin schraapte zijn keel. 'God, als iemand Uw hulp ooit nodig had, dan ben ik het. Hoe U het ook doet, U moet mij redden. Ik ben misschien geen echte dominee, maar ik wil wel Uw... Uw kind zijn.'

Er kwamen tranen in zijn ogen. *Waar kwam die plotselinge emotie vandaan?*

Die overvalt je omdat je nooit iemands kind was. Precies zoals dominee Strong altijd al zei. God wacht met uitgestrekte armen. Dat heb je nooit echt serieus genomen, maar daar draait het om bij het kind worden. Geloof Hem op zijn Woord, zoals de goede geestelijke zou zeggen.

Kevin stopte bij een hamburgerhuis. Drie jonge mannen in slonzige spijkerbroeken met kettingen van hun riemen tot hun knieën liepen naar buiten.

Een pistool. Op dit moment had hij Gods woord niet nodig. Hij had een pistool nodig.

Jennifer koos Kevins nummer op haar telefoon en liet het toestel tien keer overgaan. Nog steeds geen antwoord. Hij was al sinds vijf uur de vorige avond weg en zij had nauwelijks een oog dichtgedaan.

Ze hadden een geluidsbewaking ingesteld met een enkele laserstraal: als die op een van Kevins ramen werd gericht, fungeerde het glas als een klankbord voor de geluiden erachter. Slater had waarschijnlijk een soortgelijk apparaat gebruikt. Het probleem met de lasertechniek was echter dat het alle geluiden zonder onderscheid oppikte. Een digitale signaalverwerker ontleedde het geluid en filterde er stemmen uit, maar de instellingen moesten steeds gewijzigd worden als de gebruiker een ander raam koos, of wanneer de omstandigheden zo wijzigden dat de akoestiek in de kamer anders werd, bijvoorbeeld door het sluiten van de gordijnen. Om een of andere reden had Kevin kort voor zijn vertrek besloten de gordijnen dicht te doen.

De jonge agent McConnel was nog bezig de laser opnieuw in te stellen toen Kevin naar buiten kwam. McConnel zei dat hij veel statisch geruis hoorde en toen hij opkeek zag hij de garagedeur openstaan en de gehuurde Ford Taurus vertrekken. Hij had het voorval onmiddellijk doorgegeven, maar kon verder niets uitrichten. Strikt verboden om Kevin te volgen.

Het feit dat McConnel niets had gehoord dat op een telefoongesprek leek voordat Kevin vertrok was geruststellend, maar het telefoontje kon ook gekomen zijn terwijl hij de laser opnieuw instelde.

Jennifer had geprobeerd Sam te bereiken in het Howard Johnson hotel, in de hoop dat zij wellicht wist waar Kevin was. De agente nam haar gesprek echter niet aan en de receptionist vertelde dat zij de vorige morgen was vertrokken. Ze herinnerde zich Sam omdat ze een fooi van twintig dollar kreeg. Een agente die een fooi gaf aan een receptioniste was op zijn minst ongebruikelijk.

Jennifer kon alleen maar hopen dat Slater evenveel moeite had om Kevin te bereiken. Als dat zo was, kon de verdwijntruc misschien zelfs enig voordeel opleveren. Geen bommen. Tot nu toe. Hopelijk zou het opsporingsbevel voor de Taurus geen bomaanslag uitlokken. Ze wist niet waarom Kevin vertrokken was – waarschijnlijk een reactie op de spanning – maar door deze actie had hij Slater wellicht onbedoeld vertraging opgeleverd.

Jennifer belde de dienstdoende agent bij het huis en hoorde, zoals verwacht, niets nieuws. Ze besloot een vroeg bezoek te brengen aan de decaan van de theologische universiteit.

Dr. John Francis woonde in een oud huis aan de rand van Long Beach, twee huizenblokken westelijk van Los Alamitos. Ze wist dat hij een weduwnaar was met academische graden in de psychologie en filosofie en dat hij al drieëntwintig jaar in hetzelfde huis woonde. Het enige dat zij verder van hem wist, was dat hij Kevin aan de theologische universiteit onder zijn hoede had genomen. En dat hij van snelheid hield, te oordelen naar de zwarte Porsche 911 op zijn oprit.

Vijf minuten nadat zij bij zijn huis was gestopt, zat Jennifer in de gezellige woonkamer, luisterde zij naar de rustgevende muziek van Bach op de achtergrond en dronk zij van haar kop hete, groene thee. Dr. Francis zat tegenover haar in een fauteuil, zijn benen over elkaar geslagen, glimlachend zonder het te forceren. Hij was diep bezorgd vanwege al het nieuws dat hij over zijn student hoorde, maar zij kon het hem niet aanzien. De professor had een van die gezichten die altijd Gods goedheid weerspiegelden, ongeacht wat er om hen heen gebeurde.

'Hoe goed kent u Kevin?' vroeg zij.

'Tamelijk goed voor een student. Maar u moet begrijpen dat dat mij in geen enkel opzicht kwalificeert om een oordeel te geven over zijn verleden.'

'Zijn verleden. Daar komen we nog op terug. Als we afgaan op wat de media de wereld in bazuinen, lijkt dit misschien niet meer dan een eenvoudige wraakoefening, maar ik denk dat het allemaal gecompliceerder ligt. Degene die achter Kevin aan zit, ziet diens leven zoals het nu is en neemt daar aanstoot aan, denk ik. Dat is waar u in beeld komt. Kennelijk is Kevin een stille man. Hij heeft niet veel vrienden. Sterker, hij beschouwt u overduidelijk als zijn beste vriend, misschien zijn enige, afgezien van Sam.'

'Sam? U bedoelt zijn jeugdvriendin Samantha? Ja, hij heeft het over haar gehad. Hij lijkt bijzonder op haar gesteld te zijn.'

'Vertelt u eens over hem.'

'U zoekt naar iets in zijn huidige leven dat woede zou kunnen wekken bij iemand uit zijn verleden?'

Ze glimlachte. De psycholoog in de man kwam naar voren. 'Precies.'

'Als Kevin niet naar voren komt met zijn bekentenis, zoals hij deed, zal de man hem de rekening presenteren.'

'Dat is waar het op neerkomt.'

'Maar de bekentenis miste het doel. En dus gaat u nu dieper graven, op zoek naar wat het is dat deze Slater zo steekt.'

Ze knikte. Dr. Francis had een snelle geest en ze besloot open kaart met de man te spelen. 'Oppervlakkig gezien lijkt het duidelijk. We hebben een student met een hoge roeping, maar zijn verleden blijkt vol te zijn van raadsels en moord en iemand neemt grote aanstoot aan die tegenstrijdigheid.'

'We hebben allemaal verledens die vol zijn van raadsels en moord,' merkte dr. Francis op.

Interessante zienswijze.

'Trouwens, dat is een van de aspecten van het menselijk bestaan waarover Kevin en ik eerder uitvoerig gediscussieerd hebben.'

'O ja?'

'Het is een van de eerste dingen die een intelligente man als Kevin, die pas op latere leeftijd bij de kerk komt, opvallen. Er is een alles doordringende tegenstelling tussen wat de kerkelijke theologie leert en de manier waarop de meesten van ons binnen de kerk leven.'

'Hypocrisie.'

'Dat is één van de gezichten ervan, ja. Hypocrisie. Het ene zeggen en het andere doen. Studeren voor het domineesambt en tegelijk een geringe cocaïneverslaving proberen te verbergen bijvoorbeeld. Maar het veel dreigender gezicht is bij lange na niet zo duidelijk. Dat was het wat Kevin het meest interesseerde. Hij was zeer scherpzinnig in dat opzicht.'

'Ik weet niet zeker of ik u begrijp. Wat is er niet zo duidelijk?'

'Het kwaad dat in ons allen zit,' antwoordde de professor. 'Geen zonneklare hypocrisie, maar misleiden en misleid zijn. Ons zelfs niet realiseren dat de zonde die we regelmatig begaan een zonde is. Leven in de oprechte overtuiging dat we zuiver zijn, terwijl we voortdurend onder zonden gebukt gaan.'

Ze nam zijn vriendelijke glimlach op en was onder de indruk van zijn eenvoudige woorden.

'Een voorganger predikt tegen het immorele van overspel, maar tegelijk koestert hij een wrok tegen het derde gemeentelid van links, omdat die man drie maanden eerder een van zijn preken in twijfel trok. Is wrok niet even slecht als overspel? Of de vrouw die de man aan de andere kant van het gangpad veracht vanwege alcoholmisbruik, terwijl ze zelfs iedere keer na de dienst over hem roddelt? Is roddelen niet even slecht als elke andere ondeugd? Het buitengewoon schadelijke in deze beide gevallen is dat de man die een wrok koestert, noch de vrouw die roddelt, het zondige van hun eigen daden inzien. Hun zonden blijven verborgen. Dat is de ware ziekte in de kerk.'

'Klinkt als de ziekte die ook de rest van de maatschappij aantast.'

'Precies. Hoewel die zonde in de kerk alles in het werk stelt om verborgen te blijven en in het duister verder te groeien. Hebt u zich ooit afgevraagd waarom de gevallen van echtscheiding, hebberigheid en alle andere vruchten van het kwaad in de kerk even zwaar vertegenwoordigd zijn als in de rest van de maatschappij?'

'Eerlijk gezegd wist ik dat niet.'

'Hoewel ze bevrijd zijn van de zonde, blijven de meesten verblinde en geketende slaven van hun eigen misleiding. "Het goede dat ik zou doen, maar niet doe, en hetgeen ik niet zou doen, maar toch doe." Welkom in de kerk van Amerika.'

'En u zegt dat u hierover met Kevin gediscussieerd hebt?'

'Ik bespreek dit met iedere klas die ik over het onderwerp onderricht. Kevin begreep het beter dan de meeste studenten.'

'Afgaand op wat u zegt, is wat Slater doet niet zo heel anders dan wat iedere oude dame in de kerk doet als zij roddelt?' *En het vermoorden van Roy was ook niets anders*, voegde ze er bijna aan toe.

'Aangenomen dat oude dames meer geneigd zijn om te roddelen, hetgeen in werkelijkheid een foutieve aanname is. Aan de andere kant maakte Paulus een onderscheid tussen de ernst van zonden. De roddel plaatste hij echter in de zwaarste categorie.'

Jennifer zette haar theekopje op een kersenhouten bijzettafeltje. 'U zegt dus eigenlijk dat de raadselmoordenaar Kevin zijn ware aard wil laten opbiechten, en niet noodzakelijk een bepaalde zonde. Dat lijkt vergezocht. Waarom? Waarom zou Slater nu precies Kevin uitkiezen, als hij hem niet iets heeft aangedaan?'

'Daar kan ik geen antwoord op geven, ben ik bang.'

'U voert de theorie door tot ver voorbij de grenzen van redelijkheid, doctor. Mijn broer is vermoord. En ik kan geen overeenkomsten zien tussen zijn moordenaar en een oud dametje in de kerk.'

'Dat spijt me vreselijk. Ik had geen idee.' Zijn medeleven leek zeer oprecht. 'Zelfs niet-gelovigen beamen de genialiteit van Jezus' onderricht,' ging hij verder. 'Weet u wat Hij over deze kwestie zei?'

'Zegt u het maar.'

'Dat een man haten hetzelfde is als hem vermoorden. Misschien zijn de roddelaars uiteindelijk dus toch moordenaars.'

Jennifer vond het een absurd idee. Ze zuchtte. 'Dus Slater, die ooit door Kevin iets werd aangedaan, volgt hem nu en ziet de grote tegenstrijdigheid – dat Kevin een leven van kleine zonden leidt: woede, wrok, geroddel. Maar Slater geloofd, zoals u kennelijk ook doet, dat kleine zonden niet minder verdorven zijn dan grote zonden. Kevin besluit dominee te worden. Dat maakt Slater woedend en hij besluit Kevin een lesje te leren. Is dat zo'n beetje de gedachtegang?'

'Wie zal zeggen hoe een gestoord brein werkt?' De decaan glimlachte. 'Het ontgaat mij werkelijk volkomen hoe iemand een ander zoiets kan aandoen, zeker een man als Kevin. Ongeacht zijn vroegere zonden, is Kevin een lopend getuigenis van Gods genade. Je zou denken dat hij zijn aandeel aan moeilijkheden wel gehad heeft. Dat hij werd zoals hij nu is, is niets minder dan verbazingwekkend.'

Ze keek dr. Francis oplettend aan. 'Hij is nogal uitzonderlijk, vindt u niet? Ik wist niet dat dit soort nog voorkwam aan de westkust.'

'Dit soort?' vroeg de professor. 'U bedoelt zijn onschuld?'

'Onschuld, oprechtheid. Misschien zelfs naïveteit, in positieve zin.'

'Bent u op de hoogte van zijn verleden?'

'In grote lijnen. Ik heb de laatste twee dagen nu niet direct echt de tijd gehad om me er verder in te verdiepen.'

De wenkbrauwen van de decaan schoten omhoog. 'U doet er wellicht goed aan het huis uit zijn kindertijd te bezoeken. Ik ken het hele verhaal niet, maar uit hetgeen dominee Strong mij vertelde, blijkt wel dat Kevins jeugd allesbehalve normaal was. Houd mij ten goede, het was niet noodzakelijk een afschuwelijke jeugd, maar het zou mij niet verbazen als er daar meer te vinden was dan dominee Strong of de rest van ons kon vermoeden, vooral in het licht van de recente gebeurtenissen.'

'U kent de details van zijn verleden dus niet. Maar u zegt niettemin dat hij zijn deel aan moeilijkheden wel gehad heeft.'

'Zijn ouders overleden toen hij één jaar oud was. Hij werd opgevoed door een tante die zijn verlangen naar een hogere opleiding verachtte.

Zoals u al aangaf, gedraagt hij zich als een man die net van een eiland is gekomen om te ontdekken dat er zoiets bestaat als de rest van de wereld. Naïef. Ik denk dat er iets in Kevins verleden is dat hem achtervolgt. Het zou enig licht kunnen werpen op die man die u Slater noemt.'

'De jongen,' merkte zij op.

'Ik ben bang dat ik niets over een jongen weet.'

Ze nam zich voor om onmiddellijk na haar vertrek hier naar Baker Street te rijden. 'Verder valt u ook niets in? Zijn er geen studenten of docenten die een reden zouden kunnen hebben om Kevin iets aan te doen?'

'Absoluut niet. Als al onze roddelende studenten tenminste geen moordenaars zijn geworden om de waarheid boven tafel te brengen.' Hij grinnikte.

'U lijkt mij een geweldige docent, dr. Francis. Vindt u het erg als ik u nog eens opzoek?'

'Graag.' Hij klopte op zijn borst. 'Er is hier een speciaal plekje voor Kevin. Ik kan niet verklaren waarom ik zo op de jongen gesteld bent, maar ik denk dat we allemaal iets moeten leren van zijn verhaal.'

Jennifer stond op. 'Ik bid dat u gelijk hebt.'

'Ik wist niet dat u gelovig was.'

'Ben ik ook niet.'

15

De jongens met de kettingen zagen er niet naar uit dat ze wapens bij zich hadden. Hoewel, criminelen maakten er natuurlijk geen gewoonte van geweren aan schoenveters om hun nek te hangen. Hoe dan ook, Kevin liet hen lopen en reed de Western Avenue weer op.

Misschien was het beter om op minder opvallende plaatsen te kijken. Zijstraten. Iedere bierdrinkende schooier met een wijde jas kon er één bij zich hebben, nietwaar? Of op zijn minst een pistool ergens onder een matras in de buurt hebben liggen. Waar het op neer kwam, was dat Kevin geen idee had wat hij moest doen en het groeiende besef daarvan zette zijn zenuwen onder hoogspanning.

Hij reed door diverse buurten voordat hij genoeg moed verzameld had om in een zeer vervallen laan te parkeren en te voet verder te gaan. Zou het niet ironisch zijn als hij nu een pistool tegen zijn slaap gedrukt kreeg? Waarom zou je spelletjes met een seriemoordenaar spelen als je je ieder moment in dit soort buurten kon laten uitkleden? Net als in de film. Of leek dat andere meer op een film?

Hij liep door de straat, langs huizen met priemende ogen. Misschien was het nu een goed moment om te bidden, maar gezien zijn bedoelingen leek bidden ongepast. Een meter voor hem rolde een bal uit een tuin over de stoep. Hij keek naar het huis rechts van hem en zag een jongetje van misschien een meter hoog dat hem met grote, bruine ogen aankeek. Een grote, met tatoeages overdekte man zonder overhemd stond hem vanuit de deuropening achter het jongetje aan te kijken. Hij was kaal, op een zwart sikje en borstelige wenkbrauwen na. Kevin raapte de bal op en gooide hem onhandig terug op het bruinige grasveld.

'Verdwaald?' vroeg de man.

Was het zo duidelijk? 'Nee,' zei hij en draaide zich om.

'Je ziet er verdwaald uit, jochie.'

Kevin was plotseling te bang om te antwoorden. Hij liep door en durfde niet om te kijken. De man gromde, maar maakte verder geen opmerkingen meer. Een half huizenblok verder keek hij om. De man was naar binnen gegaan.

Goed, dat viel dus weer mee. Kom op, jongen. Kevin de speler.

Kevin de dwaas. Hier dwaalde hij rond in een vreemde omgeving, alsof hij een idee had; hij bedacht vage plannen, terwijl het echte spel zijn hoofdrolspeler dertig kilometer verder naar het zuiden opwachtte. Stel dat Slater de laatste paar uur geprobeerd had te bellen of dat hij Jennifer of de politie had gebeld met de volgende bedreiging. Stel dat Sam wakker was geworden, gezien had dat hij weg was, de telefoon had aangezet en was opgebeld.

Kevin bleef staan. Waar was hij in vredesnaam mee bezig? Sam. Sam had een pistool. Ze had het hem nooit laten zien, maar hij wist dat zij het in haar handtas had zitten. Waarom pakte hij niet gewoon haar pistool. Wat zou ze eraan doen? Hem in de gevangenis gooien voor...

'Hallo.'

Kevin draaide zich met een ruk om. De man uit de deuropening stond vlak voor hem. Hij had een wit T-shirt aangetrokken dat nauwelijks om zijn brede schouders paste.

'Ik vroeg je iets.'

Kevins hart sloeg in zijn keel. 'Ik... ik ben niet verdwaald.'

'Ik geloof je niet. Loopt hier om tien uur in de morgen zo'n Wall Street smoel voorbij en ik weet dat hij verdwaald is. Probeer je drugs te scoren?'

'Scoren? Lieve deugd, nee.'

'Lieve deugd?' De man grinnikte en proefde de woorden. 'Lieve deugd, nee. Wat doe je hier dan, zo ver van huis?'

'Ik... ik ben gewoon aan het wandelen.'

'Lijkt het hier soms op Central Park? Het is niet eens de goede staat, jochie. Ik kan je ophangen.'

Het koude zweet brak Kevin uit. *Vraag het hem. Vraag het gewoon.*

Hij keek om zich heen. 'Eigenlijk zoek ik een pistool.'

De man trok zijn wenkbrauwen op. 'En jij denkt dat de geweren hier aan de bomen groeien, zeker?'

'Nee.'

De man nam hem op. 'Ben jij een juut?'

'Zie ik eruit als een juut?'

'Je ziet eruit als een dwaas. Wat is het verschil? Welke idioot loopt er in een vreemde buurt rond op zoek naar een pistool?'

'Het spijt me. Ik kan denk ik beter gaan.'

'Dat geloof ik ook.'

De man blokkeerde het trottoir en Kevin stapte op de straat. Na drie passen zei de man weer iets.

'Hoeveel heb je bij je?'

Hij bleef staan en keek de man weer aan. 'Vierhonderd dollar.'

'Laat zien.'

En als die vent hem beroofde? Het was al te laat. Hij trok zijn portefeuille en sloeg hem open.

'Kom mee.' De man draaide zich om en liep terug naar zijn huis zonder te controleren of Kevin hem volgde.

Hij deed het, als een jonge hond. Hoeveel priemenden ogen zagen dat pummeltje van Wall Street achter de vleesklomp aan lopen?

Hij liep mee tot aan de veranda van het huis. 'Wacht hier.' Hij liet Kevin met de handen in zijn zakken achter.

Dertig seconden later was hij terug met iets dat hij in een oud T-shirt gewikkeld had. 'Geef me het geld.'

'Wat is dat?'

'Een achtendertig millimeter. Schoongemaakt en geladen.' De kleerkast tuurde de straat in. 'Is eigenlijk zeshonderd waard, maar jij hebt geluk vandaag. Ik heb het geld nodig.'

Kevin haalde met trillende vingers zijn portefeuille tevoorschijn en gaf de inhoud aan de man. Hij nam het bundeltje aan. Waar moest hij het laten? Hij kon niet gewoon teruglopen met een pakje waaraan van alle kanten te zien was dat er een revolver in zat. Hij probeerde het in zijn broekzak te steken. Te groot.

De man hield op met natellen en zag Kevins probleem. Hij grinnikte. 'Tjonge, jij bent een geval apart, hè? Wat ga je doen, je hond overvallen? Geef me dat T-shirt.'

Kevin pakte een glanzend zilveren pistool met zwarte greep uit. Hij pakte de loop met twee vingers vast en gaf het T-shirt aan de man.

De verkoper keek naar het wapen en gromde minachtend. 'Wat denk je in je handen te hebben? Een gebakje? Houd het vast als een man.'

Kevin drukte de revolver in zijn hand.

'Achter je riem. Trek je overhemd eroverheen.'

Hij drukte de koude metalen loop achter zijn broekriem en verborg het wapen met zijn overhemd. Het leek hem nog tamelijk opvallend.

'Buik inhouden. Voor honderd extra laat ik je zien hoe je de trekker moet overhalen.' Grijns.

'Nee bedankt.'

Hij draaide zich om en liep terug naar het trottoir. Hij had een revolver. Wat hij ermee zou moeten, was hem nog niet duidelijk. Maar hij had hem. Nu kon hij weer bidden. Misschien.

God, help me.

Baker Street. Het was de derde keer in twee dagen tijd dat Jennifer de smalle straat onder de olmen doorreed. De loods waar zij het bloed gevonden hadden, was vanaf de straat zelf niet te zien – hij stond in de tweede rij gebouwen. Ze stelde zich een jongetje voor dat over de straat naar de wirwar van loodsen rende, met een belager op zijn hielen. Kevin en de jongen.

'Wat is het dat jij wilt verbergen, Kevin?' mompelde ze. 'Nou?' Het smetteloze, witte huis doemde op aan haar linkerhand, met de blinkende beige Plymouth op de oprit. 'Wat heeft tante Balinda met jou gedaan?'

Jennifer zette haar wagen langs het trottoir en liep naar de deur. Een licht briesje ruiste door de bladeren. Het groene grasveld was recent gemaaid en de randen waren getrimd. Pas toen zij in het portiek stond, viel haar op dat de rode rozen in het bloembed kunstbloemen waren. Zoals alle andere bloemen ook, trouwens. Tante Balinda was kennelijk te netjes om zich met alle tekortkomingen van de levende natuur bezig te houden. Alles aan het huis was in perfecte conditie.

Ze drukte op de deurbel en deed een stap achteruit. Links van haar ging een gordijn op een kier open; een man van middelbare leeftijd met kortgeknipt haar keek naar buiten. Bob. Kevins achtergebleven oudere neef. Het gezicht staarde, glimlachte en verdween. Daarna niets.

Jennifer drukte weer op de bel. Wat deden ze daarbinnen? Bob had haar gezien...

De deur kraakte open en de kier werd gevuld door een oud, dik opgemaakt en vervallen gezicht. 'Wat wilt u hier?'

Jennifer liet haar politiepenning zien. 'Agent Peters, FBI. Mag ik even binnenkomen om u een paar vragen te stellen?'

'Absoluut niet.'

'Alleen maar een paar...'

'Hebt u een huiszoekingsbevel?'

'Nee. Ik had niet het idee dat ik er een nodig zou hebben.'

'We maken allemaal fouten, liefje. Kom maar terug met een huiszoekingsbevel.' De vrouw maakte aanstalten om de deur weer dicht te doen.

'Balinda, neem ik aan?'

Ze kwam terug in de deuropening. 'Ja? Nou, en?'

'Ik kom terug, Balinda. En dan neem ik de politie mee. We keren het hele huis binnenstebuiten. Wilt u dat?'

Balinda aarzelde. Ze knipperde een paar keer met haar ogen. Haar lippen glommen van de robijnrode lippenstift, als glanzende stopverf. Ze rook naar te veel talkpoeder.

'Wat wil je?' vroeg Balinda weer.

'Dat zei ik al. Ik wil een paar vragen stellen.'

'Vraag dan maar op.' Ze maakte geen aanstalten om voor de deur weg te gaan.

Het mens vroeg gewoon om een stevige aanpak. 'Ik geloof niet dat u mij begrijpt. Als ik over een uur terugkom, heb ik een half dozijn politieagenten in uniform bij mij. We nemen geweren en megafoons mee. We onderzoeken alles, als het moet.'

Balinda staarde voor zich uit.'

'Of u kunt me nu binnenlaten. Mij alleen. Wist u dat uw zoon Kevin in moeilijkheden zit?'

'Dat verbaast me niets. Ik heb hem gezegd dat hij moeilijkheden zou krijgen als hij wegging.'

'Het ziet ernaar uit dat uw waarschuwing terecht was.'

De vrouw bewoog nog steeds niet.

Jennifer knikte en deed een stap achteruit. 'Goed, ik kom straks terug.'

'Je raakt niets aan?'

'Niets.' Ze stak haar beide handen op.

'Goed, maar ik houd er niet van als mensen ons privé-leven binnendringen, begrijp je?'

'Ik begrijp het.'

Balinda liep naar binnen en Jennifer duwde de deur open. Een enkele blik in het schemerige interieur nam voor de rest al haar begrip weg.

Ze stond in een soort gang, gevormd door stapels kranten die bijna tot het plafond reikten en niet meer dan een sleuf openlieten waardoor alleen een kleine, slanke man kon lopen zonder kranten op zijn schouders te krijgen. Twee gezichten staarden haar vanaf de andere zijde van het gangetje aan. Bob en een andere man. Beiden rekten hun nekken om goed zicht te krijgen.

Jennifer stapte naar binnen en deed de deur achter zich dicht. Balinda fluisterde dringend tegen de twee mannen, die daarop als muizen vluchtten. Een grijzig tapijt was tot op de houten ondervloer versleten. Rechts van Jennifer stak een krant zover uit dat zij de kopregel kon lezen. *London Herald. 24 juni 1972.* Meer dan dertig jaar oud.

'Stel je vragen,' snauwde Balinda vanaf de andere kant van het gangetje.

Jennifer liep verbluft op haar af. Waarom hadden ze al die kranten hier in keurige stapels staan? De aanblik gaf een volkomen nieuwe inhoud aan het begrip excentriek. Wat voor vrouw zou zoiets doen?

Tante Balinda droeg een witte jurk, hoge hakken en genoeg sieraden om een slagschip te laten zinken. Achter haar, voor een raam dat uitzicht gaf op een soort vuilnisbelt, stond Eugene in rijlaarzen en iets dat op een jockey-pak leek. Bob droeg een knickerbocker waaronder de rand van zijn kniekousen te zien was. Om zijn magere lijf hing een poloshirt.

De gang leidde haar naar wat de woonkamer moest voorstellen, maar ook hier waren de afmetingen beperkt door stapels kranten tot aan het plafond. Kranten, afgewisseld met hier en daar boeken en tijdschriften en soms een doos. Een dertig centimeter brede spleet liet licht door van wat ooit een raam was geweest. Ondanks alle rommel, had de kamer een zekere ordening, als het nest van een vogel. De stapels stonden enkele rijen diep en lieten net genoeg ruimte vrij voor oude, Victoriaanse meubels die her en der midden op de vloer stonden tussen kleinere papierstapels, die kennelijk verder uitgezocht moesten worden.

Aan Jennifers rechterhand stond een kleine keukentafel vol vaat. Sommige dingen schoon, de meeste smerig. Op een van de stoelen lag een stapel verpakkingen van kant-en-klaar maaltijden. De dozen waren verknipt met een schaar met blauwe handgrepen die op de stapel lag.

'Ga je nu nog vragen stellen?'

'Ik eh... het spijt me. Dit had ik niet verwacht. Wat doet u hier?'

'Wij wonen hier. Wat denkt u anders?'

'U houdt van kranten.' Het waren geen complete kranten, maar gedeelten en knipsels, zag ze nu, ingedeeld naar onderwerpen die op kaartjes in de stapels waren aangegeven. Mensen. Wereld. Voedsel. Spelen. Godsdienst.

Bob stapte naar voren uit de hoek van de keuken waar hij zich verschanst had. 'Houdt u van spelen?' Hij hield een oude Gameboy naar voren, een monochroom model dat eruitzag alsof het alleen pingpong kon spelen. 'Dit is mijn computer.'

'Stil, Bob, liefje,' zei Balinda. 'Ga naar je kamer en ga je boeken lezen.'

'Het is een echte computer.'

'Ik weet zeker dat deze mevrouw niet geïnteresseerd is. Zij is niet van onze wereld. Ga naar je kamer.'

'Ze is mooi, mam.'

'Ze is een hond! Houd jij van hondenhaar, Bob? Als je met haar speelt, kom je onder het hondenhaar te zitten. Wil je dat?'

Bobs ogen gingen wijd open. 'De hond is weg.'

'Ja, ze gaat weg. En nu naar je kamer en slapen.'

De jongen liep weg.

'Wat zeg je dan?' vroeg Eugene.

Bob kwam terug en boog zijn hoofd voor Balinda. 'Dank u, Prinses.' Hij grijnsde kort, schoot weg door de keuken en sjokte door een andere gang, gevormd door stapels boeken.

'Het spijt me, maar je weet hoe kinderen zijn,' merkte Balinda op. 'Hun hoofden vol met chaos. Er zijn maar een paar dingen die ze begrijpen.'

'Vindt u het erg als we gaan zitten?'

'Eugene, haal een stoel voor onze gast.'

'Ja, Prinses.' Hij greep twee stoelen van bij de tafel, zette er een naast Jennifer neer en hield de andere gereed voor Balinda. Toen zij ging zitten, boog hij zijn hoofd met het respect van een achttiende-eeuwse butler. Jennifer staarde voor zich uit. Ze hadden met hun kranten en al dit soort parafernalia hun eigen leven gecreëerd.

'Dank u.'

'Graag gedaan, mevrouw,' zei Eugene, die wederom zijn hoofd boog.

Het kwam wel vaker voor dat volwassenen hun eigen realiteit schiepen en die beschermden – de meeste mensen hielden zich vast aan een of andere illusie, of het nu was in entertainment, in een religie of een zelf ontworpen leefstijl. De grenzen tussen werkelijkheid en fantasie vervaagden voor ieder mens op een bepaald punt, maar dit... dit was absoluut een studiefenomeen.

Jennifer besloot in hun wereld binnen te komen. Men moet huilen met de wolven in het bos.

'Jullie hebben hier jullie eigen wereld gemaakt, nietwaar? Geniaal.' Ze keek met ontzag om zich heen. Achter de woonkamer was weer een gang, die misschien naar de ouderslaapkamer leidde. Langs een van de wanden liep een trapleuning. Dezelfde *Times* die Jennifer eerder gelezen had, lag uitgespreid op een salontafel. Het openingsverhaal, een artikel over George W. Bush, was keurig uitgeknipt. De foto van Bush lag op de bodem van een prullenbak. Naast de *Times* lag een stapel van zestig centimeter nog onaangeroerde kranten, met de *Miami Herald* bovenop. Hoeveel kranten kregen zij per dag?

'U knipt alles wat u niet aanstaat weg en houdt de rest,' zei Jennifer. 'Wat doet u met de knipsels?' Ze wendde zich tot Balinda.

De oude vrouw wist niet goed wat zij van de plotselinge verandering moest denken. 'Welke knipsels?'

'De knipsels die u niet prettig vindt.'

Ze wist met één blik op Eugene dat ze goed geraden had. De man keek nerveus naar zijn prinses.

'Wat een fantastisch idee!' zei Jennifer enthousiast. 'Jullie scheppen jullie eigen wereld door alleen de verhalen uit te knippen die daarin passen en de rest weg te gooien!'

Balinda was sprakeloos.

'Wie is de president, Eugene?'

'Eisenhower,' antwoordde de man zonder enige aarzeling.

'Natuurlijk. Eisenhower. Geen van de anderen is waardig president te zijn. Al het nieuws over Reagan, de oude en jonge Bush of Clinton wordt verwijderd.'

'Doe niet zo dwaas,' zei Balinda. 'Iedereen weet dat Eisenhower onze president is. Wij gaan niet mee met al die zogenaamde presidenten.'

'En wie heeft de honkbalcompetitie dit jaar gewonnen, Eugene?'

'Er wordt geen honkbal meer gespeeld.'

'Nee, natuurlijk niet. Strikvraag. Wat doet u met alle honkbalverhalen?'

'Er wordt geen honkbal...'

'Houd je mond, Eugene!' snauwde Balinda. 'Sta jezelf niet als een dwaas te herhalen in het bijzijn van deze dame. Ga iets uitknippen!'

Hij sprong in de houding en salueerde. 'Ja meneer!'

'Meneer? Wat is er in je gevaren? Raak jij je verstand kwijt omdat we een bezoeker hebben? Zie ik er volgens jou uit als een generaal?'

Hij liet zijn hand zakken. 'Vergeef me, mijn Prinses. Misschien kan ik ons wat geld besparen door coupons uit te knippen. Ik zou graag met de koets naar de winkel rijden zodra ik het gedaan heb.'

Ze staarde hem woedend aan. Hij groette haar zwijgend en liep naar de stapel verse kranten.

'Let maar niet op hem,' merkte Balinda op. 'Hij doet altijd een beetje vreemd als hij opgewonden raakt.'

Jennifer keek door het raam. Een dunne rooksliert steeg vanuit een vat naar de hemel. De tuin was zwart...

Ze verbrandden ze! Alle dingen die niet keurig in Balinda's wereldje pasten, werden verbrand. Krantenartikelen, boeken, zelfs plaatjes van de dozen van de kant-en-klaar maaltijden. Ze keek om zich heen en zocht een televisie. In de woonkamer stond een oud zwartwit toestel onder een laag stof.

Jennifer stond op en liep erheen. 'Ik moet u nageven dat u de hoofdprijs verdient.'

'Wij doen wat wij mogen doen in ons eigen huis.'

'Natuurlijk. U hebt alle recht dit te doen. Eerlijk gezegd moet het een enorme kracht en vastberadenheid vergen om de wereld in stand te houden die u rond uzelf hebt opgebouwd.'

'Dank je. We hebben ons leven eraan gewijd. Je moet je eigen weg zien te vinden in deze chaotische wereld.'

'Dat begrijp ik.' Ze manoeuvreerde door de woonkamer en keek over de trapleuning. Het trapgat was opgevuld met stapels oude kranten. 'Waar gaat die trap heen?'

'De kelder. Die gebruiken we niet meer. Al lang niet meer.'

'Hoe lang?'

'Dertig jaar. Misschien langer. Bob was er bang voor, dus hebben we hem dichtgespijkerd.'

Jennifer stond voor de gang waardoor Bob verdwenen was. Kevins kamer lag daar ergens, verborgen achter stapels boeken en tijdschriften – waarschijnlijk verminkt. Ze liep de gang in.

Balinda stond op en liep achter haar aan. 'Wacht eens even. Waar...'

'Ik wil alleen maar even kijken. Ik wil zien hoe u dat voor elkaar krijgt.'

'Vragen, zei je. Je loopt, je vraagt niet.'

'Ik raak niets aan. Dat heb ik beloofd. En daar houd ik me aan.'

Ze passeerde een vervuilde en rommelige badkamer aan haar rechterhand. De gang eindigde bij de deuren van twee kamers. De deur rechts zat dicht, waarschijnlijk Bobs kamer. De deur links stond op een kier. Ze duwde hem open. In een hoek stond een klein bed, bezaaid met knipsels uit kinderboeken. Honderden boeken stonden tegen een muur, de helft met afgescheurde kaften, of bijgeknipt om Balinda's goedkeuring te kunnen wegdragen. Een klein raam met een rolgordijn keek uit over de tuin.

'Kevins oude kamer?' vroeg ze.

'Totdat hij ons in de steek liet. Ik heb hem gezegd dat hij in moeilijkheden zou komen als hij wegging. Ik heb geprobeerd hem te waarschuwen.'

'Wilt u niet eens weten in wat voor soort moeilijkheden hij verkeert?'

Balinda wendde zich af. 'Wat er buiten dit huis gebeurd, is mijn zorg niet. Ik heb hem gezegd dat hij niet met de slang weg moest lopen. Ssss, ssss, sss. Leugens, leugens en niets dan leugens daarbuiten. Ze zeggen dat we van de apen afstammen. Jullie zijn allemaal dwazen.'

'U hebt gelijk, de wereld is vol van dwazen. Maar ik kan u verzekeren dat Kevin daar niet bij hoort.'

Balinda's ogen schoten vuur. 'O nee? Is hij dat niet? Hij was altijd al te slim voor ons. Bob was de stommeling en Kevin de grote geest die gekomen was om ons arme dwazen te verlichten!' Ze snoof hard.

Ze had een gevoelige snaar geraakt in de oude tang. De geadopteerde neef was niet achtergebleven, zoals haar eigen Bob en dat had zij hem kwalijkgenomen.

Jennifer slikte en liep naar het raam, dat met één schroef was vastgezet. Wat voor moeder zou haar zoon in een dergelijke omgeving laten opgroeien? Ze dacht weer aan Kevin die moest huilen toen zij de vorige dag langs het huis reden. Ze begreep er nu meer van. *Lieve Kevin, wat heeft zij je aangedaan? Wie was de kleine jongen die in deze kamer leefde?* De schroef zat los in zijn gat.

Balinda volgde Jennifers blik.

'Hij kroop vroeger altijd uit dat raam. Hij wist niet dat ik het wist, maar dat was wel zo. Er gebeurt hier helemaal niets zonder dat ik het weet.'

Jennifer draaide zich om en liep langs Balinda. Ze werd misselijk. Op een bizarre manier had Balinda Kevin waarschijnlijk met nobele bedoelingen opgevoed. Ze had hem beschermd tegen een wereld vol kwaad en dood. Maar tegen welke prijs?

Rustig aan, Jennifer. Je weet niet wat er hier gebeurd is. Je weet niet eens of dit misschien juist niet een heerlijke omgeving was voor een kind.

Ze liep naar de woonkamer en kalmeerde zichzelf.

'Ik wist dat hij naar buiten kroop,' zei Balinda. 'Maar ik kon hem gewoon niet tegenhouden. Niet zonder hem bont en blauw te slaan. In dat soort discipline heb ik nooit geloofd. Misschien was dat een vergissing. Kijk maar wat er van hem geworden is. Misschien had ik hem wel moeten slaan.'

Jennifer ademde oppervlakkig. 'Wat voor discipline past u dan wel toe?'

'Je hebt geen discipline nodig als je huis in orde is. Het leven is discipline genoeg. Nog meer is een toegeven aan zwakheid.' Ze zei het met haar borst vooruit, op trotse toon. 'Zet ze apart met de waarheid en ze zullen schijnen als kleine sterren.'

De onthulling was als een koele balsem. Ze keek om zich heen. Kevin was dan misschien op een vreemde en vervormde manier opgevoed, maar wellicht niet afschuwelijk.

'Er is een man die Kevin bedreigd heeft,' zei ze. 'We geloven dat het iemand is die uw zoon...'

'Hij is mijn neef.'

'Neem me niet kwalijk. Neef. Misschien was het iemand die Kevin gekend heeft toen hij tien of elf jaar oud was. Een jongen die hem toen bedreigde. Hij heeft met die jongen gevochten. Misschien dat u zich iets herinnert dat ons kan helpen die jongen te vinden.'

'Dat moet die keer zijn geweest dat hij helemaal onder het bloed thuiskwam. Dat herinner ik mij. Ja, we vonden hem die morgen in bed. Zijn neus was flink gehavend. Hij wilde er niet over praten, maar ik wist dat hij naar buiten was geweest. Ik wist alles.'

'Wat voor vriendjes had Kevin op die leeftijd?'

Balinda aarzelde. 'Zijn familie was zijn vriend. Bob was zijn vriend.'

'Maar hij moet ook andere vriendjes in de buurt hebben gehad. Samantha bijvoorbeeld?'

'Dat dwaze grietje? Ze slopen samen rond. Denk niet dat ik het niet wist. Hij versprak zich een paar keer. Zij was misschien wel degene die hem kapot heeft gemaakt. Nee, we probeerden hem te ontmoedigen om er vrienden buitenshuis op na te houden. Het is een slechte wereld. Je kunt kinderen niet zomaar met iedereen laten spelen!'

'U kende geen van zijn vriendjes?'

Balinda staarde haar lang aan en liep toen naar de deur. 'Je begint je vragen te herhalen. Ik denk niet dat we je nog verder kunnen helpen.' Ze deed de deur open.

Jennifer wierp een laatste blik in het huis. Ze had medelijden met de arme jongen die in deze vervormde wereld moest opgroeien. Hij zou de echte wereld binnenstappen als een... naïeve man.

Zoals Kevin.

Maar Balinda had waarschijnlijk gelijk. Hier zou zij verder niets wijzer meer worden.

16

Zondagmiddag

Samantha liep voor de honderdste keer op en neer door de hotelkamer. Ze had zich op vrijwel alles voorbereid, maar niet op Kevins verdwijning.

Roland had haar opgepiept en zij had hem vanuit haar kamer teruggebeld. Hij was er niet opgetogen over dat zij haar mobiel had uitgezet, maar erkende dat haar plan wel enige zin had. Ondertussen was er een ontmoeting met de Pakistaan, Salman, geregeld, in Houston. Deze avond. Kevin uit het spel wegnemen door hem buiten het bereik van Slater te brengen, was misschien de beste manier om de moordenaar op te houden tot haar terugkeer de volgende dag. Maar ze had niet stilgestaan bij de mogelijkheid dat Kevin zou verdwijnen. Nu moest zij over een paar uur een vlucht halen, en Kevin was nergens te vinden.

Jennifer Peters zou alle telefoonlijnen inmiddels roodgloeiend bellen bij haar pogingen om hem te achterhalen, maar Sam kon zich er niet toe brengen ook maar een vinger te lichten om haar wijzer te maken – nog niet. Iets in het hele onderzoek zat haar dwars, maar ze kon er de vinger niet op leggen. Er was iets niet in orde.

Ze ging de feiten weer na zoals zij die kende.

Eén. Iemand, waarschijnlijk een blanke man, had Sacramento de laatste twaalf maanden geterroriseerd door schijnbaar willekeurige slachtoffers uit te zoeken die een raadsel moesten oplossen. Als zij daar niet in slaagden, werden zij vermoord. Door de media werd de man de raadselmoordenaar genoemd en die bijnaam was door de autoriteiten overgenomen. Jennifers broer, Roy, was zijn laatste slachtoffer geweest.

Twee. Zij had een geheim CBI-onderzoek gestart waarbij ervan werd uitgegaan dat de moordenaar een man binnen de politie of FBI had of zelf in de organisatie zat. Niets wees erop dat de moordenaar op de hoogte was van haar onderzoek.

Drie. Iemand met bijna dezelfde werkwijze als de raadselmoordenaar zat nu achter Kevin en haar aan met een spel vol raadsels.

Vier. Er was een concrete aanwijzing gevonden tussen deze moordenaar en een jongen die zowel haar als Kevin twintig jaar eerder had bedreigd.

Oppervlakkig gezien viel het allemaal prachtig in elkaar: een jongen die Slater heet houdt ervan dieren te martelen en andere kinderen te terroriseren. Hij wordt zelf bijna door een van die kinderen vermoord als Kevin hem in een kelder lokt om een jong meisje te beschermen dat hij kwaad wil doen. Maar Slater ontsnapt en groeit uit tot een van de ergste nachtmerries van de samenleving: een gewetenloze en bloeddorstige man. Nu, twintig jaar later, hoort Slater dat de twee kinderen die hem lang geleden zo kwelden, nog leven. Hij observeert hen en ontwerpt een spel om met die twee af te rekenen. Duidelijk, toch?

Nee. Niet naar Sams idee. Om te beginnen, waarom wachtte Slater zo lang voordat hij achter haar en Kevin aanging? Was hij het incidentje in de kelder twintig jaar lang vergeten? En hoe waarschijnlijk was het dat zij, in dienst van de CBI, toevallig een zaak toegewezen kreeg die betrekking had op dezelfde persoon die haar twintig jaar eerder probeerde te vermoorden?

En nu, te elfder ure, kwam er dat nieuwe spoor uit Sacramento: iemand in Houston die beweerde Slater te kennen. Of, om het nauwkeuriger te zeggen, de raadselmoordenaar. Als zij gelijk had, volgden zij allemaal het verkeerde spoor.

Sam keek op haar horloge. Halfdrie en nog steeds geen bericht. Ze moest om vijf uur in het vliegtuig naar Dallas zitten. 'Kom op, Kevin. Je maakt het me moeilijk hier.'

Ze zuchtte en pakte haar mobiele telefoon. Onwillig zette ze het toestel aan en koos het nummer van Jennifer Peters.

'Peters.'

'Hallo, agent Peters. Samantha Sheer...'

'Samantha! Waar zit je? Kevin is verdwenen. We proberen hem al de hele morgen te vinden.'

'Rustig. Ik weet dat Kevin weg is. Hij is bij mij. Of liever, was bij mij.'

'Bij jou? Dit is jouw onderzoek niet. Jij hebt het recht niet om zonder onze toestemming iets te ondernemen! Wil je hem graag dood hebben soms?'

Fout, Jennifer. Ik heb jouw toestemming niet nodig. 'Beledigingen zijn niet nodig.'

'Heb je enig idee wat voor commotie er hier is ontstaan? De media hebben er lucht van gekregen dat Kevin verdwenen is, waarschijnlijk door die dwaas van een Milton, en nu suggereren ze al dat Slater hem ontvoerd zou hebben. Ze hebben camera's op daken staan en wachten al op de volgende bom! Er loopt daar een moordenaar rond en de enige man die ons mogelijk naar hem toe kan leiden is als bij toverslag verdwenen. Waarom heb je niet gebeld? Waar is hij nu?'

'Rustig aan, Jennifer. Ik heb toch gebeld, tegen beter weten in. Ik heb een verzoek ingediend om aan jou te mogen vertellen wat wij weten, maar alleen aan jou, begrepen? Wat ik je vertel komt niemand anders ter ore. Geen politie, geen FBI, alleen jou.'

'Bij wie heb je dat verzoek ingediend?'

'Bij de advocaat-generaal. We werken vanuit een nieuw gezichtspunt aan deze zaak, zou je kunnen zeggen. Dat weet jij nu, maar niemand anders.'

Stilte.

'Afgesproken?'

'Zoals deze bureaucratieën werken, zou je denken dat we nog in holen wonen. Ik heb me een jaar kapot gewerkt op deze zaak en nu hoor ik dat een of andere geheime afdeling de eindspurt doet? Heb je enige informatie die misschien nuttig is, of is dat ook een geheim?'

'We hebben reden om aan te nemen dat er een contact van binnen bestaat.'

'Binnen. Binnen de politie of de diensten?'

'Misschien. We zouden onze informatie allang hebben doorgegeven als we niet de verdenking hadden dat iemand van binnenuit met Slater onder één hoedje speelt.'

'En dat betekent?'

'Dat betekent dat we er niet zeker van kunnen zijn wie we kunnen vertrouwen. Om redenen waar ik nu niet verder op in kan gaan, denk ik dat Slater niet degene is die jij denkt.'

'Je bedoelt de jongen? Ik weet zelf niet eens wie ik denk dat hij is!'

'Dat bedoel ik niet. Het is waarschijnlijk de jongen. Maar wie is de jongen?'

'Vertel jij het maar. Hij heeft jou toch bedreigd?'

'Dat was lang geleden en we hebben geen naam. Wie weet is hij nu wel de directeur van de FBI.'

'Behandel me niet als een kind.'

'Je hebt gelijk. Het is niet de directeur van de FBI. Wat ik alleen maar wil zeggen, is dat we de mogelijkheid niet kunnen uitsluiten dat het iemand van binnen is. Morgen weet ik meer.'

'Dit is belachelijk. Waar ben je nu?'

Sam zweeg even. Ze had geen keus. Informatie voor Jennifer achterhouden zou op dit moment alleen maar haar eigen onderzoek schaden. Het was van belang dat de FBI zich op zijn eigen onderzoek concentreerde en zich niet met het hare bemoeide. En dan was er nog de kleinigheid dat Kevin vermist was.

Ze legde uit waarom zij Kevin had meegenomen en Jennifer luisterde geduldig; ze onderbrak haar nu en dan alleen met gerichte vragen. Sams argumenten kregen ten slotte een goedkeurende grom. Het nieuws van Kevins verdwijning echter niet.

'Zover wij weten, zou Slater hem kunnen hebben,' zei Jennifer.

'Dat betwijfel ik. Maar het ziet er wel naar uit dat ik een fout heb gemaakt. Dit had ik niet verwacht.'

Jennifer liet de verontschuldiging passeren, wat voor Sam zoveel was als een aanvaarding. De FBI agent zuchtte.

'Laten we hopen dat hij snel opduikt. Hoe goed kende je hem toen hij een jongetje was?'

'Wij waren goed bevriend. Ik heb nooit een betere vriend gehad.'

'Ik ben vanmorgen in het huis van zijn tante geweest.'

Sam zat op het bed. Hoeveel wist Jennifer? Kevin had nooit details over zijn leven in het huis aan Sam verteld, maar zij wist veel meer dan hij dacht.

'Ik heb het huis nooit vanbinnen gezien,' antwoordde ze. 'Kevins tante wilde het niet. Het was al moeilijk genoeg om elkaar in het geheim te treffen, zoals wij deden.'

'Was er sprake van mishandeling?'

'Lichamelijk? Nee. Niet dat ik weet. Maar volgens mij leed hij vanaf de dag dat hij in dat verwrongen gezelschap kwam onder ernstige en systematische psychologische mishandeling. Heb je met Balinda gepraat?'

'Ja. Ze heeft een soort heiligdom voor haarzelf gecreëerd in dat huis. De enige werkelijkheid die het haalt tot voorbij de knipselkamer is de werkelijkheid waarvan zij beslist dat die bestaat. Het is niet te zeggen hoe dat huis twintig jaar geleden was. Manipulatie van het leerproces van kinderen is niet uniek – in sommige kringen is het zelfs algemeen geaccepteerd. Denk maar aan militaire scholen. Maar van zoiets als Balinda's klein koninkrijk heb ik nog nooit gehoord. Oordelend naar Kevins reactie ben ik geneigd het met je eens te zijn. Hij is psychisch mishandeld in dat huis.'

Sam zweeg even.

'Wees voorzichtig, Jennifer. Dit is evenzeer een zaak van een gekwetste man als van de jacht op een moordenaar.'

Jennifer aarzelde. 'Wat wil je daarmee zeggen?'

'Er is meer. Er schuilen geheimen achter de muren van dat huis.'

'Geheimen die hij niet met jou, zijn jeugdliefde, gedeeld heeft?'

'Jawel.'

Sam kon aan de ademhaling van Jennifer merken dat zij de toon van het gesprek ongemakkelijk vond. Ze besloot haar inzicht enigszins te verruimen.

'Ik wil graag dat je nadenkt over iets dat mij de laatste twee dagen heeft dwarsgezeten, Jennifer. Niemand krijgt het te horen, begrepen? Dit is puur tussen jou en mij. Afgesproken?'

'Ga verder.'

'Ik wil dat je nadenkt over de mogelijkheid dat Kevin en Slater eigenlijk één en dezelfde persoon zijn.' Ze gooide de knuppel in het hoenderhok en wachtte op Jennifers reactie.

'Ik... ik geloof niet dat dat mogelijk is.' Jennifer grinnikte zenuwachtig. 'Ik bedoel, dat zou... de bewijzen ondersteunen dat niet! Hoe zou hij zo'n krankzinnige stunt kunnen uithalen?'

'Hij haalt helemaal niets uit. Alsjeblieft, begrijp me goed. Ik wil niet zeggen dat het zo is, en alleen de gedachte al maakt me doodsbang, maar er zijn aspecten aan deze zaak die gewoon niet kloppen. Ik denk dat de mogelijkheid in ieder geval de moeite van het overwegen waard is.'

'Dan zou hij zichzelf moeten opbellen. Wil je soms zeggen dat hij drie maanden geleden in Sacramento was om slachtoffers op te blazen?'

'Als hij de raadselmoordenaar is. Ik werk eraan.'

'En als hij Slater is, wie is dan de jongen? We hebben bloed gevonden in de loods, precies zoals hij gezegd had. Er was een jongen.'

'Behalve wanneer die jongen eigenlijk Kevin was. Of er was geen jongen.'

'Jij was erbij...'

'Ik heb die jongen nooit echt gezien, Jennifer.'

'Jouw vader dwong het gezin te vertrekken! Wat bedoel je nu dat je de jongen nooit gezien hebt?'

'Ik bedoel dat ik mijn vader vertelde dat de jongen er was – er was bewijs genoeg op mijn raam en voor het overige geloofde ik Kevin. Noem het maar liegen in commissie. Hoe dan ook, ik heb die jongen nooit echt gezien. We dwongen het gezin van een pestkop te verhuizen, maar nu ik eraan terugdenk, rende de jongen al weg voordat mijn vader hem kon pakken. Hij beschuldigde een plaatselijke pestkop naar aanleiding van mijn getuigenis, en ik baseerde mijn getuigenis op Kevins verhaal. Maar er was nergens definitief bewijs dat het iemand anders zou zijn geweest dan Kevin. Tot gisteren wist ik niet eens dat Kevin de jongen in een loods had opgesloten.'

'De harde bewijzen dat Kevin Slater zou zijn kloppen niet. Heeft hij soms zijn eigen auto opgeblazen?'

'Ik zeg niet dat hij Slater is. Ik schuif alleen maar een mogelijkheid naar voren. Gezien zijn kindertijd, zou een meervoudig persoonlijkheidssyndroom niet uit te sluiten zijn. De Kevin die wij kennen hoeft zelfs niet te weten dat hij Slater is. Alles wat we tot nu toe hebben gevonden, zou in dat scenario passen – dat is alles wat ik wil zeggen. Er zijn geen tegenstrijdigheden. Denk daarover na.'

'Maar er zijn ook geen bewijzen die het ondersteunen. Zeer onwaarschijnlijk. Zo'n syndroom treedt maar zelden op als gevolg van ernstige mishandeling in de kindertijd. En het gaat bijna altijd om lichamelijk geweld. Balinda is misschien een oude heks, maar ze past niet in het profiel van lichamelijke mishandeling. Dat zei je zelf ook.'

'Je hebt gelijk, er was geen sprake van lichamelijk geweld, maar er zijn uitzonderingen.'

'Maar geen uitzonderingen die bij dit scenario passen. Tenminste, niet zover ik weet, en dit is mijn vakgebied.'

Ze had misschien gelijk. Zeer onwaarschijnlijk. Maar in zaken zoals deze moest iedere mogelijkheid overwogen worden. Iets was niet zoals het leek, en hoe verontrustend haar suggestie ook was, Sam kon het niet van zich af zetten. Als Kevin Slater was, zou de openbaring daarvan de grootste dienst zijn die ze haar jeugdvriend kon bewijzen.

Aan de andere kant, als zij het haarzelf hardop hoorde zeggen, klonk het idee absurd. Een eenvoudige analyse van de stem of het handschrift zou de zaak ophelderen.

'Laat het laboratorium een vergelijkend handschriftonderzoek doen met het melkpak.'

'Hebben we al gedaan. De uitkomst was negatief.'

'Voor meervoudige persoonlijkheden is het technisch gezien mogelijk verschillende motorische karakteristieken te hebben.'

'In dit geval denk ik van niet.'

'Doe dan ook vergelijkingen met alle anderen die met de zaak te maken hebben. Iemand van binnen heeft er de hand in, Jennifer. Iemand is niet wie we denken dat hij is.'

'Geef me jouw dossier dan.'

'Is al onderweg.'

'En als Kevin contact met je opneemt, bel je mij. Onmiddellijk.' Ze klonk geagiteerd.

'Daar kun je op rekenen.'

'Hoezeer je plan om Kevin te isoleren ook voordelen bood, Slaters stem op band te hebben kon wel eens van onschatbare waarde zijn. Zeker in het licht van jouw suggestie. Zet de telefoon aan en laat hem aan.'

Sam pakte Slaters zilveren mobieltje op en zette hem aan. 'Voor elkaar.'

'Is het opnameapparaat nog steeds aan?'

'Ja.'

Er klonk een klop op de deur. Sam schrok.

'Wat is er?' vroeg Jennifer.

'Er staat iemand aan de deur.' Ze liep erheen.

'Wie?'

Ze haalde de deur van het slot en deed open. In de hal stond opgewonden en met zijn ogen knipperend Kevin.

'Kevin,' zei Sam. 'Het is Kevin.'

Jennifer liet de telefoon zakken en zat voor zich uit te staren. Het idee dat Kevin en de raadselmoordenaar één en dezelfde man zouden kunnen zijn was niet alleen absurd – het was... verkeerd. Ziek. Zeer verontrustend.

Galager liep langs haar bureau op weg naar het laboratorium. Ze kon zichzelf er niet toe brengen naar hem te kijken. Was het mogelijk?

In haar geest ging ze terug naar het beeld van Roy's dood. Was het mogelijk dat Kevin...

Nee! Het raakte kant noch wal.

En waarom is het zo'n kwaadmakende suggestie, Jennifer? Je kunt je niet voor-

stellen dat Kevin Roy vermoordt omdat je Kevin graag mag. Hij doet je zelfs aan Roy denken!

Snel liep ze de feiten nog eens na. Als Kevin Slater was, dan zou hij zichzelf moeten bellen. Mogelijk, maar onwaarschijnlijk. Hij zou ook een alter ego moeten hebben waar hij absoluut geen besef van heeft. Ze had door de jaren heen genoeg getuigen verhoord om oprechtheid te kunnen herkennen. En Kevin had oprechtheid in overvloed. Hij zou de bommen lang geleden geplaatst moeten hebben, mogelijk, maar in beide gevallen zou hij ze tot ontploffing moeten brengen zonder het zelf te weten.

Nee. Nee, het was te veel. Ze begon te ontspannen. De man die zij de dag daarvoor in het park getroost had, was geen moordenaar. De jongen van wie zij het bloed in de kelder hadden gevonden, zou het aan de andere kant wel kunnen zijn.

Maar waar het om ging: zij was in paniek geraakt bij de gedachte dat Kevin de moordenaar zou kunnen zijn. En dat terwijl ze uitgelaten had moeten zijn bij het vooruitzicht de ware identiteit van de moordenaar mogelijk te kunnen achterhalen. Daaruit bleek dat zij veel te veel om Kevin gaf, hetgeen op zich al een absurde situatie was omdat ze hem nauwelijks kende!

Aan de andere kant was zij op een manier aan hem verbonden zoals maar weinig mensen dat ooit zijn. Ze hadden de dood van haar broer gemeen, zij als de nabestaande van het slachtoffer, hij als het volgende slachtoffer.

Jennifer zuchtte en stond op. Ze was te emotioneel bij deze hele zaak betrokken. Haar chef had gelijk.

'Galager!'

De man bleef bij de deur aan de andere kant van de kamer staan. Ze wenkte hem terug.

'Wat is er?'

'We hebben Kevin gevonden.'

Galager sprong haast tegen het plafond. 'Waar?'

'Palos Verdes. Hij is in orde.'

'Moet ik Milton halen?'

Dat was wel de laatste figuur die ze erbij wilde betrekken. Maar ze had nu eenmaal haar opdrachten, nietwaar? In ieder geval hoefde ze geen direct contact met hem te hebben. Ze krabbelde de informatie op een memo, scheurde het papiertje af en gaf het aan Galager.

'Breng hem op de hoogte en zeg hem dat ik hier niet weg kan.'

Het was de waarheid. Ze zat vast, met ketenen die weigerden te breken.

Ze zaten op het bed. Het was een patstelling. Kevin verborg iets, zoveel wist Sam al sinds de eerste keer dat zij hem gesproken had. Vrijdagavond. Zijn leugens waren nu veel openlijker, maar wat ze ook probeerde, ze kon de waarheid niet uit hem persen. Zijn verhaal dat hij door zijn oude buurt had gedwaald om na te denken – acht uur lang – was volstrekt ongeloofwaardig. Weliswaar kon je, gezien zijn situatie van nu, ieder gedrag van hem verwachten, maar zij kende Kevin te goed; ze kon die grote heldere ogen lezen, en die bewogen rusteloos. Er was iets anders dat hem dwarszat.

'Goed, Kevin, maar ik geloof nog steeds niet dat je mij alles verteld hebt. Ik moet over een paar uur een vliegtuig halen. Als we een beetje geluk hebben, neemt Slater vandaag de tijd om zijn kleine overwinning van gisteren te vieren. We zullen die tijd heel hard nodig hebben.'

'Wanneer ben je terug?'

'Morgenochtend.' Ze stond op, liep naar het raam en trok het gordijn opzij. 'We komen in de buurt, Kevin. We zitten die vent op zijn hielen, dat voel ik tot in mijn botten.'

'Ik wou dat je niet wegging.'

Sam draaide zich om. 'Jennifer is er; zij zal met je willen praten.'

Hij keek langs haar heen uit het raam. 'Ja...'

Hij had donkere kringen onder zijn ogen en leek afwezig.

'Ik moet iets drinken,' besloot hij. 'Jij ook?'

'Ik niet. Je gaat er niet weer vandoor, hè?'

Hij grinnikte. 'Kom nou. Ik ben hier toch?'

'Ja, je bent er. Kom maar snel terug.'

Hij deed de deur open om te vertrekken toen de beige telefoon op het nachtkastje begon te rinkelen. Sam keek op het klokje ernaast. Drie uur in de middag, ze waren te laat met uitchecken.

'Ga maar,' zei ze tegen Kevin. 'Het is waarschijnlijk de receptie.'

Kevin vertrok en Sam nam de telefoon op.

'Hallo?'

'Hallo, Samantha.'

Slater! Ze draaide zich met een ruk om naar de deur. Dus Kevin kon Slater niet zijn! Hij was nog in de kamer toen de moordenaar belde.

'Kevin!' Hij was al vertrokken.

'Niet Kevin. Je andere vriendje, mijn liefje.'

Hoe was Slater aan hun nummer gekomen? De enige die wist waar zij waren was... Jennifer.

'Ze willen mijn stem, Samantha. Ik wil hun mijn stem geven. Heb je de mobiele telefoon weer aangezet of ben je nog steeds bezig met je bespottelijke kat en muis spelletje?'

'Hij staat aan.'

De verbinding werd verbroken. Even later ging Slaters mobiele telefoon over. Sam greep het toestel en nam op.

'Kijk eens aan, dat is beter, vind je ook niet? Het spel kan niet blijven doorgaan, we zullen het een beetje interessanter maken.'

Het was voor het eerst dat zij zijn stem zelf hoorde. Laag en hees.

'Wat heb je aan een spel dat je niet kunt verliezen?' vroeg ze. 'Dat bewijst niets.'

'O, maar ik kan wel verliezen, Samantha. En het feit dat ik niet verloren heb bewijst dat ik slimmer ben dan jij.' Een korte zware zucht. 'Het scheelde ooit maar één enkel glazen ruitje of ik had je vermoord. Deze keer zal ik niet falen.'

De jongen. Ze draaide zich om en ging op het bed zitten. 'Dat was jij dus.'

'Weet je waarom ik je wilde vermoorden?'

'Nee.' *Houd hem aan de praat.* 'Vertel het me.'

'Omdat alle aardige mensen het verdienen te sterven. Vooral de mooie met helder blauwe ogen. Ik veracht schoonheid bijna even hartgrondig als ik aardige kleine jongetjes veracht. Ik weet niet wie ik meer haat, jou of die dwaas die jij je boezemvriendje noemt.'

'Ik word misselijk van jou!' zei Samantha. 'Jij haat onschuld omdat je te stom bent om in te zien dat het veel fascinerender is dan kwaad.'

Stilte, alleen een zware ademhaling. Ze had een gevoelige snaar geraakt.

'Kevin heeft bekend, zoals jij wilde,' ging ze verder. 'Hij heeft de hele wereld over die nacht verteld. Maar jij kunt je niet aan je eigen regels houden, hè?'

'Ja, natuurlijk. De jongen. Was ik dat? Misschien wel, misschien niet. Kevin heeft zijn zonde nog steeds niet bekend. Hij heeft zelfs geen hint in die richting gegeven. Het geheim is veel te duister, zelfs voor hem, denk ik.'

'Wat? Welke zonde?'

Hij grinnikte.

'De zonde, Samantha. De zonde. Tijd voor een raadseltje. *Wat wil er gevuld zijn maar zal altijd leeg blijven?* Ik geef je een aanwijzing: het is jouw hoofd niet! Het heeft een nummer: 36933. Je hebt negentig minuten voordat het vuurwerk begint. En onthoud: geen politie.'

'Waarom ben jij zo bang voor de politie?'

'Het gaat er niet om voor wie ik bang ben, maar met wie ik wil spelen.' De lijn werd verbroken.

Hij was weg.

Sam bleef als verlamd achter, haar geest in oproer. Hij had via het telefoontoestel van het hotel gebeld. Had hij hen zo snel kunnen achterhalen? Of de telefoon... had hij een manier om het toestel te vinden als het aan stond? Onwaarschijnlijk. Ze liep naar het voeteneinde van het bed en weer terug. *Denk na, Sam! Denk na! Waar is Kevin?* Ze moesten...

'Sam?' Kevins gedempte stem klonk van achter de deur. Hij klopte aan. Ze rende naar de deur en deed open.

'Hij heeft gebeld.'

'Slater?' Zijn gezicht werd bleek.

'Ja.'

Kevin stapte naar binnen met een blikje frisdrank in zijn hand. 'Wat zei hij?'

'Een volgend raadsel. *Wat wil er gevuld zijn maar zal altijd leeg blijven?* Met een getal: 36933.' De meest voor de hand liggende oplossing was haar al door het hoofd geschoten. Ze liep snel terug naar de salontafel en pakte het telefoonboek.

'Bel Jennifer.'

'Hoeveel tijd hebben we?'

'Negentig minuten. Drieën. Die vent is geobsedeerd door drieën en veelvouden daarvan. Bel haar!'

Kevin zette zijn blikje neer, greep de telefoon en toetste haar nummer in, om het nieuws vervolgens snel door te geven.

'Via de hoteltelefoon,' zei hij.

'Nee, hij heeft teruggebeld via de mobiele,' corrigeerde Sam.

'Hij belde terug op de mobiele,' gaf Kevin door.

Sam sloeg de plattegrond in het telefoonboek open en zocht de straten na. Drieëndertigste straat. Een district met loodsen en opslag.

'Geen politie. Zeg haar dat. Laat haar bellen als zij enig idee heeft, maar niemand anders. Daar was hij heel duidelijk over.'

Ze deed haar ogen dicht en haalde diep adem. Het was het enige antwoord dat voor de hand lag. Maar waarom zou Slater zo'n eenvoudig raadsel kiezen?

Ze keek Kevin aan. 'Zeg Jennifer dat ik het mis had over Slater. Jij was in de kamer toen hij opbelde.'

Kevin keek haar met opgetrokken wenkbrauwen aan, gaf de boodschap door, luisterde even en zei: 'Ze zegt dat ze hierheen komt. Blijf waar je bent.'

Alleen Jennifer kon weten waar zij precies waren. Zij had de nummeridentificatie ongetwijfeld ingeschakeld toen Sam haar via de hoteltelefoon belde. Hoe had Slater hen zo snel kunnen vinden?

Sam stapte naar voren en nam het toestel over van Kevin. 'Je hoeft niet te komen, Jennifer. Wij vertrekken om aan het raadsel te werken. Ik bel je zodra we iets weten.'

'Wat schiet je ermee op om te vertrekken? Ik wil Kevin weer binnen handbereik zodat ik met hem kan samenwerken, hoor je me?'

'Ik hoor je. We hebben nu geen tijd meer. Werk aan het raadsel. Ik bel je nog...'

'Sam...'

De lijn was al verbroken. Sam moest goed over de hele zaak nadenken.

'Goed, Kevin. Daar gaan we. Slater heeft iets met drieën, dat weten we. Hij heeft ook iets met groei. Ieder volgend doel is groter dan het vorige. Hij geeft je drie minuten, dan dertig, dan zestig en nu negentig. En hij geeft dit nummer, 36933. De eerste drie cijfers, 369, vormen een vermenigvuldigingsreeks, maar de laatste twee, 33, niet. Maar misschien maken ze geen deel uit van de 369. Ik denk dat het om een adres gaat: drieëndertigste straat, nummer 369. Dat is in het district met opslagloodsen in Long Beach, ongeveer vijftien kilometer hiervandaan. *Wat wil er gevuld zijn maar zal altijd leeg blijven?* Een lege loods.'

'Is dat het?'

'Behalve als jij iets beters kunt bedenken. Tegenstellingen, weet je nog? Al zijn raadsels hebben iets met tegenstellingen te maken. Dingen die niet zijn wat ze pretenderen of willen zijn. Nacht en dag. Bussen die in cirkels rijden. Een loods die ontworpen is om gevuld te worden, maar leeg staat.'

'Misschien.'

Ze keken elkaar een paar seconden aan. Ze hadden geen keus. Sam greep zijn hand.

'Kom op, we gaan.'

17

De loods met nummer 369 aan de drieëndertigste straat stond tussen een dozijn andere loodsen in het noordelijke deel van Long Beach. Ze waren allemaal van dezelfde metalen golfplaten gebouwd, met dezelfde grote, zwarte nummers boven de deuren. Jaren van verwaarlozing hadden ze een grauw uiterlijk gegeven. Nummer 369 was nauwelijks meer dan een schaduw, zonder bord dat een bedrijfsnaam vermeldde. Stond leeg, zo te zien.

Kevin remde en staarde vooruit naar het donkere bouwsel. Op het trottoir waaide stof op. Een verbleekte twee liter fles waaide tegen de enige deur rechts van het laadstation.

Hij stopte dertig meter van de hoek en parkeerde de auto. Er waren diverse geluiden te horen: het brommen van de motor, de aanjager die lucht over hun voeten blies, het bonken in zijn borstkas. Het klonk allemaal te hard.

Hij keek naar Sam, die het gebouw aandachtig opnam.

'Wat nu?'

Hij moest de revolver uit de kofferbak halen; dat was wat er nu moest gebeuren. Niet omdat hij dacht dat Slater hier zou zijn, maar omdat hij nergens naartoe zou gaan zonder zijn nieuwe aanwinst.

'Nu gaan we naar binnen,' antwoordde Sam. 'Als de brandweervoorschriften twintig jaar gelden ook al van kracht waren, moet het gebouw een achteringang hebben.'

'Jij neemt de achterkant,' zei Kevin, 'ik de voorkant.'

Sam trok haar wenkbrauwen op. 'Ik denk dat jij hier beter kunt wachten.'

'Nee. Ik ga naar binnen.'

'Ik denk echt dat het...'

'Ik kan hier niet gewoon maar dom blijven zitten, Sam!' De agressie in zijn stem verbaasde hem zelf. 'Ik moet iets doen.'

Ze keek weer naar het gebouw. De tijd tikte weg. Tweeënzestig minuten nog. Kevin veegde met de rug van zijn hand een spoortje zweet van zijn slaap.

'Het klopt ergens niet,' merkte Sam op.

'Te makkelijk.'

Ze gaf geen antwoord.

'We hebben geen sleutel. Hoe komen we binnen?' vroeg hij.

'Hangt ervan af. Binnenkomen is het probleem niet. Maar stel dat hij de bom zo heeft afgesteld dat hij afgaat wanneer er iemand binnenkomt.'

'Dat past niet in zijn spel,' antwoordde Kevin. 'Hij zei negentig minuten. Zou hij zich niet aan zijn eigen regels houden?'

Ze knikte. 'Tot nu toe wel. Hij blies de bus wel vroeger op, maar alleen omdat wij zijn regels overtraden. Maar toch klopt er iets niet.' Ze deed haar portier open. 'Goed, we gaan poolshoogte nemen.'

Kevin stapte uit en volgde Sam naar het gebouw. Zover hij kon zien, was de straat in beide richtingen leeg. Een warme namiddagbries lichtte zes meter naar rechts een wolkje stof van het trottoir. De plastic fles bonkte rustig tegen de deur. Ergens kraste er een kraai. Als Jennifer het raadsel had opgelost, beging ze in ieder geval niet de fout om de plaats te vergeven van de politie. Ze liepen naar een stalen deur met een verroeste grendel.

'Hoe komen we binnen?' fluisterde Kevin.

Sam duwde de plastic fles weg met haar voet, pakte de deurknop vast en draaide. De deur zwaaide krakend open. 'Zo.'

Ze keken elkaar aan. Sam stak haar hoofd door de donkere opening, keek even rond en trok zich terug. 'Weet je zeker dat je dit aankunt?'

'Heb ik een keuze dan?'

'Ik zou alleen naar binnen kunnen gaan.'

Kevin keek naar het donkere gat en huiverde. Zwart. De revolver lag nog steeds in de kofferbak.

'Goed, ik loop naar de achterkant om te kijken hoe het daar is,' zei Sam. 'Wacht tot ik je een teken geef. Als je naar binnen gaat, zoek dan de verlichting en doe die aan, maar raak verder niets aan. Let op alles wat vreemd is. Het zou een koffer kunnen zijn, een doos of iets anders waar geen stof op ligt. Ik ga in het donker door de loods, voor het geval er iemand zou zijn. Niet waarschijnlijk, maar we nemen geen risico. Duidelijk?'

'Ja.' Kevin was er niet zeker van hoe duidelijk het was. Met zijn gedachten was hij nog bij de revolver in de kofferbak.

'Doe voorzichtig.' Ze sloop naar de hoek van de deuropening, keek eromheen en verdween uit het zicht.

Kevin rende op zijn tenen naar de auto. Hij vond het glanzende zilveren wapen waar hij het verborgen had, onder de mat achter het reservewiel. Hij stopte het achter zijn riem, sloot de kofferbak zo stil mogelijk en haastte zich terug naar de loods.

De greep van de revolver stak bij zijn buik uit als een zwarte horen. Hij trok zijn overhemd erover en drukte het zo plat als hij kon.

Het innerlijke van de loods bleef in duisternis gehuld. Nog steeds geen teken van Sam. Kevin stak zijn hoofd naar binnen en tuurde in de oliedikke duisternis. Hij tastte langs de wand, op zoek naar een lichtknopje. Zijn vingers vonden een koude, metalen doos met een schakelaar erop. Hij zette de schakelaar om.

Een luid gezoem. Licht overstroomde de loods. Kevin greep naar zijn middel en trok de revolver. Er bewoog niets.

Hij keek weer naar binnen. Een lege hal met een receptiebalie. Overal stof. De geur van meeldauw vulde zijn neus, maar nergens zag hij iets dat op een bom leek. Achter de ontvangstruimte leidde een trap naar een tweede verdieping. Kantoren. Aan de voet van de trap was een paneel met schakelaars aan de wand gemonteerd. Midden op de trap was het stof verstoord door afdrukken. Voetstappen.

Instinctief trok hij zijn hoofd terug uit de deuropening. Slater! Dat moest wel. Sam had gelijk: dit was de locatie.

Nog steeds geen teken van haar. Behalve als zij al geroepen had en hij het niet hoorde. Met al die muren was dat goed mogelijk.

Kevin hield zijn adem in en glipte door de deur. Hij bleef even stilstaan en liep daarna op zijn tenen naar de receptiebalie. Achter de balie... dat zou een plaats voor een bom kunnen zijn. Nee, de voetstappen liepen naar boven...

Klang!

Kevin draaide zich met een ruk om. De deur was dichtgeslagen! Door de wind? Ja, de wind had...

Klik! De verlichting ging uit.

Kevin begon in de richting van de deur te lopen, verblind door de duisternis. Hij deed een paar snelle stappen, stak een hand uit en greep naar de deur. Zijn knokkels dreunden tegen het staal. Hij tastte naar de deurhendel, vond hem en draaide. De hendel zat vast. Hij greep hem harder, rukte hem eerst naar links en dan naar rechts. Op slot.

Goed, Kevin, rustig blijven. Het is een van die deuren die op slot blijven. Maar Sam had hem wel opengekregen. Omdat zij van de buitenkant kwam.

Was het gewoonlijk niet precies andersom?

Hij draaide zich om en schreeuwde. 'Sam?' Zijn stem klonk gedempt.

'Sam!' Deze keer echode het woord achter de trapopgang.

Bij de trap had hij een lichtpaneel gezien. Kon hij daarmee misschien andere verlichting aanzetten? Hij draaide weer en liep naar de trap, maar zijn knieën botsten eerst tegen het bureau van de receptionist. De klap zond een elektrische schok door zijn zenuwen en hij liet de revolver bijna vallen. Hij deed een stap opzij en schuifelde naar de plek waar hij wist dat het bedieningspaneel hing.

'Samantha!'

Hij sloeg met zijn hand tegen de muur, vond de schakelaars en zette ze om. Geen licht.

De vloer boven zijn hoofd kraakte. 'Sam?'

'Kevin!' Sam! Haar stem klonk op afstand, van achter hem, alsof zij nog buiten het gebouw stond.

'Sam, ik ben hierbinnen!'

Zijn ogen hadden zich aan het donker aangepast. Op de verdieping was het iets helderder. Kevin keek om naar de deur, zag niets dan duisternis en liep de trap op. Boven hem schemerde een vaag licht. Een raam?

'Sam?'

Ze antwoordde niet.

Hij moest een beetje licht zien te krijgen! Er kraakte weer een vloerpaneel en hij keek geschrokken om zich heen, met getrokken pistool. Was het wapen vergrendeld? Hij liet zijn duim over de haan glijden en trok hem achteruit. Klik. *Rustig, Kevin. Je hebt nog nooit van je leven geschoten. Je schiet hier op een schim die Sam zou kunnen zijn. En stel dat het pistool het niet zou doen?*

Met knikkende knieën liep hij de trap op.

'Kevin!'

Sams stem kwam van rechts voor, en absoluut van buiten. Hij bleef halverwege de trap staan en probeerde zijn adem onder bedwang te houden om beter te kunnen luisteren. Ten slotte gaf hij het op en rende naar het licht boven aan de trap.

De gloed kwam uit een deuropening aan het eind van een nauwelijks zichtbare gang. Hij ademde nu oppervlakkig en zacht. Er bonkte iets door de gang. Hij hield zijn adem in. Daar was het weer, een voetstap. Laarzen. Recht voor hem, aan de rechterkant. Uit een van de andere kamers aan de gang. Sam? Nee, Sam was nog buiten! *O God, geef me kracht.* Hij voelde zich kwetsbaar in de gang. Waar had hij zijn verstand, om zomaar die trap op te lopen als een revolverheld?

Gejaagd stapte Kevin naar de vage contouren van een deuropening aan zijn rechterhand. De vloerdelen protesteerden onder zijn voeten. Hij liep door de opening, liet zich tegen de muur aan zijn linkerkant vallen. Het zou Sam kunnen zijn als de akoestiek haar stem vervormd had. Kon zij het zijn? Natuurlijk.

Het is zo, Kevin. Het is Sam. Zij is in de volgende kamer en zij heeft de bom gevonden. Nee, haar stem had van veraf geklonken. En zij liep niet zo zwaar. Geen denken aan.

Plotseling klonk haar stem weer, in de verte. 'Kevin!'

Deze keer was er geen twijfel mogelijk: Sam schreeuwde naar hem van buiten; ze was beneden, voor de ingang. Haar vuist bonkte op de stalen deur.

'Kevin, ben jij daarbinnen?'

Hij deed een stap terug naar de deuropening. De laars weer, bonkend in de volgende kamer.

Er was hier iemand binnen. Slater! Hij pakte het pistool steviger vast. Slater had hem naar binnen gelokt, daarom was het raadsel zo eenvoudig geweest. Er ging een rilling van angst door al zijn botten.

Sam stond voor de vooringang. De grendel zat niet voor de deur, zij moest in staat zijn de deur open te doen of te forceren.

Er viel hem iets anders in. De bom was waarschijnlijk al ingesteld. Wat zou er gebeuren als hij afging terwijl hij hier opgesloten zat? En als de politie kwam en Slater de bom vroegtijdig zou laten ontploffen? Maar Sam zou de politie op dit moment nooit in de buurt van de loods laten komen.

Maar als ze de deur nu eens niet open kan krijgen?

In paniek schuifelde Kevin langs de muur, kwam bij een hoek en tastte verder langs de achterwand. Hij legde zijn oor tegen het pleisterwerk.

Ademen. Langzaam en diep. Niet zijn ademhaling. Geschuifel.

Een lage stem kwam zacht door de muur. 'Kevinnnn...'

Hij versteende.

'Zesenveertig minuten... Kevinnnn.'

Het verschil tussen onschuld en naïviteit is nooit tot Slaters brein doorgedrongen. De twee zijn synoniem. Sterker, zoiets als onschuld bestaat niet. Ze zijn allemaal zo schuldig als wat. Maar hij kan niet ontkennen dat sommigen naïever zijn dan anderen, en te zien hoe Kevin als een muis de trap opsluipt, herinnert Slater er weer aan hoe naïef zijn tegenstander eigenlijk is.

Hij kwam erg in de verleiding om de man een schop tegen zijn hoofd te geven toen hij nog vier treden van de top verwijderd was. Hem te zien vallen en breken zou zo zijn aantrekkelijke kanten hebben gehad. Maar penalty's had hij altijd beschouwd als een van de vervelendste sportmomenten.

Welkom in mijn huis, Kevin.

De man heeft werkelijk een revolver gekocht. Hij houdt het vast alsof hij een reageerbuis met een dodelijk virus in zijn handen heeft en heeft er waarschijnlijk niet aan gedacht het te spannen, maar in ieder geval heeft hij het besluit genomen om zich te bewapenen. En ongetwijfeld heeft hij dat buiten Samantha's medeweten om gedaan. Kevin heeft een glimpje mannelijkheid gevonden! Wat een pret! Hij zal misschien echt proberen hem te doden, alsof hij de achtervolger is in plaats van het slachtoffer.

Op een manier die zelfs Kevin nog niet kan weten, is dat niets nieuws. Kevin heeft hem al eerder proberen te doden. Hun levens zijn onontwarbaar in elkaar vervlochten en de een probeert de ander te doden. Te denken dat deze vent die de trap opgekropen is met een groot, glanzend pistool in zijn handen, de moed heeft om de trekker over te halen, laat staan te doden, is absurd.

Nu heeft de dwaas zich in de volgende kamer opgesloten waar hij ongetwijfeld zijn broek nat maakt. Als hij eens wist wat de volgende uren voor hem in petto hebben, zou hij misschien in een poel van zijn eigen braaksel liggen.

Poes, poes, poes... kom dan.

'Zesenveertig minuten... Kevinnnn...'

Kevin haalde bijna de trekker over. Niet gericht, maar uit pure doodsangst.

'Sam?' Zijn stem klonk als het blaten van een gewond lam. Zijn eigen zwakheid maakte hem even kwaad. Als dit Slater was, kreeg hij precies wat hij wilde. Oog in oog, een kans om hem overhoop te schieten.

De deuropening lag tegenover hem, met een donkerder gat dan het zwart eromheen. Als hij nu wegrende, zou hij de trap af kunnen denderen en de voordeur kunnen bereiken, of niet?

Er klonk een nieuw geluid in de kamer, het geluid van iets scherps dat langs de muur aan de buitenkant schraapte. Het kwam door de gang in de richting van zijn kamer.

Kevin pakte het pistool met beide handen vast, richtte op de deur en liet zich onderuitzakken tot hij zat. Als Slater door dat gat stapte, zou hij het doen. Hij zou de donkere vorm zien en de trekker overhalen.

Het schrapen ging door. Dichterbij, dichterbij.

'Kevinnn,' fluisterde een stem.

God, help me! Zijn geest begon verward te raken.

Ruim hem op, Kevin. Jennifers stem klonk door zijn hoofd. *Ruim die ellendeling op!*

Hij kon het pistool voor zich nauwelijks zien om te richten, maar hij kon wijzen. En wie door die deur kwam, zou hem niet kunnen zien, of wel? Niet in deze duisternis. Kevin zou niet meer zien dan een schaduw, maar hij had het voordeel.

Het schrapen naderde de deur.

Het zweet liep Kevin in de ogen. Hij hield zijn adem in.

In de verte schreeuwde Sams stem. 'Kevin, blijf waar je bent! Hoor je me?'

Hij kon niet antwoorden.

'Blijf daar!'

Ze ging natuurlijk iets halen om de deur te forceren of het slot te slopen. Een steen, een breekijzer, een pistool. Een pistool! Zij had een pistool in haar handtas. *Schiet op!*

Het fluisteren begon weer. 'Kevinnnn...'

In de deuropening verscheen plotseling de donkere vorm van een man. Kevins vinger spande zich om de trekker. Maar... maar als het Slater niet was? Een zwerver misschien?

De vorm bleef stilstaan, alsof hij naar hem keek. Als hij bewoog, ook maar een millimeter, zou Kevin de trekker overhalen.

Het bloed dreunde in zijn oren alsof er pompen waren ingezet om hem droog te malen. Dzjoem, dzjoem. Hij zat bewegingsloos in het donker, op zijn lichte trillen na. Hij was weer elf jaar en stond tegenover de jongen in de kelder. In de val. *Dat gaat je je ogen kosten, ettertje.*

Een metalen voorwerp dreunde tegen de voordeur. Sam!

De figuur verroerde zich niet.

Nu, Kevin! Nu! Voordat hij wegrent. Haal de trekker over!

Klang!

'Waarom zou ik zoiets onzinnigs doen als het opblazen van een oude loods?' vroeg Slaters stem.

'Het is zo fijn om je weer in levenden lijve te ontmoeten, Kevin. Ik houd van de duisternis, jij niet? Ik heb erover nagedacht om kaarsen mee te nemen voor de gelegenheid, maar dit bevalt me beter.'

Schiet! Schiet! SCHIET!

'We zijn hier nog maar drie dagen mee bezig en het begint me nu al te vervelen. De oefenrondes zijn voorbij. Vanavond begint het echte spel,' zei Slater.

Het geluid van staal tegen staal echode vanaf de vooringang.

'We zien je nog.'

De figuur bewoog.

De druk die Kevin op de trekker had uitgeoefend, liet de haan eindelijk overgaan. In de kamer was een felle flits, gevolgd door een oorverdovende knal. Hij zag Slaters zwarte jas uit de deuropening wegspringen.

'Aaahhh!' Hij schoot nog een keer, en een derde keer, krabbelde overeind, sprong naar de deuropening en rende de gang in. Aan het eind van de gang zwaaide een deur. De man was weg. Duisternis omringde Kevin.

Hij draaide zich met een ruk om, greep de leuning en strompelde de trap af.

'Kevin!'

De deur vloog open en het daglicht stroomde binnen voordat Kevin de ingang bereikt had. Sam sprong opzij en Kevin rende naar buiten.

Sam had haar revolver getrokken. Na een enkele blik op Kevin draaide ze zich om en rende met getrokken wapen naar de deur.

'Hij is weg,' hijgde Kevin. 'Aan de achterkant. Een raam of zoiets.'

'Wacht hier.' Sam rende naar de hoek van het gebouw, gluurde eromheen en verdween.

De grond onder Kevins voeten voelde wankelig aan. Hij greep een telefoonpaal en hield zichzelf overeind. Waarom had hij gewacht? Hij had met één schot in die kamer een eind kunnen maken aan de hele zaak. Aan de andere kant had hij geen bewijs dat die figuur Slater was. Het had een dwaas kunnen zijn die een spelletje speelde.

Nee, het was Slater. Absoluut. *Slappeling! Je hebt hem laten lopen. Hij stond recht voor je en jij was te slap om te schieten!* Kevin kreunde en deed woest zijn ogen dicht.

Een halve minuut later verscheen Sam weer.

'Hij is verdwenen.'

'Hij was er net nog! Weet je het zeker?'

'Aan de andere kant is een nooduitgang met een brandtrap. Hij kan nu overal zitten. Ik denk niet dat hij blijft rondhangen voor een herhaling.' Ze keek nadenkend achterom.

'Er is geen bom, Sam. Hij wilde mij ontmoeten. Daarom was het raadsel zo makkelijk. Ik heb hem gezien.'

Ze liep naar de deur, keek naar binnen en zette de schakelaar om. Er gebeurde niets.

'Waarom viel de deur in het slot?'

'Weet ik niet. Ik was net binnen toen hij achter mij dichtviel.'

Ze stapte de deur binnen en keek omhoog. 'Hij gebruikte een touw en katrol om de deur dicht te trekken.' Ze volgde het touw met haar ogen.

'Wat is er?'

'Het touw eindigt bij het bureau. Hij was hier beneden toen hij de deur dichttrok.'

De mededeling trof Kevin als absurd. 'In de receptieruimte?'

'Ja, dat vermoed ik. Het touw is vrij goed verborgen, maar hij was hier. Ik wil de situatie niet verstoren... we hebben licht nodig.' Ze liep weer naar buiten en klapte haar telefoon open. 'Ben je er zeker van dat hij het was?'

'Hij praatte tegen mij. Hij stond recht voor me en vroeg waarom hij zo onzinnig zou zijn om een oude loods op te blazen.'

Kevins knieën waren van rubber. Hij ging met een klap op het trottoir zitten, de revolver slapjes in zijn rechterhand.

Sam zag het wapen. 'Heb je die gevonden tijdens je wandeling door je oude buurt vanmorgen?'

Kevin legde de revolver neer. 'Het spijt me. Ik kan hem gewoon niet meer met mij laten spelen.'

Ze knikte. 'Leg het terug in je kofferbak of waar je het ook had en gebruik het alsjeblieft niet weer.'

'Ik heb op hem geschoten. Denk je dat ik hem misschien geraakt heb?'

'Ik heb geen bloed gezien. Maar de bewijzen van de schoten zullen zeker gevonden worden.' Ze zweeg even. 'Ze zullen je het wapen misschien laten inleveren. Ik neem niet aan dat het legaal is?'

Hij schudde zijn hoofd.

'Zorg ervoor dat het buiten zicht is voordat de anderen komen. Ik zal wel met Jennifer praten.'

'Anderen?'

Ze keek op haar horloge. 'Het is tijd dat zij het hier overneemt. Ik moet een vliegtuig halen.'

18

Er was geen bom en Slater had zijn doel veertig minuten voor de deadline bereikt. Ze hadden voor het eerst een raadsel binnen de tijd opgelost, maar het had niettemin het doel van de moordenaar gediend. Hij had persoonlijk contact gemaakt met Kevin en was er spoorloos tussenuit geglipt.

Sam had Jennifer gebeld en de details uitgelegd terwijl ze op haar taxi stond te wachten. Ze had nog steeds een onbevredigd gevoel... ze aarzelde zelfs om Jennifer te bellen, maar zei dat ze geen keus had. Van alle autoriteiten vertrouwde ze Jennifer nog het meest. Geen politie voordat de negentig minuten voorbij waren; daar had ze op gestaan.

Jennifer was onderweg met een team van de FBI om met het onderzoek te beginnen. Sam zou nog net haar vlucht kunnen halen, met wat geluk. Kevin keek de rode achterlichten na van de taxi die wegracete en de hoek om ging.

Jazeker, ze hadden het raadsel opgelost. Of toch niet? Hij zou zich moeten wentelen in opluchting: hij had oog in oog gestaan met een krankzinnige en had het overleefd. Hij had hem met een paar schoten weggejaagd. Min of meer.

Maar zijn hoofd voelde nog alsof het in een bankschroef zat. Hij was het eens met Sam; er deugde hier iets niet.

Waarom was die afspraak in Houston zo enorm belangrijk voor haar? En waarom zei ze niets over de aard van dat gesprek? Ze wist dat de raadselmoordenaar hier was. Wat was er dan in Houston?

En waarom vertelde ze het hem niet gewoon? De stad Long Beach werd geterroriseerd door de man die de media de raadselmoordenaar noemden, maar Sam ging een spoor in een heel andere stad natrekken. Het raakte kant nog wal.

Een zwarte auto draaide de straat in en stormde op hem af. Jennifer.

Er stapten nog twee agenten met haar uit, één met getrokken pistool, beiden gewapend met zaklantaarns. Jennifer sprak gejaagd met hen, zond de ene naar de achterzijde van het gebouw en de andere naar de vooringang, die nog openstond in een versplinterd kozijn. Sam had hem met de autokrik geforceerd.

Jennifer liep op hem af, in een blauw pakje met de haren golvend om haar schouders in de warme wind. 'Alles in orde met jou?' vroeg ze.

Ze keek naar de loods en een ogenblik lang meende Kevin dat haar vraag alleen een beleefdheidsfrase was – haar ware aandacht ging uit naar wat er achter die deur lag. Een nieuwe plaats van misdaad. Net als alle andere agenten was zij gek op die plekken. En dat was maar goed ook: de plek leidde naar de misdadiger, in dit geval Slater.

Ze richtte haar aandacht weer op hem.

'Zo goed in orde als mogelijk, denk ik,' zei hij.

Ze kwam dicht bij hem staan en keek hem recht in de ogen. 'Ik dacht dat wij elkaar begrepen.'

Hij haalde een hand door zijn haar. 'Wat bedoel je?'

'Ik bedoel dat wij aan dezelfde kant staan in deze zaak. Ik bedoel dat jij me alles moet vertellen, of heeft ons gesprek van gisteren geen indruk gemaakt op jou?'

Hij voelde zich plotseling als een dom schooljongetje in het kantoor van de directrice. 'Natuurlijk staan we aan dezelfde kant.'

'Beloof me dan zoveel als je waar kunt maken. Je verdwijnt niet zonder dat wij het erover eens zijn dat je moet verdwijnen. Sterker, jij doet niets zonder dat wij het erover eens zijn. Ik kan dit niet zonder jou, en ik kan het al helemaal niet gebruiken dat je de aanbevelingen van anderen gaat volgen.'

Een onbegrijpelijk verdriet greep Kevin aan. Hij voelde een brok in zijn keel, alsof hij in huilen zou uitbarsten, in haar bijzijn. Weer. Niets zou vernederender zijn.

'Het spijt me. Sam zei...'

'Het kan me niet schelen wat Sam zegt. Jij bent mijn verantwoordelijkheid, niet de hare. Ik kan alle hulp gebruiken die ik krijgen kan, maar totdat je het anders hoort van iemand anders als Sam, doe je wat ik zeg. Ongeacht wiens idee het is, jij praat eerst met mij. Begrepen?'

'Begrepen.'

Ze zuchtte en deed haar ogen even dicht. 'Wat heeft Sam voorgesteld?'

'Dat ik alles moest doen wat jij zei.'

Jennifer knipperde met haar ogen. 'Ze heeft gelijk.' Ze keek langs hem heen naar de loods. 'Ik wil die hufter even graag pakken als jij. Jij bent onze beste kans...' Ze hield op.

'Ik weet het. Je hebt mij nodig om hem te pakken. Wie maalt er verder om Kevin zolang we maar van hem krijgen wat we nodig hebben; is het zo?'

Ze staarde hem aan. Of ze kwaad was of gegeneerd, kon hij niet uitmaken. Haar gezicht werd zachter.

'Nee, zo is het niet. Het spijt me vreselijk dat je deze ellende moet meemaken, Kevin. Ik begrijp niet waarom onschuldige mensen zo moeten lijden, maar hoe hard ik het ook geprobeerd heb, ik kan het niet veranderen.' Ze hield zijn ogen met de hare vast. 'Ik wilde niet zo bars klinken. Het is... ik laat niet toe dat hij je iets zal aandoen. Hij heeft mijn broer vermoord, weet je nog? Ik heb Roy verloren, maar jou ga ik niet verliezen.'

Plotseling begreep Kevin het. Dat was de verklaring voor haar woede. Misschien meer.

'En ja, het is waar dat ik je nodig heb,' ging ze verder. 'Jij bent onze grootste hoop om een volkomen verknipte geest te vangen die toevallig achter jou aan zit.'

Kevin voelde zich nu meer een onhandige eerstejaars dan iemand die bij het schoolhoofd moest komen voor straf. *Stom, Kevin. Stom, stom, stom.*

'Het spijt me, het spijt me heel erg.'

'Verontschuldigingen geaccepteerd. Maar ga er niet weer vandoor, goed?'

'Ik beloof het je.' Hij keek op en zag dezelfde vreemde blik die hij soms in Sams ogen had gezien. Een mengeling van bezorgdheid en medeleven. *Stom, stom, Kevin.*

Jennifer sloeg haar ogen neer en zuchtte diep. 'Je hebt hem dus gezien.'

Hij knikte.

Ze keek weer naar de deur. 'Hij gaat verder.'

'Verder?'

'Hij wil meer. Meer contact, meer gevaar. Vastbeslotenheid.'

'Waarom komt hij dan niet naar voren om mij te vragen wat hij van mij vragen wil?'

Ze hield een zaklamp in haar hand. 'Kun je het aan om met mij door het gebouw te lopen? We wachten tot mijn mannen weer buiten zijn; ik wil geen bewijsmateriaal vernietigen. Ik begrijp dat je nog staat te trillen, maar hoe sneller ik weet wat er gebeurd is, hoe groter de kans dat we de informatie die we vinden kunnen gebruiken.'

Hij knikte. 'Is de politie al op de hoogte?'

'Nog niet. Milton kan zijn mond kennelijk niet dichthouden. Hij weet dat we je gevonden hebben en dan weten de media het ook. Wat het grote publiek betreft, is dit niet gebeurd. De spanningen zijn al hoog genoeg opgelopen.'

Ze keek op haar horloge. 'We hebben nog negentien minuten over van de negentig. Op een of andere manier klopt dat niet. Eerlijk gezegd denken wij eerder aan een bibliotheek dan aan een loods.'

'Bibliotheek. *Wat wil er gevuld zijn maar zal altijd leeg blijven?* Je bedoelt lege kennis.'

'Ja.'

'Hmm.'

'We verzamelen bewijzen, daar komt het op aan. We hebben zijn stem op band, zijn aanwezigheid in dit gebouw. We krijgen meer achtergrond. Hij heeft diverse kansen gehad om je iets aan te doen maar hij heeft het niet gedaan. Sam vertelde me dat je met hem gepraat hebt. Ik moet exact weten wat hij zei.'

'Meer achtergrond?' vroeg Kevin. 'Wat voor achtergrond?'

Er liep een FBI-agent naar hen toe. 'Pardon, ik wil alleen maar even zeggen dat het licht het weer doet. De stop was eruit gehaald.'

'Geen explosieven?'

'We hebben niets kunnen vinden. Wel is er iets dat je naar mijn idee moet zien.'

Ze keek Kevin aan. 'Ik kom zo terug.'

'Moet ik je laten zien wat er gebeurd is?'

'Zodra zij klaar zijn met het sporenonderzoek. We willen niet meer voetafdrukken of andere sporen dan noodzakelijk. Blijf hier.' Ze liep snel naar de deur en verdween in de loods.

Kevin stak zijn handen in zijn zakken en liet zijn vingers over de mobiele telefoon van Slater glijden. Hij was een sukkel, geen twijfel aan. Misschien dat dat de zonde was die Slater hem wilde laten bekennen. *Kevin Parson is een dwaas en een sukkel, een man die niet in staat is op een normale manier aan de maatschappij deel te nemen omdat zijn tante Balinda zijn intellect de eerste drieëntwintig jaar van zijn bestaan kapot sloeg tegen een denkbeeldige muur. Zijn geest is onherkenbaar verminkt.*

Hij keek naar het gebouw en zag voor zijn geest weer hoe Jennifer naar de deur liep. Sam had gelijk. Ze vond hem leuk, toch?

Leuk? Hem? Hoe kon hij weten dat zij hem mocht? *Weet je, Kevin. Zo denken alle geboren verliezers. Ze zijn schaamteloos. Ze hebben het mes van een moordenaar op hun keel staan en hun gedachten gaan uit naar de FBI-agente die ze al drie hele dagen kennen.* Twee, als hij de dag dat hij met de fantastische CBI-agente Sam verdween niet meerekende.

De mobiele telefoon begon te trillen en Kevin sprong op van schrik.

Hij ging weer over. Slater belde, en dat betekende een probleem. Waarom zou hij bellen?

De telefoon ging nog een derde keer over voordat hij het toestel had uitgeklapt. 'H... hallo?'

'H...hallo? Je klinkt als een idioot, Kevin. Ik dacht dat ik gezegd had: geen politie.'

Kevin draaide zich onmiddellijk om naar de loods. De agenten waren binnen. Er lag dus toch een bom? 'Politie? We hebben de politie er niet bijgehaald. Ik dacht dat FBI in orde was.'

'Politie, Kevin. Allemaal zwijnen. Zwijnen. Ik kijk naar het nieuws en op het nieuws zeggen ze dat de politie weet waar jij bent. Misschien moet ik tot drie tellen en de zwijnen opblazen.'

'Jij hebt gezegd geen politie!' schreeuwde Kevin. Er lag een bom in de loods en Jennifer was daarbinnen. Hij moest haar naar buiten halen. Hij rende naar de deur. 'We hebben de politie niet ingezet!'

'Ben je aan het rennen, Kevin? Snel, snel, haal ze naar buiten. Maar kom niet te dichtbij. Misschien gaat de bom af en vinden ze jouw ingewanden op de muren terug, samen met die van de anderen.'

Kevin stak zijn hoofd naar binnen. 'Eruit!' schreeuwde hij. 'Naar buiten! Er is een bom!'

Hij rende naar de straat.

'Je hebt gelijk, er is een bom,' zei Slater. 'Je hebt nog dertien minuten, Kevin. Ik heb besloten je ruim de tijd te geven. *Wat wil er gevuld zijn maar zal altijd leeg blijven?*'

Hij kwam glijdend tot stilstand. 'Slater! Kom naar voren, oog in oog, jij...'

Maar Slater was verdwenen. Kevin knalde zijn telefoon dicht en keerde zich om naar het gebouw, net op het moment dat Jennifer naar buiten kwam, gevolgd door de twee andere agenten.

Jennifer zag de blik op zijn gezicht en bleef staan. 'Wat is er?'

'Slater,' zei hij mat.

'Slater heeft gebeld,' concludeerde Jennifer. Ze rende naar hem toe. 'We zitten ernaast, nietwaar? Dit is het niet.'

Kevins gedachten begonnen te tollen. Hij zette zijn handen tegen zijn slapen en deed zijn ogen dicht. 'Denk na, Jennifer. Denk na! *Wat wil er gevuld zijn maar zal altijd leeg blijven?* Hij wist dat we hier zouden komen, en dus wachtte hij ons op, maar het is hier niet. Wat wil er gevuld worden? Wat?'

'Een bibliotheek,' zei de ene agent, die Bill heette.

'Heeft hij gezegd hoeveel tijd we hebben?' vroeg Jennifer.

'Dertien minuten. Hij zei dat hij het misschien eerder zou doen omdat de politie met de pers gepraat heeft.'

'Milton,' zei Jennifer. 'Ik zou hem zijn nek kunnen omdraaien.' Ze trok een notitieblok uit haar heupzak, staarde naar de aantekeningen en begon op en neer te lopen. '36933, wat zou er nog meer een nummer kunnen hebben dat verband houdt...'

'Een referentienummer,' riep Kevin uit.

'Maar van welke bibliotheek?' vroeg Jennifer. 'Er moeten er duizenden zijn...'

'De theologische faculteit,' zei Kevin. 'Augustine Memorial. Hij gaat de bibliotheek van Augustine Memorial opblazen.'

Ze staarden elkaar even aan. De tijd leek stil te staan. Daarop schoten de drie FBI-agenten als één man naar de auto. 'Bel Milton!' riep Bill. 'Ontruim de bibliotheek!'

'Geen politie,' zei Jennifer. 'Bel de faculteit.'

'En als we de juiste mensen niet snel genoeg kunnen bereiken? We hebben daar een patrouillewagen nodig.'

'Daarom gaan wij erheen. Wat is de snelste weg naar de faculteit?'

Kevin rende naar zijn auto aan de overkant van de straat. 'Via Willow. Rijd achter mij aan!'

Hij dook achter het stuur, startte en trok met gierende banden op. Elf minuten. Konden ze binnen elf minuten bij de bibliotheek zijn? Het hing van het verkeer af. Maar konden ze binnen elf minuten een bom vinden?

Een afschuwelijke gedachte flitste door zijn hoofd. Zelfs als zij op tijd bij de bibliotheek kwamen, zouden ze geen tijd hebben om binnen te zoeken zonder het risico te lopen dat de bom zou afgaan. Daar kwamen de seconden weer in het spel. Ze konden er veertig seconden vanaf zitten zonder het te weten.

Een auto was één ding, een bus was erger. Maar de bibliotheek... en stel dat ze het bij het verkeerde eind hadden? 'Jij ziekelijke lafaard!'

Ze raceten door Willow met toeterende claxons, zonder acht te slaan op de verkeerslichten. Het werd zo langzamerhand een slechte gewoonte. Hij zwierde uit de baan van een blauwe Corvette en nam een smallere weg om de enorme verkeersstroom op de hoofdweg te vermijden. Jennifer volgde hem in de grote, zwarte auto. Bij iedere kruising kregen zijn schokdempers een oplawaai van de verkeersdrempels. Hij zou naar Anaheim Street rijden en dan naar het oosten.

Zeven minuten. Ze zouden het halen. Hij dacht aan de revolver in de kofferbak. Als hij zwaaiend met een revolver de bibliotheek in zou rennen, zou zijn kostbare aankoop alleen maar geconfisqueerd worden. Hij had nog maar drie kogels over. Eén voor Slaters buik, één voor zijn hart en één voor zijn hoofd. *Paf! Paf! Paf! Ik schiet een kogel in je verdorven hart, jij rottende zak maden. Spelen doe je met zijn tweeën, jochie, en jij koos de verkeerde om kwaad te maken. Ik heb je ooit een bloedneus bezorgd, maar deze keer neem ik je te grazen. Je gaat de grond in, waar de wormen zitten. Je maakt me ziek, ziek...*

Kevin zag de witte sedan op de volgende kruising op het allerlaatste moment. Hij gooide zijn gewicht naar achteren en trapte het rempedaal door de bodem. Banden piepten, zijn auto schoof schuin weg en miste op een haar het achterlicht van een Chevrolet, om wonder boven wonder weer in het spoor te komen. Met witte knokkels van de spanning trok hij aan het stuur en gaf weer gas. Jennifer volgde.

Houd je gedachten erbij! Hij kon op dit moment niets tegen Slater beginnen. Hij moest heelhuids bij de bibliotheek komen. Ongelooflijk hoe bitter hij over die man was gaan denken in drie dagen tijd. *Ik schiet een kogel in je verdorven hart, jij rottende zak maden.* Wat was dat voor uitspraak?

Op het moment dat Kevin de gebogen, glazen gevel van de bibliotheek zag, wist hij dat Jennifers pogingen tot ontruiming gefaald hadden. Bij de ingang hing een Aziatische student rond, kennelijk in gedachten verzonken. Ze hadden nog drie tot vier minuten. Misschien.

Kevin trok de handrem al aan voordat de wagen stilstond. De auto bokte en bleef staan. Hij sprong naar buiten en spurtte naar de ingang. Jennifer liep al pal achter hem.

'Geen paniek, Kevin. We hebben tijd. Breng ze alleen zo snel mogelijk naar buiten, hoor je?'

Hij vertraagde tot looppas. Ze kwam naast hem lopen en nam daarna de koppositie over.

'Hoeveel studieruimten zijn er?' vroeg ze.

'Een paar boven, en er is een kelderverdieping.'

'Intercom aanwezig?'

'Ja.'

'Goed, wijs de weg naar het kantoor. Ik doe een oproep via de intercom. Jij gaat de kelder ontruimen.'

Kevin wees het kantoor aan, rende naar de trap en sprong met twee treden tegelijk naar beneden. Hoe lang nog? Drie minuten? 'Naar buiten! Iedereen eruit!' Hij rende door de gang en dook de eerste kamer in. 'Naar buiten! Nu!'

'Wat is er, kerel?' vroeg een man van middelbare leeftijd lijzig.

Hij kon geen paniekloze manier bedenken om het de man te vertellen. 'Er ligt een bom in het gebouw!'

De man staarde hem even aan en sprong daarna op.

'Weg uit de gang!' schreeuwde Kevin in de volgende kamer. 'Iedereen naar buiten!'

Jennifers gespannen stem klonk via de intercom. 'Dit is de FBI. We hebben reden om aan te nemen dat er een bom in de bibliotheek zou kunnen liggen. Ontruim het gebouw onmiddellijk en ordelijk.' Ze begon haar boodschap te herhalen, maar er klonken al schreeuwen uit de kelder die haar bericht overstemden.

Rennende voeten, schreeuwende stemmen: de paniek groeide. Misschien des te beter, er was geen tijd voor ordelijkheid.

Het duurde op zijn minst een volle minuut voordat Kevin zeker wist dat de kelder leeg was. Hij bracht zichzelf in gevaar, besefte hij, maar dit was zijn bibliotheek, zijn school, zijn schuld. Hij knarste zijn tanden en rende naar de trap. Halverwege herinnerde hij zich de voorraadkamer. Daar zou waarschijnlijk niemand zijn, behalve...

Hij stopte vier stappen voor het boveneinde van de trap. Carl. De conciërge luisterde graag naar zijn walkman als hij werkte. Hij maakte er vaak grapjes over dat de geest op meer dan één manier gevoed kon worden. Boeken waren prachtig, zei hij, maar muziek was een hogere cultuur. Hij hield zijn pauzes in de voorraadkamer.

Dat wordt krap, Kevin.

Hij draaide zich om en rende weer naar beneden. De voorraadkamer was achteraan, aan de rechterkant. Het gebouw was nu stil, op de haastige voetstappen van hemzelf na. Hoe was het om in een explosie te zitten? En waar zou Slater de ladingen hebben verborgen?

Hij gooide de deur open. 'Carl!'

De conciërge stond bij een stapel dozen waar de woorden *Nieuwe boeken* op roze vellen papier op geplakt waren.

'Carl! God zij dank!'

Carl glimlachte naar hem en knikte zijn hoofd op het ritme van de muziek die zijn oren binnendrong. Kevin rende naar hem toe en rukte de hoofdtelefoon van zijn oren. 'Naar buiten! Het gebouw is ontruimd! Schiet op, man! Schiet op!'

De ogen van de muziekliefhebber werden groot.

Kevin greep zijn hand en trok hem naar de deur. 'Rennen! Iedereen is al naar buiten!'

'Wat is er?'

'Rennen!'

Carl begon te rennen.

Twee minuten. Er was nog een tweede, kleinere voorraadkamer aan de rechterkant, met kantoorbenodigdheden had Carl hem ooit verteld. Grotendeels leeg. Kevin sprong op de kamer af en rukte de deur open.

Hoeveel explosieven zijn er nodig om een gebouw van deze afmetingen op te blazen? Kevin staarde naar het antwoord. Zwarte draden liepen vanuit vijf schoenendozen naar een constructie die eruitzag als het inwendige van een transistorradio. Slaters bom.

'Jennifer!' schreeuwde hij. Hij draaide zich om naar de deur en schreeuwde nog een keer, zo hard hij kon. 'Jennifer!'

Zijn stem echode in het lege gebouw. Kevin haalde zijn handen door zijn haar. Kon hij dat ding naar buiten dragen? Dan zou hij daar ontploffen. *Dat is waar de mensen zijn. Je moet het ding stoppen! Maar hoe?* Hij greep naar de draden, aarzelde en trok zich terug.

Als hij aan de draden trok, zou het ding waarschijnlijk afgaan, of niet?

Je gaat sterven, Kevin. Het ding kon nu iedere seconde ontploffen. Hij zou het eerder kunnen laten ontploffen.

'Kevin!' Jennifers schreeuw drong door tot in de kelder. 'Kevin, geef antwoord! Naar buiten!'

Hij rende op volle snelheid weg uit de voorraadkamer. Hij had de films honderden keren gezien: de ontploffing, de vurige wolken en de held die net buiten het bereik van de explosie de vrijheid binnenrolde.

Maar dit was geen film. Dit was echt, dit was nu en dit was hij.

'Kevin...'

'Naar buiten!' schreeuwde hij. 'De bom ligt hier!' Hij nam de eerste vier treden in één keer en zijn vaart bracht hem met nog twee sprongen bovenaan.

Jennifer stond bij de deur die zij openhield. Haar gezicht was lijkbleek. 'Waar ben jij mee bezig?' snauwde ze. 'Dat ding kan ook eerder afgaan. Je had ons beiden om kunnen brengen!'

Hij rende naar buiten en zette koers naar de parkeerplaats. Jennifer volgde in zijn kielzog.

Een grote kring toeschouwers stond op honderd meter afstand naar de rennende figuren te kijken. 'Naar achteren!' schreeuwde zij. 'Verder naar achteren! Schiet...'

Een doffe, dreunende explosie onderbrak haar, gevolgd door een hardere, scherpe knal en het geluid van brekend glas. De grond trilde.

Jennifer greep Kevin om zijn middel en trok hem tegen de grond. Ze vielen samen en rolden door. Ze gooide haar armen over zijn hoofd. 'Blijf liggen!'

Een paar lange seconden werd hij haast door haar gesmoord. Er klonk geschreeuw over het grasveld. Jennifer kwam half overeind en keek achterom. Haar been lag over zijn kuiten en haar hand duwde op zijn rug voor steun. Kevin draaide iets en volgde haar blik.

De helft van de trots van de Pacific Theologische Faculteit Zuid was veranderd in een rokende en smeulende puinhoop. De andere stond kaal en naakt, beroofd van het glas hulpeloos afgetekend tegen de lucht.

'Lieve help,' zei Jennifer. 'Hij heeft hem vroeger laten afgaan, nietwaar? Ik kan Milton wel vermoorden.'

Nog nahijgend van het rennen liet Kevin zich weer op de grond vallen en begroef zijn gezicht in het gras.

19

Zondagavond

De explosie in de bibliotheek, vrijwel onmiddellijk na de bom in de bus, maakte Long Beach tot het middelpunt van nationale belangstelling. Alle tv-kanalen herhaalden de opnamen van de vernietigende ontploffing tot in den treure, met dank aan een alerte student met camera. Helikopters cirkelden boven het gapende gat dat ooit een gebouw was geweest en zonden beelden uit die miljoenen verbijsterde kijkers aan de beeldbuis kluisterden. Dit was al eens eerder vertoond en iedereen dacht hetzelfde: terrorisme?

Maar de explosie was het werk van een enkele krankzinnige die bekend stond als de raadselmoordenaar, zeiden alle nieuwsrubrieken. Als door een wonder was er niemand gewond geraakt bij de ramp; bij geen van de drie explosies was nog iemand omgekomen. Niettemin wist iedereen dat het slechts een kwestie van tijd zou zijn. Hij had gemoord in Sacramento, hij zou ook in Long Beach slachtoffers maken. Behalve als de autoriteiten hem eerder oppakten, of als zijn beoogde slachtoffer, Kevin Parson, de bekentenis aflegde die de moordenaar van hem eiste. Waar was Kevin Parson? Hij was voor het laatst gezien toen hij bij de bibliotheek wegrende in gezelschap van een vrouw, volgens sommige bronnen een FBI-agente. Ze hadden hem op de video van de student staan. Sensationele beelden.

Na de eerste bomaanslag was de antiterrorisme-eenheid al paraat geweest, nu kwam zij in actie. De plaatselijke politie, sheriff, landelijke politie en tal van veiligheidsorganisaties doken massaal op de bibliotheek.

Jennifer deed haar best om Kevin buiten het bereik van de lange tentakels van de media te houden, terwijl ze het gebeuren probeerde te begrijpen. Ze meed Milton, om de eenvoudige reden dat zij zichzelf niet meer vertrouwde in zijn buurt. Het had een haar gescheeld of hij had door zijn loslippigheid tegenover de pers Kevin en talloze anderen de dood ingejaagd. Ze had zich voordien al aan hem geërgerd, maar hem nu op en neer te zien rennen, maakte dat haar nekharen overeind gingen staan.

Niettemin was hij een onvermijdelijke partner in het onderzoek en nadat hij zijn rondjes bij de pers beëindigd had, kon ze hem niet meer ontlopen.

'Wist jij dat dit ging gebeuren?' vroeg hij op bevelende toon.

'Nu niet, Milton.'

Hij pakte haar bij haar arm en trok haar weg van de toeschouwers. Hij kneep hard genoeg om haar pijn te doen. 'Jij was hier. Dat betekent dat je het wist. Hoe lang wist je het al?'

'Laat me los.'

Hij liet haar arm los en keek glimlachend over haar schouder. 'Ken jij het woord nalatigheid, agent Peters?'

'Ken jij het woord bloedbad, rechercheur Milton? Ik wist het omdat hij wilde dat ik het wist. Jij wist niet van de bibliotheek omdat hij zei dat hij het gebouw eerder zou opblazen als jij op de hoogte zou zijn. Sterker, hij heeft het al eerder opgeblazen omdat jij zo nodig wereldkundig moest maken dat we Kevin gevonden hadden. Jij hebt mazzel, meneer, dat wij er nog uit zijn gekomen, want anders had je op zijn minst twee lijken aan je broek gehad. En raak mij nooit meer aan!'

'We hadden er bomexperts op af kunnen sturen.'

'Zit er hier iets in de lucht dat jouw gehoor aantast? Welk stukje van "hij zou het gebouw eerder opblazen als jij het wist" is niet tot die dikke schedel van je doorgedrongen? Je hebt ons bijna om zeep geholpen!'

'Jij vormt een gevaar voor mijn stad, en als jij denkt dat ik rustig vanaf de zijlijn blijf toekijken, dan heb je het mis.'

'En jij vormt een gevaar voor Kevin. Ga voor mijn part maar met mijn chef praten.'

Hij kneep zijn ogen even halfdicht en glimlachte daarna weer. 'Hier zijn we nog niet mee klaar.'

'Dat zijn we zeker wel.' Ze liep weg. Als de halve wereld niet had staan toekijken, had ze hem het liefst zijn stropdas laten opeten. Het kostte haar dertig seconden om Milton uit haar gedachten te verdrijven. Ze had belangrijker zaken om aan te denken dan die over-ambitieuze dwaas. Dat hield ze zichzelf althans voor, maar Milton lag als een baksteen in haar maag.

Al snel werd zij weer door twee vragen in beslag genomen. Ten eerste, had iemand de afgelopen vierentwintig uur een vreemdeling de bibliotheek zien binnenlopen? En ten tweede, had iemand de afgelopen vierentwintig uur Kevin de bibliotheek zien binnenlopen? Samantha had de vraag naar Kevins betrokkenheid aan de orde gesteld en hoewel Jennifer het idee belachelijk vond, riep die vraag wel andere op. Samantha's theorie dat iemand vanbinnenuit op een of andere manier iets met Slater te maken kon hebben zat haar ook dwars.

De raadselmoordenaar was opvallend ontwijkend. De laatste drie dagen vormden daar geen uitzondering op. Sam was in Texas om iets uit te zoeken waar zij veel van verwachtte. Ongetwijfeld kwam zij morgen met een nieuwe theorie aanzetten die hen weer van voren af aan kon laten beginnen. Ze begon zich te ergeren aan de CBI-agent, maar bevoegdhedenkwesties hadden nu eenmaal de neiging de beste verhoudingen te verstoren.

Uiteindelijk bleek niemand een vreemdeling in de bibliotheek gezien te hebben. En niemand had Kevin gezien. De receptionist in de bibliotheek zou zich hem herinnerd hebben: Kevin was een gedreven lezer. Als niemand het beveiligingssysteem omzeild had, en daar waren geen aanwijzingen voor, was de kans klein dat iemand de bibliotheek ongezien was binnengekomen. Carl was de vorige dag nog in de kleine voorraadkamer geweest en toen had er geen bom gelegen. Dat betekende dat Slater na die tijd nog onopgemerkt naar binnen had weten te sluipen, 's nachts of overdag, onder hun neus. Hoe?

Een uur na de explosie zat Jennifer tegenover Kevin in een klein

Chinees restaurant en probeerde ze hem met gebabbel af te leiden tijdens het eten. Maar ze waren geen van beiden goed in borrelpraat.

Om negen uur gingen ze terug naar de loods, deze keer voorzien van sterke halogeenlampen die het interieur verlichtten als een voetbalveld. Kevin liep met haar door het gebouw, maar het was al bijna middernacht en hij liep haast te slaapwandelen. Anders dan de bibliotheek, was de loods nog stil. Geen politie, geen antiterrorisme-eenheid, alleen FBI.

Ze had niet de moeite genomen om Milton over het incident bij de loods in te lichten. Dat zou ze doen zodra zij ermee klaar was. Ze had de situatie aan Frank uitgelegd en die had uiteindelijk ingestemd met haar argumenten, hoewel hij er niet gelukkig mee was. Hij werd nu vanuit alle hoeken en gaten belaagd. De gouverneur wilde de zaak snel opgelost zien en Washington begon druk uit te oefenen. Ze raakten door hun tijd heen. Als er nog een bom zou afgaan, zouden ze de zaak misschien bij haar weghalen.

Jennifer keek naar Kevin, die zijn hoofd met gesloten ogen tegen de muur steunde in de ontvangstruimte. Ze liep een kantooropslag van drie bij drie meter binnen waar het bewijsmateriaal verzameld werd om naar het laboratorium te sturen. Onder andere omstandigheden zou zij dit waarschijnlijk achter haar bureau doen, maar Milton hijgde in haar nek. Bovendien had de opslagruimte het voordeel dichtbij te zijn, en dus had Galager alle benodigdheden uit de bus gehaald om hier een tijdelijke werkplek te creëren.

'Is er nog nieuws, Bill?'

Galager boog zich over een plattegrond van de loods waarop hij nauwgezet de gevonden voetstappen had ingetekend.

'Zover ik het kan zien is Slater via de brandtrap gekomen en gegaan. We hebben één set voetstappen die komen en gaan, in overeenstemming met de verklaring. Hij loopt een paar keer in de ontvangstruimte op en neer, in afwachting van Kevins komst, komt minstens twee keer de trap af, laat zijn val dichtklappen en eindigt in deze kamer hier.' Hij wees de kamer naast Kevins verstopplaats aan.

'Hoe heeft hij de deur op slot gedaan? Hij sloot hem met een touw, maar Sam vertelde dat de deur open was toen zij hier aankwamen.'

'We kunnen alleen maar vermoeden dat hij het slot op een of andere manier geprepareerd had. Het is niet ondenkbaar dat het slot met een harde klap dicht zou schieten.'

'Geen sterke verklaring,' zei Jennifer. 'We nemen dus aan dat hij via de brandtrap naar binnen en naar buiten ging. Kevin komt en gaat via de vooringang. En hoe zit het met de schoenafdrukken zelf?'

'Alles bij elkaar hebben we niet meer dan vier duidelijke afdrukken, die alle in gips afgegoten en gefotografeerd zijn. Het probleem is dat ze allemaal van de ontvangstruimte en de trap komen, waar zowel Kevin als Slater gelopen hebben. Dezelfde maat, dezelfde basisvorm. Beide met harde zolen en soortgelijk aan wat Kevin droeg. Het is onmogelijk om met het blote oog vast te stellen welke afdrukken van wie zijn. Het laboratorium moet het verder oplossen.'

Jennifer dacht na over zijn verslag. Sam was het gebouw niet binnengegaan en dat was verstandig geweest. Maar zij had Slater ook niet zien komen of gaan.

'En de stemopname?' Galager had de gegevens al op een bandje gezet, dat in een kleine recorder op de tafel zat.

'Ook daarmee moet het laboratorium aan de slag, maar zo te horen zijn de opnamen helder. Dit is de eerste opname, in de hotelkamer.' Hij drukte op een knop en twee stemmen klonken uit de luidspreker. Slater en Samantha.

'Kijk eens aan, dat is beter, vind je ook niet? Het spel kan niet blijven doorgaan, we zullen het een beetje interessanter maken.'

Laag en hees. Hijgerig. Slater.

'Wat heb je aan een spel dat je niet kunt verliezen? Dat bewijst niets.'

Ze herkende Sams stem. Het bandje draaide door tot het eind van het gesprek en de recorder schakelde uit.

'Hier is de tweede opname, gemaakt toen we hier al eerder op de avond waren.' Galager startte het bandje weer. Nu waren Kevin en Slater te horen.

Kevin: 'H... hallo?'

Slater: 'H...hallo? Je klinkt als een idioot, Kevin. Ik dacht dat ik gezegd had: geen politie.'

De opnamen waren helder en duidelijk. Jennifer knikte. 'Stuur ze direct naar het laboratorium, samen met de schoenafdrukken. Al iets bekend over die tatoeage van een mes of het bloed uit de loods?'

'Het bloed is te oud om iets anders vast te stellen dan de bloedgroep, en zelfs dat is niet eenvoudig. Twintig jaar is lang.'

'Dus het is twintig jaar oud?'

'Dat is de schatting, zeventien tot twintig jaar. Komt overeen met zijn verklaring.'

'En de bloedgroep?'

'Ze hebben moeite om die vast te stellen. Maar we hebben wel iets over die tatoeage. Een tatoeagewinkel in Houston zegt dat er bij hun af en toe een grote man met blond haar binnenloopt met een tatoeage zoals Kevin tekende. Volgens de winkelier heeft hij zo'n tatoeage nooit bij iemand anders gezien.' Galager grinnikte. 'Het nieuws kwam ongeveer een uur geleden binnen. Ze hebben geen adres, maar de winkelier zegt dat de man er afgelopen dinsdag nog was, om een uur of tien.'

'In Houston?' Daar was Sam naartoe. 'Was Slater de afgelopen week in Houston? Dat klinkt niet aannemelijk.'

'Houston?' vroeg Kevin achter haar. Ze draaiden zich om en zagen hem in de deuropening staan. Hij liep naar binnen. 'Hebben jullie een spoor in Houston?'

'De tatoeage...'

'Ja, dat heb ik gehoord. Maar... hoe kon Slater in Houston zijn?'

'Een vlucht van drie uur, of een heel lange autorit,' merkte Galager op. 'Misschien gaat hij op en neer.'

Kevin fronste. 'En hij heeft een tatoeage met een mes? Maar als die vent nu eens de jongen blijkt te zijn maar niet Slater of de raadselmoordenaar? Jullie pakken hem op en hij weet nu van mij; hij weet waar ik woon. Het laatste waar ik behoefte aan heb is nog een gek die achter mij aan zit.'

'Als die vent niet ergens in een hol woont, heeft hij jouw bekentenis gehoord en je gezicht op televisie gezien,' zei Galager. 'Er is een kans dat hij Slater is. En er is zelfs nog een grotere kans dat Slater de jongen is. We hebben een man die jou bedreigt en zo goed als toegeeft dat hij de jongen is; een jongen die een motief heeft om jou te bedreigen en die een zeer unieke tatoeage heeft. En nu hebben we een man gevonden met dezelfde tatoeage. Ik ben me ervan bewust dat het allemaal indirecte aanwijzingen zijn, maar het klinkt mij behoorlijk waarschijnlijk in de oren. We hebben mensen wel voor minder opgepakt.'

'Maar kun je iemand op grond hiervan achter de tralies zetten?'

'Geen kans. Daar komen de materiële en forensische bewijzen om de hoek kijken. Zodra we een verdachte in hechtenis hebben genomen, nemen we hem de maat met het bewijsmateriaal dat we verzameld hebben, en dat omvangrijk is. We hebben Slaters stem op band, we hebben zijn schoenafdruk, we hebben een aantal bommen die allemaal ergens gemaakt moeten zijn. We hebben zes afluisterapparaten, en dat allemaal binnen drie dagen. Een ware stortvloed in zaken zoals deze. Ik geloof dat Slater slordig aan het worden is.'

En vandaag nog meer dan gisteren. 'Hij drijft op zijn minst de snelheid op,' zei Jennifer. 'Het schijnt hem niet te deren dat hij betrapt kan worden. En dat is niet goed.'

'Waarom niet?' vroeg Kevin.

Ze keek naar zijn haveloze gezicht. Er zat nog steeds een graspriet van het grasveld bij de bibliotheek in zijn wilde haardos. Zijn blauwe ogen stonden nu eerder wanhopig dan betoverend. Hij tikte niet met zijn voet en haalde zijn hand niet door zijn haar. Hij was aan rust toe. 'Afgaande op zijn profiel zou ik zeggen dat hij zijn doel nadert.'

'En dat is?'

Jennifer keek Galager aan. 'Goed werk, Bill. Rond het maar af en waarschuw de plaatselijke politie.' Ze pakte Kevin bij zijn arm en nam hem mee naar buiten. 'We gaan een stukje lopen.'

Twee van de straatlantaarns bij de loodsen waren ofwel afgesloten om energie te besparen of defect. Er waaide een koele oceaanwind over Long Beach. Ze had haar jasje uitgelaten en droeg een mouwloze, goudkleurige blouse en een zwarte rok, eigenlijk een beetje kil op dit uur.

Ze sloeg haar armen over elkaar. 'Gaat het goed met jou?'

'Ik ben moe.'

'Er gaat niets boven buitenlucht om de geest op te frissen. Kom mee.' Ze nam hem mee naar de brandtrap achter in het gebouw.

'Wat is Slaters doel?' vroeg Kevin weer, terwijl hij zijn handen in zijn zakken stak.

'Dat is dus het probleem. Ik heb er veel over nagedacht. Oppervlakkig gezien lijkt het eenvoudig genoeg: hij wil je terroriseren. Mannen als Slater doen wat ze doen om allerlei redenen, meestal om de een of andere gestoorde behoefte te bevredigen die zij in jaren hebben opgebouwd, maar ze hebben het vrijwel zonder uitzondering op zwakken voorzien. Ze concentreren zich op hun eigen behoefte, niet op hun slachtoffer.'

'Dat klinkt logisch. Maar Slater is anders?'

'Dat denk ik. Zijn doel lijkt niet zozeer in hemzelf te liggen, maar bij jou. Ik bedoel specifiek bij jou persoonlijk.'

'Dat begrijp ik niet helemaal.'

'Neem de gemiddelde seriemisdadiger. Bijvoorbeeld een pyromaan die huizen wil afbranden. Het maakt hem niet uit wiens huis het is, zolang zijn behoefte maar bevredigd wordt. Hij moet de vlammen uit het gebouw zien slaan: dat windt hem op en geeft hem een machtsgevoel dat hij op geen enkele andere wijze kan ervaren. Het huis is belangrijk: het moet bepaalde afmetingen hebben, misschien een bepaalde stijl, misschien een bepaalde luxe vertegenwoordigen. Een seksuele misdadiger kan op soortgelijke wijze vrouwen uitkiezen die hij aantrekkelijk vindt. Maar het gaat in al die gevallen om zijn eigen behoeften en niet om het slachtoffer persoonlijk. Het slachtoffer is bijna bijzaak.'

'En jij wilt zeggen dat Slater mij niet heeft uitgekozen om de mogelijkheden die ik hem bied, maar om wat hij mij persoonlijk kan aandoen. Zoals hij met jouw broer deed.'

'Misschien. Maar dit loopt anders dan de moord op Roy. De raadselmoordenaar bevredigde zijn bloeddorst door Roy te vermoorden, en hij vermoordde hem snel. Slater speelt nu al drie dagen met jou. Ik begin te twijfelen aan onze onderstelling dat Slater en de raadselmoordenaar één en dezelfde persoon zouden zijn.' De raadselmoordenaar leek zijn slachtoffers niet te kennen, op Roy na, die hij vanwege haar had uitgekozen. Ze wreef over haar armen tegen de kou.

'Behalve wanneer al het andere alleen een afleidingsmanoeuvre was voor wat hij nu doet. Misschien was de wraak voor wat ik hem had aangedaan vanaf het begin het doel van zijn spel.'

'Dat is de voor de hand liggende hypothese. Ik ben er niet meer zo zeker van. Wraak zou eenvoudig zijn. Aangenomen dat Slater de jongen was die jij opsloot, dan had hij in de loop van de jaren honderden keren de gelegenheid gehad om zijn wraak uit te oefenen. Het meest voor de hand liggende was dan geweest dat hij jou iets zou aandoen of je zou vermoorden. Ik geloof niet dat Slater eropuit is jou te vermoorden. In ieder geval niet snel. Ik denk dat hij jou wil veranderen. Hij wil je op een of andere manier dwingen. Ik denk niet dat het spel het middel is, maar het doel.'

'Maar dat is krankzinnig!' Kevin bleef staan en stak beide handen in zijn haar. 'Wat is er dan met mij? Wie? Wie zou mij willen dwingen te veranderen?'

'Ik weet dat het allemaal nog niet op zijn plaats valt, maar hoe eerder we Slaters ware motief kunnen bepalen, hoe groter de kans dat we jou van deze ellende kunnen bevrijden.'

Ze waren achter het gebouw bij de brandtrap, die tot een raam op de tweede verdieping liep. Jennifer zuchtte en leunde tegen de metalen leuning.

'Als ik gelijk heb, komt het erop neer dat we jou beter moeten begrijpen om Slaters motivatie te kunnen begrijpen, Kevin. Ik moet meer van jou weten.' Hij liep op en neer, staarde naar het beton en had zijn handen nog steeds in zijn haar.

'Ik wil weten wat er met het huis is,' zei ze.

'Over het huis valt niets te weten.'

'Waarom laat je mij dat niet beoordelen?'

'Ik kan niet over het huis praten!'

'Ik begrijp dat je denkt dat je het niet kunt, maar het levert ons nu wellicht de beste aanwijzingen op. Ik weet dat het moeilijk is...'

'Je hebt geen flauw idee hoe moeilijk het is! Jij bent daar niet opgegroeid!' Hij liep snel op en neer, maaide gejaagd met zijn handen door zijn haar en spreidde plotseling zijn armen. 'Denk jij dat iets hier betekenis heeft? Denk je dat dit werkelijkheid is? Een stelletje mieren dat op de aarde rondrent en hun geheimen in diepe, donkere tunnels verbergen? We hebben allemaal onze geheimen. Wie zegt dat mijn geheimen iets te maken hebben met wat dan ook? Waarom hoeven de andere mieren niet uit hun tunnels te kruipen om hun zonden via de televisie wereldkundig te maken?'

Kevin gaf zichzelf bloot, en dat was precies wat Jennifer nodig had. Niet omdat ze er ooit misbruik van zou maken, maar omdat ze zijn geheimen moest begrijpen wilde ze een kans hebben om hem te helpen.

En die kans wilde ze absoluut hebben, meer nog dan een dag eerder, ook al zou Slater niet de moordenaar van haar broer blijken te zijn.

'Je hebt gelijk,' zei ze. 'We zijn allemaal in zonde gevallen, zoals mijn dominee placht te zeggen. Het gaat mij niet om jouw zonde. Ik was zelfs geen voorstander van die bekentenis, weet je nog? Het gaat mij om jou, Kevin.'

'En wie ben ik?' Hij was nu wanhopig. 'Hè? Geef daar eens antwoord op? Wie ben ik? Wie ben jij? Wie is iedereen? We zijn wat we doen! Wij zijn onze geheimen. Ik ben mijn zonde! Wil je mij kennen, dan moet je mijn zonde kennen. Is dat wat je wilt? Ieder klein, smerig geheim op tafel zodat jij het kunt ontleden en Kevin kunt leren kennen, die arme, gekwelde ziel?'

'Dat heb ik niet gezegd.'

'Maar je had het wel kunnen zeggen, want het is waar! Is het rechtvaardig dat ik al mijn vuile was buiten moet hangen, terwijl de dominee een deur verder evenveel akelige geheimen te verbergen heeft als ik? Als we hem willen kennen, moeten we zijn geheimen kennen, is dat het?'

'Houd op!' Haar woede verbaasde haarzelf. 'Jij bent je zonde niet! Wie heeft je die leugen ooit verteld? Tante Balinda? Ik heb je gezien, Kevin.

Jij vroeg mij wat mijn profielschets van jou zou zijn. Nou, laat ik je het wat duidelijker zeggen. Jij bent een van de aardigste, vriendelijkste, interessantste en aantrekkelijkste mannen die ik ooit ontmoet heb. Dat ben jij. En beledig mijn intelligentie of mijn vrouwelijk onderscheidingsvermogen niet door die mening weg te wuiven!' Ze haalde adem en waagde een gok. 'Ik weet niet wat Slater wil of waar hij op uit is, maar ik verzeker je dat je precies doet wat hij wil zodra je begint te geloven dat je in de val zit. Je bent eraan ontsnapt. Ga er niet naar terug.'

Ze zag aan zijn knipperende ogen dat zij gelijk had. Slater probeerde hem terug te trekken naar het verleden, en die gedachte maakte hem zo bang dat hij dreigde in te storten. Op die manier zou Slater precies bereiken wat hij wilde. Hij zou Kevin opsluiten in zijn verleden.

Kevin staarde haar verbluft aan. Jennifer keek terug in die wijdopen ogen en realiseerde zich dat ze hem niet alleen mocht, maar zelfs veel om hem gaf. Het was haar zaak niet om hem te geven; ze wilde het zelfs niet – niet op die manier. Haar medeleven was ongewild aan de oppervlakte gekomen. Ze had altijd al een zwak gehad voor verschoppelingen, voor mannen die op de een of andere manier gekweld waren. En nu had die zwakte Kevin ontdekt.

Maar het voelde niet als een zwakke plek. Ze vond hem werkelijk aantrekkelijk met zijn wilde haar en zijn charmante glimlach. En die ogen. Dat was toch niet alleen medeleven?

Ze deed haar ogen dicht en slikte. *Alsjeblieft, Jennifer. Wanneer ben je voor het laatst met een man uitgeweest? Twee jaar geleden? Die cowboy uit Arkansas die uit zo'n goed nest kwam volgens mama?* Tot die tijd had ze de volle betekenis van het woord saai niet gekend. Zij zou nog liever een man met een sik op een Harley hebben die naar alle vrouwen knipoogde.

Ze deed haar ogen weer open. Kevin zat op het beton, in kleermakerszit, met zijn hoofd in zijn handen. Hij bleef haar eindeloos verbazen.

'Het spijt me. Ik weet niet precies waar dat allemaal vandaan kwam,' zei ze.

Hij hief zijn hoofd, sloot zijn ogen en haalde diep adem. 'Alsjeblieft, geen verontschuldigingen. Dat was het aardigste dat ik in lange tijd gehoord heb.' Hij knipperde met zijn ogen alsof hij zijn eigen woorden nu pas hoorde. 'Misschien is aardigste niet het juiste woord. Het was... ik denk dat je gelijk hebt. Hij probeert mij terug te trekken, hè? Dat is zijn doel. Maar wie is het dan? Balinda?'

Jennifer ging naast hem zitten en sloeg haar benen opzij. Haar rokje leende zich er niet direct voor om op straat te gaan zitten, maar het kon haar niet schelen.

'Ik moet je iets vertellen, Kevin. Maar ik wil niet dat je er kwaad om wordt.'

Hij staarde voor zich uit en keek haar vervolgens aan. 'Je bent naar het huis geweest, nietwaar?'

'Ja. Vanmorgen. Er waren een paar bedreigingen nodig voordat Balinda me naar binnen liet, maar ik heb het gezien en ik heb Eugene en Bob ontmoet.'

Kevin liet zijn hoofd weer zakken.

'Ik weet dat het moeilijk is, maar ik moet weten wat er in dat huis gebeurde, Kevin. Wie weet is Slater wel iemand die door Balinda is ingehuurd. Dat zou bij het profiel passen. Zij wil jou veranderen. Maar als ik niet het hele verhaal ken, blijf ik gissen en gokken.'

'Jij vraagt mij iets te vertellen dat niemand weet. Niet omdat het zo afschuwelijk is – ik begrijp heel goed dat ik niet de enige ben die een paar dingen heeft meegemaakt in zijn leven. Maar het is dood en begraven. Wil je dat ik het weer tot leven breng? Is dat niet precies wat Slater probeert te doen?'

'Maar ik ben Slater niet. En eerlijk gezegd klinkt het mij niet als dood en begraven in de oren.'

'Jij denkt echt dat dit hele spelletje met mijn verleden te maken heeft?'

Ze knikte. 'Ja, ik vermoed dat Slater een motief heeft dat met jouw verleden verbonden is.'

Kevin zweeg. De stilte hield aan en Jennifer voelde zijn spanning, hoorde zijn zwaar ademen. Ze vroeg zich af of het goed zou zijn een hand op zijn arm te leggen, maar wees het idee onmiddellijk van de hand.

Plotseling kreunde hij en begon heen en weer te wiegen. 'Ik geloof niet dat ik dit kan.'

'Je kunt de draak niet verslaan zonder hem uit zijn hol te lokken. Ik wil je helpen, Kevin. Ik moet het weten.'

Kevin bleef lang heen en weer zitten wiegen. Eindelijk kwam hij tot rust en zijn ademhaling vertraagde. Misschien was het te veel en te snel. Hij had de afgelopen drie dagen al meer meegemaakt dan de meesten konden verdragen en zij dwong hem nog verder te gaan. Hij had slaap nodig. Maar haar tijd was beperkt. Slater werd hoe langer hoe driester.

Ze stond net op het punt om voor te stellen dat zij wat rust zouden nemen en er de volgende morgen over zouden praten toen hij plotseling omhoog keek naar de nachthemel.

'Ik denk niet dat Balinda's bedoelingen noodzakelijk kwaadaardig waren.' Hij sprak zacht en monotoon. 'Ze wilde een goed speelkameraadje voor Bob. Hij was acht jaar toen zij mij adopteerde; ik was één jaar. Maar Bob was achtergebleven en ik niet. Balinda kon dat feit niet accepteren.'

Hij pauzeerde even en haalde diep adem. Jennifer ging verzitten en leunde op haar arm zodat ze zijn gezicht kon zien. Hij had zijn ogen dicht.

'Vertel eens over Balinda.'

'Ik ken haar geschiedenis niet, maar Balinda schept haar eigen werkelijkheid. Dat doen we allemaal, maar Balinda kent alleen absoluutheden. Zij beslist welk deel van de wereld echt is en welk deel niet. Als iets niet echt is, zorgt ze dat het verdwijnt. Ze manipuleert alles om zich heen om een aanvaardbare realiteit te scheppen.'

Hij stopte. Jennifer wachtte een halve minuut voordat ze hem aanspoorde. 'Vertel me hoe het was om haar zoon te zijn.'

'Ik weet het dan nog niet omdat ik te jong ben, maar mijn moeder wil niet dat ik slimmer ben dan mijn broer. Dus besluit ze mij ook achter te laten blijven, want ze heeft al geprobeerd om Bob slimmer te maken maar dat lukt niet.'

Weer een pauze. Hij sprak nu in de tegenwoordige tijd, terugduikend in het verleden. Jennifer voelde haar maag omdraaien.

'Hoe doet ze dat? Doet ze je pijn?'

'Nee. Pijn doen is slecht in Balinda's wereld. Ze laat mij het huis niet uit omdat de wereld buiten het huis niet echt is. De enige echte wereld is de wereld die zij in het huis maakt. Zij is de prinses. Ze wil dat ik lees zodat ze mijn geest kan vormen met wat ze mij laat lezen, maar alle verhalen zijn verknipt en ze laat me alleen lezen wat zij tot echt heeft verklaard. Ik ben negen jaar voordat ik weet dat er dieren zijn die katten heten, want de Prinses heeft beslist dat katten slecht zijn. Ik weet zelfs niet dat er slecht en kwaad bestaat totdat ik elf ben. Er is alleen echt en onecht. Alles wat echt is, is goed en al het goede komt van de Prinses. Ik doe niets slechts; ik doe alleen dingen die niet echt zijn. Zij zorgt dat de dingen die niet echt zijn verdwijnen door ze mij te onthouden. Ze straft me nooit; ze helpt me alleen maar.'

'En als je iets doet dat niet echt is, hoe straft ze je dan?'

Hij aarzelde. 'Ze sluit me op in mijn kamer om over de echte wereld te leren of ze laat me slapen om de onechte wereld te vergeten. Ze haalt water en eten weg. Zo leren dieren ook, zegt ze, en wij zijn de beste dieren. Ik kan mij de eerste keer herinneren omdat het mij in de war bracht. Ik was vier. Mijn broer en ik spelen dienaar en vouwen theedoeken op voor de Prinses. We moeten ze steeds opnieuw vouwen tot ze perfect zijn. Soms duurt het een hele dag. We hebben geen speelgoed omdat speelgoed niet echt is. Bob vraagt mij wat één plus één is want hij wil me twee theedoeken geven maar weet niet hoe dat heet. Ik zeg hem dat ik denk dat één plus één twee is en de Prinses hoort het mij zeggen. Ze sluit mij twee dagen op in mijn kamer. Twee theedoeken, twee dagen. Als Bob niet kan optellen, kan ik het ook niet omdat het niet echt is. Ze wil dat ik even dom ben als Bob.'

Het beeld van Balinda met een stapel verknipte kranten dook op voor Jennifers geestesoog en zij huiverde.

Kevin zuchtte en ging weer over op de verleden tijd. 'Ze hield me nooit in haar armen. Ze raakte me zelfs vrijwel nooit aan, of het moest per ongeluk zijn. Soms kreeg ik dagenlang geen eten. Eén keer een hele week.

Soms mochten we geen kleren aan als we onechte dingen deden. Ze onthield ons beiden alles waarvan zij vreesde dat het onze geest kon voeden. Vooral mij, want Bob was achtergebleven en hij deed niet zoveel dingen die onecht waren. Geen school. Geen spelletjes. Soms dagenlang niet praten. Soms hield ze mij de hele dag in bed. Andere keren liet ze me in het bad zitten, in koud water, zodat ik de hele nacht niet kon slapen. Ik kon haar nooit vragen waarom, want dat was onecht. De Prinses was echt, en als zij besloot iets te doen, was al het andere onecht en kon er niet over gepraat worden. Dus konden we geen vragen stellen. Zelfs geen vragen over echte dingen, want dat zou hun echtheid in twijfel trekken en dat was onecht.'

Jennifer vulde de hiaten in. De mishandeling was niet hoofdzakelijk lichamelijk, zelfs niet noodzakelijk emotioneel, hoewel er iets van beide elementen in zat. Het was in eerste instantie psychologisch. Ze zag Kevins borst rijzen en dalen en wilde hem zielsgraag omhelzen. Ze zag de jongen eenzaam in een bad met koud water zitten, rillend in het donker, zich afvragend hoe hij deze afschuwelijke wereld kon begrijpen waarvan hem door hersenspoeling was aangepraat dat hij goed was.

Ze vocht tegen haar tranen. *Kevin, arme Kevin! Wat afschuwelijk!* Ze legde haar hand op zijn arm. Wie kon er zulke vreselijke dingen doen met een kleine jongen? Er was meer, er waren details en verhalen die ongetwijfeld een boek konden vullen en studiemateriaal konden leveren voor het hele land. Maar zij wilde niet meer horen. Kon ze het allemaal maar laten verdwijnen. Slater kon ze misschien tegenhouden, maar Kevin zou tot zijn laatste dag met zijn verleden moeten leven.

Even flitste er een absurd beeld door haar hoofd waarin zij naast hem lag en hem teder vasthield in haar armen.

Kevin kreunde plotseling en grinnikte. 'Ze is een vervormde, zieke krankzinnige.'

Jennifer schraapte haar keel. 'Mee eens.'

'Maar weet je?'

'Wat?'

'Dat ik jou erover vertel geeft me... een goed gevoel. Ik heb het nooit aan iemand verteld.'

'Zelfs niet aan Samantha?'

'Nee.'

'Soms helpt het praten over mishandeling ons om ermee om te gaan. We zijn geneigd het te verstoppen, en dat is heel begrijpelijk. Ik ben blij dat je het mij vertelt. Niets hiervan was jouw schuld, Kevin. Het is niet jouw zonde.'

Hij duwde zichzelf overeind. Zijn ogen stonden helderder. 'Je hebt gelijk. Die oude geit deed alles wat in haar macht lag om me tegen te houden.'

'Wanneer realiseerde jij je dat Balinda's wereld niet de enige was?'

'Toen ik Samantha ontmoette. Ze kwam op een avond aan mijn raam en hielp mij naar buiten te sluipen. Maar ik zat in de val, begrijp je? Ik bedoel geestelijk. Lange tijd kon ik niet aanvaarden dat Balinda iets anders was dan een liefhebbende prinses. Toen Samantha wegging om rechten te gaan studeren, smeekte ze mij om met haar mee te gaan. Of om op zijn minst bij Balinda weg te gaan, maar ik kon het niet. Ik was drieëntwintig voordat ik eindelijk de moed vond om weg te gaan. Balinda kookte van woede.'

'En dit alles heb je binnen vijf jaar gedaan?'

Hij knikte en grinnikte zacht. 'Het bleek dat ik tamelijk intelligent was. Ik had er maar een jaar voor nodig om mijn toelatingsexamen te halen en vier jaar later had ik mijn kandidaats.'

Het viel Jennifer op dat ze hem met haar korte, indringende vragen als een patiënt behandelde, maar dat scheen hij nu te willen.

'En toen besloot je voorganger te willen worden,' zei ze.

'Dat is een lang verhaal. Ik denk dat de vraag van goed en kwaad door mijn wonderlijke opvoeding extra fascinerend voor mij was. Ik werd als vanzelf naar de kerk getrokken en het morele aspect werd zoiets als een obsessie, vermoed ik. Ik meende dat ik op zijn minst de rest van mijn leven een klein stukje van de echte wereld de weg naar ware goedheid kon wijzen.'

'Ware goedheid, in tegenstelling tot?'

'In tegenstelling tot de valse realiteiten die wij allemaal voor onszelf scheppen. Mijn geval was extreem, maar het kostte me niet veel tijd om te zien dat de meeste mensen in hun eigen wereldjes van misleiding leven. Eigenlijk niet zo heel anders als Balinda.'

'Een scherpe observatie.' Ze glimlachte. 'Soms vraag ik me af wat mijn illusies zijn. Is je geloof persoonlijk?'

Hij haalde zijn schouders op. 'Ik weet het niet zeker. De kerk is een systeem, een voertuig voor mij. Ik zou niet willen zeggen dat ik God persoonlijk ken, nee. Maar mijn geloof in Hem is echt genoeg. Zonder een absolute, morele God, kan er geen echte moraal bestaan. Dat is het meest voor de hand liggende argument voor het bestaan van God.'

'Ik ben rooms-katholiek opgevoed,' zei Jennifer. 'Ik heb alle rituelen altijd over mij heen laten komen, maar ze nooit echt helemaal begrepen.'

'Vertel het maar niet aan dominee Bill Strong, maar mij gaat het eigenlijk net zo.'

Terwijl ze zo naast hem zat, slechts enkele minuten na zijn bekentenis, had Jennifer er moeite mee Kevin in de context van zijn jeugd te plaatsen. Hij leek zo normaal.

Hij schudde zijn hoofd. 'Dit is ongelooflijk. Ik kan nog steeds niet geloven dat ik je dat allemaal verteld heb.'

'Je had gewoon de juiste persoon nodig,' antwoordde zij.

Achter hen klonk het geluid van haastige voetstappen. Jennifer draaide zich om. Het was Galager.

'Jennifer!'

Ze stond op en klopte haar rok af.

'We hebben weer een raadsel!' riep Galager. Hij hield een blaadje van een notitieblok omhoog. 'Mickales heeft dit net onder de ruitenwisser van Kevins auto gevonden. Het is van Slater.'

'Mijn auto?' vroeg Kevin die overeind sprong.

Jennifer nam het papier aan. Een geel blaadje. Het zwarte handschrift was bekend. Het melkpak uit Kevins koelkast. Ze las de tekst snel door.

> $3+3=6$
> Vier neer, twee te gaan. Je weet dat ik van drieën houd, Kevin. De tijd wordt kort. Foei, foei, foei. Een simpele bekentenis is genoeg, maar jij dwingt mij verder.
> Wie ontsnappen uit hun gevangenis maar zijn nog steeds gevangen?
> Ik geef je een hint: jij bent het niet.
> 6 uur 's morgens.

Kevin greep naar zijn haar en wendde zich af.
'Goed,' zei Jennifer, die zich naar de straat omdraaide. 'We gaan.'

20

Samantha was moe. De Pakistaan had erop gestaan dat ze elkaar in een Mexicaans restaurant zouden ontmoeten, zeven kilometer buiten de stad. Het licht was er te gedempt, de muziek te hard en de zaal rook naar verschaalde sigarettenrook. Ze keek de getuige recht in de ogen. Chris had haar heilig verzekerd dat de man zou meewerken, en dat deed hij ook. Maar wat hij te zeggen had, was niet direct wat Sam wilde horen.

'Hoe weet u dat het een mes was, als je het nooit gezien hebt?'

'Hij vertelde me het. Ik heb die tatoeage op mijn rug, en hij zei dat hij er zo-een op zijn voorhoofd had gehad.'

'Zag u nog iets van littekens of verkleuringen die erop zouden kunnen wijzen dat de tatoeage was weggehaald?'

'Misschien. Hij droeg zijn haar over zijn voorhoofd. Het maakte niet uit. Hij zei dat hij hem had laten weghalen en ik geloofde hem.'

Ze hadden het allemaal op zijn minst al één keer doorgenomen. Hij had de man met de tatoeage al opvallend gedetailleerd beschreven. Salman was een kleermaker. Kleermakers zien die dingen, zei hij.

'En dat was vier maanden geleden, toen u in New York was. U zag hem in de loop van een maand vijf of zes keer in de bar Cougars?'

'Dat heb ik al verteld. Ja. U kunt het bij de bareigenaar navragen; hij zal zich die man ook nog herinneren.'

'Dus volgens u was die man die zichzelf Slater noemde en een tatoeage van een mes had in New York toen de raadselmoordenaar zijn slachtoffers maakte in Sacramento?'

'Ja, absoluut. Ik herinner me dat ik het op het nieuws zag in New York op dezelfde avond dat ik met Slater gepraat had.'

Salman had in het voorafgaande uur voldoende details gegeven om zijn verhaal geloofwaardig te maken. Sam was vier maanden daarvoor ook in New York geweest. Ze kende de bar waar hij het over had, een haveloze tent waar een keur aan louche figuren kwam. Een eenheid van de CIA had bij de bar een val opgezet om een Iraniër op te pakken die ze verdachten van betrokkenheid bij een bomaanslag in Egypte. De man had zich kunnen vrijpleiten.

'Goed.' Ze wendde zich tot Steve Jules, de agent uit het kantoor in Houston die haar begeleidde. 'Ik ben klaar. Dank u voor uw tijd, meneer Salman. Het was zeer waardevol.'

'Misschien kan ik een pak voor u maken,' zei hij met een grijns. 'Ik heb hier een nieuwe winkel. In Houston zijn er minder kleermakers dan in New York.'

Ze glimlachte. 'Misschien de volgende keer dat ik in Houston ben om aan de warmte te ontsnappen.'

Ze verlieten de bar en stapten in Steve's auto. Dit was niet wat zij had willen horen. Sterker, het was regelrecht angstaanjagend. En als ze nu eens gelijk had met de rest?

Ze wilde nu nog maar één ding: bij Kevin zijn. Hij had haar meer nodig dan ooit. De hulpeloze blik op zijn gezicht toen haar taxi naar de luchthaven vertrok, achtervolgde haar nog steeds.

Haar jeugdvriend was tot een tamelijk ongelooflijke man uitgegroeid, of niet? Misschien gekweld door zijn verleden, maar hij had die afgrijselijke plek die hij thuis noemde achter zich gelaten en was opgebloeid. Deels wilde ze niets liever dan naar hem terug rennen, zich in zijn armen gooien en hem smeken met haar te trouwen. Natuurlijk had hij zijn spoken, net als iedereen. Ja, er stond hem nog een lange strijd te wachten, maar gold dat niet voor iedereen? Hij was de meest echte en oprechte man die zij ooit ontmoet had. Zijn ogen schitterden met de opwinding en verbazing van een kind en zijn geest had de wereld met verbluffend vermogen opgezogen. Zijn ontwikkeling was bijna bovenmenselijk.

Aan de andere kant zou zij nooit met Kevin kunnen trouwen. Hun relatie was te waardevol om hem met romantiek te verstoren. Hij zag dat ook in, want anders had hij zich nooit de vrijheid toegestaan om zich tot Jennifer aangetrokken te voelen. Hun romantisch getinte opmerkingen over en weer waren niets meer dan plagerijtjes. Dat wisten ze allebei.

Ze zuchtte.

'Zwaar gesprek,' zei Steve naast haar.

Ze pakte haar mobiel en toetste het nummer van haar baas in. Het was al laat, maar ze moest hem dit vertellen. 'Ik vond dat het tamelijk glad verliep,' merkte ze op.

Roland pakte de telefoon na de vierde beltoon op. 'Het is middernacht.'

'Hij was twee uur te laat,' legde Sam uit.

'En?'

'En hij kende Slater.'

'Onze Slater?'

'Heel goed mogelijk. Zo'n tatoeage is zeer uitzonderlijk. Maar hij zegt dat hij Slater in New York zag.'

'Ja en?'

'Dat was vier maanden geleden, ongeveer gedurende een maand. In die tijd was de raadselmoordenaar in Sacramento om Roy Peters te vermoorden.'

'Dus Slater is niet de raadselmoordenaar.'

'Klopt.'

'Een na-aper?'

'Zou kunnen.'

'En als Slater de jongen is, loopt hij niet langer rond met een tatoeage op zijn voorhoofd, want hij heeft hem laten verwijderen.'

'Daar lijkt het op.'

Roland dekte de hoorn af en sprak met iemand, waarschijnlijk zijn vrouw als hij tenminste niet in een late vergadering zat, wat heel goed mogelijk was.

'Ik wil je morgen terug zien in Sacramento,' zei hij. 'Als Slater niet de raadselmoordenaar is, heb jij niets met hem te maken.'

'Begrijp ik. Ik heb nog drie dagen over van mijn verlof, weet je nog?'

'We hebben je teruggeroepen, weet je nog?'

'Omdat we dachten dat Slater de raadselmoordenaar was. Als hij het niet is, is het een doodlopend spoor.'

Roland dacht over haar argument na. Hij was niet de redelijkste man die ze kende, als het op vrije dagen aankwam. Zelf werkte hij tachtig uur per week en van zijn ondergeschikten verwachtte hij hetzelfde.

'Alsjeblieft, Roland, ik moet terug naar Kevin. Hij is zo goed als familie van mij. Ik beloof je, nog drie dagen en ik zit weer op kantoor. Je moet me dit laten doen. En er is altijd nog een kans dat ik het mis heb wat betreft Salmans verklaring.'

'Ja, die kans is er.'

'Het is nog steeds mogelijk dat Slater de raadselmoordenaar is.'

'Misschien.'

'Dan moet je me meer tijd geven.'

'Heb je het gehoord van die bibliotheek?'

'De hele wereld heeft over die bibliotheek gehoord.'

Hij zuchtte. 'Drie dagen. Ik verwacht je donderdagmorgen achter je bureau. En doe het alsjeblieft rustig aan daar. Dit is niet officieel. Naar wat ik gehoord heb, is het daar een grote slangenkuil. Iedere organisatie uit het hele land is er bezig.'

'Bedankt, meneer.'

Roland hing op.

Sam overwoog om Jennifer te bellen maar besloot dat het tot de volgende morgen kon wachten. Ze kon haar alleen maar vertellen dat Slater niet de raadselmoordenaar was. Ze moest eerst zelf met de rest in het reine komen voordat ze iets zou zeggen dat Kevin meer kwaad dan goed zou kunnen doen.

Ze had al naar de terugvluchten geïnformeerd. Geen haast, er was er een om zes uur en om negen uur in de morgen. Ze had slaap nodig. De vlucht van negen uur met United was mooi genoeg. Die zou haar eerst naar Denver brengen en om een uur of twaalf was zij dan in Long Beach.

'Goed...' Kevin keek naar Jennifer die op de vloer van de loods heen en weer liep. Ze hadden de plannen om de details over de loods met de politie te delen uitgesteld en in plaats daarvan besloten om de plek als een podium te gebruiken. Het was de enige manier om Milton op afstand te houden, zei Jennifer.

'Laten we nagaan wat we wel weten.'

Bill Galager en Brett Mickales zaten schuin op hun stoelen aan de tafel, hun handen onder hun kin en keken naar Jennifer. Kevin leunde tegen de muur, met zijn armen over elkaar. Het was hopeloos. Ze waren verslagen, radeloos, dood. Ze hadden meer dan honderd ideeën opgelepeld in de twee uur sinds het papiertje van Slater gevonden werd.

'We weten dat hij steeds driester te werk gaat. Auto, bus, gebouw. We weten dat al zijn andere bedreigingen op een of andere manier verwezen naar een of andere vorm van beschadiging. Deze niet. We weten dat we tot zes uur in de morgen de tijd hebben om het raadsel op te lossen... of er gebeurt iets dat wij niet weten. En we kennen het raadsel: *Wie ontsnappen uit hun gevangenis maar zijn nog steeds gevangen?*

Jennifer spreidde haar handen.

'Je vergeet het belangrijkste stukje informatie,' zei Kevin.

'En dat is?'

'Dat we de klos zijn.'

Ze staarden hem aan alsof hij net binnen kwam lopen en zijn spierballen liet rollen. Er verscheen een zure grijns op Jennifers gezicht. 'Humor is altijd goed.'

'Mensen,' zei Mickales. 'Hij gaat deze keer mensen te lijf.'

'Er waren iedere keer mensen in de buurt.'

'Maar zijn doel was een auto, een bus, een gebouw. Deze keer worden het regelrecht mensen.'

'Ontvoering,' merkte Kevin op.

'Daar hebben we aan gedacht. Het is een mogelijkheid.'

'Als je het mij vraagt, is het de beste gok,' zei Mickales. Hij stond op. 'Het past precies.'

Jennifer liep naar de tafel. Haar ogen waren plotseling wijd opengesperd. 'Goed, als niemand een beter idee heeft, gaan we daar vanuit.'

'Waarom zou Slater iemand ontvoeren?' vroeg Kevin.

'Om dezelfde reden dat hij dreigde een bus op te blazen,' antwoordde Mickales. 'Om een bekentenis af te dwingen.'

Kevin staarde de man aan en voelde zich overdonderd. Ze waren er tot vervelens toe mee bezig geweest en kwamen steeds weer met hetzelfde resultaat, namelijk niets. En uiteindelijk kwam het altijd weer neer op zijn bekentenis.

'Luister.' Hij voelde de woede langs zijn rug omhoogkruipen. Hij zou dit niet moeten doen, maar hij was buiten zichzelf. 'Als ik ook maar het geringste idee zou hebben wat die gek wil horen, dacht je dat ik het dan achter zou houden?'

'Rustig, kerel. Niemand zegt dat...'

'Ik heb niet het flauwste idee wat die krankzinnige bekentenis moet inhouden! Die vent is gek!' Kevin liep op de mannen af, zich ervan bewust dat hij al over een grens was gegaan. 'Ze schreeuwen moord en brand om de bekentenis van Kevin. Ik heb ze er toch een gegeven, of niet soms? Ik heb ze verteld dat ik als kind iemand vermoord heb. Maar zij willen meer. Ze willen bloed zien. Ik moet via alle roddelrubrieken bloeden! Kevin, de kindermoordenaar die Long Beach ten onder liet gaan!'

Zijn vingers trilden. Ze keken hem zwijgend aan.

Hij haalde zijn handen door zijn haar. 'Man, man...'

'Niemand schreeuwt moord en brand,' zei Jennifer.

'Het spijt me. Ik ben gewoon... ik weet niet wat ik moet doen. Dit is niet allemaal mijn schuld.'

'Jij hebt rust nodig, Kevin,' antwoordde Jennifer. 'Maar als Slater van plan is iemand te ontvoeren, ben jij misschien zijn doelwit. Ik weet dat hij gezegd heeft dat jij het niet bent, maar ik weet niet zeker wat dat betekent.' Ze keek Galager aan. 'Houd het huis in de gaten, maar ik wil dat hij een zendertje krijgt. Kevin, we geven je een kleine zender. Ik wil dat je het ergens opplakt waar het niet gevonden kan worden. We laten hem uit staan. Die vent weet veel van elektronica, misschien scant hij op signalen. Als er iets gebeurt, zet je hem aan. Het bereik is ongeveer vijfenzeventig kilometer. Mee eens?'

Hij knikte.

Ze liep naar hem toe. 'Kom, we gaan naar huis.'

Galager liep naar de bus die nog steeds aan de straat stond. Kevin volgde Jennifer naar buiten. Hij voelde het gewicht van twee slapeloze nachten, kon nauwelijks meer lopen, laat staan helder denken.

'Het spijt me. Het was niet mijn bedoeling om zo te ontploffen.'

'Je hoeft je niet te verontschuldigen. Zorg dat je wat slaap krijgt.'

'Wat ga jij doen?'

Ze keek naar het oosten. De helikopters waren inmiddels uit de lucht. 'Hij zei: geen politie. We zouden de voor de hand liggende doelwitten een bewaker kunnen geven, maar wie weet is hij wel van plan de burgemeester te ontvoeren. Of er komt weer een bom.' Ze schudde haar hoofd. 'Je hebt gelijk, we zijn aardig de klos.'

Ze bleven bij de auto staan. 'Dat gesprek van vanavond betekende veel voor mij,' zei hij. 'Dank je.'

Ze glimlachte maar haar ogen waren moe. Hoeveel slaap had zij de afgelopen drie dagen gehad? Hij voelde plotseling enorm met haar mee. Slater te pakken krijgen was meer dan een gewone taak voor haar.

'Ga naar huis en ga slapen,' zei ze, hem in zijn arm knijpend. 'Galager rijdt achter je aan. Bij je huis staat iemand. Als Slater belt, of als er ook maar iets gebeurt, bel je me.'

Kevin keek op en zag Galager in de zwarte auto naderen. 'Om een of ander reden betwijfel ik dat hij mij wil ontvoeren. Dat wil hij niet. Met mij zal alles wel goed gaan, maar de vraag is met wie niet.'

En als het Jennifer eens was? Sam zat in Houston.

'Maar jij dan?' vroeg hij.

'Waarom zou hij mij willen ontvoeren?'

Kevin haalde zijn schouders op. 'Zoveel vrienden heb ik niet.'

'Dat maakt mij dus tot een vriendin. Maak je geen zorgen, ik kan op mijzelf passen.'

Tegen de tijd dat Kevin Galagers les in het gebruik van de zender had doorgenomen en in bed stapte, was het al drie uur geweest. Zijn hoofd was al verdoofd voordat hij het kussen raakte. Binnen een minuut viel hij uitgeput in slaap, verlost van de afgrijselijkheden van zijn nieuwe leven.

Althans een uur of drie lang.

Slater staat bij het hek, stokstijf in de duisternis. Hij heeft hen tot zes uur de tijd gegeven, maar deze keer zal hij voor zes uur al klaar zijn, voordat het eerste licht de hemel grijs kleurt. Hij heeft zes gezegd omdat hij van drieën houdt, en zes is drie plus drie. Maar hij kan het risico niet nemen om dit in het licht te doen.

Niemand in het huis heeft zich geroerd sinds hij een half uur eerder aankwam. Toen hij het plan ontwierp, dacht hij er eerst aan het huis gewoon op te blazen, met alle bewoners binnen in de val. Maar nadat hij zeer zorgvuldig over zijn uiteindelijke doel had nagedacht, want dat is zijn kracht, besloot hij tot dit plan. Deze vrouw in een kooi zetten zal de hele stad op de kop doen staan. Het is een ding om je af te vragen welke anonieme burgers als volgende een bom onder hun bed zullen vinden, maar het is veel verontrustender om te weten dat mevrouw Sally Jones van de Stars and Stripes Street, die haar boodschappen bij Albertson doet, opgesloten zit in een kooi en wanhopig wacht tot Kevin Parson zijn zonde opbiecht.

Bovendien, Slater heeft nog nooit iemand ontvoerd. De gedachte laat een rilling van opwinding over zijn rug gaan. De ervaring van een zo intens genot dat het langs je ruggengraat op en neer wandelt is interessant. Het is niet saai, zoals tieners die gaten in hun neuzen boren.

Slater kijkt op zijn horloge. 4:46 uur. Is dat getal deelbaar door drie? Nee, maar 448 wel. Dat duurt nog maar twee minuten. Perfect. Perfect, perfect, perfect. De vreugde om zijn genialiteit is zo intens dat

Slater nu een beetje begint te trillen. Hij staat met perfecte discipline bij het hek en weerstaat de enorme drang om naar het huis te rennen en haar van haar bed te slepen. Hij is perfect gedisciplineerd en hij trilt. Interessant.

Hij heeft zo lang gewacht. Achttien jaar. Zes keer drie. Drie plus drie keer drie.

De twee minuten kruipen uiterst langzaam voorbij, maar het kan Slater niet schelen. Hij is hiervoor geboren. Hij kijkt op zijn horloge. Vier uur zevenenveertig. Hij houdt het niet meer uit. Het is één minuut te vroeg. Drie is deelbaar door één, dat is goed genoeg.

Slater loopt naar de glazen schuifpui, haalt de vergrendeling met een gehandschoende hand weg en opent het slot in minder dan tien seconden. Zijn ademhaling wordt zwaar en hij wacht even om hem tot rust te laten komen. Als de anderen wakker worden, zal hij ze moeten doden, en daar voelt hij niets voor. Hij wil de vrouw.

Hij sluipt naar de keuken en laat de deur open. Ze hebben geen katten of honden. Eén kind. De echtgenoot is Slaters enige punt van zorg. Hij blijft een volle minuut op de tegelvloer staan om zijn ogen te laten wennen aan de diepere duisternis en de huisgeuren op te snuiven. De zintuigen zijn de sleutels om het leven ten volle te leven. Smaak, zicht, reuk, tast en gehoor. Eet wat je lekker vindt, bekijk wat je kunt, raak aan wie je wilt. Dat is wat hij Kevin wil laten doen. Zijn ware zelf proeven, aanraken en ruiken. Het zal hem vernietigen. Het plan is perfect. Perfect, perfect, perfect.

Slater ademt diep in, maar heel langzaam.

Hij loopt door de woonkamer en legt zijn hand op de deurkruk van de ouderslaapkamer. De deur gaat geluidloos open. Perfect. De kamer is donker. Aardedonker. Perfect.

Hij loopt langzaam naar het bed en blijft boven de man en vrouw staan. Haar ademhaling gaat sneller dan die van de man. Ze ligt met haar gezicht naar hem toe, de haren over het kussen gespreid. Hij tast met een hand naar het laken. Zacht en glad. Dicht en vast weefsel. Hij zou daar een uur kunnen blijven staan en hun geuren kunnen inademen zonder dat hij opgemerkt zou worden. Maar het licht komt eraan. Hij houdt niet van het licht.

Slater haalt een blaadje met een notitie uit zijn borstzakje die hij op het nachtkastje legt. Voor Kevin. Hij laat zijn hand in zijn jaszak glijden en haalt een rol verband en een flesje chloroform tevoorschijn. Hij schroeft het flesje los en dipt het verband in de vloeistof. De geur vult zijn neusgaten en hij houdt zijn adem in. Het moet sterk genoeg zijn om haar zonder worsteling uit te schakelen.

Hij schroeft het dopje weer op het flesje en laat het in zijn zak glijden. Daarna houdt hij het verband dicht onder de neus van de vrouw, zonder de neus te raken. Ze beweegt eerst nog niet en kreunt dan in haar slaap. Ze blijft stil liggen. Hij wacht twintig seconden, tot haar ademhaling voldoende vertraagt om hem de zekerheid te geven dat zij bewusteloos is. Hij stopt het verband in zijn zak.

Slater laat zich op zijn knieën zakken, alsof hij buigt voor zijn slachtoffer. Een offer aan de goden. Hij tilt het laken op en laat zijn handen tot aan zijn ellebogen onder haar glijden. Ze ligt als verlamd, als een pop. Hij trekt haar voorzichtig naar zijn borst. Ze glijdt uit het bed en zakt in zijn armen. De echtgenoot draait zich een halve slag en slaapt verder. Perfect.

Slater staat op en draagt haar het huis uit zonder de moeite te nemen om de deuren te sluiten. Het klokje in zijn auto staat op 4:57 uur als hij achter het stuur gaat zitten terwijl de vrouw zacht op de achterbank ademt.

Slater start de auto en rijdt weg. Hij had haar te voet naar de schuilplaats kunnen brengen om de auto later op te halen, maar hij wil de wagen niet langer voor de deur laten staan dan absoluut noodzakelijk. Daar is hij te slim voor. Hij beseft dat dit de eerste keer wordt dat hij iemand meeneemt naar de schuilplaats. Als zij wakker wordt, zullen haar ogen, na de zijne, de eerste zijn die zijn wereld zien. Een ogenblik lang slaat de paniek toe.

Des te meer reden dus om haar er niet uit te laten. Dat gaat er toch gebeuren, nietwaar? Zelfs als Kevin bekent, heeft Slater altijd geweten dat zij zal moeten sterven. Zijn onthulling aan een ander mens zal slechts tijdelijk zijn. Daar kan hij mee leven. Maar toch, waarom heeft hij niet eerder aan dit detail gedacht? Het is geen vergissing, maar wel iets dat hij over het hoofd zag. Dergelijke zaken kunnen tot vergissingen leiden. Hij geeft zichzelf een standje en draait de donkere straat in.

Slater maalt nu niet meer om heimelijkheid. De vrouw begint te bewegen en dus geeft hij haar nog een gezonde portie chloroform, waarna hij het lichaam van de achterbank sleept, over zijn schouder neemt en naar de deur rent. Hij opent de deur met een sleutel en loopt een kleine ruimte in. Deur sluiten, tasten naar het kettinkje, het licht aandoen.

Een vaag licht onthult de ruimte. Een trap af. Nog een kettinkje, nog een lichtpunt. Door de tunnel. Open de tweede deur met de tweede sleutel. Oost, west, thuis best.

De gedachte om zijn huis tijdelijk met een ander te delen, lijkt toch niet zo gek. Alles wat hij nodig heeft, is er. Eten, water, een badkamer, een bed, kleding, elektronica – maar zij zal natuurlijk niet delen in al die voorzieningen.

De vrouw beweegt weer.

Hij loopt naar de kamer die hij heeft voorbereid. De inloopkast bevatte ooit de materialen die hij in zijn spelletjes gebruikte, maar hij heeft hem voor haar leeggeruimd. Hij kan toch niet het risico nemen dat zij weet hoe je dynamiet moet laten ontploffen, nietwaar? De ruimte is drieënhalf bij drieënhalf en volledig van beton, op het zwaar geïsoleerde houten plafond na. De deur is van staal.

Hij legt haar op de cementvloer en stapt achteruit. Ze kreunt en rolt op haar zij. Mooi genoeg.

Hij doet de deur dicht, vergrendelt hem en legt een opgerold kleed voor de kier onder de deur. Lichten uit.

21

Maandagmorgen

Kevin hoorde het gerinkel al lang voordat hij wakker werd. Het klonk als een hoge, schrille lach, of een steeds herhaalde schreeuw. Daarna kwam het kloppen, een bonken dat van zijn hart kon zijn. Maar het klonk eerder als het bonken op de deur.

'Meneer?' Iemand riep hem en noemde hem meneer.

Op een of andere manier gingen Kevins ogen open. Er kwam licht door het raam. Waar was hij? Thuis. Zijn geest begon op gang te komen. Hij zou uiteindelijk moeten opstaan om naar de les te gaan, maar op dit moment voelde hij zich alsof hij het verkeerde uiteinde van een hamer had ontmoet. Hij deed zijn ogen dicht.

De gedempte stem klonk weer. 'Kevin? De telefoon...'

Zijn ogen knalden open. Slater. Zijn leven was op zijn kop gezet door een man die Slater heette en die steeds opbelde. De telefoon ging over.

Hij kwam uit bed. 7:13 uur volgens de klok. Slater had hem tot zes uur de tijd gegeven. Hij rende naar de slaapkamerdeur, draaide de sleutel om en rukte hem open. Voor de deur stond een van de agenten die zijn huis bewaakten, met de draadloze telefoon uit de keuken in zijn hand.

'Het spijt me je te moeten wekken, maar je telefoon gaat al een kwartier lang steeds over. Het is een gesprek uit een cel. Jennifer zei dat wij je wakker moesten maken.'

Kevin stond in zijn gestreepte boxershort aan de deur. 'Is... is er iets gebeurd?'

'Niet dat ik weet.'

Kevin nam de telefoon afwezig aan. 'Goed, ik zal de volgende keer opnemen.'

De agent aarzelde even en liep vervolgens de trap weer af. Kevin wist niet eens hoe hij heette. Hij droeg een donker marinejack en bruine schoenen. Hij had zwart haar en liep stijfjes, alsof zijn ondergoed te krap was. Maar deze man had een naam en misschien een vrouw en een paar kinderen. Een leven. Stel dat Slater die man achtervolgde in plaats van hem? Of iemand in China, onbekend in het westen? Hoeveel mannen en vrouwen waren er wel niet in de hele wereld die hun eigen Slater hadden? Het was een wonderlijke gedachte terwijl hij boven aan zijn trap de agent nakeek die door de voordeur verdween.

Kevin liep zijn slaapkamer weer in. Hij moest Jennifer bellen. Het was al lang zes uur geweest: er moest iets gebeurd zijn.

Plotseling ging de telefoon. Hij pakte het toestel op.

'Hallo?'

'Kevin?' Het was Eugene. Kevin voelde hoe hij onmiddellijk dichtsloeg. De klank van die stem. Ze hadden geen telefoon in huis, hij belde vanuit een telefooncel.

'Ja.'

'Gelukkig! Gelukkig, jongen. Ik weet niet wat ik moet doen! Ik weet gewoon niet wat ik moet doen...'

Je zou kunnen beginnen met jezelf te verzuipen. 'Wat is er aan de hand?'

'Ik weet het niet. Prinses is niet thuis. Ik werd wakker en ze was weg. Ze gaat nooit weg zonder het mij te zeggen. Ik dacht dat ze misschien wat hondenvoer was gaan halen omdat we dat hadden weggegooid, begrijp je, maar toen herinnerde ik mij dat we de hond verbrand hebben en...'

'Houd je mond, Eugene. Houd alsjeblieft je mond en probeer nu eens voor één keer normaal te doen. Ze heet Balinda. Dus Balinda is weggegaan zonder het jou te zeggen. Ze komt heus wel weer terug. Je kunt toch wel vijf minuten zonder haar leven, is het niet?'

'Dit is niet normaal, Kevin. Ik heb er een slecht gevoel bij. En nu is Bob ongerust. Hij kijkt steeds in alle kamers en roept de prinses. Je moet komen...'

'Vergeet het maar. Bel de politie als je zo ongerust bent.'

'Dat staat de prinses niet toe! Je weet...'

Hij ratelde door, maar Kevin luisterde plotseling niet meer. Er was hem een lichtje opgegaan. Zou Slater Balinda ontvoerd hebben? Zou de oude heks inderdaad verdwenen zijn?

Maar waarom zou Slater Balinda uitkiezen?

Omdat zij jouw moeder is, Kevin, of je dat nu leuk vindt of niet. Je hebt haar nodig. Je wilt dat zij je moeder is.

Het koude zweet brak hem uit aan de slapen, maar hij wist niet precies waarom. Hij moest Jennifer bellen! Waar was Samantha? Misschien had Jennifer iets van haar gehoord.

Hij onderbrak Eugene's geratel. 'Ik bel je terug.'

'Dat kan niet! Ik moet naar huis!'

'Ga dan naar huis!'

Kevin hing op. Waar was Jennifers nummer? Hij rende naar beneden, nog steeds in zijn short, graaide haar visitekaartje met trillende hand van de tafel en koos het nummer.

'Goedemorgen, Kevin. Het verbaast me dat je niet nog slaapt.'

'Hoe wist je dat ik het was?'

'Nummerherkenning. Je belt met je vaste toestel.'

'Heb je al iets gehoord?'

'Nog niet. Ik heb net Samantha aan de lijn gehad. Het lijkt erop dat we ernaast zaten met het idee dat Slater de raadselmoordenaar was.'

'We hebben misschien een probleem, Jennifer. Ik kreeg net een telefoontje van Eugene. Hij zegt dat Balinda weg is.'

Jennifer gaf geen antwoord.

'Ik dacht net, zou Slater haar...'

'Balinda! Dat is het. Dat klopt precies!'

'Meen je dat?'

'Blijf daar. Ik ben er met tien minuten.'

'Wat? Waar gaan we heen?'

Ze aarzelde even. 'Baker Street.'

'Nee, dat kan ik niet! Echt, Jennifer, ik denk niet dat ik daar in deze toestand heen kan!'

'Begrijp je het niet? Dit zou de doorbraak kunnen zijn die we nodig hebben! Als hij haar ontvoerde, dan is er een verband tussen Slater en Balinda en Balinda is verbonden met het huis. Ik weet dat dit moeilijk is, maar ik heb je nodig.'

'Dat weet je helemaal niet.'

'We kunnen het risico niet nemen dat ik ernaast zit.'

'Waarom kun je niet alleen gaan?'

'Omdat jij de enige bent die weet hoe je hem kunt verslaan. Als Slater Balinda meenam, dan weten we dat deze hele zaak te maken heeft met het huis. Met het verleden. Er moet een sleutel tot die zaak zijn, en ik betwijfel of ik degene ben die hem kan vinden.'

Hij wist wat zij zeggen wilde en het klonk meer als psychogebabbel dan als waarheid. Maar ze kon gelijk hebben.

'Kevin? Ik ga met je mee. Het is papier en karton, dat is alles. Ik was er gisteren ook, weet je nog? En Balinda is er niet. Tot over tien minuten?'

Balinda was weg. Bob was het probleem niet, hij was ook een slachtoffer van deze ellende. En zonder Balinda was Eugene niet meer dan een oude gek. De heks was verdwenen.

'Goed.'

Het witte huis stond er even dreigend als altijd. Hij staarde ernaar door de voorruit en voelde zich bespottelijk naast Jennifer. Ze keek naar hem, kende hem. Hij voelde zich naakt.

Balinda was er niet, behalve wanneer ze was teruggekomen. In dat geval zou hij niet naar binnen gaan. Jennifer wilde het misschien toch. Ze leek ervan overtuigd dat er meer achter zat dan hij haar verteld had, maar hij kon in alle eerlijkheid niet meer bedenken. Slater was de jongen en de jongen had niets te maken met het huis.

'Wanneer komt Sam?' vroeg hij om tijd te rekken.

'Rond twaalf uur zei ze, maar ze had nog een paar dingen te regelen.'

'Ik vraag me af waarom ze mij niet gebeld heeft.'

'Ik heb haar gezegd dat je sliep. Ze zei dat ze je zo snel mogelijk zou bellen.' Jennifer keek naar het huis. 'Je hebt Sam niet verteld over die jongen die je in de kelder opsloot. Hoeveel weet Sam eigenlijk echt over jouw jeugd, Kevin? Jullie kennen elkaar al jaren.'

'Ik praat er niet graag over. Waarom?'

'Er zit haar iets dwars. Ze wilde het me niet vertellen, maar ze wil me later in de middag spreken. Ze is ervan overtuigd dat Slater niet de raadselmoordenaar is. Daarin kan ik meegaan, maar er is meer. Ze weet nog iets anders.' Ze sloeg met haar vuist op het stuur. 'Waarom heb ik het gevoel dat ik altijd de laatste ben die hoort wat er gaande is?'

Kevin staarde naar het huis. Ze zuchtte. 'Ik moest Milton hierover informeren. Hij wil je deze morgen spreken.'

'Wat heb je hem gezegd?'

'Ik heb hem gezegd dat hij met mijn chef moest overleggen. Officieel zijn wij nog steeds bevoegd hier. De rest is nog steeds bezig met onderzoek, maar uiteindelijk loopt alles via ons. De gedachte dat Milton jou gaat ondervragen bezorgt me rillingen.'

'Goed, laten we gaan,' zei Kevin afwezig. Ze konden het maar beter achter de rug hebben. Zij zou nooit begrijpen hoeveel beter hij zich hier voelde met haar. Aan de ander kant, zij was natuurlijk een psychologe: waarschijnlijk begreep ze het wel. Hij deed zijn portier open.

Jennifer legde een hand op zijn arm. 'Kevin, ik wil dat je iets weet. Als we ontdekken dat Slater Balinda inderdaad ontvoerde, kunnen we dat onmogelijk uit de pers weghouden. Ze zullen meer willen weten en ze kunnen gaan graven.'

'Dan wordt mijn hele leven dus ontleed door de pers.'

'Zo ongeveer. Ik heb tot nu toe mijn best gedaan...'

'Dat is precies wat Slater wil. Daarom heeft hij haar ontvoerd. Het is zijn manier om mij te kijk te zetten.' Hij liet zijn hoofd hangen en haalde zijn handen door zijn haar.

'Het spijt me.'

Kevin stapte uit en gooide het portier met een knal dicht. 'Laten we door de zure appel heen bijten.'

Terwijl hij de straat overstak en de trap naar de voordeur opliep, nam Kevin een ferm besluit. Hij zou onder geen beding zwak worden of emoties vertonen in het bijzijn van Jennifer. Hij leunde al veel te zwaar op haar. Het laatste waar zij behoefte aan had, was een emotioneel blok aan haar been. Hij zou naar binnen lopen, Bob omhelzen, Eugene op de schouder kloppen, zijn ik-ben-op-zoek-naar-Slater-houding hoog houden en weer vertrekken zonder ook maar met zijn ogen geknipperd te hebben.

Voor het eerst in vijf jaar zette hij hier een voet over de drempel. Het trillen begon in zijn vingers en verspreidde zich al naar zijn knieën voordat de deur achter hem dicht ging.

Eugene liet hen binnen. 'Ik weet het niet. Ik heb gewoon geen idee waar ze heen kan zijn gegaan. Ze had allang terug moeten zijn!'

Bobby stond aan het eind van de gang met een grote grijns op zijn gezicht te stralen. Hij begon te klappen en op en neer te springen zonder van zijn plek te komen. Een brok van de afmetingen van een rotsblok groeide in Kevins keel. Wat had hij Bob aangedaan? Hij had hem aan de prinses overgeleverd. Hij was zijn hele leven deels gestraft vanwege Bob, maar dat maakte de jongen nog niet schuldig.

'Kevin, Kevin, Kevin! Kom je me opzoeken?'

Kevin liep snel naar zijn broer toe en omhelsde hem stevig. 'Ja. Het spijt me, Bob. Het spijt me vreselijk.' De tranen stroomden al. 'Gaat het goed met je?'

Eugene keek zwijgend toe en Jennifer fronste haar wenkbrauwen.

'Ja, Kevin. Met mij is alles goed.'

Hij leek zich niet erg ongerust te maken over het verdwijnen van de oude heks.

'Prinses is weggegaan,' zei hij, terwijl zijn lach plotseling wegstierf.

'Laat mij je slaapkamer eens zien,' zei Jennifer tegen Eugene.

'Jonge, jonge, jonge. Ik weet niet wat ik moet doen zonder de prinses,' mompelde Eugene, die naar links wegliep.

Kevin liet hen gaan. 'Bob, kun je mij je kamer laten zien?'

Bob klaarde weer op en manoeuvreerde door de smalle gang tussen de stapels kranten. 'Wil jij mijn kamer zien?'

Kevin liep met knikkende knieën door de gang. Het was zo onwezenlijk, die wereld waaruit hij ontsnapt was. Aan de rechterkant stak een exemplaar van het tijdschrift *Time* uit de stapel. Het gezicht op de omslag was vervangen door een lachende kop van Mohammed Ali. Alleen God, de duivel en Balinda wisten waarom.

Bob haastte zich naar zijn kamer en griste iets van de vloer. Het was een oude Gameboy, met monochroom schermpje. Bob had speelgoed. Balinda was milder geworden op haar oude dag. Of was het omdat Kevin vertrokken was?

'Dit is een computer!' zei Bob.

'Mooi. Ik vind hem leuk.' Kevin keek de kamer rond. 'Lees je nog steeds verhalen die Bal – die de prinses je geeft?'

'Ja. En ik vind ze heel mooi.'

'Dat is goed, Bob. Laat ze je... overdag slapen?'

'Allang niet meer gebeurd. Maar soms laat ze me niet eten. Ik word te dik, zegt ze.'

Bobby's kamer zag er nog precies zo uit als vijf jaar eerder. Kevin liep weer de gang in en deed de deur naar zijn oude slaapkamer open.

Onveranderd. Onwezenlijk. Zijn kaak verstrakte. De golf emoties die hij verwacht had, bleef uit. Het raam was nog steeds vastgeschroefd en de boekenkasten stonden nog steeds vol verminkte boeken. Op het bed waar hij zijn halve kindertijd had doorgebracht lag nog steeds hetzelfde laken. Het was alsof Balinda op zijn terugkeer wachtte. Of misschien paste zijn vertrek niet in haar werkelijkheid en weigerde zij het te accepteren. Er was in haar geval geen peil op te trekken.

Hier waren geen aanwijzingen omtrent Slater te vinden.

Een jammerende schreeuw klonk door het huis – Eugene. Bob draaide zich om en rende op het geluid af. Dus het was waar.

Kevin liep terug naar de woonkamer en negeerde het gejammer dat uit de achterslaapkamer opklonk. Hij zou de hele zaak in de fik moeten steken. Het rattennest uitroken. Een beetje as aan de bergen in de achtertuin toevoegen. Het trapgat naar de kelder was nog steeds versperd met een berg boeken en tijdschriften, stapels die in geen jaren waren aangeraakt.

Jennifer stapte uit de slaapkamer. 'Hij heeft haar meegenomen.'

'Dat dacht ik al.'

'Hij heeft een briefje achtergelaten.' Ze overhandigde hem een blauw papiertje, waarop drie woorden waren geschreven in het bekende handschrift:

Nu bekennen, slijmbal.

'Of anders?' vroeg hij. 'Gooi je haar anders in de plomp?'

Kevin staarde naar de woorden, verdoofd door vier dagen van verschrikkingen. Een deel van hem trok zich er niets van aan, een ander deel had medelijden met de oude heks. Hoe dan ook, al zijn diepste geheimen zouden binnenkort op tafel liggen om door de hele wereld uitgeplozen te worden.

'Kunnen we gaan?'

'Ben jij klaar?'

'Ja.'

Ze keek om zich heen. 'De afdeling volksgezondheid kan zijn hart ophalen als dit ooit naar buiten komt.'

'Ze zouden het in de fik moeten steken.'

'Dat dacht ik net ook al,' antwoordde ze. Ze keek hem rechtstreeks aan. 'Gaat het goed met jou?'

'Ik voel me... verward.'

'De rest van de wereld ziet haar als jouw moeder. Ze zullen zich misschien afvragen waarom jij je er weinig van aantrekt. Ze is misschien een heks, maar ze is nog steeds een mens. Wie weet wat hij haar aandoet.'

De emoties kwamen uit zijn buik, onverwacht en overweldigend. Hij voelde zich plotseling verstikt in de kleine, donkere ruimte. Zij was zijn moeder, toch? En hij rilde vanwege het feit dat hij zelfs maar aan haar dacht als een moeder, want in werkelijkheid haatte hij haar meer dan Slater. Of waren die twee één en dezelfde persoon en had zij zichzelf ontvoerd?

Een verwarrend mengsel van walging en verdriet overviel Kevin. Hij stortte in. Zijn ogen zwommen in de tranen en zijn gezicht verwrong.

Hij draaide zich om naar de deur en voelde hun blikken in zijn rug branden. *Mammie.* Zijn keel stond in brand, er liep een traan uit zijn linkeroog.

Ze zouden het in ieder geval niet zien. Hij zou dit nooit aan iemand laten zien. Hij haatte Balinda en hij huilde om haar en hij haatte het feit dat hij om haar huilde.

Het was te veel. Hij rende naar de deur, schoot er met veel meer lawaai dan hij wilde door naar buiten en liet een zachte snik horen. Hij hoopte dat Jennifer het niet zou horen; hij wilde niet dat zij hem op deze manier zag. Hij was niets meer dan een verdwaald jongetje, hij huilde als een verdwaald jongetje en wilde niets anders dan vastgehouden worden door zijn moeder. Door de ene persoon die hem nooit had vastgehouden.

'Kevin?' Jennifer rende achter hem aan.

Hij wilde alleen vastgehouden worden door de prinses.

22

Maandagmiddag

De vragen hadden de hele nacht aan Samantha geknaagd. Het scenario paste als een handschoen om een onzichtbare hand, de vraag was alleen welke hand? Wie was Slater?

Ze had na haar ontwaken met Jennifer gepraat en gehoord over het briefje onder Kevins ruitenwisser. Ze had een eerdere vlucht moeten nemen! Jennifer dacht aan een ontvoering, maar vanaf zeven uur deze morgen was er nog geen teken van enige actie.

Sam vertelde Jennifer over Salman. Als de Pakistaan Salman Slater inderdaad in New York had gezien, dan kon de man met de tatoeage die de FBI had opgespoord Slater niet zijn, want die had de afbeelding laten weghalen. Bovendien kon Slater de raadselmoordenaar niet zijn: hij was in New York toen Roy vermoord werd. Jennifer had haar conclusies niet zonder slag of stoot aangenomen, maar de twee zaken vertoonden wel een paar belangrijke discrepanties die haar aan het denken zetten. Zij sprak over doelen. Ze begon te vermoeden dat de raadselmoordenaar en Slater niet uit dezelfde motieven handelden.

Wat de tatoeage betrof, zouden ze binnen een paar uur uitsluitsel hebben.

Sams vliegtuig landde om twaalf uur vijfendertig op het vliegveld van Los Angeles. Ze huurde een auto en reed in zuidelijke richting naar Long Beach. Het verkeer op de 405 was een ramp als altijd op een doordeweekse dag. Ze belde Jennifer, die al na de eerste beltoon opnam.

'Hoi, Jennifer, met Sam. Nog nieuws?'

'Ja, de tatoeage is een dood spoor. Onze man werkt zes maanden per jaar op een olietanker. Hij is de laatste drie weken al onderweg geweest.'

'Klopt dus. Nog iets over een ontvoering?'

Jennifer aarzelde en Sam ging rechtop zitten. 'Balinda is afgelopen nacht uit haar huis ontvoerd.'

'Balinda Parson?' Sams hart sloeg over.

'Dezelfde. Geen contact, geen sporen, alleen een briefje in Slaters handschrift: *Nu bekennen, slijmbal.* Het was een behoorlijke klap voor Kevin.'

Sams gedachten draaiden op volle toeren. Natuurlijk! De ontvoering van Balinda zou de media-aandacht naar Kevins familie brengen. Zijn verleden. 'Weten de media het al?'

'Ja. Maar we houden ze bij Baker Street vandaan met het argument dat hun aanwezigheid Slater zou kunnen tergen. Alle diensten duikelen over elkaar heen in deze zaak. Ik ben het laatste uur alleen maar bezig geweest met de coördinatie van belangen van de diensten. De bureaucratie maakt me haast gek. Milton is over de rooie en de antiterrorisme-eenheid wil het bewijsmateriaal uit Quantico hebben. Het is een puinhoop. En ondertussen kunnen we niets doen.'

Jennifer klonk vermoeid. Sam remde en stopte achter een pick-up die zwarte rook uitbraakte. 'Hoe gaat het met hem?'

'Kevin? Die is van de wereld. Ik heb hem ongeveer twee uur geleden thuis achtergelaten. Hij sliep. We zijn allemaal trouwens wel toe aan wat rust.'

Sam reed om de pick-up heen. 'Ik heb een paar vermoedens, Jennifer. Kunnen we elkaar snel zien?'

'Waar gaat het om?'

'Dat... dat kan ik nu niet uitleggen.'

'Kom langs op het bureau. Als er niets gebeurt, ben ik hier.'

'Goed. Maar ik moet eerst nog iets natrekken.'

'Als je informatie hebt die van belang is voor het onderzoek, verwacht ik dat je het mij zegt. Alsjeblieft, Sam, ik kan alle hulp gebruiken.'

'Ik beloof je dat ik je bel zodra ik iets weet.'

'Sam. Houd op met die onzin. Waar denk je aan?'

'Ik bel je nog.' Sam hing op.

Zonder bewijzen zou haar angst de waan van een goede vriend blijven, wanhopig op zoek naar een verklaring. En als ze wel gelijk had? Daar durfde ze nog niet aan te denken.

Ze reed naar het zuiden en liep de feiten een voor een na. Slater was in New York geweest in de tijd dat zij er ook was. Slater kende haar, een klein detail dat zij voor het CBI verzwegen had. Roland zou haar onmiddellijk van de zaak halen.

Slater was geobsedeerd door Kevins verleden; Slater was de jongen; zij had de jongen nooit gezien; alle raadsels hadden te maken met tegenstellingen; alle raadsels eisten een bekentenis. Slater probeerde Kevin terug te dwingen naar zijn verleden. Wie was Slater?

Er liep een rilling over haar armen.

Samantha naderde Kevins huis vanuit het westen, parkeerde twee huizenblokken eerder en ging te voet verder. Ze lette erop dat de tuinhekken tussen haar en de zwarte auto verderop in de straat bleven. Ze moest dit doen zonder commotie te veroorzaken, en het laatste dat zij wilde was Kevin wakker maken als hij sliep.

De angst balde zich samen in haar maag terwijl ze dichterbij kwam. Het idee dat Kevin inderdaad Slater zou kunnen zijn wilde niet uit haar vermoeide geest wijken.

Ze moest wachten tot de agent in de auto zijn hoofd wegdraaide voordat zij vanaf het tuinhek van de buren kon oversteken naar Kevins achtertuin. Ze haastte zich naar de glazen schuifpui en bukte zodat Kevins tuinhek haar aan de blik van de agent onttrok. Boven haar hoofd stak ze een dunne pen in het slot en werkte zo nauwkeurig als mogelijk was in deze vreemde positie. Het slot klikte open. Sam veegde het zweet van haar voorhoofd, keek om naar de auto en schoof de pui dertig centimeter open. Ze glipte langs de neergelaten rolgordijnen naar binnen, draaide zich om en schoof de pui weer dicht.

Als ze haar gezien hadden, waren ze nu al in actie gekomen. Er gebeurde niets.

Sam keek om zich heen in het huis. Op een grote reisposter beloofde een in bikini gehulde inwoonster op het witte strand van Nieuw Zeeland een paradijs op aarde. *Lieve Kevin, je wilt zoveel. Ik had moeten weten hoeveel je leed, zelfs toen we nog kinderen waren. Waarom heb je het voor mij verborgen? Waarom heb je het niet verteld?*

De stilte van het huis omringde haar. Zo vredig, zo rustig, in slaap terwijl de wereld in duigen viel. Ze ging naar de trap en liep op haar tenen naar boven. Kevins slaapkamer lag aan de linkerkant. Ze deed de deur voorzichtig open, zag hem op het bed en liep stilletjes op hem af.

Hij lag uitgestrekt op zijn buik, met zijn armen boven zijn hoofd, alsof hij zich overgaf aan een onbekende vijand die achter het bed stond. Zijn gezicht lag in haar richting, met een opgeduwde wang op het bed en gesloten mond. Zijn gezicht drukte geen overgave uit, alleen slaap. Diepe, diepe, zoete slaap.

Hij had zijn kleding nog aan, zijn sportschoenen stonden naast het bed.

Sam vroeg zich even af of Jennifer bij hem was gebleven tot hij in slaap viel. Had zij hem zo gezien? Deze lieve jongen van haar? Deze verbazingwekkende man die het gewicht van honderd werelden op zijn schouders torste? Haar held die de slechte jongen van Baker Street verslagen had?

Wat zag Jennifer als zij naar hem keek? *Zij ziet hetzelfde als jij, Sam. Ze ziet Kevin en ze kan het niet helpen dat ze net zo van hem houdt als jij.*

Sam stak haar hand uit en kwam in de verleiding om zijn wang te strelen. *Nee, niet net zo. Niemand kan van hem houden zoals ik. Ik zou mijn leven willen geven voor deze man.* Ze trok haar hand terug. Er liep een traan over haar rechterwang. *O, ik houd zoveel van jou, lieve Kevin. Deze drie dagen ben ik gaan beseffen hoe wanhopig veel ik van je houd. Vertel me alsjeblieft dat je deze draak zult verslaan. Wij zullen hem verslaan, Kevin. Samen zullen we het monster doden, mijn ridder.*

De gedachte aan hun kinderspel vervulde haar met warmte. Ze draaide zich om en liep naar zijn kledingkast. Ze wist niet precies wat zij zocht. Iets dat Slater had achtergelaten. Iets dat de FBI over het hoofd had gezien omdat ze niet konden vermoeden dat het van Slater was.

Kevin had zijn kleding keurig geordend. Nette broeken en overhemden hingen op een rij, zijn spijkerbroeken en sporthemden lagen opgevouwen op stapels, zijn schoenen stonden in een rek. De kleding voor de universiteit rechts, de vrijetijdskleding links. Ze glimlachte en liet haar vinger langs de nette broeken glijden. Ze rook de overhemden, zijn geur hing er nog aan. Wonderbaarlijk hoe zij die na zoveel jaar nog herkende. Hij was nog steeds een jongen. *Een man, Sam. Een man.*

Ze doorzocht de kast en werkte langzaam de rest van de kamer door, voorzichtig om hem heen lopend om hem niet wakker te maken. Zijn rug rees en daalde door zijn ademhaling, maar verder bewoog hij niet. Ze vond niets.

De badkamer leverde ook niets op en haar hoop groeide. Ze wilde niets vinden. De studeerkamer. Sam deed de deur achter zich dicht en ging aan zijn bureau zitten. Haar vingers gleden over zijn boeken: *Inleiding tot de Filosofie, Sociologie van de religie, Hermeneutiek*. Nog twee dozijn andere. Hij zat in zijn eerste semester maar hij had genoeg materiaal aangeschaft voor twee jaar.

Op de vloer naast het bureau zag ze een kleine stapel papier. Ze pakte het op. Een werkstuk met als titel: *De Ware Naturen van de Mens*. Hij was een echt mens, een echte man.

Alsjeblieft, Sam, laat de romantiek achterwege en doe waarvoor je hier gekomen bent.

Ze maakte zich nu minder zorgen om geluiden; er zaten twee deuren tussen haar en Kevin. Ze doorzocht de laden en pakte de boeken één voor één van hun plaats. Dit is de plek waar Slater een aanwijzing zou achterlaten. Dit was de kamer van de geest. Hij was geobsedeerd door getallen en geestesspelletjes. De geest. Ergens, ergens.

Een klein stapeltje visitekaartjes met bovenop een stukje papier met haar eigen nummer, lag naast een rekenmachine die nieuw uit de verpakking leek te komen. Misschien nog nooit gebruikt. Het bovenste kaartje was van John Francis, Fil. Dr., academisch decaan, Pacific Theologische Faculteit, Zuid. Kevin had uitgebreid over de man verteld. Jennifer had hem zeker al gesproken.

Maar als dat niet zo was? De laatste vier dagen waren voorbijgevlogen zonder tijd voor standaardprocedures of een diepgaand onderzoek. Ze pakte de telefoon en koos het nummer op het kaartje. Een receptioniste met een nasale stem vroeg haar of zij een boodschap wilde achterlaten. Nee, dank u. Ze hing op, draaide het kaartje om en zag dat Kevin er een ander nummer met dezelfde begincijfers op genoteerd had. Ze koos opnieuw.

'Hallo, met John.'

'Hallo, dr. John Francis?'

'Dat ben ik.'

'U spreekt met Samantha Sheer van het California Bureau of Investigation. Ik werk samen met agent Jennifer Peters aan de zaak Kevin Parson. Bent u daar bekend mee?'

'Natuurlijk. Agent Peters was hier gistermorgen.'

'Kevin heeft een hoge dunk van u,' zei Sam. 'U bent hoogleraar psychologie, nietwaar?'

'Dat klopt.'

'Wat is uw indruk van Kevin?'

'Dat is zo ongeveer als het vragen naar welke dieren er in de zee leven. Kevin is een prachtige man. Ik ken niemand met wie ik mijn verstand liever scherp. Buitengewoon... echt.'

'Echt. Ja, hij is echt, bijna transparant. Daarom is het vreemd dat hij zich de zonde niet kan herinneren die Slater hem wil laten opbiechten, vindt u niet? Ik vroeg me af of er iets was wat hem de laatste weken sterk heeft beziggehouden. Een bepaald thema, werkstukken, scripties?'

'Zoiets was er inderdaad. Hij was zeer geïnteresseerd in de ware natuur van de mens. Je mag wel zeggen dat hij in het onderwerp opging.'

Sam pakte de ruwe versie van het werkstuk weer. '*De Ware Naturen van de Mens,*' zei ze. 'En wat zijn de naturen van de mens? Of wat zou Kevin daarover zeggen?'

'Tja, dat is nu net het raadsel, nietwaar? Ik weet niet zeker of ik u kan zeggen wat Kevin daarover zou denken. Hij vertelde me dat hij een nieuw model had, maar dat wilde hij samenhangend presenteren in zijn werkstuk.'

'Hmm. En wanneer moet dat werkstuk ingeleverd worden?'
'Het was de bedoeling dat hij het deze woensdag zou inleveren.'
'Voor welk vak?'
'Introductie tot de ethiek.'
'Nog één vraag, professor, dan bent u van mij af. U bent een religieus man met een opleiding in de psychologie. Zou u zeggen dat de naturen van de mens voornamelijk spiritueel zijn of psychologisch?'
'Ik denk dat Freud zich in zijn graf zou omdraaien, maar ik heb er geen twijfel over. De mens is vooral een spiritueel wezen.'
'En daar zou Kevin het mee eens zijn?'
'Ja, daar ben ik zeker van.'
'Dank u, professor. U klinkt als een redelijk en verstandig man.'
Hij grinnikte. 'Daarvoor word ik betaald. Ik doe mijn best. Als er nog iets is, aarzel niet om te bellen.'

Ze legde de horen neer. Ethiek. Ze bladerde door het werkstuk en zag dat het nauwelijks meer was dan de bespreking van verschillende theorieën over de aard van de mens. Het eindigde met een nieuwe hoofdstuktitel: *De Ware Naturen*. Ze legde het pakket neer. Waar zou Kevin zijn aantekeningen over de natuur van de mens bewaren?

Ze liep naar de boekenkast en pakte een groot, grijs boek met als titel *Herijkte Moraal*. Het boek had gebruikssporen, de hoeken waren afgesleten en de bladzijden vergeeld. Ze sloeg het open en zag dat het een boek uit de bibliotheek was. Uit 1953.

Sam bladerde erdoorheen, maar er waren geen aantekeningen te vinden. Ze wilde het boek net terugzetten toen er een paar losse blaadjes uit op de grond vielen. Boven aan een van de blaadjes stond in Kevins handschrift: *De Ware Naturen van de Mens. Een Essay.*

Samantha raapte de papieren op en ging aan het bureau zitten. Het waren losse notities, drie blaadjes vol. Ze keek ze door. Een eenvoudige opsomming met kopjes die bij de onderwerpen hoorden. Een samenvatting.

We leren tijdens het leven en leven wat we leren, maar niet zo goed.

Hoe kan een natuur dood zijn en toch leven? Hij is dood in het licht, maar leeft in het duister.

Als Goed en Kwaad met elkaar konden praten, wat zouden ze dan zeggen?

Het zijn allemaal bedriegers die in het licht leven maar zich in het duister verschuilen.

Diepzinnig. Maar er was hier niets dat Slater zou hebben...

Sam verstarde. Aan de onderkant van bladzijde vier stonden drie kleine woordjes.

Ik ben ik.

Sam herkende het handschrift onmiddellijk. Slater! *Ik ben ik.*

'O nee!'

Sam legde de blaadjes met een trillende hand op Kevins bureau. Ze raakte in paniek.

Nee. Wacht. Wat betekent ik ben ik eigenlijk, Sam? Het betekent Slater is Slater. Slater is hier binnengeslopen en heeft het geschreven. Het bewijst niets meer dan dat hij zijn neus in alle aspecten van Kevins leven stak.

Als Goed en Kwaad met elkaar konden praten, wat zouden ze dan zeggen?

Hoe hadden Kevin en Slater dan met elkaar gepraat? De FBI had een opname. Hoe, hoe? Of...

Een tweede mobiel toestel. Hij gebruikt een andere mobiele telefoon!

Sam rende terug naar Kevins kamer. *O God, laat ik het verkeerd hebben!* Hij had niet bewogen. Ze kroop naar hem toe. Waar zou hij zijn telefoons hebben? Het toestel dat Slater hem gegeven had, zat altijd in zijn rechter broekzak.

Er was maar één manier om dit te doen. Snel, voordat ze hem wakker zou maken. Sam stak haar hand in zijn rechter broekzak. Hij droeg een wijde broek, maar zijn gewicht duwde haar hand in de matras. Ze raakte de telefoon aan en voelde het opnameapparaat op de achterkant. Slaters toestel.

Ze liep om het bed heen, kroop erop om er beter bij te kunnen en liet haar hand in de linker broekzak glijden. Kevin kreunde en rolde op zijn zij, met zijn gezicht naar haar toe. Ze bleef stil zitten tot zijn ademhaling weer diep en langzaam klonk voordat ze een nieuwe poging waagde. Nu was zijn linkerzak vrij.

Haar vingers voelden het plastic. Sam wist op dat moment dat ze gelijk had, maar ze trok het ding toch tevoorschijn. Een mobiele telefoon, identiek aan het toestel dat Slater Kevin had gegeven, maar uitgevoerd in zwart. Ze klapte het open en controleerde de gesprekslijst. Het waren gesprekken met de andere mobiele, één keer met de telefoon van het hotel en twee met Kevins vaste telefoon.

Dit was het toestel dat Slater gebruikt had. Om te praten, om de bommen te laten ontploffen. Sams gedachten tuimelden door elkaar. Er was geen twijfel mogelijk.

Ze zouden hem aan de hoogste boom ophangen.

23

Sam rolde van het bed af, deed Kevins deur dicht en vloog de trap af. Ze had het toestel dat Slater had gebruikt in haar rechterhand – voorlopig zou Slater niet meer bellen, althans niet met dit toestel. Ze nam niet de moeite om heimelijk naar buiten te sluipen maar liep direct door de achterdeur naar buiten, de straat op, en rende naar haar auto.

Ik, Slater, ben ik, Kevin. Het was Samantha's grootste angst geweest: dat haar jeugdvriend een meervoudig persoonlijkheidssyndroom had zoals zij een dag eerder bij Jennifer gesuggereerd had, om het idee direct weer te verwerpen omdat Kevin in de kamer was toen Slater belde. Maar toen zij afgelopen nacht lag te woelen en niet kon slapen, viel het haar te binnen dat Slater niet tegen haar gepraat had terwijl Kevin in de kamer was. De telefoon was alleen overgegaan. Voordat zij opnam en Slater hoorde, stond Kevin al in de hal. Kevin had gewoon op de zendknop kunnen drukken in zijn zak, om pas met haar te praten toen hij in de hal stond. Konden meervoudige persoonlijkheden zich zo gedragen?

Ze had bij Kevin in de auto gezeten toen Slater belde, direct voordat de bus werd opgeblazen. Maar ze had geen hard bewijs dat Slater toen werkelijk aan de lijn was.

Het was absurd. Onmogelijk! Maar hoe ze het ook tijdens haar slapeloosheid geprobeerd had, Sam kon niet één duidelijke situatie bedenken die zonder twijfel bewees dat zij niet één en dezelfde man konden zijn. Niet één.

Allemaal speculatie! Het moest toeval zijn!

En nu dit.

Als Goed en Kwaad met elkaar konden praten, wat zouden ze dan zeggen?

Sam kwam bij haar auto, haar maag in de knoop. Het was misschien niet genoeg. Het was onverantwoordelijk van haar geweest dat ze de mogelijkheid al aan Jennifer had gesuggereerd. De man van wie je denkt dat je verliefd op hem wordt, is krankzinnig. En ze had het zo rustig gezegd om de eenvoudige reden dat zij het zelf niet geloofde. Zij deed alleen maar dat waarvoor zij getraind was om het te doen. Maar dit... dit was een hele andere kwestie.

En Kevin was niet krankzinnig! Hij speelde allen maar rollen, zoals hij dat jarenlang met Balinda had leren doen. Hij was opgesplitst in uiteenlopende persoonlijkheden toen hij voor het eerst het ware kwaad begon te begrijpen. De jongen. Hij was de jongen geweest! Alleen wist hij niet dat hij de jongen was. Voor de Kevin van elf jaar oud was de jongen een slecht persoon die gedood moest worden. En dus doodde hij hem. Maar de jongen was nooit gestorven. Slater was gewoon slapend aanwezig gebleven tot dit werkstuk over de naturen van de mens hem op een of andere manier de mogelijkheid had gegeven weer aan de oppervlakte te komen.

Ze kon het nog steeds mis hebben. In echte gevallen van het meervoudig persoonlijkheidssyndroom waren de lijders zich zelden bewust van hun alternatieve persoonlijkheden. Slater zou niet weten dat hij Kevin was; Kevin zou niet weten dat hij Slater was. Ze waren elkaar eigenlijk ook niet. Lichamelijk gesproken wel, maar verder in geen enkel opzicht. Slater kon nu leven, terwijl Kevin sliep, en de moord op Balinda voorbereiden, en Kevin zou er geen weet van hebben. Sommige dingen die Slater deed waren louter denkbeeldig, andere, zoals de bommen en de ontvoering, legde hij werkelijk ten uitvoer.

Ze gooide Kevins telefoon op de passagiersstoel en koos Jennifers nummer op haar eigen toestel.

'Jenni...'

'Ik moet je spreken! Nu. Waar ben je?'

'Sam? Ik ben op het politiebureau. Wat is er aan de hand?'

'Heb je de laboratoriumuitslagen van de schoenafdrukken en de opnamen al?'

'Nee. Waarom? Waar ben je?'

'Ik was zojuist in Kevins huis en ik ben nu op weg naar jou.' Ze draaide Willow op.

'Hoe gaat het met Kevin?'

Sam haalde diep adem en liet de lucht langzaam ontsnappen. 'Hij slaapt. Ik heb een tweede telefoon bij hem gevonden, Jennifer. Het was het toestel dat gebruikt werd om de mobiele met de opnameapparatuur op te bellen. Ik weet niet hoe ik dit anders moet zeggen. Ik denk dat Kevin Slater is.'

'Dat is... ik dacht dat we dat al gehad hadden. Hij was in de kamer toen Slater...'

'Luister, Jennifer. Ik ben hier de laatste twaalf uur uit alle mogelijke invalshoeken op uitgekomen. Ik wil niet zeggen dat ik het kan bewijzen en ik wil helemaal niet dat het waar zou zijn. Maar als het zo is, dan heeft hij hulp nodig! Hij heeft jou nodig. En hij is de enige die ons bij Balinda kan brengen. Kevin weet het niet, maar Slater wel.'

'Alsjeblieft, Sam, dit is belachelijk. Hoe had hij zoiets voor elkaar moeten krijgen? We hebben mensen bij het huis staan. We hebben naar hem geluisterd daarbinnen. Hoe moet hij buiten zijn gekomen om Balinda te ontvoeren?'

'Het is zijn huis, hij weet hoe hij naar buiten kan komen zonder dat jouw jongens het merken. Waar was hij tussen drie en vijf uur vannacht?'

'Hij sliep...'

'Kevin kan gedacht hebben dat hij sliep, maar was dat ook zo? Ik denk dat hij de laatste vier dagen nog geen zes uur slaap heeft gehad. Ga maar na. Hij heeft geen enkel telefoontje gehad terwijl jij luisterde, althans niet in het huis. Ik hoop dat ik het mis heb, echt waar, maar ik denk niet dat je tegenstrijdigheden zult vinden. Hij is te intelligent. Maar hij wil dat de waarheid aan het licht komt. Onbewust, bewust, ik weet het niet, maar hij wordt slordig. Hij wil het de wereld laten weten. Dat is het antwoord op het raadsel.'

'*Wat valt maar breekt nooit? Wat breekt maar valt nooit?* Nacht en dag,' zei Jennifer. 'Tegenstellingen. Kevin.'

'Kevin. Kevin was de jongen. Daarom heb ik de jongen nooit gezien toen we kinderen waren. Hij was in die kelder van die loods, maar alleen hij, geen tweede jongen. Hij heeft zichzelf verwond. Controleer de bloedgroep. De bekentenis die Slater wil horen is niet dat Kevin probeerde de jongen te doden, maar dat hij de jongen is. Dat Kevin Slater is.'

'Ik ben mijn zonde,' zei Jennifer afwezig. Haar stem trilde licht.

'Wat?'

'Iets dat hij gisteravond zei.'

'Ik ben er over tien minuten,' zei Sam. 'Zorg ervoor dat Kevin niet het huis uitgaat.'

'Maar alleen Slater weet waar Balinda is? Kevin weet het werkelijk niet?'

'Dat vermoed ik.'

'Dan hebben we Slater nodig om Balinda te vinden. Maar als we het verkeerde signaal geven, duikt Slater misschien weer onder. Als hij dat doet en Kevin weet niet waar Balinda is, hebben we misschien ons eerste echte slachtoffer in deze zaak. Zelfs als we Kevin in een cel zetten, zou zij nog kunnen verhongeren.' Jennifer klonk plotseling gejaagd. 'Hij is de raadselmoordenaar niet, hij heeft tot nu toe nog niemand vermoord. Dat mogen we niet laten gebeuren.'

'We laten hem dus naar buiten gaan?'

'Nee. Nee, ik weet het niet, maar we moeten dit met fluwelen handschoenen aanpakken.'

'Ik ben er zo,' antwoordde Sam. 'Zorg ervoor dat Kevin het huis niet verlaat.'

Het geluid van de slaapkamerdeur die dichtging deed Kevin ontwaken. Het was drie uur, hij had meer dan vier uur geslapen. Jennifer had erop gestaan dat hij niet gestoord zou worden als het niet absoluut nodig was. Waarom waren ze dan in het huis?

Of waren zij het wel? Was er iemand anders in huis? Iemand als Slater! Hij liet zich van het bed glijden, liep op zijn tenen naar de deur en deed hem voorzichtig open. Iemand schoof de glazen schuifpui naar de achtertuin open. *Gewoon vragen wie daar is, Kevin. Het is de FBI, dat is alles.*

Maar als het de FBI niet was?

'Hallo?'

Niets.

'Is daar iemand?' riep hij, iets harder deze keer.

Stilte.

Kevin liep de trap af en stapte voorzichtig de woonkamer binnen. Hij rende naar het raam en keek naar buiten. De vertrouwde Lincoln was een half huizenblok verder geparkeerd.

Er was iets niet in orde, er was iets gebeurd. Hij liep naar zijn telefoon in de keuken en voelde instinctief naar zijn mobiele telefoon in zijn rechter broekzak. Hij was er nog. De andere telefoon, het grotere, draadloze vaste toestel, had hij in zijn linkerhand. Even keek hij verward naar de toestellen. *Heb ik die gepakt?* Zoveel telefoons, zijn geest nam een loopje met hem.

Het mobiele toestel begon hevig te trillen. Opnemen!

'Hallo?'

Slaters stem drong in zijn oor. 'Wie denkt dat hij een vlinder is, maar is eigenlijk een worm?'

Kevins gehijg brieste over het toestel.

'Je bent een stumper, Kevin! Ben je inmiddels al achter dat zonneklare feit, of moet ik het uit je slaan?' Slater hijgde zwaar. 'Ik heb hier iemand die je wil vasthouden, hoewel ik mij op geen enkele manier kan voorstellen waarom.'

Het bloed schoot naar Kevins gezicht. Zijn keel leek in een bankschroef te zitten. Hij kon geen woord uitbrengen.

'Hoe lang denk je dat ik nog kinderspelletjes met je speel, Kevin? Je bent kennelijk te dom voor de raadseltjes, dus heb ik besloten om de inzet te verhogen. Ik weet hoe problematisch je tegenover mammie staat, maar inmiddels heb ik uit betrouwbare bron vernomen dat je niet zo problematisch tegenover mij staat. In feite haat je mij, nietwaar, Kevin? Dat moet je ook: ik heb je leven verwoest.'

'Houd op!' riep Kevin.

'Houd op? Houd op? Is dat het beste wat je te bieden hebt? Jij bent de enige met de macht iets te stoppen. Maar ik denk dat je er de moed niet toe hebt. Jij bent even laf als de rest, dat heb je overduidelijk gemaakt. Hier is het voorstel, Kevin. Kom jij maar om mij te stoppen. Oog in oog, man tegen man. Dit is je grote kans om Slater overhoop te schieten met dat klapperpistool dat je onwettig gekocht hebt. Zoek me op!'

'Kom naar voren, lafaard! Sta op en kom voor mij staan!' schreeuwde Kevin.

'Lafaard? Oei, daar schrik ik van. Ik kan me nauwelijks bewegen van schrik, laat staan met jou geconfronteerd worden.' Pauze. 'Moet ik het op je voorhoofd beitelen? Jij moet mij vinden! Vind mij! Vind mij! Het spel eindigt over zes uur, Kevin. Dan dood ik haar. Jij bekent of ik snijd haar de keel af. Zijn we nu genoeg gemotiveerd?'

Het detail van de zes uur drong nauwelijks door. Slater wilde hem ontmoeten. Kevin ging anders staan. Hij wilde hem ook zien. Maar waar?

'Hoe?'

'Jij weet hoe. Het is donker hier beneden. Alleen, Kevin. Helemaal alleen, zoals het bedoeld was.'

Klik.

Een lang moment stond Kevin als aan de grond genageld. Het bloed klopte in zijn slapen en de zwarte draadloze telefoon trilde in zijn linkerhand. Hij brulde en sloeg de hoorn met al zijn kracht op het aanrechtblad. Zwarte plasticsplinters vlogen naar alle kanten.

Hij liet de mobiele telefoon in zijn zak glijden, draaide zich om en vloog de trap op. Hij had de revolver onder zijn matras verstopt. Nog drie kogels. Twee dagen eerder zou de gedachte om achter Slater aan te gaan hem doodsbang hebben gemaakt, maar nu vervulde de gedachte hem volkomen.

Het is donker hier beneden.

Hij stak zijn hand onder de matras, trok het wapen tevoorschijn en stopte het achter zijn riem. Donker. Beneden. *Ik heb wel een paar ideeën over donker en beneden, of niet soms? Waar de wormen hun ellendige kleine geheim-*

pjes bewaren. Hij wist het, hij wist het! Waarom had hij er niet eerder aan gedacht. Hij moest onopgemerkt buiten zien te komen en hij moest alleen gaan. Nu was het tussen hem en Slater. Eén tegen één, man tegen man.

De auto van de FBI stond nog steeds ergens verderop in de straat. Kevin rende aan de achterzijde naar buiten en sprintte naar het oosten, de andere kant op. Na één huizenblok sloeg hij af naar het zuiden. Ze zouden weten dat hij weg was gegaan. Sterker, ze zouden het laatste telefoontje van Slater op band hebben staan dankzij de permanente bewaking. En als ze nu achter hem aan kwamen? Hij moest Jennifer zeggen dat ze uit de buurt moest blijven. Hij kon de mobiele telefoon gebruiken, maar het moest een kort gesprek zijn, anders konden ze zijn positie bepalen.

Als donker en beneden was waar Kevin dacht dat het zou zijn... hij knarste met zijn tanden en kreunde. Die vent was ziek. En hij zou Balinda vermoorden. Loze dreigingen hoorden niet bij zijn karakter.

En als de FBI nu helikopters stuurde? Hij sloeg af naar het westen en bleef onder de bomenrij langs het trottoir lopen. De revolver priemde in zijn rug.

Hij zette een looppas in.

'Nu! Ik heb nu feiten nodig, niet over tien minuten,' snauwde Jennifer.

De rapporten kwamen normaal uit Quantico binnen met intervallen die door de agent van dienst werden bepaald. De volgende zending zou over tien minuten komen, legde Galager uit.

'Ik zal ze bellen, maar ze hebben het materiaal nog maar een paar uur. Dit soort onderzoek kan wel een week duren.'

'We hebben geen week! Weten ze wel wat er hier gaande is? Zeg ze dat ze de televisie maar eens aan moeten zetten!'

Galager liet zijn hoofd zakken en vertrok.

Haar wereld was ingestort na het telefoontje van Sam, twee minuten eerder. Ze wilde de mogelijkheid niet accepteren dat Kevin de bus of de bibliotheek opgeblazen zou hebben.

Vanaf haar hoekbureau kon Jennifer de uitgang zien achter een zee van andere bureaus. Milton stampte uit zijn kantoor, greep zijn jas en liep naar de deur. Waar ging hij naartoe? Hij bleef staan, draaide zijn hoofd om en Jennifer dook instinctief weg om oogcontact te vermijden. Toen ze weer opkeek, was hij verdwenen. Een onverklaarbare woede stak in haar op. Maar eigenlijk was niets hiervan Miltons schuld. Hij deed gewoon zijn werk. Natuurlijk hield hij van media-aandacht, maar hij had ook inderdaad een verantwoordelijkheid tegenover het publiek. Ze richtte haar woede en frustratie zonder goede reden op hem – ze wist het maar de gedachte hielp niet om haar te kalmeren.

Het was Kevin niet, hield zij zichzelf voor. Zelfs als Kevin Slater was, wat nog niet vaststond, zou de Kevin die zij kende niets opblazen. Een jury zou één blik op zijn verleden werpen en het ermee eens zijn. Als Slater Kevin was, dan was hij een deel van een meervoudige persoonlijkheid, en niet Kevin zelf.

Een gedachte maakte dat zij op haar stoel overeind schoot. Kon Slater Kevin erbij lappen? Was er een betere manier denkbaar om hem kapot te maken dan hem af te schilderen als de gek die Long Beach probeerde op te blazen? Ze greep een potlood en bracht de mogelijkheid in kaart.

Slater is de jongen; hij wil wraak. Hij terroriseert Kevin en overtuigt de wereld er vervolgens van dat hij Kevin is, die zichzelf terroriseert omdat hij Slater is. Kevin is geruïneerd en Slater ontsnapt. Het gaf het begrip perfecte misdaad een andere inhoud.

Maar hoe kon Slater dat voor elkaar krijgen? Sam had twee telefoons gevonden. Waarom zou Kevin twee toestellen meeslepen zonder het te weten? En hoe konden de nummers die Slater koos op dat tweede toestel staan? Een elektronische schakeling die de nummers kopieerde om het zo te laten lijken dat die telefoon gebruikt was. Mogelijk. En hoe kon Slater de telefoon in Kevins zak hebben gestopt zonder dat hij dat wist? Dat zou moeten zijn gebeurd toen Kevin sliep, deze morgen. Wie had er toegang tot Kevin...

Haar telefoon ging over en ze pakte op zonder erbij na te denken.
'Jennifer.'

'Hallo, met Claude, van de bewaking. We hebben iets in het huis. Kevin is net door iemand opgebeld.'

'Door wie?' Jennifer stond op en duwde haar stoel naar achteren.

Gekraak. 'Slater. We zijn er tamelijk zeker van. Maar dat is nog niet alles.'

'Wacht even. Heb je de opname van de mobiele telefoon van Kevin?'

'Nee, we hebben een opname van het geluid in het huis. Iemand die als Slater klonk, belde Kevin van binnen het huis. Ik... eh, ik weet dat het vreemd klinkt, maar beide stemmen kwamen van binnen in het huis. Ik zend de opname nu naar het bureau. Hij dreigde de vrouw over zes uur om te brengen en stelde voor dat Kevin hem zou opzoeken.'

'Heeft hij gezegd waar?'

'Nee. Hij zei dat Kevin het zou weten. Het was donker hier beneden, zei hij. Dat is alles.'

'Heb je met Kevin gesproken?'

'We besloten om het huis binnen te gaan.' Hij zweeg even. 'Kevin was verdwenen.'

Jennifer liet zich in haar stoel vallen. 'Je hebt hem laten lopen?!'

Claude klonk beschaamd. 'Zijn auto stond nog in de garage.'

Ze sloot haar ogen en haalde diep adem. Wat nu? 'Ik wil die band onmiddellijk hier hebben. Zet een zoekactie op, in concentrische cirkels. Hij is te voet.'

Ze liet de telefoon op het bureau vallen en zette haar vingers tegen elkaar om het trillen tegen te gaan. Haar zenuwen waren op. Vier dagen met hoeveel slaap? Twaalf, veertien uur? De zaak was net van vreselijk naar hopeloos gegaan. Hij zou Balinda vermoorden. Onvermijdelijk. Wie zou Balinda vermoorden? Slater? Kevin?

'Hallo?'

Ze keek op en zag een van Miltons agenten in de deuropening staan. 'Ik heb een telefoontje voor u. Hij zegt dat hij uw persoonlijke lijn heeft geprobeerd maar u niet kon bereiken. Hij wil zijn naam niet zeggen.'

Ze knikte naar de telefoon op het bureau. 'Verbind maar door.'

Het gesprek werd doorverbonden en zij nam op. 'Peters.'

'Jennifer?'

Het was Kevin. Jennifer was te verbluft om iets te zeggen.

'Hallo?'

'Waar ben je?'

'Het spijt me, Jennifer. Ik ga achter hem aan. Maar ik moet dit alleen doen. Als je achter mij aan komt, zal hij haar vermoorden. Jullie maken toch opnamen van het huis? Luister naar de band. Ik kan nu niet verder praten, anders vinden ze me, maar ik wilde dat jij het wist.' Hij klonk wanhopig.

'Kevin, je hoeft dit niet te doen. Zeg me waar je bent.'

'Ik moet dit wel doen. Luister naar de band. Het is niet wat jij denkt. Slater doet dit mij aan. Probeer me maar niet te bellen, ik gooi deze telefoon weg.' Hij brak het gesprek abrupt af.

'Kevin?'

Jennifer sloeg de horen terug op het toestel. Ze haalde haar handen door haar haar en nam de horen weer op. Ze koos Samantha's nummer.

'Hallo?'

'Kevin is weg, Sam,' zei Jennifer. 'Hij heeft net een telefoontje van Slater gehad, die dreigde Balinda over zes uur te vermoorden. Hij heeft Kevin naar buiten gelokt om hem te ontmoeten. Hij zei dat hij wel wist waar en dat het er donker was. Zover ik weet, is dat alles. De band is onderweg hierheen.'

'Hij is lopend? Hoe hebben ze hem kunnen laten ontsnappen?'

'Ik weet het niet. Maar het feit ligt er dat we nu bar weinig tijd hebben en dat we het contact verloren hebben.'

'Slaters mobiele...'

'Hij zei dat hij die zou weggooien.'

'Ik ga terug,' zei Sam. 'Hij kan niet ver komen.'

'Aangenomen dat jij gelijk hebt over Kevin, dan lokt Slater hem naar een plek die zij beiden uit zijn kindertijd moeten kennen. Enig idee?'

Sam aarzelde. 'De loods?'

'We zullen het controleren, maar het ligt te veel voor de hand.'

'Laat me erover nadenken. Als we geluk hebben, vinden we hem.

Concentreer de zoekactie op het westen, dichter bij Baker Street.'

'Er is nog een andere mogelijkheid, Sam. Ik weet dat het vergezocht klinkt, maar stel dat Slater Kevin een loer draait?'

Het was stil aan de andere kant van de lijn.

'Het forensisch onderzoek zal meer uitsluitsel geven maar de mobiele telefoon zou gemanipuleerd kunnen zijn met een schakeling om nummers te kopiëren. Het doel klopt: Kevin wordt afgeschilderd als een krankzinnige die zichzelf terroriseerde; hij is kapot en Slater gaat vrijuit. De wraak uit de kindertijd is voltrokken.'

'Wat een ingewikkeld web weven wij,' antwoordde Sam zachtjes. 'Wacht de gegevens op de band af, hopelijk weten we dan meer.'

'Ik werk eraan.' Galager kwam binnen en ging zitten, met een dossiermap in zijn hand. Jennifer stond op. 'Bel me als je nog iets bedenkt.'

'Nog een laatste ding,' zei Sam. 'Ik heb met dr. John Francis gepraat en hij vertelde dat jij ook al met hem gesproken had. Misschien kun je overwegen dit ook aan hem voor te leggen. Hij kent Kevin goed en hij zit in jouw vakgebied. Het is maar een gedachte.'

'Dank je, zal ik doen.'

Ze hing op. Galager zat weer voor haar. 'En?'

'Zoals ik al zei, niet klaar. Maar ik heb wel iets anders. Ooit gehoord van een seismische tuner?'

'Een wat?'

'Een seismische tuner. Een apparaat dat stempatronen verandert.'

'Ja?'

'Nou, ik zou mijn stem kunnen opnemen en dit ding zo kunnen programmeren dat hij op jouw stem lijkt.'

'Ja, en? Het voorbeeld van Kevins stem dat we naar hen opstuurden lijkt in het geheel niet op die van Slater. Waar wil je heen?'

'Ik heb met Carl Riggs van het laboratorium gepraat. Hij zegt dat zelfs wanneer zij vaststellen dat de stemmen van Slater en Kevin hetzelfde patroon hebben, iemand die wist waarmee hij bezig was dat effect met een seismische tuner had kunnen produceren.'

'Ik volg het niet meer. De kern graag, Galager.' Haar frustratie liep nu zo'n beetje over.

'De kern is dat Slater zijn stem veranderd zou kunnen hebben om hem op een afgeleide van Kevins stem te laten lijken. Hij zou een voorbeeld van Kevins stem hebben kunnen bemachtigen, die elektronisch hebben ontleed en vervolgens de vocale patronen met een andere stemhoogte en andere intonatie hebben kunnen kopiëren. Met andere woorden, hij zou via een apparaat kunnen spreken dat het doet voorkomen alsof hij Kevin is, die probeert niet Kevin te zijn. Begrijp je?'

'In de wetenschap dat wij de opname zouden analyseren en tot de conclusie zouden komen dat beide stemmen van Kevin afkomstig zijn.' Ze knipperde met haar ogen.'

'Precies. Hoewel dat dus niet het geval is.'

'Kortom, hij zou Kevin erin kunnen luizen.'

'Het is een mogelijkheid. Riggs zei dat er in Florida een zaak is van een vrouw die ontvoerd werd en voor wie een miljoen dollar losgeld werd gevraagd. De gemeenschap sloeg de handen in elkaar en schraapte het geld bijeen. Maar het bleek dat de stem van de ontvoerder die van de man van de ontvoerde vrouw was, bewerkt met een seismische tuner. Hij ontvoerde dus zijn eigen vrouw. De zaak komt volgende maand voor de rechter.'

'Ik wist niet dat er zoiets als een seismische tuner bestond.'

'Die bestaat ook pas sinds een jaar.' Galager stond op. 'Hoe dan ook, zelfs als de stemmen beide bij die van Kevin passen, weten we nog niet echt of het zijn stemmen zijn tot we het gebruik van een seismische tuner kunnen uitsluiten. Riggs heeft het rapport over de stemanalyse morgen pas. Ze werken eraan, maar het vergt tijd.'

'En de schoenafdrukken?'

'Die moeten tegen de avond komen, maar hij denkt niet dat het ons veel zal helpen. Te weinig onderscheidend.'

'Je vertelt me nu dus eigenlijk dat al dat werk tot niets leidt.'

'Ik zeg je dat het uiteindelijk misschien tot niets leidt.'

Hij liep weg en Jennifer zakte terug in haar stoel. Milton. Ze moest nu op hem rekenen. Ze had iedere beschikbare politiewagen in de stad nodig voor de zoekactie om Kevin te vinden – en de actie moest verlopen zonder risico dat er naar de pers gelekt werd.

Ze deed haar ogen dicht. Eigenlijk maakte dat allemaal niets uit. Waar het om ging, was dat Kevin verdwenen was. De jongen was verdwaald.

Plotseling kon ze wel huilen.

24

Kevin hield de zijstraten aan en rende zo natuurlijk mogelijk, ondanks het gebonk in zijn hoofd.

Als er auto's of voetgangers naderden, veranderde hij van richting of stak de straat over. Op zijn minst liet hij zijn hoofd hangen. Als hij de luxe had om een directe route te lopen, zou die niet half zo lang zijn als nu, met alle zijsprongen.

Maar Slater had gezegd dat hij alleen moest zijn en dus moest hij tegen elke prijs de politie en ander autoriteiten vermijden. Jennifer zou deze keer de politie eropuit sturen. Ze zou wanhopig proberen hem te vinden voordat hij Slater vond omdat ze wist dat hij geen schijn van kans maakte tegenover die man.

Kevin wist dat ook.

Hij rende voort in het beangstigende besef dat hij Slater nooit zou kunnen ontmoeten en het overleven. Balinda zou sterven; hij zou sterven. Maar hij had geen keus. Hoewel hij dacht dat hij zich bevrijd had, had hij in werkelijkheid de laatste twintig jaar in die spelonk van het verleden doorgebracht. Het kon niet langer. Hij zou Slater recht in de ogen kijken en leven, of sterven bij deze ultieme poging om zijn vrijheid te veroveren.

En Jennifer dan? En Sam? Hij zou hen kwijtraken. De beste dingen in zijn leven, de enige dingen die ertoe deden, zouden weggevaagd worden door Slater. En als hij deze keer een manier vond om aan Slater te ontsnappen, dan zou de man terugkomen om hem weer op te jagen. Nee, hij moest er voor eens en voor altijd een einde aan maken. Hij moest doden of gedood worden.

Kevin slikte en rende verder door onverdachte woonwijken. Er vlogen helikopters in de lucht. Hij kon zo snel niet onderscheiden tussen politiehelikopters en andere en dus verborg hij zich voor alle, wat de voortgang nog meer vertraagde. Elf politiewagens kruisten zijn pad en dwongen hem steeds weer een andere richting te nemen. Hij rende al een uur en was nog maar halverwege. Hij gromde en ging door. Het ene uur werden er twee. Met ieder stap nam zijn vastberadenheid toe, tot hij de bittere haat jegens Slater bijna kon proeven, een koperige smaak van bloed op zijn droge tong.

Het district met de loodsen lag zonder waarschuwing plotseling voor hem. Kevin vertraagde tot gewoon wandeltempo. Zijn natte hemd plakte tegen zijn lijf. Hij was dichtbij. Zijn hart begon te bonken, evenzeer van de zenuwen als van uitputting.

Vijf uur. Slater had hun zes uur gegeven. Drie plus drie. Het toppunt in zijn zieke spelletjes met drieën. Tegen deze tijd zou de hele stad een wanhopige zoekactie zijn begonnen naar Balinda, om haar voor de deadline van negen uur te vinden. De FBI zou de bandopname uit het huis hebben afgeluisterd en met Sam zouden ze nu hun hersenen pijnigen om de cryptische code van Slater te doorgronden. *Je weet het wel, Kevin. Het is donker hier beneden.*

Zou Sam erachter komen? Hij had haar nooit over die plek verteld.

Kevin stak een spoorbaan over en liep een bomengroepje in, afgelegen aan de uiterste rand van de stad. Dichtbij. Zo dichtbij.

Je gaat sterven, Kevin. Zijn arm voelde aan als een speldenkussen. Hij bleef staan en keek om zich heen. Het lawaai van de stad klonk ver weg. Een hagedis liep rechts van hem over dode bladeren, bleef stil zitten, richtte een bol oog op hem en maakte zich uit de voeten naar de stenen.

Kevin liep verder. En als hij het eens fout had? Het zou de loods hebben kunnen zijn waar hij de jongen had opgesloten, natuurlijk – het was donker daar beneden. Maar Slater zou nooit zo'n voor de hand liggende keus hebben gemaakt. En bovendien zou het daar wemelen van de politie. Nee, dit moest het wel zijn.

Hij zag de oude gereedschapsschuur tussen de bomen en bleef staan. De weinige verf die er nog aan zat, bladderde grijs verkleurd af. Plotseling wist Kevin niet of hij het aan zou kunnen. Slater zat op ditzelfde moment waarschijnlijk achter een van de bomen om toe te kijken. En als hij nu wegrende en Slater uit zijn schuilplaats tevoorschijn zou komen om hem neer te schieten? Hij kon geen hulp inroepen: hij had de mobiele telefoon zeven kilometer oostelijker in een steegje achter een snackbar weggegooid.

Maakte niet uit. Hij moest dit doen. De revolver drukte in zijn maag. Hij had hem aan de voorkant achter zijn riem gestoken toen zijn rug rauw werd van de wrijving. Hij voelde ernaar door zijn hemd heen. Moest hij het wapen nu trekken?

Hij haalde de revolver tevoorschijn en liep voorzichtig verder. Het schuurtje stond er onaangetast, bijna niet meer dan een buitentoilet. Kevin ademde bewust door zijn neus en liep naar de achterdeur, zijn ogen gefixeerd op de panelen en de spleten daartussen, gespitst op ieder teken van leven. Wat dan ook.

Je gaat hier sterven, Kevin.

Hij kroop naar de deur, hevig trillend. Rechts van hem liepen diepe bandensporen door de zachte aarde. Er hing een hangslot aan de vergrendeling. Open. De deur was nooit open.

Hij haalde het slot voorzichtig weg en legde het op de grond. De deur kraakte. Hij stopte. Een smalle spleet liet een gapend zwart gat zien.

O God, wat doe ik? Geef me kracht. Zou het licht het nog doen?

Kevin trok de deur open. De schuur was leeg. *Goddank.*

Je kwam hierheen om hem te vinden en nu dank je God dat hij er niet is?

Maar als hij er is, zit hij beneden, onder dat luik, de trap af en door de tunnel. Daar is het 'donker hier beneden' toch?

Hij stapte naar binnen en trok aan het kettinkje dat aan een enkel peertje hing. De lamp gloeide zwakjes, als een gedimde sfeerverlichting. Kevin trok de deur dicht. Het kostte hem vijf volle minuten om voldoende moed te verzamelen en het luik met een hevig bevende hand open te doen.

Een houten trap verdween in de diepte. Op de trap waren voetafdrukken te zien.

Kevin slikte.

Er hing een sfeer van dreigende rampspoed in de vergaderkamer en de twee ernaast gelegen kantoren in het politiebureau van Long Beach, waar Jennifer en de andere FBI-agenten de laatste vier dagen koortsachtig aan het werk waren geweest.

Twee uur systematisch zoeken, zowel op de grond als vanuit de lucht, had niets opgeleverd. Als Slaters plek van het *donker hier beneden* zich in de loods met de kelder bevond, zou hij in de armen van twee bewapende en geüniformeerde agenten lopen. Sam had tweemaal gebeld, de laatste keer nadat zij haar zoektocht had opgegeven. Ze wilde iets nagaan waar ze verder geen uitsluitsel over gaf. Ze zou terugbellen. Dat was nu een uur geleden.

Het forensische rapport over de schoenafdrukken was binnengekomen en leverde geen harde gegevens op. Jennifer had alle details van de afgelopen vier dagen de revue laten passeren en probeerde uit te maken welke van de twee nieuwe theorieën het meest plausibel was. Of Kevin was Slater, of Slater luisde Kevin erin door aanwijzingen rond te strooien dat hij Kevin zou zijn.

Als Kevin inderdaad Slater was, hadden ze in ieder geval hun man. Geen spelletjes meer voor Slater. Geen slachtoffers. Behalve wanneer Slater Kevin zou doden, wat in de praktijk gelijk zou staan met zelfmoord. Of Slater zou Balinda doden. Dan hadden ze twee lijken op een plek waar het donker was beneden. Zelfs als Slater Balinda niet zou doden, zou Kevin de rest van zijn leven moeten meedragen wat hij als Slater deed. Bij die gedachte kreeg Jennifer een brok in haar keel.

Als Slater iemand anders was, zou Kevin alleen maar het slachtoffer zijn van een afschuwelijk plan.

De klok tikte door. 5:30 uur. Jennifer pakte de mobiele telefoon en belde Sam op.

'Sam, we zitten hier volkomen vast, we hebben niets. De schoenafdrukken leverden niets op, vertel me alsjeblieft dat jij wel iets hebt.'

'Ik wilde je net bellen. Heb je al met John Francis gepraat?'

'Nee. Waarom?'

'Ik ben in Kevins huis geweest en heb door zijn papieren, boeken en kasten gesnuffeld op zoek naar een of andere verwijzing naar zijn verleden, naar een plek waar het donker is. Ik wist dat Kevin intelligent was, maar dit had ik niet verwacht – onvoorstelbaar. Geen duidelijke verwijzingen naar Slater of iets dat zelfs maar in de richting wijst van een meervoudige persoonlijkheid.'

'Dat zou dus de theorie kunnen ondersteunen dat hij er door een ander wordt ingeluisd,' constateerde Jennifer.

'Misschien. Maar ik vond wel het volgende in een dagboek dat hij op zijn computer bijhoudt. Luister. Het is twee weken geleden geschreven:

"Het probleem met de meeste van de beste denkers is dat zij hun verstandelijkheid ontkoppelen van de spiritualiteit, alsof die twee verschillende werkelijkheden vormen. Dat is niet zo. Het is een foutieve scheiding. Niemand begrijpt dat beter dan dr. John Francis. Ik heb het gevoel dat ik hem kan vertrouwen. Alleen hij begrijpt mij echt. Ik heb hem vandaag over het geheim verteld. Ik mis Samantha. Ze belde..."

Dan gaat het verder over mij,' zei Sam. 'Het punt is dat dr. John Francis misschien meer weet dan hij zich realiseert.'

'Het geheim,' peinsde Jennifer. 'Dat kan een verwijzing zijn naar iets dat hij jou nooit verteld heeft. Een plek die hij als kind kende.'

'Ik wil met Francis praten, Jennifer.'

Het was het enige sprankje licht dat Jennifer in twee uur tijd had gezien. 'Heb je zijn adres?'

'Ja.'

Jennifer greep haar jas. 'Ik zie je daar over twintig minuten.'

De afdaling in de bunker en de gang door de tunnel hadden Kevin liters zweet gekost. De deur onder aan de trap naar de kelder stond wijd open.

Kevin leunde naar voren en gluurde voor het eerst in twintig jaar naar binnen. Zijn benen leken van rubber.

Een glimmende zwarte vloer waar hier en daar stukken beton doorheen schemerden. Een kleine koelkast rechts, met daarnaast een witte oven en een gootsteen. Links een metalen bureau, volgepakt met elektronica. Dozen met dynamiet, een archiefkast, een spiegel. Twee deuren die... ergens heen gingen.

Kevin hield de revolver met twee handen voor zich uit en was ademloos. Het zweet prikte in zijn ogen. Dit was het! Dit moest het zijn! Maar de ruimte was leeg. Waar was Slater?

Bonk, bok, bonk. Een gesmoorde schreeuw.

Kevin verstarde.

'Is daar iemand?' Hij kon de woorden nauwelijks verstaan. 'Alsjeblieeeft!'

Balinda. De kamer begon te draaien. Hij verzette een voet om zijn evenwicht te bewaren. Gejaagd en nerveus keek hij weer de kamer rond. Waar was Slater?

'Alsjeblieeeft! Alsjeblieft!' Ze klonk als een muis. Kevin deed nog een stap, en nog een, met zijn revolver trillend voor zich uit.

'Ik wil niet sterven,' huilde de stem. 'Doe iets, alsjeblieft.'

'Balinda?' Kevins stem kraakte hees. De geluiden stopten en er viel een zware stilte.

Kevin haalde met moeite adem. Slater had Balinda hier achtergelaten zodat hij haar zou vinden. Hij wilde dat Kevin zijn mammie redde, want dat doen kleine jongens voor hun mammie. Hij had haar in de steek gelaten en nu zou hij haar redden om zijn vreselijke zonde goed te maken. Kevins wereld begon te draaien.

'Kevin?' jammerde de stem. 'Kevin?'

'Mammie?'

Er schraapte iets over het beton achter hem. Hij draaide zich met een ruk om, de revolver voor zich uit.

Er stapte een man uit de donkere schaduwen. Hij keek minachtend. Blond haar. Geen hemd. Beige broek. Witte sportschoenen. Geen hemd.

Een tatoeage van een hart op zijn linkerborst met het woord *Mam* in zwart. Hij had een groot zilverkleurig pistool. Geen hemd. Zijn naakte bovenlichaam was obsceen in Kevins ogen. Slater, van vlees en bloed.

'Hallo, Kevin,' zei Slater. 'Ik ben zo blij dat je ons gevonden hebt.' Hij liep naar rechts.

Kevin volgde hem met de revolver, zijn vingers spanden zich. *Doe het! Schiet. Haal de trekker over!*

'Ik zou nog niet schieten, Kevin. Nog niet. Niet voordat ik je vertel hoe jij je mammie kunt redden. Want als je mij nu doodt, is zij er ook geweest, dat beloof ik je. Wil je graag dat mammie eraan gaat?' Slater grijnsde en liep langzaam verder, het pistool aan zijn zij. 'Eigenlijk zou je het misschien wel willen. Dat zou begrijpelijk zijn.'

Er werd op de deur gebonkt. 'Kevin! Help me!' schreeuwde Balinda's gesmoorde stem.

'Houd je mond, heks!' schreeuwde Slater. Zijn gezicht liep rood aan. Hij kalmeerde zichzelf en glimlachte weer. 'Zeg haar dat het niet echt is, Kevin. Dat de duisternis niet echt duister is. Zeg haar dat je haar naar buiten laat als zij een braaf meisje is. Is dat niet wat ze jou altijd zei?'

'Hoe ken je mij?' vroeg Kevin. Zijn stem kraakte.

'Herken je mij niet?' Slater maakte zijn voorhoofd vrij met zijn linkerhand. 'Ik heb de tatoeage laten weghalen.'

Hij was de jongen, maar dat wist Kevin al. 'Maar... hoe weet je het van Balinda? Wat doe je?'

'Je begrijpt het nog steeds niet, hè?' Slater kwam dichter bij de deur waar Balinda op bonkte. 'Vier dagen van glasheldere aanwijzingen en jij bent nog even dom als je eruitziet. Weet je hoe lang ik hierop gewacht heb? Dit gepland heb? Het is briljant. Zelfs als je denkt het te weten, weet je het nog niet. Niemand zal het weten. Nooit. Dat is het mooie ervan.'

Hij giechelde met een verwrongen gezicht.

'Laat je pistool vallen,' zei Kevin. Hij moest weten wat Slater bedoelde. Hij wilde hem neerschieten, een klomp lood door zijn voorhoofd jagen, maar hij wilde ook weten wat Slater zei.

'Laat het pistool vallen.'

Slater pakte de deurknop, draaide en duwde de deur open. Balinda zat op de vloer, haar handen achter haar rug gebonden, met haar voeten tegen de deur. Slater richtte zijn pistool rustig op haar bleke, verbijsterde gezicht.

'Het spijt me, Kevin,' zei de man. 'Gooi de erwtenschieter naar mij toe of ik schiet mammie dood.'

Wat? Kevin voelde het bloed naar zijn hoofd stijgen. Hij kon nog steeds schieten en Slater zou dood zijn voordat hij Balinda kon vermoorden.

'Laat vallen!' zei Slater. 'De trekker staat op springen. Als je mij neerschiet, krampt mijn vinger en is zij ook dood.'

Balinda begon te huilen. 'Kevin... liefje...'

'Nu! Nu, nu, nu!'

Kevin liet de revolver langzaam zakken.

'Ik weet hoezeer je erop gesteld bent, maar als ik zeg laten vallen, dan bedoel ik ook laten vallen! Nu!'

Kevin liet het wapen vallen en deed in paniek een stap achteruit.

Slater sloeg de deur voor Balinda weer dicht, stapte naar voren en raapte de revolver op. 'Grote jongen. Mammie zal trots op je zijn.' Hij stak Kevins pistool achter zijn riem, liep naar de deur voor de trapopgang en sloot die.

'Zo.'

Balinda's voeten stampten weer tegen de deur. 'Kevin? Alsjeblieeeeft....'

'Ahhh!!' Slater schreeuwde en rende tegen de deur aan. Hij schopte hard genoeg om een deuk in het staal achter te laten. 'Houd je mond! Nog één kik van jou en ik niet je mond dicht!'

Hijgend stapte Slater achteruit. Balinda werd stil.

'Haat je die vrouwen niet die hun klep nooit weten te houden?' Hij draaide zich om. 'Waar waren we gebleven?'

Een merkwaardige vastbeslotenheid maakte zich meester van Kevin. Hij zou hier beneden uiteindelijk toch sterven, hij had niets te verliezen. De verknipte jongen was uitgegroeid tot een ziekelijk monster. Slater zou zowel hem als Balinda vermoorden zonder ook maar een greintje berouw te kennen.

'Jij bent ziek,' zei Kevin.

'Kijk eens aan, dat is een nieuwe gedachte. Maar eigenlijk ben jij hier de zieke. Dat is wat ze nu geloven, en neem maar van mij aan dat ze geen reden zullen hebben om eraan te twijfelen zodra ik hier klaar ben.'

'Je vergist je. Jij hebt je krankzinnigheid al bewezen. Je hebt deze stad aan stukken gescheurd en nu heb je iemand ontvoerd, een onschuldige...'

'Onschuldig? Nauwelijks, maar daar gaat het niet om. Het gaat erom dat jij haar ontvoerd hebt.' Hij grijnsde breed.

'Je slaat wartaal uit.'

'Natuurlijk. Ik sla wartaal uit omdat jij niet kunt nadenken. Jij en ik weten allebei dat ik al die akelige dingen deed. Dat Slater Kevin opbelde, dat Slater de bus opblies en dat Slater de oude heks in een betonnen bunker gevangen houdt. Maar het probleem is dat zij denken dat Kevin Slater is. En als ze dat nog niet denken, dan zullen ze dat gauw genoeg gaan doen. Kevin is Slater omdat Kevin gek is.' Grijns. 'Dat is het plan, slijmbal.'

Kevin staarde hem als verdoofd aan. 'Dat is... dat is niet mogelijk.'

'Dat is het dus wel. En daarom werkt het ook. Je denkt toch niet dat ik iets onaannemelijks zou doen?'

'Hoe zou ik jou kunnen zijn?'

'Meervoudig persoonlijkheidssyndroom. Jij bent mij zonder dat je zelfs maar weet dat het zo is.'

Kevin schudde zijn hoofd. 'Ben jij echt stom genoeg om te denken dat Jennifer...'

'Sam gelooft het.' Slater liep naar het bureau en tikte op een zwarte doos die eruitzag als een antwoordapparaat. Hij had zijn pistool laten zakken en Kevin vroeg zich af of hij hem kon bespringen voordat hij de kans had het te heffen en te schieten.

'Ze vond de mobiele telefoon die ik gebruikte in jouw zak. Dat is op zich al genoeg voor de meeste jury's. Maar ze zullen nog meer vinden. De opnamen bijvoorbeeld. Ze zullen aantonen dat mijn stem eigenlijk jouw stem is, gemanipuleerd om te klinken als de stem van die afschuwelijke moordenaar Slater.' Hij veinsde afschuw en huiverde. 'Oooo... afgrijselijk, nietwaar?'

'Er zijn duizenden gaten in je verhaal. Daar kom je nooit mee weg!'

'Er zijn geen gaten!' snauwde Slater. Daarop glimlachte hij weer. 'En ik ben al bezig ermee weg te komen.'

Hij pakte een foto, een plaatje van Sam, genomen met een telelens. 'Ze is echt heel mooi,' zei hij, een ogenblik in beslaggenomen door de foto. Daarna trok hij een groot, zwart laken weg dat voor de muur hing. Erachter waren vijftig tot zestig foto's op het beton geplakt, allemaal van Samantha.

Kevin knipperde met zijn ogen en deed een stap naar voren. Slaters pistool kwam omhoog. 'Daar blijven.'

Foto's van Sam op straat, in New York, Sacramento, door een raam, in haar slaapkamer... Kevin voelde de hitte naar zijn nek stijgen.

'Wat moet je daarmee?'

'Ik wilde haar ooit doden.' Slater draaide zich langzaam om naar Kevin en liet zijn hoofd dreigend zakken. 'Maar dat weet jij. Jij wilde haar en dus probeerde je mij te doden.'

Zijn lippen begonnen te beven en zijn ademhaling ging in korte stoten. 'En nu ga ik haar wel doden. En ik zal de wereld laten zien wie jij in werkelijkheid bent, want jij bent niet beter dan ik. Jij bent het mooie jongetje van verderop uit de straat met wie zij zo graag speelt. Maar maakt jou dat beter? Nee!' Hij schreeuwde het laatste woord en Kevin sprong achteruit van schrik.

'Blijf nog maar even bij mij en we zullen eens zien hoe lief jij bent.' Hij boog vooruit en tikte met de loop van het pistool op Kevins borst. 'Diep vanbinnen ben jij niet anders dan ik. Als je mij was tegengekomen voordat je Samantha ontmoette, hadden we beiden bij haar raam gestaan om het glas te likken. Dat weet ik, want ik was ooit net als jij.'

'Is dat waar het hier om gaat?' vroeg Kevin hard. 'Een jaloerse schooljongen die terug is gekomen om de buurjongen te treiteren? Jij bent ziek!'

'En jij ook! Jij bent even ziek als de rest.' Slater spuugde op de grond. De kledder landde met een klets. 'Ziek!' Hij kwam twee stappen naar voren en drukte de loop tegen Kevins wang. Er schoot een pijnflits door zijn kaak. 'Ik zou er nu een eind aan moeten maken. Jij en al die dwazen die zich op zondag zo lief voordoen! Jij bent mij misschien niet, maar in werkelijkheid wel, ellendeling!'

Slaters lichaam schokte tegen Kevin aan en Kevins bewustzijn begon te verdwijnen. *Je gaat sterven, Kevin.*

Slater vecht tegen de wanhopige drang om de trekker over te halen. Hij weet dat hij het niet kan doen. Dat is het plan niet. Niet op deze manier. Nog niet.

Hij staart in Kevins ronde ogen. De geur van angst en zweet vult zijn neus. In een impuls steekt hij zijn tong uit en duwt die hard tegen Kevins kaak. Hij sleept hem helemaal naar boven, tot aan zijn slaap, alsof hij een ijsje likt. Zoutig. Ziek, ziek, ziek.

Slater geeft Kevin een zet en stapt achteruit. 'Weet je wat ik proef? Ik proef Slater. Ik ga haar vermoorden, Kevin. Ik ga ze allebei vermoorden. Maar dat is niet wat de wereld zal denken. Zij zullen denken dat jij het gedaan hebt.'

Kevin recht zijn rug en kijkt hem woedend aan. De man heeft meer ruggengraat dan Slater vermoed had. Genoeg om hier te komen, zoals hij wel gedacht had. Maar hij kan niet vergeten dat deze man hem ooit ook in een kelder opsloot toen hij nog een jongetje was. Ze lijken misschien zelfs meer op elkaar dan Slater vermoedt.

Hij haalt diep adem. 'Goed, laten we rustig blijven, ja? Ik heb een nieuw spel dat ik wil spelen.'

'Ik speel geen spelletjes meer,' zegt Kevin.

'O, jawel. Jij speelt mee of ik snijd mammie aan stukjes, één vinger per keer.'

Kevin kijkt naar de deur waar de oude heks achter zit.

'En als we dan nog niet goed gemotiveerd zijn, begin ik met jouw vingers. Zijn we nog steeds zo onwillig?'

Kevin staart hem alleen maar aan. In ieder geval jammert en huilt hij niet als die oude vrouw.

'Laten we wel zijn, Kevin. Jij kwam hier met maar één gedachte in je hoofd. Jij wilde doden. Doden, doden, doden. Op die manier lijken we ook op elkaar.' Slater haalt zijn schouders op. 'Natuurlijk, ik ben het doelwit van jouw bloeddorstigheid, maar als we alle excuses even wegdenken, komt het op hetzelfde instinct neer. De meeste mensen zijn in waarheid moordenaars, maar ik heb je niet hierheen gehaald om college te geven. Ik heb je hier gebracht om te doden. Ik ga jou je zin geven. Je kwam om mij te doden, maar dat strookt niet met mijn voorkeur, dus heb ik de zaken iets aangepast.'

Kevin verroert geen vin.

'We hebben er al één, maar we hebben ook de ander nodig.' Slater kijkt naar de muur, de collectie foto's. Het is deels haar schoonheid die hij zo haat. Daarom hangt hij een gordijn voor de foto's. Om negen uur zal ze dood zijn.

'Maak me maar af,' zegt Kevin. 'Ik haat jou.' Hij spreekt de laatste woorden met zoveel minachting uit dat Slater er een schok van krijgt. Maar hij laat het niet zien. Slater laat woede en haat zien, maar geen schok, want dat is zwakheid.

'Wat moedig. Wat nobel. Hoe kan ik een zo oprecht verzoek weigeren? Beschouw jezelf maar vast als dood. We sterven allemaal; jij zult als een levende dode zijn tot je ten slotte echt in je kist ligt. Ondertussen moeten we ons tweede slachtoffer naar binnen lokken. Zij zal aanstormen om je te redden. Haar ridder is in gevaar.'

'Ik veracht je.'

'Jij gaat mij helpen of mammie begint te schreeuwen!' zegt Slater.

Kevin staart hem ziedend aan en doet langzaam zijn ogen dicht.

'Alleen maar een telefoontje, Kevin. Ik zou het zelf doen, maar het is echt nodig dat ze jouw stem hoort.'

Kevin schudt zijn hoofd en wil iets zeggen, maar Slater wil het niet horen. Hij stapt naar voren en slaat met het pistool tegen Kevins hoofd.

'Ik maak haar af, verwaand klein kreng!'

Er loopt bloed over Kevins gezicht. Dat windt Slater op.

Kevins gezicht vertrekt en hij begint te huilen. Beter, veel beter. Hij zakt langzaam op zijn knieën en voor het eerst sinds zijn tegenstander binnenkwam, weet Slater zeker dat hij zal winnen.

Samatha reed gehaast door Long Beach. *Geheim. Welk geheim?* Kevin had zijn confrontatie met Slater als jongen verborgen en had gezwegen over zijn leven in het huis, maar de opmerking in het dagboek moest op iets anders slaan. Iets dat de professor wist.

Ze was nog een huizenblok bij hem vandaan toen haar telefoon overging. Ze kon zich niet voorstellen hoe onderzoekers dat gedaan hadden voor de uitvinding van de mobiele telefoon. Maar aan de andere kant hadden misdadigers er ook voordeel van. Slater zeer zeker.

'Sam.'

'Met Kevin.'

'Kevin!'

'...niemand anders. Begrijp je?' Zijn stem klonk vlak, afschuwelijk. Hij las iets voor, gedwongen. Sam dook naar de stoeprand en negeerde het getoeter achter haar.

'Kevin, als je bij Slater bent, blijf dan doorpraten. Zo niet, kuch dan. Goed, ik begrijp het.' Maar in werkelijkheid had ze gemist wat ze zou moeten begrijpen. Ze overlegde snel of ze hem moest vragen het te herhalen, maar bedacht dat ze hem daarmee mogelijk in gevaar bracht.

Kevin kuchte niet.

'We spelen een nieuw spel,' zei hij. 'Dit spel is voor jou, Sam. Als je ons voor negen uur kunt vinden, laat hij mij en mammie vrij.' Zijn stem trilde. Ze hoorde een doffe stem op de achtergrond. Slater.

'Ik geef je een eerste aanwijzing. Als je het vindt, krijg je er weer een. Haal er geen autoriteiten bij, ook die ellendige Jennifer niet.' Slater grinnikte op de achtergrond. Zijn stem knalde plotseling door de telefoon, hard en geestdriftig.

'Eerste aanwijzing: *Wie houdt van wat hij ziet, maar haat wat hij liefheeft?* Je kunt misschien een hint vinden in zijn huis, maar misschien ook niet. Haast je om te helpen, prinses.' De verbinding werd verbroken.

'Slater? Kevin!' Sam gooide het toestel tegen de voorruit. 'Ahhhrg!

Wie houdt van wat hij ziet, maar haat wat hij liefheeft? Ze had geen idee. 6:27 uur. Minder dan drie uur nog. Ze moest terug naar Kevins huis. De antwoorden moesten ergens in zijn papieren te vinden zijn, in het dagboek. Ergens!

Ze nam een U-bocht en joeg weer naar het noorden. Hoe groot was de kans dat Slater een manier had gevonden om haar telefoongesprekken af te luisteren? Als hij voldoende van elektronica wist om Kevin er op deze manier in te luizen, dan wist hij meer dan zij. Geen autoriteiten, had hij gezegd.

Sam bukte om de telefoon van de bodem te pakken maar slingerde zo erg dat ze gedwongen werd een tweede poging te doen. Ze kreeg het toestel te pakken en rommelde met de batterij die los was geschoten. Aanzetten. Laatste nummer herhalen.

'Dank u nogmaals voor uw tijd, professor Francis. Zoals ik aan de telefoon al uitlegde...'

'Ja, ja, natuurlijk.' De decaan wuifde haar naar binnen. 'Kom binnen. Geloof me, ik doe alles wat ik kan voor die jongen.'

Jennifer zweeg even. 'Begrijpt u waarom ik hier ben? Het lijkt erop dat u meer van Kevin weet dan u eerst deed voorkomen. Dat gelooft Kevin tenminste.'

'Ik ken hem beter dan de meesten, ja. Maar er is niets dat ik je niet verteld heb.'

'Dat moeten we dus zien uit te zoeken. Met uw hulp.' Ze stapte naar binnen. 'We hebben nauwelijks tijd meer, professor. Als u ons niet kunt helpen, ben ik bang dat niemand het zal kunnen. U hebt eerder vandaag met Samantha Sheer van het CBI gesproken; zij komt zo dadelijk ook.'

Haar telefoon ging en ze haalde het toestel uit de houder bij haar middel. 'Excuseert u mij.'

Het was Sam. Ze had bericht gekregen van Kevin. Jennifer draaide zich onwillekeurig om naar de deur en luisterde hoe Sam alle details beschreef.

'Dus je bent weer op weg terug naar het huis?'

'Ja. Bekijk de aanwijzing samen met dr. Francis. *Wie houdt van wat hij ziet, maar haat wat hij liefheeft?* Heb je dat? Ga alles met hem na. Hij moet iets weten.'

'Ik moet dit doorgeven.'

'Slater zei weer: geen politie en hij noemde jou zelfs bij je naam. Je gaat je boekje niet te buiten. Blijf waar je bent en licht Milton niet in. Laat mij alleen werken, dat is alles wat ik je vraag. Als je iets te binnen schiet, bel me dan. Maar nu gaat het tussen ons, tussen Kevin, Slater en mij. Alsjeblieft, Jennifer.'

Ze aarzelde. 'Goed,' zei ze ten slotte. 'ik geef je een uur. Daarna geef ik het door, begrepen? Ik kan dit eigenlijk niet maken.'

'Ik bel je.'

'Eén uur.' Ze klapte het toestel dicht.

'Is er iets mis?' vroeg de decaan.

'Alles is mis, professor.'

25

Maandag 6:37 p.m.

'Wie houdt van wat hij ziet, maar haat wat hij liefheeft?' zei professor Francis. 'Iedere man, iedere vrouw, ieder kind dat de jaren des onderscheids bereikt heeft.'

'Hij houdt van het ijs, maar haat het vet dat hij erdoor om zijn middel krijgt,' merkte Jennifer op.

'Ja. Zij houdt van de verkeerde man, maar haat wat hij met haar leven doet. Het dilemma gaat terug tot Eva en de appel in de hof. Zonde.'

'Ik zie niet in hoe ons dat verder helpt,' zei Jennifer. 'Het moet een persoonlijke aanwijzing zijn, iets dat alleen Sam of Kevin zou kunnen weten. Iets dat zij alle drie wisten toen zij kinderen waren.'

'Drie kinderen? Of twee? Sam en Kevin, die een alter ego had in de jongen?' Dr. Francis zat in een grote, leren fauteuil en boog voorover. 'Vertel me alles. Vanaf het begin. De tijd dringt.'

Hij luisterde met sprankelende ogen en fronste alleen nu en dan om zijn zorgen over Kevins heikele situatie uit te drukken. Hij deed Jennifer in veel opzichten aan Kevin denken, volkomen oprecht en zeer intelligent. Het was de eerste keer dat zij hardop en tot in het kleinste detail de laatste vier dagen doornam met iemand anders dan Galager. Het eerste telefoontje, de autobom, het tweede gesprek met betrekking tot het hondenhok. Daarna de bus, Kevins vlucht met Sam naar Palos Verdes, de loods, de bibliotheek, de ontvoering, en nu ten slotte de doodsbedreiging.

Ze vertelde alles in één lange lijn, slechts onderbroken door zijn dringende vragen naar meer details. Hij was een denker, een van de besten, en de rol van detective scheen hem te bevallen. Dat was bij de meeste mensen zo. Zijn vragen getuigden van inzicht. *Hoe weet je dat Kevin in huis was toen het tweede telefoontje kwam? Is er een manier om een lasersignaal te onderscheppen?* Alle vragen waren zinnig bij het beantwoorden van die ene vraag: of Kevin logisch gesproken Slater zou kunnen zijn.

Er waren twintig minuten voorbij en Sam had nog niet gebeld. Jennifer stond op en begon op en neer te lopen, met een hand onder haar kin. 'Ik kan niet geloven dat we hier zijn uitgekomen. Kevin is daar ergens buiten met een krankzinnige en wij...' Ze haalde haar handen door het haar. 'Zo is het gegaan sinds ik hier kwam. Slater als altijd één stap vooruit, en wij rennen rond als een stel apen.'

'Je doet me aan Kevin denken als je dat doet.'

Hij keek naar haar handen, die ze nog in het haar had. Ze ging op de bank zitten en zuchtte. 'Dus nu ben ik ook al Kevin.'

Hij grinnikte. 'Niet echt. Maar ik ben met je eens dat de hoofdvraag hier is wie, en niet wat. Wie is Kevin écht?'

'En?'

Hij leunde achterover en sloeg zijn benen over elkaar. 'Meervoudig persoonlijkheidssyndroom, tegenwoordig ook wel dissociatieve identiteitsstoornis genoemd. Twee persoonlijkheden die eenzelfde lichaam delen. Zoals je weet, erkent niet iedereen het bestaan van zo'n syndroom. Sommigen spiritualiseren het fenomeen als bezetenheid. Anderen wijzen het volstrekt van de hand, of beschouwen het als normaal, of zelfs als een gave.'

'En u?'

'Hoewel ik in spirituele krachten geloof en zelfs in bezetenheid, kan ik je verzekeren dat Kevin niet bezeten is. Ik heb vele uren met hem doorgebracht en mijn eigen geest is minder helder dan die van hem. Het is echter een feit dat wij allemaal een zekere mate van dissociatie ervaren, vooral als we ouder worden. We vergeten plotseling waarom we naar de badkamer zijn gelopen, of we hebben vreemde déjà vu's. Dagdromen, polderblindheid, jezelf verliezen in een boek of film: het zijn allemaal vormen van dissociatie die we volkomen natuurlijk vinden.'

'Maar dat staat ver af van het soort dissociatie dat nodig zou zijn om Kevin tot Slater te maken,' merkte Jennifer op. 'U zei al dat u veel tijd met hem hebt doorgebracht. Ik ook. Kevin heeft geen spoor van Slater in zich. Als beide persoonlijkheden hetzelfde lichaam delen, dan zijn ze volstrekt onbewust van elkaar.'

'Als. Dat is hier het kernwoord. Als Kevin ook Slater is. Eerlijk gezegd is jouw theorie dat Slater hem erin luist even aannemelijk. Maar...' Dr. Francis stond op, liep naar de haard en weer terug. 'Maar laten we voor het moment aannemen dat Kevin Slater is. Stel dat er een kind was, een jongen, die vanaf een zeer jonge leeftijd geïsoleerd werd van de echte wereld.'

'Kevin.'

'Ja. Wat zou dat kind leren?'

'Hij zou leren wat hem in zijn omgeving werd aangereikt: de omgeving die hij kon aanraken, proeven, horen, ruiken en zien. Als hij alleen op een eiland was, zou hij denken dat de wereld een klein stukje zand was dat in het water dreef, en hij zou zich afvragen waarom hij geen pels had, zoals zijn speelkameraadjes. Zoals Tarzan.'

'Ja, maar ons kind groeit niet op een eiland op. Hij groeit op in een wereld van verschuivende werkelijkheden. Een wereld waar werkelijkheden alleen maar stukjes papier zijn, verknipt tot waarheid. Er zijn geen absolute dingen. Er is geen kwaad, en, bijgevolg, ook geen goed. Alles is voorwendsel, en alleen dat wat jij tot echt verklaart, is echt. Het leven is niet meer dan een reeks avonturen met hun eigen rollen.'

Dr. Francis bracht zijn hand naar zijn baard en plukte lichtjes aan de grijze haren. 'Maar er is wel absoluutheid, zie je? Er is goed en er is kwaad. De jongen voelt een leegte in zijn ziel. Hij verlangt ernaar het absolute, goed en kwaad, te begrijpen. Hij wordt mentaal gezien op een vreselijke manier mishandeld, waardoor zijn geest zich splitst in dissociatieve werkelijkheden. Hij wordt een meester in het rollenspel en uiteindelijk, als hij oud genoeg is om het kwaad te begrijpen, creëert hij onbewust een persoonlijkheid om die rol te spelen. Want dat is wat hij geleerd heeft.'

'De jongen. Slater.'

'Een lopende, levende personificatie van de dubbele natuur van de mens. De naturen van de mens zouden zich kunnen manifesteren in de persoonlijkheden die hij geschapen heeft. Het is niet onlogisch, is het wel?'

'Aangenomen dat de mens meer dan één natuur heeft. Het zou ook een gewone breuk kunnen zijn, gewone dissociatie.'

'De mens heeft inderdaad meer dan één natuur,' zei de professor. 'De oude mens, ons vleselijke zijn, en de vingerafdruk van God, het goede.'

'En voor degenen onder ons die niet in God geloven? De niet-gelovigen?'

'De innerlijke naturen van iemand hebben niets met religie te maken. Ze zijn spiritueel, niet religieus. Twee strijdende naturen. Goed en kwaad. Ze zijn het goede dat we willen doen maar niet doen en datgene dat we niet willen doen, maar nog steeds wel doen. Apostel Paulus, Romeinen, hoofdstuk zeven. Het vermogen tot goed en kwaad zit vanaf de geboorte in ieder mens, denk ik. De geest van God kan mensen herboren laten worden, maar ik heb het hier over de menselijke geest. Het is geen aparte natuur, hoewel ik zou zeggen dat de strijd tussen goed en kwaad hopeloos is zonder goddelijke tussenkomst. Misschien dat je daaraan denkt als je religieus zegt, hoewel religie eigenlijk ook weinig te maken heeft met goddelijk ingrijpen.'

Hij glimlachte even. Voor de tweede keer in even veel dagen daagde hij haar uit zijn geloof te peilen. Maar daar had zij op dit moment de tijd niet voor.

'Dus u denkt dat Kevin als jonge jongen eenvoudig worstelde om zin te verlenen aan het conflict dat in hem woedde tussen goed en kwaad. En hij ging ermee om zoals hij geleerd had met alle werkelijkheid om te gaan. Hij schiep rollen voor ieder personage en speelde die zonder te weten dat hij dat deed.'

'Ja, dat is precies wat ik denk.' De professor stond weer op en liep naar rechts. 'Het is mogelijk, absoluut mogelijk. En misschien is het niet eens een klassieke dissociatiestoornis. Het zou een posttraumatisch stresssyndroom kunnen zijn, waarbij dit soort onbewust rollengedrag nog waarschijnlijker is.'

'Aangenomen dat Kevin Slater is.'

'Ja, aangenomen dat Kevin Slater is.'

Sam zocht wanhopig in Kevins dagboek naar een sleutel om het raadsel op te lossen. *Wie houdt van wat hij ziet, maar haat wat hij liefheeft?* Toen ze daar geen antwoord vond, ging ze verder met de dictaten van zijn studie.

Het meest voor de hand liggende antwoord was natuurlijk de mensheid. De mensheid ziet en heeft lief en gaat dan haten. Het verhaal van de mensheid in een notendop. Nog niet zo helder als Descartes' 'Ik denk, dus ik besta', maar duidelijk genoeg.

Wie houdt van wat hij ziet, maar haat wat hij liefheeft? Wie, wie? Slater. Het was Slater. Ondanks Jennifers theorie moest Kevin Slater wel zijn. Als dat zo was, dan was Slater de hatende van de twee.

Ze zuchtte. Iets dat zij alledrie gemeen hadden, leverde dit raadsel op. Maar wat? Ze had maar twee uur om dit krankzinnige spel te winnen. En ook al zou zij hen vinden, Slater zou hen zeker niet allemaal laten gaan. In de volgende twee uur zou er iemand sterven. Kevin had haar ooit van de moordenaar gered; hij had zijn leven geriskeerd. Nu was het haar beurt.

6:59 uur. En dit raadsel was nog maar de eerste aanwijzing. Ze kreunde tussen haar knarsende tanden door. 'Kom op, Kevin! Vertel me iets!'

'Dan is Slater dus de jongen die achter Sam aanzit, maar in werkelijkheid is hij Kevins slechte alter ego,' concludeerde Jennifer.

'En Kevin mag de slechte jongen niet, en dus doodt hij hem,' vulde de professor aan.

'Maar is dat niet slecht? Doden?'

'Kevin probeert de jongen te doden omdat die zijn jeugdvriendin dreigt om te brengen.'

'Maar de jongen is eigenlijk Kevin. Dus Kevin zou Samantha hebben omgebracht als hij niet met de jongen had afgerekend?'

'Denk er eens over na: een persoonlijkheid die alleen kwaad bevat is een waar monster. Slater, het slechte in Kevin, ziet dat Samantha de voorkeur geeft aan Kevin boven hem. Slater besluit dat hij Samantha moet doden.'

'En nu is dat monster weer tot leven gekomen en zit het achter Kevin aan,' zei Jennifer. 'Althans in uw scenario.'

'Het monster is nooit gestorven. Daar zou meer voor nodig zijn dan Kevin in zijn eentje kon. Het oude zelf doden.' Hij zweeg even voordat hij verder ging. 'Toen Kevin ouder werd, zag hij wel Balinda's dwaasheid, maar niet zijn eigen dubbele natuur. Niettemin wist hij zijn verleden achter zich te laten, verliet hij het huis en omhelsde hij de echte wereld.'

'Totdat drie maanden theologische universiteit en discussies over zijn enige obsessie, de verschillende naturen van de mens, uiteindelijk Slater weer aan de oppervlakte brengen,' besloot Jennifer.

De professor trok een wenkbrauw op. 'Dat is mogelijk.'

Als klinische theorie waren de mogelijkheden interessant, maar Jennifer had er moeite mee ze als werkelijkheid te accepteren. Bij de studie van de menselijke geest doken talrijke theorieën op, iedere maand een nieuwe leek het wel. Dit was een theorie. En de tijd verstreek terwijl de echte Kevin wellicht voor de loop van de echte Slater zat en wanhopig bad dat iemand door de deur zou stormen om hem te redden.

'Maar waarom het spel? Die raadsels?'

'Dat weet ik niet.' Zijn ogen glommen ondeugend. 'Misschien was de hele zaak wel Kevins idee.'

'Dat begrijp ik niet.'

'Het kwaad kan alleen in het donker overleven. Dat is trouwens ook geen religieuze notie. De eenvoudigste manier om met het kwaad af te rekenen is het te dwingen in het licht van de waarheid te treden. Zijn geheimen te openbaren. De vampier in de zon te houden. Zonde woekert in de spelonken, maar leg je het open en bloot op tafel dan verwelkt het tamelijk snel. Dat was een van Kevins grootste klachten over de kerk. Dat iedereen zijn slechtheid verbergt, zijn zonde. De predikanten, diakenen, bisschoppen – zij bestendigen precies de natuur die zij zouden moeten vernietigen door hem te verbergen. Alleen de geheime biecht is toegestaan.'

'Nu klinkt u als een scepticus.'

'Ik ben sceptisch wat religieuze systemen betreft, niet wat het geloof aangaat. Ik zal het verschil daartussen graag ooit met je bespreken.'

'Maar op welke manier maakt dit de raadsels tot Kevins idee?'

'Misschien weet Kevin onderbewust dat Slater nog steeds op de loer ligt. Er is geen betere manier om hem te vernietigen dan hem in de openbaarheid te brengen. Kevin dwingt Slater misschien zichzelf te openbaren. Ha! Ik zeg je, Kevin is oprecht genoeg om zoiets te bedenken. Slater denkt dat hij Kevin heeft waar hij wil door hem tot een bekentenis te dwingen, terwijl het juist die bekentenis is die Slater zal vernietigen, niet Kevin!'

Jennifer wreef over haar slapen. 'Ik hoor de rechtszaak al in volle gang. Bij dit alles nemen we aan dat Slater Kevin er niet in luist.'

'Ja. Maar hoe dan ook, we hebben zijn contouren in beeld. In ieder geval de logica ervan.' Dr. Francis ging zitten en keek haar aan, zijn vingertoppen tegen elkaar. 'Lieve deugd. Jij kwam hier om uit te vinden wie Kevin werkelijk is. Ik geloof dat ik er net achter ben gekomen.'

'Vertel me dan wie Kevin is.'

'Kevin is iedere man. En iedere vrouw. Hij is jou, hij is mij. Hij is de vrouw met het gele hoedje die iedere zondag in de derde bank zit. Kevin is de personificatie van de menselijke naturen.'

'Alstublieft, u wilt toch niet zeggen dat iedereen een Slater is?'

'Nee, alleen degenen die doen zoals Slater doet. Alleen degenen die haten. Haat jij Jennifer? Roddel jij?'

Wie houdt van wat hij ziet, maar haat wat hij liefheeft? De eenvoud ervan trof Sam plotseling toen zij langs het raam in Kevins woonkamer liep en naar de reisposters staarde. De vensters op de wereld. Het ging niet om dat wie, maar om het zien. Wie had er gezien? Slater had haar gezien en haar gewild. Maar waar had hij haar gezien?

Het raam. Haar raam! Slater de jongen had haar door het raam gezien; hij zag wat hij zielsgraag wilde hebben maar niet kon krijgen. En hij haatte haar daarom.

Het antwoord op het raadsel was: haar raam!

Sam bleef verbluft staan en rende daarna naar haar auto. Ze startte de motor en scheurde de straat op. 7:23 uur.

Ze tikte Jennifers nummer in.

'Hallo...'

'Ik denk dat ik het weet! Ik ben al onderweg!'

'Waar is het?' vroeg Jennifer hard.

Sam aarzelde. 'Dit gaat om mij...'

'Vertel me waar het is! Ik weet dat het om jou gaat, maar de tijd raakt op!'

'Het raam.'

'Kevins raam?'

'Mijn raam. Daar heeft Slater mij gezien. Daar heeft hij mij gehaat.' Ze keek in haar binnenspiegel. Alles leeg. 'Ik heb meer tijd nodig, Jennifer. Als Slater ook maar even het idee krijgt dat er nog anderen in deze zaak rondsnuffelen, haalt hij misschien de trekker over. Dat weet je.'

Geen antwoord.

'Alsjeblieft, Jennifer, het kan niet anders.'

'We zouden tien van de beste koppen aan het werk kunnen zetten met de raadsels.'

'Doe dat dan. Maar niemand die bij het onderzoek betrokken is en absoluut geen plaatselijke mensen. We kunnen geen lekken riskeren. Bovendien, niemand zal die raadsels beter kunnen oplossen dan ik. Het gaat nu over mij.'

Stilte.

'Jennifer...'

'Schiet alsjeblieft op, Samantha.'

'Ik rijd al negentig waar ik eigenlijk maar vijftig mag.' Ze hing op.

Houd vol, Kevin. Doe alsjeblieft niets doms. Wacht op mij. Ik kom eraan, ik beloof je heilig dat ik kom.

26

Maandag 7:25 p.m.

'Of de jongen nu denkbeeldig is of echt, hij kent Sam en wil dat zij komt,' zei dr. Francis toen Jennifer haar telefoon dichtsloeg. 'Hij lokt haar naar binnen. Dat begrijp je toch, hè? De raadsels dienen alleen om het spel voort te zetten.'

Jennifer zuchtte. 'En als Sam hen vindt? Hij zal ze allemaal vermoorden en ik heb helemaal niets gedaan.'

'Wat kun je dan doen?'

'Iets! Wat dan ook! Als ik hem niet kan redden, zou ik dit moeten doorgeven.'

'Geef het dan door. Maar wat kunnen je collega's doen?'

Hij had natuurlijk gelijk, maar het idee dat ze hier in zijn woonkamer sprak over de menselijke naturen was onmogelijk! Roy was onder soortgelijke omstandigheden vermoord door de raadselmoordenaar. Het was waar, Slater was waarschijnlijk niet dezelfde man die Roy vermoordde, maar hij vertegenwoordigde hetzelfde type. Behalve wanneer Kevin Slater was.

Leefde Slater in haar? *Haat jij, Jennifer? Denk eens aan Milton.*

'Het beste wat je misschien kunt doen, is proberen te begrijpen, zodat je beter voorbereid bent als de mogelijkheid zich voordoet,' zei de professor. 'Ik weet hoe frustrerend het moet zijn, maar het is nu aan Sam. Zij klinkt als iemand die goed op zichzelf kan passen. Als ik gelijk heb, zal Kevin haar nodig hebben.'

'Hoe bedoelt u?'

'Als Kevin Slater is, is hij niet in staat om Slater in zijn eentje te overwinnen.'

Jennifer keek hem aan en vroeg zich af naar welke films de man keek.

'Goed, professor. We weten nog steeds niet of Kevin Slater is of niet. Theorieën zijn mooi, maar laten we de logistieke kanten eens bekijken.' Ze trok een notitieboekje tevoorschijn en sloeg haar benen over elkaar. 'Vraag: zou één persoon vanuit een puur logistiek en bewijsmatig perspectief alles gedaan kunnen hebben wat wij weten dat er gebeurd is?'

Ze sloeg het boekje open bij de lijst die zij twee uur eerder gemaakt had, nadat Sam voor de tweede keer gesuggereerd had dat Kevin Slater zou zijn. 'Kevin krijgt een telefoontje in zijn auto.'

'Je zei echter dat er geen bewijs was voor dat eerste contact, nietwaar? De mobiele telefoon is verbrand. Het hele gesprek zou zich in Kevins geest hebben kunnen afspelen. Twee stemmen die praatten. Hetzelfde geldt voor elk niet opgenomen gesprek dat hij met Slater had.'

Ze knikte. 'Nummer twee. De auto ontploft drie minuten na het telefoontje, nadat Kevin ontsnapt is.'

'De persoonlijkheid Slater heeft een geavanceerde mobiele telefoon in zijn zak – in Kevins zak. Het is niet alleen een telefoon, maar ook een zender. Na het denkbeeldige gesprek waarin hij Kevin drie minuten gaf, laat Slater de bom afgaan die hij in de kofferbak had geplaatst. De bom ontploft zoals gepland. Alle andere bommen worden op soortgelijke wijze tot ontploffing gebracht.'

'De tweede telefoon die Sam vond.'

'Klopt,' zei dr. Francis.

'Waar maakt die Slater persoonlijkheid al die bommen? We hebben niets gevonden.' Jennifer had er zo haar eigen gedachten over, maar zij wilde horen wat de professor zou zeggen.

Hij glimlachte. 'Als ik hier klaar ben met de geleerde uit te hangen, moet ik misschien maar bij de FBI solliciteren.'

'U zou zeker met open armen ontvangen worden. Begrip van religie is tegenwoordig een sterk punt bij de werving.'

'Slater heeft kennelijk een schuilplaats. Waarschijnlijk de plek waar hij

Balinda verstopt heeft. Kevin gaat vaak als Slater naar die plek, zonder zich ervan bewust te zijn. Midden in de nacht, op de terugweg van de universiteit. Hij herinnert zich niets van die tochten omdat het Slater is en niet Kevin die ze onderneemt.'

'En zijn kennis van elektronica? Slater leert, maar Kevin niet.'

'Daar lijkt het op.'

Ze keek op haar lijst. 'Maar de loods is anders want hij belt de telefoon in de kamer en praat met Samantha. Dat is de eerste keer dat we hem op band hebben.'

'Jij zei dat de telefoon overging terwijl hij in de kamer was, maar Slater praatte niet voordat Kevin in de gang was. Hij steekt zijn hand in zijn zak en drukt op de zendknop voor een nummer dat hij tevoren al heeft uitgezocht. Zodra hij in de gang staat, begint hij te praten.'

'Dat lijkt nogal vergezocht, vindt u niet? Op een of andere manier zie ik Slater niet als een James Bond.'

'Nee, hij heeft waarschijnlijk fouten gemaakt. Je hebt alleen niet de tijd gekregen om ze te vinden. Wie weet blijkt dat uit de opname. Wij reconstrueren alleen een mogelijk scenario op basis van wat we weten.'

'Dan kunnen we aannemen dat hij de bom in de bibliotheek op een of andere manier geplaatst heeft in de nacht voor gisteren, toen hij zogenaamd met Samantha in Palos Verdes zat. Misschien is hij er in de nacht tussenuit geglipt of zoiets. De bibliotheek is niet direct een streng bewaakt gebouw. Hij, dat is Slater, deed alles terwijl we niet naar hem keken, of via de mobiele telefoon.'

'Als Kevin Slater is.'

Ze fronste. Het scenario was aannemelijk, te aannemelijk voor haar gemoedsrust. Als het zo zou blijken te zijn, zouden de vakbladen nog jaren over Kevin schrijven.

'En de raadselmoordenaar?'

'Zoals je al eerder zei, Slater aapte iemand na om de autoriteiten op het verkeerde been te zetten. Zo noemen jullie dat toch, een na-aper? Het is nog maar vier dagen geleden en de raderen van de FBI kunnen zo snel niet draaien. Het dubbelleven meer dan een week voortzetten, is misschien onmogelijk, maar kennelijk had hij aan vier dagen genoeg.'

Jennifer sloeg het notitieboekje dicht. Er waren nog tientallen vragen over, maar ze zag in een oogopslag dat die minder belangrijk waren. Waar ze echt op zaten te wachten was de analyse van de twee opnamen via Kevins mobiele telefoon. Vooral het tweede gesprek interesseerde haar. Als deze theorie juist was, had dezelfde persoon zowel opgebeld als de informatie ontvangen waardoor zij naar de bibliotheek waren geracet. Het kon geen denkbeeldig gesprek zijn, want het stond op band.

Ze zuchtte. 'Het is allemaal veel te gecompliceerd. Er ontbreekt hier iets dat alles veel helderder zou kunnen maken.'

De professor liet zijn vingers over zijn baard glijden. 'Misschien. Ga jij vaak op je intuïtie af, Jennifer?'

'De hele dag. Intuïtie leidt tot bewijsmateriaal, en dat leidt weer tot antwoorden. Het is de intuïtie die ons de juiste vragen laat stellen.'

'Hmm. En wat zegt je intuïtie je over Kevin?'

Ze dacht er even over na. 'Dat hij hoe dan ook onschuldig is. Dat hij een buitengewone man is. Dat hij in niets op Slater lijkt.'

Zijn rechterwenkbrauw ging omhoog. 'En dat na vier dagen? Ik had er een maand voor nodig om dat te constateren.'

'Vier dagen pure ellende leren je veel over een man, professor.'

'Ja, zelfs al ga ik door de donkere vallei des doods, ik zal niet vrezen.'

'Als hij Slater is, denkt u dan dat Kevin bang is?' vroeg Jennifer.

'Ik denk dat hij doodsbang is.'

Baker Street was donker en stil, gehuld in de lange rij olmen die als schildwachten langs de straat stonden. De rit had haar eenentwintig minuten gekost, dankzij een ongeval op Willow. 7:46 uur. Ze reed langs Kevins oude huis – achter de gordijnen scheen nog licht. Het was goed mogelijk dat Eugene en Bob er nog zaten te huilen. Jennifer had de media voor een dag op afstand gehouden, maar dat zou niet zo blijven. Morgen zouden er op zijn minst een paar busjes buiten staan om een foto van de gekken daarbinnen te kunnen verschalken.

Wie houdt van wat hij ziet? Ze remde af tot kruipsnelheid en naderde haar oude huis. In het portiek brandde een felle lamp. De hagen waren ruig en niet netjes geknipt zoals haar vader het jaren geleden had gedaan. Ze had al besloten om de bewoners niet in te lichten omdat zij geen enkele fatsoenlijke verklaring kon bedenken om bij het raam rond te snuffelen zonder paniek te veroorzaken. Ze hoopte maar dat ze geen hond hadden.

Sam parkeerde de auto aan de overkant van de straat, liep langs het huis en ging de tuin van de buren in. Ze liep om het huis heen en zette koers naar hetzelfde oude hek waar zij en Kevin wel honderd keer doorgekropen waren. Waarschijnlijk zaten de planken niet meer los.

Ze sloop langs het hek en rende naar de oostelijke hoek van de tuin, tegenover haar oude slaapkamerraam. Een paar huizen verderop blafte een hond. *Rustig maar, Spot, ik ga alleen maar een kijkje nemen.* Net zoals Slater kijkjes ging nemen. De cirkelgang van het leven was compleet.

Ze stak haar hoofd over het hek. Het raam was ondoorzichtig en licht begroeid door dezelfde bosjes waar zij als kind doorgekropen was. Leeg? Geen hond, zo te zien. De planken waar zij ooit tussendoor had gekund, gaven geen krimp. Naar boven en eroverheen, er zat niets anders op.

Sam pakte het hek met beide handen vast en sprong er soepel overheen. Ze had een lichaam dat geschapen was voor turnen, had een coach haar aan de universiteit ooit gezegd. Maar je begint niet op je twintigste aan turnen met het idee dat je naar de Olympische Spelen kunt. Zij had voor dansen gekozen.

Het grasveld was nat van een recente besproeiing. Ze rende in de richting van het raam en knielde bij de heg. Waar zocht ze naar? Een volgende aanwijzing. Een raadsel misschien, in de grond getekend. Een briefje op een steen.

Ze sloop achter de bosjes naar de muur. De muffe geur van aarde vulde haar neus. Hoe lang was het geleden dat iemand door dat raam was geklommen? Ze stak voorzichtig haar hoofd omhoog en zag dat het raam niet alleen donker was, maar zelfs van de binnenkant zwart geschilderd.

Haar hart bonkte. Woonde Slater hier? Was hij in haar oude huis gaan wonen? *Ik kan jou niet krijgen, dan neem ik je huis?* Even staarde ze van haar stuk gebracht naar het raam. Binnen lachte iemand. Een man. En nog iemand, een vrouw.

Nee, ze hadden waarschijnlijk gewoon een donkere kamer gemaakt, om foto's af te drukken. Ze liet haar adem vrij en hervatte haar zoektocht. De tijd liep verder.

Ze voelde langs het kozijn maar kon niets vinden of zien. De grond voor haar voeten was donker; ze knielde en tastte door het zand. Haar vingers vonden een paar stenen – hij zou een boodschap op een steen hebben kunnen zetten. Ze hield ze omhoog in het vage schemerlicht dat vanaf de loodsen aan de overkant van de straat tot hier reikte. Niets. Ze liet de stenen vallen en stond weer op.

Had ze zich vergist met het raam? Er was hier ergens een boodschap; er moest een boodschap zijn! De wijzer op haar horloge lichtte groen op. 7:58 uur. Ze voelde de eerste prikkelingen van paniek langs haar ruggengraat. Als ze het mis had met het raam, zou ze opnieuw moeten beginnen. Het spel zou verloren zijn.

Misschien moest ze niet aan een geschreven boodschap denken.

Ze kreunde en stapte weer op het grasveld. De paniek werd groter. *Haal diep adem, Sam. Jij bent slimmer dan hij. Altijd geweest. Alsjeblieft, voor Kevin. Speel zijn spel; versla hem op zijn eigen terrein.*

Ze liep over het gras en maakte zich geen zorgen meer of ze gezien zou worden. Ze droeg een zwarte broek en een rode blouse, donkere kleuren die vanaf de straat niet gemakkelijk te zien waren. De tijd raakte op.

Sam liep naar het hek en keek naar het raam. Was er iets in de bosjes? Een pijl? Dat was iets doms voor een filmfanaat. Ze volgde de daklijn. Wees die ergens naar? Twee ramen op de tweede verdieping, die samen met het raam daaronder een driehoek vormden, een soort pijl.

Houd op met die pijlen, Sam! Het moet iets zijn waar je je niet in kunt vergissen. Wat is er hier veranderd? Wat is er veranderd om een aanwijzing te kunnen geven? Wat is er veranderd dat een aanwijzing zou kunnen zijn?

Het raam. Het raam was zwart geverfd, omdat de slaapkamer nu een donkere kamer is of iets dergelijks. Dus eigenlijk is het geen raam meer. Het is een donkere laag glas. Geen licht.

Het is donker hier beneden, Kevin.

Sam gaf een gilletje en slikte het onmiddellijk weer in. Dat was het! Geen raam! Wat had er ooit licht maar nu niet meer? Wat heeft geen raam?

Sam rende naar het hek, slingerde zich eroverheen en landde op haar zij. Was het mogelijk? Hoe had Slater dat voor elkaar kunnen krijgen?

Ze tastte naar haar pistool. *Goed, denk na. Eén uur.* Als zij gelijk had, had ze nog geen vijf minuten nodig om Kevin te vinden, laat staan zestig.

'En hoe wordt een man of vrouw van die afschuwelijke natuur bevrijd?' vroeg Jennifer.

'Je doodt het. Maar om het te kunnen doden, moet je het zien. Vandaar het licht.'

'Dus gewoon...' Ze knipte met haar vingers.

'Nee, zo blijkt het niet te werken. Het heeft een dagelijkse dosis doding nodig. Echt, de grootste bondgenoot van het kwaad is de duisternis. Dat is wat ik bedoel. Het maakt me niet uit welk geloof je hebt of wat je zegt te geloven, of je iedere zondag naar de kerk gaat of vijf keer per dag bidt. Als je de kwade natuur verborgen houdt, zoals de meeste mensen doen, groeit en bloeit hij.'

'En Kevin?'

'Kevin? Ik weet niet hoe het met Kevin zit. Als hij Slater is, denk ik dat je Slater moet doden zoals je je oude zelf moet doden. Maar dat kan hij niet alleen. Hij zou niet eens weten hoe hij hem moest doden. De mens kan niet alleen tegen het kwaad op.'

Kevin had haar nooit het interieur van de oude schuur laten zien, omdat hij zei dat het donker was daarbinnen. Maar hij had niet alleen gezegd binnen, maar daar beneden. Ze herinnerde het zich nu. Niemand gebruikte de waardeloze oude schuur in de hoek van de tuin. De oude bomkelder die tot gereedschapsschuur was ongebouwd aan de rand van de asbergen.

Het raam dat niet echt een raam was, moest het raam van Kevin zijn. Slater had er in zijn stijl een ander raadsel van kunnen maken: *Wat denkt dat het een raam is, maar is het niet?* Tegenstellingen. Als jongetje dacht Kevin dat hij door het raam aan zijn kwellende wereld was ontsnapt, maar dat was niet zo.

De oude gereedschapsschuur in de hoek van Kevins tuin was de enige plek die Sam kende met iets als een kelder. Het was donker daar beneden en er waren geen ramen. En zij wist, wist zeker, heel zeker, dat Slater in die bomkelder zat met Balinda.

Sam hield haar pistool op haar zij vast en rende naar de schuur, voorovergebogen, haar ogen gefixeerd op de houten zijpanelen. De deur was altijd vergrendeld en afgesloten met een groot hangslot. En als dat nu nog zo was?

Ze zou Jennifer eigenlijk moeten bellen, maar dat was een dilemma. Wat kon Jennifer doen? Aan komen stormen en het huis omsingelen? Slater zou het ergste doen. Aan de andere kant, wat kon zij, Sam, doen? Binnenwalsen, alle illegale vuurwapens in beslag nemen en de man met handboeien om afvoeren naar de cel van de sheriff?

Ze moest het toch op zijn minst natrekken.

Sam liet zich bij de deur op een knie vallen. Ze ademde zwaar en had beide handen om haar pistool geklemd. Het slot zat er niet meer aan.

Denk eraan, Sam, jij bent voor dit werk geboren.

Ze stak de loop van haar pistool als een haak onder de deur en trok. De deur kraakte open. Een schemerig peertje gloeide in de schuur. Ze duwde de deur helemaal open en hield haar pistool naar binnen gericht, zelf voorzichtig dekking zoekend achter het kozijn. Langzaam onthulde de openzwaaiende deur de vormen van planken en een kruiwagen. Een vierkant in de vloer: het luik.

Hoe diep was die bomkelder? Er moest een trap zijn.

Ze stapte voetje voor voetje naar binnen. Het luik naar de trap stond open, zag ze nu. Ze sloop naar het donkere gat en gluurde naar beneden. Een heel vaag licht aan de rechterkant. Ze trok zich terug. Het was nu misschien het verstandigste om Jennifer te bellen. Alleen Jennifer.

8:15 uur. Ze hadden nog vijfenveertig minuten. Maar als zij nu op Jennifer wachtte en dit niet de juiste plaats bleek te zijn? Dan zouden ze minder dan een half uur hebben om Slater alsnog te vinden. Nee, ze moest het controleren. Controleren, controleren.

Kom op, Sam, je bent geboren voor dit werk.

Sam stak het pistool achter haar riem, knielde, greep de rand van de opening en zwaaide één been in het gat. Ze strekte haar been en vond een trede. Nadat ze op de trap was gaan staan, zwaaide ze weer naar boven. Haar schoenen maakten misschien te veel lawaai. Ze trok ze uit en ging weer op de trap staan.

Kom op, Sam, je bent geboren voor dit werk.

Er waren negen treden, telde ze. Je wist maar nooit of je niet in volle vaart terug moest. Dan was het goed te weten wanneer je moest bukken om een aanvaring met het plafond te voorkomen en waar je rechtsaf moest om uit de gang te komen. Ze hield zich dit alles voor om haar zenuwen te kalmeren, want alles was in die dreigende stilte beter dan de zekerheid dat zij haar dood tegemoet liep.

Uit de spleet onder de deur aan het einde van een betonnen tunnel kwam licht. De tunnel leidde naar een kelder onder Kevins huis! Ze wist dat sommige van die oude bomkelders verbonden waren met huizen, maar onder Kevins huis had ze nooit zo'n uitgebreide constructie verwacht. Ze had zelfs nooit geweten dat er een kelder was. Was er vanuit die kelder geen verbinding naar het woongedeelte? Jennifer was in het huis geweest maar had niets over een kelder gezegd.

Sam trok haar pistool en liep op haar tenen door de gang.

'Houd je mond.' Slaters stem klonk gedempt achter de deur. Sam bleef staan. Slater was dus achter die deur. En Kevin?

De deur was goed geïsoleerd, ze zouden haar nooit horen. Sam liep eropaf, haar pistool naast haar hoofd geheven. Ze pakte de deurknop en oefende voorzichtig enige druk uit. Ze was niet van plan om een verrassingsaanval te doen, zelfs niet om naar binnen te gaan, maar ze moest een paar dingen weten. Bijvoorbeeld of de deur op slot zat. De knop wilde niet draaien.

Ze deed een stap achteruit en overdacht haar mogelijkheden. Wat verwachtte Slater van haar? Dat zij zou aankloppen? Als het nodig was, zou ze het doen. Er was maar één manier om die man te redden, en die mogelijkheid was er alleen aan de andere kant van de deur.

Sam ging op haar buik liggen en keek met haar linkeroog door de spleet onder de deur. Aan de rechterkant liepen witte sportschoenen langzaam in haar richting. Ze hield haar adem in.

'Je tijd is bijna om,' zei Slater. Het waren zijn voeten, witte sportschoenen die zij niet herkende. 'Ik hoor jouw liefje nog niet door de deur breken.'

'Sam is slimmer dan jij,' zei Kevin.

De sportschoenen bleven staan.

Sam keek snel naar links, waar de stem vandaan was gekomen. Ze zag zijn voeten, Kevins schoenen, dezelfde die ze een paar uur eerder bij zijn bed had zien staan. Twee stemmen, twee mannen.

Ze trok zich snel terug. Kevin en Slater waren niet dezelfde persoon. Ze had het mis gehad!

Sam ging weer liggen en keek nogmaals. Haar ademhaling was te zwaar, maar ze lette er niet meer op. Daar waren ze, twee paar voeten, één rechts, met witte schoenen, de andere links, met bruine. Kevin tikte nerveus met één voet, Slater liep bij de deur weg.

Ze moest het Jennifer vertellen! Als haar iets overkwam, zou Jennifer moeten weten wie er achter die deur stonden.

Sam liet zich achteruit glijden en stond op. Ze liep snel naar het begin van de gang. Het was misschien verstandig om de trap op te gaan, maar op deze afstand zou Slater haar nooit kunnen horen. Ze pakte haar telefoon en drukte op de herhaaltoets.

'Jennifer?'

'Sam! Wat gebeurt er?'

'Sst, sst, ik kan niet praten,' fluisterde Sam. 'Ik heb ze gevonden.'

Een nauwelijks hoorbare rinkeltoon verstoorde de stilte, alsof ze het napiepen hoorde van een pistoolschot te dicht bij haar oor.

Jennifer was verbluft. 'Je... je hebt Kevin gevonden? Echt? Waar?'

'Luister, Jennifer. Kevin is Slater niet. Hoor je me? Ik had het mis. Slater moet hem erin willen luizen.'

'Waar ben je?' vroeg Jennifer dringend.

'Ik ben hier, buiten.'

'Ben je er absoluut zeker van dat Kevin Slater niet is? Hoe...'

'Luister!' fluisterde Sam hard. Ze keek om naar de deur. 'Ik heb ze net allebei gezien. Daarom weet ik het.'

'Je moet me vertellen waar je bent!'

'Nee. Nog niet. Ik moet hierover nadenken. Hij zei: geen politie. Ik bel je nog.' Ze hing op voordat ze haar kalmte zou verliezen en liet de telefoon in haar zak glijden.

Waarom liet ze Jennifer niet gewoon komen? Wat kon zij dan doen wat Jennifer niet zou kunnen? Alleen Slater kende het antwoord op die vraag. De jongen die zij nooit gezien had. Tot vandaag. *Kevin, lieve Kevin, het spijt me zo.*

Er viel plotseling licht door de tunnel. Ze draaide zich met een ruk om. De deur was open en Slater stond in de opening, met bloot bovenlijf. Hij grijnsde haar aan, met een pistool in zijn handen.

'Hallo, Samantha. Ik werd al bezorgd. Wat fijn dat je ons komt opzoeken.'

27

Maandag 8:21 uur p.m.

Sams eerste ingeving was weg te rennen. De trap op, bukken, links af de vrijheid tegemoet. Haar tweede ingeving was op hem af te stormen. De woede die zijn gestalte tegen het licht van de deuropening in haar losmaakte, verbaasde haar. Ze voelde haar pistool achter haar riem en greep ernaar.

'Niet zo voorspelbaar, Sam. Kevin denkt dat je slimmer bent dan ik. Heb je hem dat horen zeggen? Bewijs het maar, liefje.' Hij hief zijn pistool en richtte rechts van hem naar binnen. 'Kom binnen en bewijs het mij, of ik knal dat jochie af waar hij nu staat.'

Sam aarzelde. Slater stond vals te grijnzen. Ze liep de gang door. *Je bent geboren voor dit werk. Je bent geboren voor dit werk.*

Slater liep achteruit en bleef naar rechts richten. Ze stapte langs de stalen deur naar binnen. Een kaal peertje wierp schemerig licht in de kelder. Zwarte en grijze schaduwen. Muf. Kevin stond voor een muur met foto's, met een asgrauw gezicht. Foto's van haar. Hij deed een stap in haar richting.

'Niet zo snel,' snauwde Slater. 'Ik weet wel hoe graag jij weer de held wilt uithangen, maar deze keer lukt dat niet, jochie. Leg het pistool langzaam weg, Samantha, en schop het over de grond naar mij toe.' Er was geen spoor van twijfel op Slaters gezicht. Hij had ze precies waar hij ze hebben wilde.

Sam schopte het pistool over het beton en Slater raapte het op. Hij liep naar de deur, deed hem dicht en keek hen beiden aan. Sam realiseerde zich plotseling, terwijl ze naar de scheve grijns van de man keek, dat zij een soort zelfmoord had gepleegd. Ze was de spelonk bereidwillig binnen gestapt en had de draak zojuist haar pistool gegeven.

Je bent geboren voor dit werk, Sam. Geboren voor wat? Om te sterven.

Ze wendde haar blik bewust van hem af. *Nee, ik ben geboren voor Kevin.* Ze keek hem aan en negeerde Slater die nu achter haar stond.

'Alles goed met jou?'

Kevins ogen schoten over haar schouder en keken haar daarna aan. Zijn gezicht glinsterde van het zweet. De jongen was doodsbang.

'Niet echt.'

'Het komt goed, Kevin.' Ze glimlachte. 'Ik beloof je dat het goed komt.'

'Het komt niet echt goed, Kevin,' zei Slater, die snel naar haar rechterzijde liep. Hij was niet het monster dat zij zich had voorgesteld. Geen horens, geen gele tanden, geen littekens op zijn gezicht. Hij zag eruit als een sportman met kort blond haar, een strakke broek en een torso van een atleet. Een grote, rode tatoeage prijkte op zijn borst. Ze had deze man in de loop van de tijd tientallen keren kunnen ontmoeten zonder dat hij haar was opgevallen. Alleen zijn ogen verrieden hem. Afstandelijke, zeer licht grijze ogen als van een wolf. Zoals Kevins ogen haar verzwolgen, stootten die van Slater haar af. Hij glimlachte zelfs als een wolf.

'Ik weet niet zeker of jij het in de gaten hebt, maar zoals ik het zie, zou ik zeggen dat jullie een beetje in de puree zitten,' zei Slater. 'Kevin is klaar om vastgebonden te worden. Hij heeft drie keer met zijn FBI-vriendin gebeld, terwijl ik hem zijn gang liet gaan. Waarom? Omdat ik weet hoe hopeloos zijn situatie is, ook al weet hij het zelf niet. Niemand kan hem helpen. Of jou, mijn beste Samantha.'

'Als jij Kevin had willen doden, had je dat al tientallen keren kunnen doen,' zei Sam. 'Dus wat is jouw spelletje eigenlijk? Wat hoop je met al deze onzin te bereiken?'

'Ik had jou ook kunnen doden, liefje, wel honderd keer. Maar op deze manier is het veel leuker. We zijn allemaal bij elkaar, als een klein, gelukkig gezinnetje. Mammie zit in de kast, Kevin is eindelijk weer thuisgekomen en nu is zijn vriendinnetje gekomen om hem te redden van dat vreselijke jongetje van verderop in de straat. Bijna als in de goede, oude tijd. We gaan Kevin zelfs weer laten moorden.'

Slaters mond verstrakte. 'Maar deze keer gaat hij niet achter mij aan. Deze keer gaat hij jou overhoop schieten.'

Sam hoorde hem aan en keek naar Kevin. Hij zag er zo broos uit in het gele licht. Bang. Slater zou hem dwingen te doden. Haar te doden. Alle puzzelstukjes vielen nu op hun plaats, hoewel ze nog steeds niet precies wist wat Slater van plan was.

Tot haar verbazing voelde Sam geen angst. Sterker, ze voelde een zekere overmoed, zelfverzekerdheid. *Misschien dat je je zo voelt vlak voordat je sterft.*

'Het is dus toch de jongen,' zei ze tegen Kevin. Beide mannen keken haar aan. 'Hoe kan het dat zo'n grote, sterke en knappe man jaloers wordt op jou, Kevin? Denk daarover na. Hoe kan zo'n machtige, intelligente man er zulke krankzinnige obsessies op na houden tegenover één andere man? Antwoord: omdat hij onder die grote, stoere tatoeage en al die spierballen niets anders is dan een zielige, schuwe wezel die nooit een vriend kon maken, laat staan een meisje kon krijgen.'

Slater staarde haar aan. 'Ik zal je moeilijke omstandigheden in acht nemen en de rest van je wanhopige beledigingen vergeven, maar ik denk niet dat jaloers het juiste woord is. Ik ben niet jaloers op die vleesklomp.'

Ze keek hem doordringend aan, uitdagend, zonder te weten waarom. 'Vergeef me mijn slechte woordkeus. Je bent niet krankzinnig jaloers; je geniet van de prachtige liefdesband die Kevin en ik altijd hebben gehad. Het feit dat ik een toiletontstopper in je gezicht had geduwd als ik je ooit betrapt had terwijl je me begluurde en mijn raam aflikte, stoort je niet in het minst, nietwaar?'

Zijn mond vormde een strakke dunne lijn. Hij knipperde met zijn ogen. Nog een keer.

'Het feit is dat ik Kevin koos,' ging Sam verder, 'en Kevin koos mij, en geen van beiden wilden we ook maar iets met jou te maken hebben. Dat kun jij niet accepteren. Het maakt je dol. Je loopt er rood van aan.'

Slaters gezicht vertrok. 'En Kevin ziet niet rood?'

Er viel een stilte. Balinda zat in de kast. Een klok aan de muur gaf 8:35 uur aan. Ze had Jennifer moeten zeggen waar zij waren. Haar mobiele telefoon zat nog steeds in haar zak en ze had het idee dat Slater dat niet besefte. Kon zij Jennifer bellen? Als zij haar hand in haar zak kon laten glijden en de zendknop tweemaal kon indrukken, zou het toestel automatisch het laatste nummer kiezen. Jennifer zou hen horen. Haar vingers begonnen te tintelen.

'Denk je echt dat Kevin anders is dan ik?' Slater zwaaide afwezig rond met zijn wapens. 'Denk je echt dat die kleine slijmbal hier niet precies hetzelfde wil als ik? Hij zal doden en liegen en de rest van zijn leven doen alsof hij zoiets niet zou doen, precies als alle anderen. Is dat beter dan ik ben? Ik ben in ieder geval eerlijk over wie ik ben!'

'En wie ben je dan, Slater? Jij bent het kwaad, de ziekte van deze wereld, het gif en het braaksel. Kom op, zeg het maar. Wees eerlijk...'

'Houd je mond!' schreeuwde hij. 'Houd dat smerige mondje van je! Dit ellendige stuk vreten zit iedere zondag in de kerkbanken en belooft God dat hij zijn kleine, geheime zondes niet meer zal uitvoeren, terwijl hij even goed als ik weet dat hij er toch mee doorgaat! We weten dat hij ermee doorgaat omdat hij die belofte al duizend keer heeft gedaan en zich er nooit aan gehouden heeft. Hij is een leugenaar.' Er vloog wat speeksel uit zijn mondhoeken. 'Dat is de waarheid!'

'Hij lijkt in niets op jou,' antwoordde Sam. 'Kijk naar hem. Hij is een gekweld slachtoffer dat jij wanhopig hebt proberen murw te slaan. Kijk naar jezelf. Jij bent een weerzinwekkend monster dat iedereen die je in de weg staat tot pulp wil slaan. Kijk naar mij. Ik ben niet gekweld en ik ben niet bang omdat ik jou en hem zie en geen enkele overeenkomst kan ontdekken. Alsjeblieft, denk eens wat sneller, wil je?'

Slater staarde haar met half open mond aan en was verbluft. Ze had hem met de simpele waarheid buiten zichzelf gedreven en het begon te wringen in zijn innerlijk. Ze liet haar vingers in haar zakken glijden en liet de duimen zelfverzekerd uitsteken.

'Waar komt jouw slag vandaan, Slater? Heb je een masker op? Je ziet er normaal uit, maar ik heb de stellige indruk dat het hele masker eraf komt als ik aan je oor trek, en dan...'

Een pistoolschot daverde door de kamer en Samantha verstarde van schrik. Door de deur klonk een gesmoord gejammer. Balinda. Sams hartslag versnelde. Slater stond doodkalm met het pistool naar de grond gericht, waar de ketsende kogel een stukje beton had losgebeukt. 'Dat gat onder je neus begint me te ergeren,' zei hij. 'Misschien moet je erover nadenken het dicht te houden.'

'Of misschien moet jij er eens over denken een gaatje in je hoofd te maken,' antwoordde zij.

Langzaam vormde zich een glimlach om zijn mond. 'Jij hebt meer pit dan ik had gedacht. Ik had je ruit die eerste nacht echt moeten breken.'

'Jij bent ziek.'

'Wat vond ik het heerlijk om kleine meisjes zoals jij te pijnigen.'

'Ik word kotsmisselijk van jou.'

'Haal je handen tevoorschijn zodat ik ze kan zien.'

Hij had het gemerkt. Ze haalde haar handen uit haar zakken en beantwoordde zijn woedende blik. Geen van beiden sloeg de ogen neer.

'Genoeg!' schreeuwde Kevin.

Sam keek hem aan. Kevin keek met minachting naar Slater, wiens bevende gezicht rood was aangelopen. 'Ik heb altijd van haar gehouden! Waarom kun jij dat niet accepteren? Waarom heb jij je al die jaren schuilgehouden? Waarom kun je geen ander slachtoffer vinden en ons met rust laten?'

'Omdat geen van die anderen mij zo interesseert als jij, Kevin. Ik haat jou meer dan mijzelf, en dat is tamelijk interessant, slijmbal.'

Slater klinkt zelfverzekerd, maar hij heeft zich nog nooit van zijn leven zo ongemakkelijk gevoeld. Hij heeft de kracht van het meisje onderschat. Als zijn plan afhangt van het buigen van haar wil, staat hij voor enorme uitdagingen. Gelukkig is Kevin plooibaarder. Hij zal degene zijn die de trekker overhaalt.

Wat is dat toch met haar? Haar moed. Haar onverzettelijke overtuiging. Haar arrogantie! Ze houdt werkelijk van die dwaas en ze spreidt die liefde ten toon. In feite gaat het bij haar om niets anders dan liefde, en Slater haat haar daarom. Hij heeft haar zien glimlachen, haar haar zien kammen, als een kind in haar slaapkamer zien rondspringen, meer dan twintig jaar geleden. Hij heeft haar in New York zien rondrennen om misdadigers op te sluiten, als een soort opgepompte superheld. Blij, blij en bijdehand. Hij wordt er ziek van. De minachtende blik in haar ogen biedt weinig troost – die is geboren uit haar liefde voor die wurm aan zijn rechterhand. Des te meer reden dus om Kevin een kogel door haar mooie, witte voorhoofdje te laten jagen.

Hij kijkt op de klok. Negentien minuten. Hij moet de tijd maar vergeten en het gewoon nu doen. Een bittere smaak achter op zijn tong, de zoete smaak van de dood. Hij zou het nu moeten doen!

Maar Slater is een geduldig man die uitblinkt in elke discipline. Hij zal wachten, omdat het in zijn macht ligt om te wachten.

Het spel nadert de laatste ronde. De laatste kleine verrassing.

Slater voelt een golf van zelfverzekerdheid door zijn lichaam slaan. Hij grinnikt. Maar het grinniken past niet bij zijn gevoel. Hij heeft eigenlijk zin om weer te schieten.

Zeg maar wat je wilt, meisje. We zullen wel zien wie Kevin kiest.

Kevin keek naar Slater, hoorde hem grinniken en wist met gruwelijke zekerheid dat het ergste nog moest komen.

Hij kon niet geloven dat Sam binnen was gekomen en haar pistool zomaar had afgegeven. Wist zij niet dat Slater haar zou doden? Dat was waar het hem om ging. Slater wilde Sam dood hebben en hij wilde dat hij haar zou vermoorden. Kevin zou natuurlijk weigeren, waarna Slater haar zelf zou ombrengen en een plan zou bedenken om hem de schuld te geven. Hoe dan ook, hun leven zou nooit meer hetzelfde zijn.

Hij keek naar Sam en zag dat zij naar hem keek. Ze knipoogde langzaam. 'Moed, Kevin. Moed, mijn ridder.'

'Mond houden!' schreeuwde Slater. 'Niemand praat! Mijn ridder? Wil je me laten kotsen? *Mijn ridder*? Wat een onzin!'

Ze staarden hem aan. Hij verloor zich in zijn spel.

'Zullen we met de festiviteiten beginnen?' vroeg Slater. Hij stopte Samantha's pistool achter zijn riem, deed twee grote stappen naar Balinda's deur en opende die. Balinda hing onderuit tegen de muur, vastgebonden en met grote paniekogen. Op haar nachtjapon van witte zijde zaten zwarte vegen. Zonder make-up had ze een tamelijk normaal gezicht voor een vrouw van in de vijftig. Ze jammerde en Kevin voelde een steek van medelijden door zijn hart.

Slater boog voorover en trok haar overeind. Balinda strompelde de kamer binnen. Haar lippen trilden en ze gilde van angst.

Slater duwde haar tegen het bureau en wees op de stoel. 'Zit!'

Ze liet zich op de stoel vallen, terwijl Slater zijn pistool in Sams richting zwaaide. 'Handen omhoog waar ik ze kan zien.' Ze hief haar handen van haar middel. Met zijn pistool ongeveer in Sams richting haalde Slater een rol tape uit de bovenste bureaulade, scheurde er met zijn tanden een stuk af en plakte het over Balinda's mond.

'Stil,' mompelde hij. Ze scheen het niet te horen. Hij bracht zijn gezicht dicht voor het hare. 'Stil!' schreeuwde hij. De arme vrouw verstijfde van angst en hij grinnikte.

Slater haalde het tweede wapen van achter zijn riem en ging voor Sam en Kevin staan. Hij hief beide wapens tot op schouderhoogte. Het zweet bedekte zijn witte borst als een laag olie. Hij grinnikte weer, liet zijn armen zakken en speelde met de wapens als een revolverheld.

'Ik heb zo lang over dit moment nagedacht,' zei hij. 'De werkelijk grootse momenten in het leven zijn nooit zo inspirerend als je je voorstelt – ik weet zeker dat jullie daar inmiddels ook achter zijn. Wat er in de volgende paar minuten gaat gebeuren, heb ik zo vaak door mijn hoofd laten spelen dat het een spoor van wel een centimeter diep in mijn hersens getrokken heeft. Ik heb eigenlijk al veel te veel genoten van de gedachte alleen. Er kan niets tegenop. Dat is het nadeel van dromen. Maar het is de moeite waard geweest. Nu ga ik het echt laten gebeuren en natuurlijk zal ik proberen het zo veel mogelijk op te leuken, om de spanning erin te houden.'

Hij liet beide wapens weer dansen. 'Ik heb geoefend. Kun je het zien?'

Kevin keek naar Sam, die op anderhalve meter afstand met stille woede naar Slater stond te staren. Wat ging door haar hoofd? Slater had zijn aandacht naar haar verlegd vanaf het moment dat zij binnenkwam. Tegenover Kevin had hij geen angst laten blijken, maar geconfronteerd met Sam probeerde hij zijn angst te verbergen achter de show die hij opvoerde, zo leek het. Hij was echt bang. Sam staarde hem alleen maar aan, onaangedaan, haar handen losjes naast haar heupen.

Kevins hart zwol. Zij was een ware redster, altijd al geweest. Hij was de ridder niet; dat was zij. *Lieve Sam, ik houd van je. Ik heb altijd van je gehouden.*

Dit was het einde, dat wist hij. Ze konden elkaar deze keer niet redden. Had hij haar verteld hoeveel hij eigenlijk van haar hield? Niet op een romantische manier – veel dieper en sterker. Als met een wanhopige behoefte, de behoefte te overleven. Hij hield van haar als van zijn eigen leven.

Kevin knipperde met zijn ogen. Hij moest haar vertellen hoe dierbaar zij hem was!

'Het spel is eenvoudig,' zei Slater. 'We hoeven de mensen tenslotte niet in verwarring te brengen. Eén van de twee gaat sterven.' Hij keek op de klok. 'Over zeventien minuten. De oude vrouw...' – hij zette een loop op Balinda's slaap – '...die de wereld voor een doedelzak aanziet, wat ik overigens wel mag aan haar. Als je doet alsof, dan ook helemaal, nietwaar?'

Hij glimlachte en richtte het andere wapen langzaam op Samantha. 'Of de mooie jonge maagd.' Zijn armen waren nu volkomen gestrekt, in een rechte hoek, de een naar Balinda, de ander naar Sam. 'Kevin is onze executeur. Ik wil dat je alvast gaat nadenken wie van de twee het gaat worden, Kevin. Geen van beiden is geen optie; dat zou de pret bederven. Je moet er een kiezen.'

'Dat doe ik niet,' zei Kevin.

Slater bewoog zijn pistool en schoot hem in zijn voet.

Hij hapte naar adem. De pijn schoot door zijn voetzool en langs zijn scheen omhoog. De schoen aan zijn rechtervoet had een rood gat en trilde. De kamer begon voor zijn ogen te draaien.

'Dat doe je wel.' Slater blies de denkbeeldige rook van de loop. 'Ik beloof je, Kevin, je zult absoluut kiezen.'

Sam rende op Kevin toe en hield zijn wankelende lichaam overeind. Hij liet zich door haar steunen en bracht zijn gewicht over op zijn linkervoet.

Sam keek woedend naar Slater. 'Jij zieke... dat was nergens goed voor!'

'Een gat in de voet, een gat in het hoofd; wie gaat er uiteindelijk dood?'

'Ik houd van je, Sam,' zei Kevin zacht, de pijn negerend. 'Wat er ook gebeurt, ik wil dat je weet hoe verloren ik ben zonder jou.'

Jennifer beende op en neer. 'Ik zou haar kunnen wurgen!'

'Bel haar,' zei dr. Francis.

'En riskeren dat ik haar verraadt? Misschien staat ze recht voor zijn deur en dan gaat haar mobiel plotseling over? Onmogelijk.'

Hij knikte. 'Er klopt iets niet.'

Ze had haar telefoon in haar hand. 'Ik was er behoorlijk van overtuigd dat Kevin Slater was.'

'Maar dat is hij niet.'

'Behalve wanneer...'

De telefoon ging over. Ze keken er beiden naar voordat Jennifer het toestel openklapte.

'Hallo?'

'We hebben het rapport van Riggs,' zei Galager. Maar Jennifer wist al dat Slater en Kevin niet dezelfde persoon waren.

'Een beetje aan de late kant. We weten het al. Verder nog iets?'

'Nee, dat is het.'

Ze zuchtte. 'We hebben een probleem, Bill. Hoe is de stemming bij jullie?'

'Bedrukt. Gejaagd zonder richting. De directeur heeft net voor je gebeld. Hij krijgt de wind van voren van de gouverneur. Je kunt ieder moment een telefoontje verwachten. Ze willen het weten.'

'Wat willen ze weten? Wij weten niet waar hij Balinda heeft opgesloten. We hebben nog maar een paar minuten en we hebben geen idee waar hij haar heeft gebracht. Zeg ze dat maar.'

Galager antwoordde niet direct. 'Als het enige troost kan bieden, Jennifer, ik denk dat hij onschuldig is. De man met wie ik praatte was geen moordenaar.'

'Natuurlijk is hij geen moordenaar,' zei Jennifer bars. 'Wat bedoel je? Natuurlijk...' Ze draaide zich om naar de professor. Hij keek haar indringend aan. 'Wat stond er in het rapport?'

'Ik dacht dat je zei dat je het al wist. De stemmen van de opname komen van dezelfde persoon.'

'De seismische tuner...'

'Nee. Dezelfde persoon. Naar Riggs inschatting is Kevin Slater, als de stemmen op de band van Kevin en Slater zijn. Er zit een echo op de achtergrond die op de tweede band nauwelijks hoorbaar is. Riggs vermoedt dat hij twee mobiele telefoons gebruikt en dat de opname een vage echo registreerde van wat er in de andere telefoon gezegd werd.'

'Maar... dat is onmogelijk!'

'Ik dacht dat het de belangrijkste theorie was...'

'Maar Sam is bij hen en ze heeft ons gebeld. Kevin is Slater niet!'

'En waarom denk jij dat je Sam kunt geloven? Als zij bij hen is, heeft ze je dan niet verteld waar ze zijn? Ik zou op Riggs varen.'

Jennifer stond als aan de grond genageld. Was het mogelijk? 'Ik moet ophangen.'

'Jennifer, wat moet ik met...'

'Ik bel je nog.' Ze sloeg haar telefoon dicht en staarde de professor verbijsterd aan.

'Behalve wanneer Sam ze niet allebei zag.'

'Heb je Sam ooit ontmoet?' vroeg dr. Francis. 'Haar met je eigen ogen gezien?'

Jennifer dacht na. 'Nee. Maar... ik heb met haar gepraat. Heel vaak.'

'Ik ook. Maar haar stem was niet zo hoog dat het absoluut een vrouwenstem moest zijn.'

'Zou... zou hij dat doen?' Jennifer vocht wanhopig om het te begrijpen en zocht gejaagd naar iets dat Sam gedaan had om het idee te ontkrachten. Er viel haar niets in. 'Er zijn gevallen beschreven van veel meer dan twee persoonlijkheden.'

'Stel dat Slater niet het enige alter ego van Kevin is. Stel dat Samantha ook Kevin is.'

'Drie! Drie persoonlijkheden in één!'

28

Samantha zag de grote wijzer meedogenloos verder kruipen. Kevin zat met zijn hoofd in zijn handen wanhopig op de vloer. Balinda hing anderhalve meter naast hem in haar stoel; haar mond was dichtgeplakt en haar ogen keken schichtig naar Kevin. Als zij nu kon praten, wat zou zij dan zeggen? *Het spijt me vreselijk, Kevin! Ik smeek je mij te vergeven! Wees geen lafaard, Kevin! Sta op en geef die man een schop waar hij het nog lang voelt!*

Balinda keek geen moment naar Slater. Het was alsof hij niet bestond. Of ze kon het niet verdragen om naar hem te kijken. Trouwens, ze keek ook niet naar haar, Sam. Al haar aandacht was op Kevin en Kevin alleen gericht.

Sam sloot haar ogen. *Rustig, meid. Je kunt het aan.*

Maar in alle eerlijkheid voelde zij zich niet langer alsof zij dit of wat dan ook aankon. Slater had twee wapens en een grote grijns. Zij had alleen haar mobiele telefoon.

'Ho, ho, ho, handjes waar ik ze kan zien, schatje.'

Jennifer haalde haar handen door haar haar. 'Dit is krankzinnig!' Haar hoofd deed pijn en de tijd was bijna verstreken. *Denk na!*

'Ze verdween steeds! Ze... hij kan het allemaal verzonnen hebben. Het CBI, de geheime eenheid, het interview met de Pakistaan, alles! Het waren allemaal dingen die zij bedacht kon hebben op basis van informatie waarover Kevin al beschikte.'

'Of die Kevin fabriceerde,' corrigeerde dr. Francis. 'Kevin concludeert dat Slater niet de raadselmoordenaar kan zijn omdat hij diep in zijn onbewuste weet dat hij Slater is. Sam, zijn alter ego, komt tot dezelfde slotsom. Zij werkt eraan om Kevin te bevrijden zonder dat zij weet dat zij hem is.'

'Zij bleef maar aangeven dat er iemand van binnenuit achterzat! Dat was ook zo: Kevin! Hij was de man van binnenuit. En zij was de eerste die onderkende dat Kevin Slater was.'

'En voor Kevin zijn zowel Slater als Samantha even echt als jij en ik.'

Ze leken tegen elkaar op te bieden met hun woorden; alle losse stukjes leken nu op hun plaats te vallen en een perfect plaatje op te leveren.

Of niet?

Jennifer schudde haar hoofd. 'Maar ik heb net met Sam gepraat en zij zag Kevin en Slater terwijl zij zich buiten de deur bevond. U zegt dat ik eigenlijk met Kevin praatte, en dat hij zichzelf als Samantha zag, die hemzelf en Slater bespiedde?'

'Dat is mogelijk,' antwoordde de professor opgewonden. 'Je kent de vakliteratuur. Als Kevin echt gesplitst is, heeft Sam haar eigen persoonlijkheid. Alles wat zij gedaan heeft, speelde zich geheel en al af in Kevins hoofd, maar voor hen beiden was het volstrekte realiteit.'

'Dus ik heb zojuist met Kevin gepraat.'

'Nee, het was Sam. Sam is in zijn geest gescheiden van Kevin.'

'Maar lichamelijk gesproken was het Kevin.'

'Als we aannemen dat zij hem is wel, ja.'

'Maar waarom heeft Slater hem niet tegengehouden als hij er ook was? Kevin pakt de telefoon en belt mij. In zijn geest is hij op dat moment Samantha, die buiten de deur zit. Dat is te volgen. Maar Slater is er ook. Waarom houdt hij het telefoontje niet tegen?'

'Ik weet het niet,' antwoordde de professor, die over zijn baard wreef. 'Je zou denken dat hij Kevin zou tegenhouden. We zouden er dus naast kunnen zitten.'

Jennifer wreef over haar slapen. 'Maar als zij allemaal Kevin zijn, zou dat kunnen betekenen dat hij zelfs nooit een jeugdvriendin Samantha had. Hij schiep haar als een vluchtweg om uit de leegte van zijn bestaan te ontsnappen. Daarna schiep hij Slater en toen hij ontdekte dat Slater Sam haatte, probeerde hij hem te doden. Nu is Slater teruggekomen, net als Sam.' Ze draaide zich om. 'Maar haar vader was een politieagent! Hij woonde drie huizen verderop in Kevins straat!'

'Kevin wist misschien dat er een politieagent Sheer in dat huis woonde en bouwde Samantha's bestaan rond dat gegeven. Weet je ook of die agent Sheer wel een dochter had die Samantha heette?'

'Nooit gecontroleerd.' Jennifer liep op en neer en probeerde haar vloedgolf aan gedachten te ordenen. 'Het klopt allemaal wel, hè? Balinda wilde niet dat Kevin een vriend had, en dus schiep hij er een. Hij speelde haar rol.'

'Het zou kunnen zijn dat Kevin dat bedoelde toen hij mij vertelde dat hij een nieuw model had voor de menselijke naturen,' peinsde dr. Francis. 'De drie naturen van de mens. Goed, kwaad en de mens die daartussen worstelt! Het goede dat ik zou willen, maar niet doe, en hetgeen ik niet wil maar toch doe. Er zijn daar in wezen drie naturen in het spel. Eén, het goede. Twee, hetgeen ik niet wil. En drie, het Ik.'

'De strijd tussen goed en kwaad, belichaamd in een man die zowel het goede als het kwade speelt en tegelijk ook nog zichzelf is. Kevin Parson.'

'Het nobele kind. Model van iedereen.'

Ze keken elkaar aan, verbijsterd door de complexiteit.

'Het is een mogelijkheid,' zei de professor.

'Het klopt vrijwel perfect.' Jennifer keek op haar horloge. 'En we hebben haast geen tijd meer.'

'Dan moeten we het haar vertellen,' zei dr. Francis, die naar de keuken liep. Hij kwam terug. 'Als Sam Kevin is, dan moet haar dat verteld worden! Hij moet het horen! Hij kan dit niet alleen oplossen. Niemand houdt in zijn eentje stand tegen het kwaad.'

'Moeten we Sam bellen en haar zeggen dat zij Kevin is?'

'Ja! Sam is de enige die hem nu kan redden! Maar zonder jou is zij machteloos.'

Jennifer haalde diep adem. 'En als we het mis hebben? Hoe vertel ik het haar zonder als een dwaas te klinken? Het spijt me, Sam, maar jij bent niet echt. Je bent een deel van Kevin.'

'Ja. Vertel het haar alsof we weten dat het een feit is, en vertel het haar snel. Slater zal misschien proberen het telefoontje tegen te houden. Hoeveel tijd hebben we nog?'

'Tien minuten.'

'Dit wordt heerlijk, Samantha,' zei Slater, die de lopen van zijn pistolen tegen elkaar tikte alsof het drumstokken waren. Hij verkneukelde zich. 'Ik krijg er nu al rillingen van.'

De telefoon was haar enige hoop, maar Slater bleef erop hameren dat zij haar handen zo hield dat hij ze kon zien. Als hij wist dat zij een telefoon had, zou hij die ongetwijfeld hebben afgenomen. Hoe dan ook, het toestel zat als een nutteloze steen in haar zak. Ze had nog tientallen andere mogelijkheden bedacht, maar die waren geen van alle haalbaar. Er zou een weg zijn; er was altijd een weg voor het goede om het kwade te overwinnen, zelfs als Slater haar zou vermoorden.

Een scherpe beltoon klonk door de stilte. Haar mobiele!

Slater draaide zich met een ruk om en staarde woedend naar haar. Ze handelde snel, voordat hij kon reageren, greep het toestel en klapte het open.

'Hallo?'

'Sam, luister naar mij. Ik weet dat dit je waarschijnlijk idioot in de oren klinkt, maar jij bent één van Kevins persoonlijkheden. Zowel jij als Slater. Hoor je me? Daarom kun je hen beiden zien. Jij, wij, moeten Kevin redden. Zeg me alsjeblieft waar je bent, Sam.'

Haar gedachten sloegen op hol. Wat zei Jennifer? Zij was een van Kevins...

'Wat... wat denk jij dat je aan het doen bent?' schreeuwde Slater.

'Alsjeblieft, Sam, je moet me geloven.'

'Jij zag me in de auto toen de bus werd opgeblazen,' zei Sam. 'Je zwaaide naar mij.'

'De bus? Ik zag Kevin en zwaaide naar hem. Jij was al naar het vliegveld vertrokken. Luister...'

Sam hoorde niets meer. Slater was van de schok bekomen en rende op haar af.

'Onder de schroef,' zei ze nog.

Slaters hand trof haar wang. De telefoon perste in haar oor en viel daarna op het beton. Ze probeerde hem te grijpen, maar Slater was haar te snel af. Hij maaide haar arm weg, greep het toestel en gooide het tegen de muur kapot.

Hij kwam recht voor haar staan en duwde een pistool onder haar kin. 'Onder de schroef? Wat betekent dat, ellendige, miezerige verraadster?'

Sam was verward. *Jij bent een van Kevins persoonlijkheden*, had Jennifer gezegd. *Ik, één van Kevins persoonlijkheden? Onmogelijk!*

'Zeg op!' schreeuwde Slater. 'Zeg het me of ik beloof je dat ik dat gaatje in je hoofd zelf maak!'

'En je zou jezelf het plezier ontzeggen om het Kevin te zien doen?' vroeg Sam.

Slater keek haar even aan en liet zijn ogen over haar gezicht schieten. Hij trok het pistool terug en grijnsde. 'Je hebt gelijk. Het maakt toch niet uit; de tijd is verstreken.'

'Had je haar?' vroeg dr. Francis.

'Sam, ja. De verbinding werd verbroken. Ze klonk me absoluut niet als Kevin in de oren. Ze zei dat ze mij bij de bus gezien had, maar ik heb haar niet gezien.' Jennifer slikte. 'Ik hoop dat we haar nu niet een kogel in haar hoofd bezorgd hebben.'

Dr. Francis ging zitten.

'Ze zei dat ze onder de schroef waren,' ging Jennifer verder.

'De schroef?'

Jennifer draaide zich met een ruk naar hem om. 'De schroef die Kevins raam dichthield. Onder de schroef, onder het huis. Er is...' Kon het zo dichtbij zijn, recht onder hun neus? 'Er zit een trapgat in het huis. Het ligt nu onder stapels papier maar het leidt naar een kelder.'

'Onder het huis.'

'Kevin houdt Balinda onder hun huis gevangen! Er moet nog een andere ingang zijn!' Ze rende naar de deur. 'Kom mee!'

'Ik?'

'Ja, u! U kent hem beter dan wie ook.'

Hij greep zijn jas en rende achter haar aan. 'Maar zelfs als we ze vinden, wat kunnen we dan doen?'

'Ik weet het niet, maar dat afwachten houd ik niet meer uit. U zei dat hij dit niet redt zonder hulp. Moge God ons helpen.'

'Hoeveel tijd nog?'

'Negen minuten.'

'Mijn auto! Ik rijd,' zei de professor. Ze renden naar de Porsche op de oprit.

Samantha had zich nooit op groter afstand van haar missie gevoeld dan nu. Wat hield deze missie eigenlijk in? Kevin redden van Slater.

Ze dacht terug aan haar jaren op de universiteit, aan haar politietraining, aan de tijd in New York. Het was allemaal vaag. Grote brokken realiteit zonder details. Niet het soort details dat onmiddellijk tevoorschijn kwam als zij terugdacht aan haar kindertijd, toen ze met Kevin rondsloop. Niet de details die haar overstroomden als zij aan de afgelopen vier dagen terugdacht. Zelfs haar onderzoek naar de raadselmoordenaar leek nu iets afstandelijks, iets dat zij had gelezen, maar waar ze niet werkelijk bij betrokken was.

Als Jennifer gelijk had, was zij eigenlijk Kevin. Maar dat was onmogelijk: Kevin zat drie meter verderop op de vloer. Hij wiegde heen en weer, volkomen in zichzelf teruggetrokken; hij hield een rode voet vast en bloedde uit zijn linkeroor.

Bloedend uit zijn oor. Ze deed een stap opzij om Kevins oor beter te kunnen zien. Haar mobiele telefoon lag zes meter verderop, kapotgevallen waar Slater hem had neergegooid. Dat was echt genoeg. Was het mogelijk dat Kevin haar verzon? Ze keek naar haar handen – ze leken echt maar zij wist ook hoe de geest werkte. Ze wist ook dat Kevin een gepatenteerde kandidaat was voor meerdere persoonlijkheden. Balinda had hem van jongs af aan geleerd te dissociëren. Als Slater Kevin was, zoals Jennifer zei, waarom zou zij het dan niet kunnen zijn? En Sam kon Slater zien omdat ze daar was, in Kevins geest, waar Slater leefde. Maar Balinda was echt...

Sam liep naar Balinda. Als Jennifer gelijk had, waren hier maar twee lichamen, van Kevin en van Balinda. Zij en Slater waren alleen maar persoonlijkheden in Kevins geest.

'Wat doe je nu weer?' snauwde Slater. 'Achteruit!'

Sam draaide zich om naar de man. Hij had de loop van zijn pistool op haar knie gericht. Had hij echt een pistool als hij alleen maar in de geest bestond? Of was het Kevin die voor haar idee op Slater leek?

Slater grijnsde breed, zijn gezicht nat van het zweet. Hij keek op de klok achter haar. 'Vier minuten, Samantha. Je hebt nog vier minuten te leven. Als Kevin ervoor kiest zijn moeder om te brengen in plaats van jou, ga ik je zelf afmaken. Dat heb ik zojuist besloten, en het idee geeft me een goed gevoel. Wat vind jij ervan?'

'Waarom bloedt Kevin bij zijn oor, Slater? Je hebt mij tegen mijn oor geslagen, maar hem ook?'

Slaters ogen schoten naar Kevin en weer terug. 'Schitterend. Dit is het moment waarop de slimme agent psychologische spelletjes gaat spelen in een laatste wanhopige poging om de akelige misdadiger in verwarring te brengen. Echt schitterend. Achteruit van de prooi, schatje.'

Sam negeerde hem. Ze stak haar arm uit en prikte Balinda in haar wang. De vrouw kneep haar ogen dicht en gaf een gesmoorde gil. Een dreunende knal daverde door de kamer en een withete pijn schoot door Sams dij. Slater had geschoten.

Sam hapte naar adem en greep naar haar been. Het bloed kwam door haar zwarte broek. De pijn was echt genoeg. Als zij en Slater niet echt waren, wie schoot er dan op wie?

Kevin schoot overeind. 'Sam!'

'Blijf daar!' beval Slater.

Sams bewustzijn klom over de pijn heen. Schoot Kevin op zichzelf? Ieder normaal persoon die hier toeschouwer was, zou gezien hebben dat hij zichzelf in zijn dij schoot.

De details begonnen op hun plaats te vallen als dominostenen die in een lange rij langzaam omtuimelden. Als Kevin Sam dus door het hoofd zou schieten, wie schoot hij dan neer? Zichzelf? Hij zou of Balinda doden, of zichzelf? En zelfs als Slater Sam zou doden, zou hij in werkelijkheid Kevin neerschieten, omdat zij alledrie hetzelfde lichaam bewoonden. Het maakte niet uit wie wie neerschoot, Kevins lichaam zou de kogel altijd krijgen!

Sam voelde paniek in zich opkomen. *Vertel het Kevin*, had Jennifer gezegd.

'Toen ik zei achteruit, bedoelde ik ook achteruit, zonder haar aan te raken, te likken of op haar te spugen,' merkte Slater op. 'Achteruit betekent echt achteruit. Dus... *achteruit!*'

Sam deed een stap opzij, weg van Balinda. *Schiet op, Jennifer, schiet alsjeblieft op! Onder de schroef. Dat betekent de kelder; je weet toch van de kelder, nietwaar? God, help hen.*

'Dat doet pijn, hè?' Slaters ogen dansten rond. 'Maak je geen zorgen, een kogel in het hoofd verricht wonderen voor oppervlakkige wondjes. Paf! Werkt altijd.'

'Hij bloedt bij zijn oor omdat je mij tegen mijn oor sloeg,' zei Sam. 'En nu bloedt zijn been ook, of niet soms?' Ze volgde Slaters blik. Kevin stond op en wankelde op zijn voeten, overweldigd door medeleven. Het bloed sijpelde uit zijn schoen en zijn rechter broekspijp. Hij voelde de pijn niet omdat het in zijn geest niet hem was overkomen. Hun persoonlijkheden stonden volkomen los van elkaar. En hoe zat dat met Slater? Ze keek naar zijn dij, waar een rode vlek zich uitspreidde over zijn bruine broek. Slater had op Sam geschoten, maar de wond verscheen zowel bij Kevin als bij Slater. Ze keek naar zijn oor en zijn schoen. Ook daar bloed.

'Het spijt me vreselijk, Sam,' zei Kevin. 'Het is jouw schuld niet. Het spijt me dat ik je hierin heb meegesleept. Ik... ik had je niet moeten bellen.'

'Je hebt haar gebeld omdat ik je bevel heb gegeven haar te bellen, dwaas!' zei Slater. 'En nu ga je haar vermoorden omdat ik je opdracht geef haar te vermoorden. Probeer niet te vluchten in de fantasiewereld van je mammie, Kevin. Ik beloof je dat ik iedereen hier vermoordt als je niet netjes meespeelt.'

De waarheid trof Sam plotseling toen zij de rimpels van het verdriet in Kevins gezicht dieper zag worden. Dit was de bekentenis die Kevin moest afleggen. Alles was in wezen Kevins spel, een wanhopige poging om zijn kwade natuur uit zijn schuilplaats te drijven. Hij probeerde de Slater in hem aan het licht te brengen. Hij had zijn armen naar de Samantha in hem uitgestrekt, het goede in hem. Hij toonde het goede en kwade in hem aan de wereld in een poging van Slater af te komen. Slater dacht dat hij aan de winnende hand was, maar uiteindelijk zou Kevin de overwinnaar zijn.

Als hij het overleefde. Hij had al twee keer op zichzelf geschoten, één keer in zijn voet en één keer in zijn dij.

'Ik heb een theorie,' zei Samantha met trillende stem.

'De oude trukendoos,' sneerde Slater. 'We houden de slechterik bezig met een zogenaamde theorie. Houd maar op! De tijd tikt door!'

Sam schraapte haar keel en zette door. 'Mijn theorie is dat ik niet echt ben.'

Slater staarde haar aan.

'Ik ben een jeugdvriend die Kevin schiep omdat hij als kind geleerd had dat te doen.' Ze keek hem in de ogen. 'Jij hebt het verzonnen, Kevin. Maar ik ben niet helemaal verzonnen – ik maak deel uit van jou. Ik ben het goede in jou.'

'Houd je snater!' riep Slater.

'Slater is ook niet echt. Hij is ook een verzonnen persoonlijkheid en hij probeert je zover te krijgen dat je mij of je moeder vermoordt. Als je mij kiest, dood je het goede in jezelf, misschien vermoord je jezelf helemaal. Maar als je Balinda kiest, vermoord je een ander, levend persoon. En nog wel je moeder.'

'Allemaal leugens, jij smerige, zieke...' Slaters tirade liep vast. Zijn ogen puilden uit zijn rood aangelopen gezicht. 'Dat is het stompzinnigste dat ik ooit gehoord heb!'

'Dat is onmogelijk,' zei Kevin volkomen in de war. 'Dat kan niet, Sam! Natuurlijk ben jij echt! Jij bent het echtste dat ik ooit in mijn leven gekend heb.'

'Ik ben ook echt, Kevin. Ik ben echt en ik houd zielsveel van jou! Maar ik ben een deel van jou!' Ze hoorde het zichzelf zeggen en het klonk dwaas. Hoe kon zij in vredesnaam niet echt zijn? Ze voelde echt, zag er echt uit en rook zelfs echt! Maar op een of ander onuitsprekelijk niveau was het toch waar wat ze zei.

'Kijk eens naar je been. Jij bloedt omdat er op mij geschoten is,' zei ze. 'Ik ben jou, en Slater ook. Je moet me geloven. Je hebt het goede en kwade in je genomen en er denkbeeldige mensen van gemaakt. Persoonlijkheden. Dat is niet zo vreemd, Kevin. Jij speelt de strijd tussen goed en kwaad die in ieder mens woedt. Slater en ik zijn niet meer dan de spelers in je eigen geest. Geen van ons beiden kan iets doen als jij ons daar de kracht niet toe geeft. Hij kan die trekker niet overhalen als jij het niet doet. Wil je...'

'Houd je mond! Houd je mond, ellendig, leugenachtig stuk vuil!' Slater sprong door de kamer en duwde een pistool in Kevins hand. Hij hief de hand en richtte hem op Samantha.

'Je hebt vijftig seconden, Kevin. Vijftig. Tik, tik, tik.' Hij hief ook zijn eigen pistool en drukte de loop tegen Balinda's slaap. 'Jij schiet Sam overhoop of ik neem haar voor mijn rekening!'

'Ik kan haar niet doodschieten!' schreeuwde Kevin.

'Dan is mammie er geweest! Natuurlijk kun je het! Jij haalt die trekker over of ik reken af met mammie en dan neem ik jou te grazen omdat je zo slecht meespeelt, begrepen? Veertig seconden, Kevin. Veertig, tik, tik, tik.'

Slaters gezicht glom in het schemerige licht. Kevin liet het pistool langs zijn zij hangen. Zijn gezicht vertrok en er stonden tranen in zijn ogen.

'Richt het pistool op Samantha, dwaas! Omhoog ermee. Nu!'

Kevin hief zijn pistool langzaam. 'Sam? Ik kan hem Balinda toch niet laten vermoorden?'

'Bespaar me dat sentimentele gedoe, wil je?' zei Slater. 'Ik begrijp dat het leuk is voor de stemming, maar ik word er misselijk van. Schiet gewoon een kogel door haar hoofd. Je hebt haar gehoord. Ze is niet echt. Ze is een product van jouw verbeelding. Natuurlijk ben ik dat ook; daarom heb je twee kogelgaten in je been.' Hij grinnikte.

Sams geest werd gepijnigd. Wat gebeurde hier nu echt? En als zij het eens mis had? Nooit eerder had ze een idee tegelijk voor zo volkomen onmogelijk, maar tegelijk volkomen waar gehouden. En nu vertelde ze Kevin dat hij zijn leven op het spel moest zetten, op basis van dat idee. *O God, geef me kracht.*

'Kijk naar je been, Kevin,' zei Sam. 'Je hebt op jezelf geschoten. Alsjeblieft, ik smeek je, laat Slater haar niet vermoorden. Hij kan niet schieten als jij hem de kracht niet geeft. Hij is jou.'

29

De deur aan het eind van de tunnel was niet op slot. Jennifer kon Sams stem binnen horen smeken. Ze wist niet wat zij zou aantreffen als zij binnenstormde, maar de tijd was verstreken. Dr. John Francis stond hijgend achter haar.

Ze waren bij het huis gekomen en langs Eugene gerend. Ze vonden het trapgat nog steeds geblokkeerd door boeken. Na een gejaagde zoektocht vonden ze de trap in de oude bomkelder. Het was niet te zeggen hoe vaak en hoe lang Kevin er in de loop der jaren geweest was, in de veronderstelling dat hij Slater was.

'Daar gaan we.'

Ze draaide de deurknop om, haalde diep adem en gooide haar lichaam naar voren, met getrokken pistool. Het eerste wat zij zag was Balinda die vastgebonden en met een afgeplakte mond op een houten stoel zat. Het tweede was de man die over haar heen gebogen stond. Kevin.

Kevin had in iedere hand een pistool. Eén hield hij tegen Balinda's slaap, de ander tegen zijn eigen hoofd, als een man die op het punt stond zelfmoord te plegen. Geen Samantha, geen Slater. Alleen Kevin.

Maar ze wist dat Kevin niet zag wat zij zag. Zijn blik stond star en hij hyperventileerde.

'Kevin?'

Hij draaide zijn hoofd met een ruk naar haar om. Zijn ogen waren nu wijd opengesperd.

'Stil maar, Kevin,' zei Jennifer. 'Ik ben hier.'

Ze stak een hand uit en probeerde hem te kalmeren. 'Doe niets. Alsjeblieft, haal die trekker niet over.'

Het zweet stond op zijn bovenlip en wangen. Hij kwam overeind, verscheurd, doodsbang, woedend. Er sijpelde bloed uit wonden aan zijn voet en rechterdij. Hij had twee keer op zichzelf geschoten!

'Kevin, waar is Samantha?' vroeg ze.

Zijn ogen schoten naar links.

'Houd je mond,' snauwde hij. Maar hij sprak met Slaters stem, die Jennifer nu duidelijk herkende als die van Kevin, maar lager en raspender.

'Jij bent niet echt, Slater,' zei ze. 'Jij bent alleen maar een persoonlijkheid die Kevin schiep. Jij hebt geen eigen kracht. Sam, hoor je mij?'

'Ik hoor je, Jennifer,' antwoordde Sam; weer was het Kevin die sprak, met een iets verhoogde stem. Anders dan via de telefoon, hoorde Jennifer de overeenkomst nu wel.

'Je ziet me niet, hè?' vroeg Sam.

'Nee.'

'Luister naar haar, Kevin,' zei Sam. 'Luister voor mij. Ik zou voor je willen sterven, mijn ridder. Ik zou mijn leven graag voor je geven, maar het is Slater die je moet doden, niet mij. Begrijp je dat? Wij zijn jou. Alleen jou. En nu je hem uit zijn schuilplaats gelokt hebt, moet je hem doden.'

Kevin kneep zijn ogen stijf dicht en begon te beven.

'Houd je mond!' schreeuwde Slater. 'Iedereen klep houden! Doe het! Doe het, Kevin, of ik schiet mammie overhoop. De tijd is verstreken!'

Jennifer was dodelijk nerveus. 'Kevin...'

'Schiet op Slater, Kevin,' zei de professor, die haar voorbijliep. 'Hij kan jou niet vermoorden. Richt je pistool op Slater en dood hem.'

'Schiet hij dan niet op zichzelf?' vroeg Jennifer.

'Je moet jezelf van Slater scheiden, Kevin.'

Kevins ogen gingen aarzelend open. Hij had de stem van de professor herkend. 'Dr. Francis?' Kevins normale stem.

'Er zijn drie naturen, Kevin. De goede, de kwade, en de arme ziel die met hen worstelt. Weet je nog? Jij speelt alle drie die rollen. Luister naar me. Je moet Slater doden. Richt niet langer op Sam maar op Slater. Hij kan niets doen om je tegen te houden. En als je er zeker van bent dat je het pistool op Slater gericht hebt, wil ik dat je hem neerschiet. Ik zeg het je wel. Je moet op mij vertrouwen.'

Kevin draaide zijn hoofd, staarde naar links en daarna weer naar rechts. Vanuit zijn perspectief keek hij wisselend naar Samantha en Slater.

'Geen dwaasheden, Kevin!' zei Slater. Kevin zwaaide het pistool dat op Balinda's slaap stond in de richting van Jennifer. 'Laat dat pistool vallen! Eruit!' Het was Slater en hij klonk wanhopig.

'Doe wat de professor zegt, Kevin,' zei Sam. 'Dood Slater.'

Kevin staarde naar Slater en vroeg zich af waarom hij niet geschoten had. Hij had zijn pistool van Balinda op Jennifer gericht, maar haalde de trekker niet over. De tijd was verstreken, maar Slater had nog steeds niet geschoten.

Hij merkte dat hij nog steeds een pistool in zijn hand had, gericht op Sam. Hij liet zijn arm zakken. Ze wilden dat hij Slater doodde.

Maar... als Sam en Jennifer gelijk hadden, dan was hij dat zelf die daar Jennifer bedreigde. En zij wilden dat hij op zichzelf schoot? Hij had de man uit zijn schuilplaats gejaagd en nu moest hij hem doden.

Kevin keek naar Sam. Ze zag er zo lief uit, zo mooi, met ogen vol medeleven. *Lieve Sam, ik houd zoveel van je.* Haar ogen drongen door tot in zijn geest, zijn hart, en deden hem smelten door hun liefde.

Ze deed een stap in zijn richting. 'Ik moet nu gaan, Kevin.'

'Gaan?' De gedachte maakte hem bang.

'Ik ben niet echt weg. Ik zal bij je zijn. Ik ben jou. Dood Slater.'

'Stop!' schreeuwde Slater. 'Stop!' Hij stapte naar voren en richtte zijn pistool op Samantha.

'Ik houd van je, Kevin,' zei Sam. Ze reikte naar hem op en glimlachte wijs. 'Schiet hem neer. Zijn soort is machteloos als je begrijpt wie de ware macht heeft. Ik weet dat jij degene bent die zich machteloos voelt, en als je alleen staat, ben je dat ook. Maar als je naar je Schepper kijkt, zul je genoeg kracht vinden om duizend Slaters te doden, waar ze ook opduiken. Hij zal je redden. Luister naar dr. Francis.'

Ze pakte zijn hand. Haar vinger drong door zijn huid zijn hand binnen. Kevin stond met open mond te kijken. Samantha stapte in hem, haar knie in zijn knie, haar schouder in zijn schouder. Hij kon haar niet voelen. Toen was ze verdwenen.

Kevin hapte naar adem. Zij was hem! Zij was altijd hem geweest! Het bewustzijn trof hem als een aambeeld dat uit de hemel viel. En nu was ze weg? Of misschien dichterbij dan ooit? Er zoemde iets in zijn hoofd.

En als Sam hem was, dan moest Slater...

Kevin keek naar rechts. Slater beefde van top tot teen en hield zijn pistool nu op Kevins hoofd gericht. Maar dat was geen echt persoon daar; het was niet meer dan zijn kwade natuur.

Kevin keek naar Jennifer. Haar ogen keken hem smekend aan. Zij kon Slater niet tegenhouden omdat zij hem niet kon zien. Ze zag alleen hem, Kevin.

Als hij Slater was, dan had hij echt een pistool in zijn hand, nietwaar? Hij kon Slater dwingen het pistool te laten zakken, door het zelf te laten zakken, in zijn geest.

Kijk naar je Schepper, had Sam gezegd.

Alstublieft, open mijn ogen.

Kevin keek naar de zielige man die zichzelf Slater noemde. Hij deed zijn ogen dicht. Hij merkte op dat moment dat hij twee pistolen in zijn handen hield. Eén hing langs zijn zij, de ander stond op zijn hoofd gericht. Dat moest Slater zijn. Hij liet het pistool zakken; nu hingen beide wapens langs zijn zij. Hij deed zijn ogen open.

Slater stond tegenover hem met zijn pistool naar beneden gericht en zijn gezicht van woede vertrokken. 'Jij zult nooit slagen, Kevin. Nooit! Jij bent precies zoals ik, en niets kan dat ooit veranderen. Hoor je me? Niets!'

'Nu, Kevin,' zei dr. Francis. 'Nu.'

Kevin hief zijn rechterarm, richtte het pistool op Slaters hoofd en haalde de trekker over. Het schot echode hard. Vanaf deze afstand kon hij nauwelijks missen.

Maar hij miste toch. Hij miste omdat er plotseling geen doel meer was om te raken. Slater was verdwenen.

Kevin liet het pistool zakken. De kogel had zich in het metalen bureau geboord, achter de plek waar Slater had gestaan, maar had geen vlees of bloed geraakt. Slater was geen vlees of bloed. Maar toch was hij dood. Tenminste voor dit moment.

De echo van het schot bleef nog hangen in de kamer. Balinda begon te snikken. Kevin keek naar haar en werd niet langer overspoeld door woede, maar door medelijden. Zij had hulp nodig; zij was een verminkte ziel, net als hij. Ze had liefde en begrip nodig. Hij betwijfelde of ze ooit nog kon terugkeren naar de schijnrealiteit die ze geschapen had.

'Kevin?'

De wereld leek in te storten toen hij Jennifers stem hoorde. Hij wist niet zeker wat er zojuist gebeurd was, maar als hij zich niet vergiste had hij een bus en een bibliotheek opgeblazen en zijn tante ontvoerd. Hij had hulp nodig. O God, hij had hulp nodig!

'Alles in orde, Kevin?' Jennifers stem brak.

Hij liet zijn hoofd hangen en begon te huilen. Hij kon het niet helpen. *O God, wat heb ik gedaan?*

Jennifer sloeg een arm om zijn schouders. Hij kon de geur van haar parfum ruiken toen zij hem tegen zich aan trok.

'Het is goed, Kevin. Alles is nu goed. Ik beloof je dat ik ze je geen pijn laat doen.'

Hij barstte in snikken uit bij het horen van haar woorden. Hij verdiende het om pijn te lijden. Of was dat de oude stem van Slater?

Luister naar dr. Francis, had Samantha gezegd. Dat zou hij doen. Hij zou naar dr. Francis luisteren en zich door Jennifer laten vasthouden. Het was alles wat hij nog had. Waarheid en liefde.

30

Een week later

Jennifer keek door de glazen deur naar Kevin, die bij de bloemen in de tuin van dr. Francis stond; hij streelde de rozen en rook eraan alsof hij ze net ontdekt had. Professor John Francis stond naast haar en staarde naar buiten. Kevin had de laatste zeven dagen in een gevangeniscel doorgebracht in afwachting van een hoorzitting ter bepaling van zijn borgtocht. Drie uur eerder was de beslissing gevallen. Het was eenvoudig geweest de rechter ervan te overtuigen dat Kevin niet zou vluchten; haar doen inzien dat Kevin geen bedreiging was voor de maatschappij was heel wat moeilijker. Maar Chuck Hatters, een goede vriend van Jennifer en nu Kevins advocaat, had het voor elkaar gekregen.

De pers had Kevin de eerste dag afgemaakt, maar naarmate de details over zijn kindertijd in de loop van de week boven water kwamen, was de toon veranderd – daar had Jennifer voor gezorgd. Zij had een persconferentie gehouden en zijn jeugd tot in alle afgrijselijke details uit de doeken gedaan. Kevin speelde rollen zoals alleen een kind dat psychisch zwaar mishandeld was, dat kon. Als er ook maar één persoon gewond was geraakt of was omgekomen, zou het publiek waarschijnlijk om vergelding zijn blijven schreeuwen tot een volgende schokkende gebeurtenis hun aandacht afleidde. Maar in Kevins geval won het medelijden het al snel van een paar vernielde gebouwen. Het personage Slater zou nooit een bus hebben opgeblazen die niet eerst geëvacueerd was, betoogde Jennifer. Ze wist niet zeker of ze dat zelf geloofde, maar het publiek geloofde het voldoende om het tij te doen keren. Kevin had natuurlijk nog genoeg serieuze vijanden over, maar zij voerden niet langer de boventoon in het nieuws.

Was hij krankzinnig? Nee, maar dat kon ze hun nog niet vertellen. De rechtbank zou hem door de mangel halen en ontoerekeningsvatbaarheid was zijn enige verdediging. En in veel opzichten was hij ook ontoerekeningsvatbaar geweest, maar het leek erop dat hij uit de kelder tevoorschijn kwam met volledige grip op zichzelf, misschien voor het eerst van zijn leven. Patiënten met een dissociatieve identiteitsstoornis hadden vaak jaren therapie nodig om zich van hun alter ego's te bevrijden.

Wat dat betrof, zou zelfs de diagnose de nodige tijd in beslag nemen. Kevins raadselachtige gedrag paste in geen enkel klassiek syndroom. Een dissociatieve identiteitsstoornis, dat wel, maar er waren geen gevallen bekend van drie persoonlijkheden die gesprekken hielden zoals zij die zelf gehoord had. Posttraumatisch stresssyndroom – misschien. Of een vreemde mengeling van schizofrenie en dissociatieve identiteitsstoornis. De wetenschappelijke wereld zou er ongetwijfeld nog verhitte debatten aan wijden.

Het goede nieuws was dat het met Kevin nauwelijks beter kon gaan. Hij zou hulp nodig hebben, maar zij had nog nooit zo'n snelle omslag meegemaakt.

'Wat ik me afvraag,' zei dr. Francis. 'Heb jij Samantha's rol in dit alles kunnen ontrafelen?'

Samantha? Hij sprak alsof het nog een echt persoon betrof. Jennifer keek hem aan en zag de glimlach in zijn ogen. 'U bedoelt hoe Kevin haar zomaar kon spelen zonder zichzelf te verraden?'

'Ja. In het openbaar.'

'U had gelijk – nog een paar dagen en we waren het op het spoor gekomen. Er waren maar drie plaatsen waar Sam zogenaamd in het openbaar verscheen. In het Howard Johnson Hotel, het hotel in Palos Verdes waar ze de nacht doorbrachten en toen zij de bus evacueerden. Ik heb met de receptioniste van het Howard Johnson Hotel gesproken. Zij herinnerde zich Sam inderdaad, maar de persoon die hij zich herinnerde was een man met bruin haar en blauwe ogen. Sam.'

'Kevin,' zei de professor.

'Ja. Hij is daar aan de balie geweest en heeft zich ingeschreven als Sam, in de veronderstelling dat hij haar werkelijk was. Als hij zich met Samantha had ingeschreven, zou de receptioniste wel een wenkbrauw hebben opgetrokken. Maar voor haar was hij gewoon Sam.'

'Hmm. En Palos Verdes?'

'De ober van het hotel zal een goede getuige zijn. Kennelijk hadden een paar klanten geklaagd over het vreemde gedrag van de man die bij het raam zat. Kevin. Hij staarde over de tafel en sprak op gedempte toon met de lege stoel tegenover hem. Een paar keer praatte hij tamelijk hard.' Jennifer glimlachte. 'De ober ging naar hem toe en vroeg of alles in orde was. Kevin verzekerde hem van wel. Maar dat weerhield hem er niet van om een paar minuten later op de dansvloer te gaan staan en met een onzichtbare partner te dansen voordat hij vertrok.'

'Sam.'

'Uiteraard. De enige keer dat zij verder nog samen waren in het openbaar, was volgens Kevin toen zij de bus evacueerden voordat die opgeblazen werd. Kevin beweerde bij hoog en bij laag dat Sam in de auto zat, maar niemand van de passagiers kan zich een tweede persoon in zijn auto herinneren. En toen ik een paar minuten na de explosie aankwam, was Kevin alleen, hoewel hij zich duidelijk herinnert dat Sam naast hem zat. Ze telefoneerde met haar superieuren. Het California Bureau of Investigation heeft uiteraard geen dossier van haar.'

'Natuurlijk niet. En ik neem aan dat Kevin ervoor koos de raadselmoordenaar te imiteren omdat hij zo een persoon van vlees en bloed had.'

'Kevin? U bedoelt Slater.'

'Excuseer... Slater.' De professor glimlachte.

'We hebben een stapel krantenknipsels over de raadselmoordenaar in Slaters bureau gevonden. Een aantal was geadresseerd aan Kevins huisadres. Hij kan zich niet herinneren ze ooit ontvangen te hebben. Hij weet ook niet meer hoe hij onopgemerkt in de bibliotheek is gekomen of hoe hij de bommen in zijn auto en de bus heeft gekregen, hoewel het bewijsmateriaal in de kelder er geen twijfel over laat bestaan dat hij alledrie de bommen gemaakt heeft.'

Jennifer schudde haar hoofd. 'Kevin zelf, als Kevin, was zich er niet van bewust dat hij meestal zowel Sams als Slaters mobiele telefoon bij zich had. Je zou denken dat hij zich daar wel van bewust zou zijn als hij niet in hun persoonlijkheden zat. Op een of andere manier wisten de alter ego's zijn geest echter af te sluiten voor die realiteit. Het is ongelooflijk hoe de geest werkt. Zo'n volkomen fragmentatie heb ik nog nooit gezien.'

'Het kwam doordat de persoonlijkheden die Kevin ontwikkelde zo lijnrecht tegenover elkaar stonden,' merkte dr. Francis op. *'Wat valt maar breekt nooit? Wat breekt maar valt nooit?* Nacht en dag. Zwart en wit. Kwaad en goed. Kevin.'

'Nacht en dag. Kwaad. Sommigen in uw kringen noemen hem bezeten, weet u dat?'

'Ik heb het gehoord.'

'En u?'

Hij haalde diep adem en liet de lucht langzaam ontsnappen. 'Als zij zijn kwade natuur aan een demonische kracht willen wijten, mogen ze dat zonder mijn bestrijding of aanmoediging doen. Het klinkt heel spectaculair, maar verandert in wezen niets aan de grondwaarheid. Kwaad is kwaad, of het nu de vorm aanneemt van een duivel met hoorntjes, een demon of het geroddel van een voorganger. Ik geloof dat Kevin alleen de naturen speelde die vanaf de geboorte in ieder mens aanwezig zijn. Zoals een kind zowel Sneeuwwitje kan spelen als de Boze Heks. Maar Kevin geloofde dat hij werkelijk Samantha en Slater was, vanwege zijn kindertijd.'

De professor sloeg zijn armen over elkaar en keek weer naar Kevin, die nu naar een wolkenlucht stond te staren.

'Ik geloof dat we allemaal Slater en Samantha als een deel van onze natuur met ons meedragen,' zei hij. 'Je zou mij Slater-John-Samantha kunnen noemen.'

'Hmm. En dan zou ik dus Slater-Jennifer-Samantha zijn.'

'Waarom niet? We worstelen allemaal tussen goed en kwaad. Kevin heeft die strijd concreet gemaakt in rollen, maar de worsteling hebben we allemaal. Ieder moet zijn eigen Slaters bevechten, in de vorm van roddel, woede en jaloezie bijvoorbeeld. Kevin zei dat zijn werkstuk de vorm van een verhaal zou hebben; ik denk dat hij zijn werkstuk in meer dan één opzicht doorleefd heeft.'

'Vergeef me mijn onwetendheid, professor,' zei Jennifer zonder hem aan te kijken. 'Maar hoe kan het dat u, een wedergeboren man en toegewijd dienaar van God, nog steeds met het kwaad moet worstelen?'

'Dat komt doordat ik een product ben van de vrije wil,' antwoordde hij. 'Ik kan op ieder willekeurig moment kiezen hoe ik wil leven. Als ik ervoor kies mijn kwaad in de kelder te verstoppen, zoals Kevin deed, dan zal het groeien. Degenen die Amerika's kerken bevolken blazen misschien geen bussen of bibliotheken op, maar geloof mij maar, de meesten verbergen hun zonden op precies dezelfde manier. Slater loert in hun krochten en zij weigeren het deksel van de beerput te laten knallen, om het zo te zeggen. Kevin daarentegen liet het deksel er zeer zeker afknallen – de woordspeling is onbedoeld.'

'Maar helaas nam hij de halve stad erbij mee.'

'Heb je gehoord wat Samantha in de kelder zei?' vroeg de professor.

Jennifer had zich al afgevraagd of hij Samantha's woorden ter sprake zou brengen. '"Alleen sta je machteloos. Maar als je naar je Schepper kijkt, zul je de kracht hebben om duizend Slaters te verslaan",' antwoordde ze. Die woorden van Samantha hadden haar al een week lang achtervolgd. Waar haalde Kevin die woorden vandaan? Was het inderdaad eenvoudigweg zijn goede natuur die de waarheid uitschreeuwde?

'Ze had gelijk. We zijn allemaal machteloos als we alleen tegenover Slater staan.'

Hij sprak over de mens die afhankelijk is van God om de ware vrijheid te vinden. Hij had vele uren met Kevin doorgebracht in diens gevangeniscel. Jennifer vroeg zich af wat er tussen hen besproken was.

'Na wat ik hier allemaal gezien heb, ga ik niet eens proberen u tegen te spreken, professor.' Ze knikte naar Kevin. 'Denkt u dat hij... in orde is?'

'In orde?' Dr. Francis trok zijn rechterwenkbrauw op en glimlachte. 'Ik weet zeker dat hij heel blij zal zijn met jouw nieuws, als je dat bedoelt.'

Jennifer voelde zich betrapt. Hij zag meer dan zij wilde dat hij zag.

'Neem de tijd. Ik moet nog een paar telefoontjes plegen.' Hij draaide zich om en wilde naar zijn studeerkamer lopen.'

'Professor.'

Hij keek om. 'Ja?'

'Dank u. Hij... wij... wij hebben ons leven aan u te danken.'

'Onzin, meisje. Jij hebt niets aan mij te danken. Misschien wel aan Samantha. En aan de Schepper van Samantha.' Hij grinnikte warm en liep zijn studeerkamer binnen.

Jennifer wachtte tot de deur dichtsloeg. Daarop schoof ze de glazen pui open en stapte op het terras. 'Hallo, Kevin.'

Hij draaide zich om en zijn ogen straalden. 'Jennifer! Ik wist niet dat jij hier was.'

'Ik had even de tijd.' Hoezeer ze het ook probeerde te negeren, er bestond een unieke band tussen hen. Of het haar natuurlijke reactie was op de sympathie die hij opriep of haar eigen vrijgevige geest of meer, wist zij niet. De tijd zou het leren. De raadselmoordenaar liep nog steeds vrij rond, maar toch had zij het gevoel dat zij zichzelf voor het eerst sinds Roy's dood hervonden had.

Kevin keek om naar de rozen. Hij kon haar niet meer vast blijven aankijken als tevoren – hij was een stukje onschuld kwijtgeraakt. Maar zij vond hem zo nog aantrekkelijker.

'Ik neem voorlopig verlof,' zei ze.

'Van de FBI? Echt waar?'

'Ja. Ik kom net van de hoorzitting met rechter Rosewood.' Ze kon zichzelf niet langer goed houden en glimlachte breed.

'En?' vroeg hij. Haar vrolijkheid werkte aanstekelijk. 'Wat valt er te lachen?'

'Niets. Zij zal mijn speciale verzoek in overweging nemen.'

'De rechter? Welk verzoek?'

'Jij weet toch dat ik een gediplomeerd psychotherapeut ben, nietwaar?'

'Ja.'

'Als we vrijspraak voor jou kunnen bereiken, wat waarschijnlijk zal lukken, zal de rechtbank erop staan dat je in therapie gaat. De behandeling zal waarschijnlijk zelfs al veel eerder beginnen. Maar ik denk niet dat we zomaar iedere therapeut in jouw hoofd kunnen laten prutsen.'

'Psychogebabbel,' zei hij. 'Zij...' Zijn ogen werden groot. 'Jij?!'

Jennifer lachte. Als de rechter haar nu kon zien, zou ze wellicht haar twijfels krijgen. Maar ze kon het niet zien. Niemand. De professor had zich in zijn studeerkamer teruggetrokken.

Ze liep naar hem toe en haar hart sloeg sneller. 'Niet precies als je psychotherapeut. Maar ik zal er zijn om je stap voor stap te begeleiden. Ik ben niet van plan om iemand meer met je geest te laten rommelen dan strikt noodzakelijk.'

Hij keek haar in de ogen. 'Ik denk dat ik jou met mijn geest laat rommelen.'

Alles in Jennifers wezen wilde naar hem toestappen en hem omhelzen, zijn wang aanraken en hem zeggen dat zij meer om hem gaf dan om wat dan ook sinds lang. Maar zij was en bleef een FBI-agent, de agent die zijn zaak leidde! Dat moest ze zich goed voor ogen houden.

'Heb ik echt een psychotherapeut nodig?' vroeg hij.

'Je hebt mij nodig.' Dat klonk wel wat erg direct. 'Ik bedoel, je hebt iemand zoals ik nodig. Er zijn veel zaken die...'

Kevin kwam plotseling naar voren en kuste haar op haar wang. 'Nee, ik heb niet iemand nodig zoals jij,' zei hij. 'Ik heb jou nodig.'

Hij deed een stap achteruit, keek een andere kant op en bloosde.

Ze hield het niet meer uit, stapte naar voren en kuste hem zacht op zijn wang.

'En ik jou, Kevin. Ik heb jou ook nodig.'

Want wat ik uitwerk, weet ik niet; want ik doe niet wat ik wens, maar waar ik een afkeer van heb, dat doe ik. Indien ik nu wat ik niet wens, toch doe, stem ik toe, dat de wet goed is. Doch dan bewerk ik het niet meer, maar de zonde, die in mij woont. Want ik weet, dat in mij, dat wil zeggen in mijn vlees, geen goed woont. Immers, het wensen is wel bij mij aanwezig, maar het goede uitwerken, kan ik niet. Want niet wat ik wens, het goede, doe ik, maar wat ik niet wens, het kwade, dat doe ik. Indien ik nu datgene doe, wat ik niet wens, dan bewerk ik het niet meer, maar de zonde, die in mij woont. Zo vind ik dan deze regel: als ik het goede wens te doen, is het kwade bij mij aanwezig; want naar de inwendige mens verlustig ik mij in de wet Gods, maar in mijn leden zie ik een andere wet, die strijd voert tegen de wet van mijn verstand en mij tot krijgsgevangene maakt van de wet der zonde, die in mijn leden is.

Uit de brief van de apostel Paulus aan de gemeente te Rome,
circa 57 na Christus.
ROMEINEN 7: 15-25